咸阳市2023年文艺精品创作资助项目

张英戏剧作品

张英 著

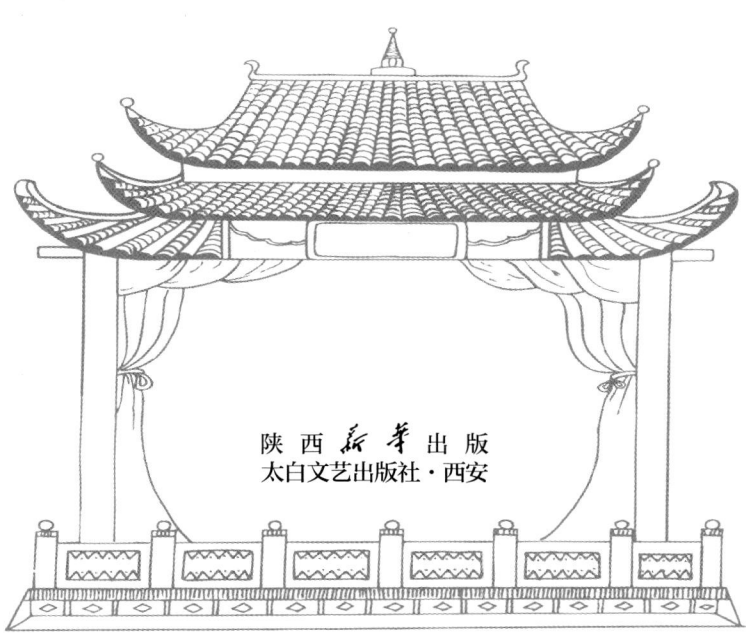

陕西 新华 出版

太白文艺出版社·西安

图书在版编目（CIP）数据

张英戏剧作品 / 张英著. -- 西安：太白文艺出版
社，2024.3
ISBN 978-7-5513-2597-4

Ⅰ．①张… Ⅱ．①张… Ⅲ．①剧本－作品集－中国－
当代 Ⅳ．①I230

中国国家版本馆CIP数据核字(2024)第060898号

张英戏剧作品
ZHANG YING XIJU ZUOPIN

作　　者　　张　英
责任编辑　　蒋成龙
封面设计　　王　洋　郑江迪
版式设计　　新纪元文化传播
出版发行　　太白文艺出版社
经　　销　　新华书店
印　　刷　　三河市腾飞印务有限公司
开　　本　　787mm×1092mm　1/16
字　　数　　492千字
印　　张　　40.75
插　　页　　14
版　　次　　2024年3月第1版
印　　次　　2024年3月第1次印刷
书　　号　　ISBN 978-7-5513-2597-4
定　　价　　98.00元

作者获奖证书（一）

获奖证书

乾县弦板腔剧团：

　　由你单位创作演出的弦板腔《范紫东》在第七届陕西省艺术节上荣获优秀剧目奖。

　　特颁此证，以资鼓励。

第七届陕西省艺术节组委会
二〇一四年十二月

获奖证书

张英：

　　荣获第七届陕西省艺术节编剧奖。

　　参赛剧目：《范紫东》

　　特颁此证，以资鼓励。

第七届陕西省艺术节组委会
二〇一四年十二月

作者获奖证书（二）

第八届陕西省艺术节

张 英：

荣获第八届陕西省艺术节"文华优秀编剧奖"

参评剧目：弦板腔现代剧《迟到的忏悔》

特颁此证，以资鼓励。

第八届陕西省艺术节组委会

二〇一七年十月

荣誉证书

乾县弦板腔剧团：

您单位创作演出的弦板现代戏《迟到的忏悔》在"陕西省第二届廉政文化精品创作评选表彰活动"中获得文艺剧目类一等奖。

特发此证，以资鼓励。

中共陕西省纪委机关（代章）　　陕西省文化和旅游厅　　陕西省广播电视局

陕西省社会科学界联合会　　陕西省文学艺术界联合会

二〇一九年一月

作者获奖证书（三）

作者获奖证书（四）

荣誉证书

HONORARY CREDENTIAL

张 英 同志：

你的作品《南北岭的变迁》荣获2023年度剧本征稿评奖（大戏类）剧本奖。

特发此证

陕西省戏剧家协会 当代戏剧杂志社

二〇二三年十二月

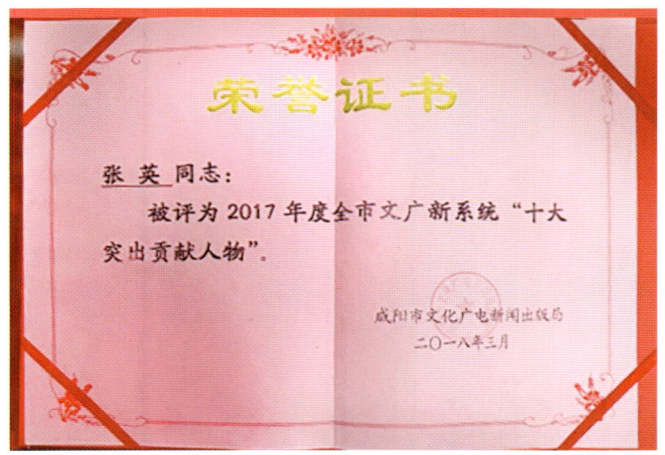

荣誉证书

张 英 同志：

被评为2017年度全市文广新系统"十大突出贡献人物"。

咸阳市文化广电新闻出版局

二〇一八年三月

作者获奖证书（五）

弦板腔《山村小店》剧照

弦板腔《范紫东》剧照

弦板腔《迟到的忏悔》剧照

弦板腔《南北岭的变迁》剧照

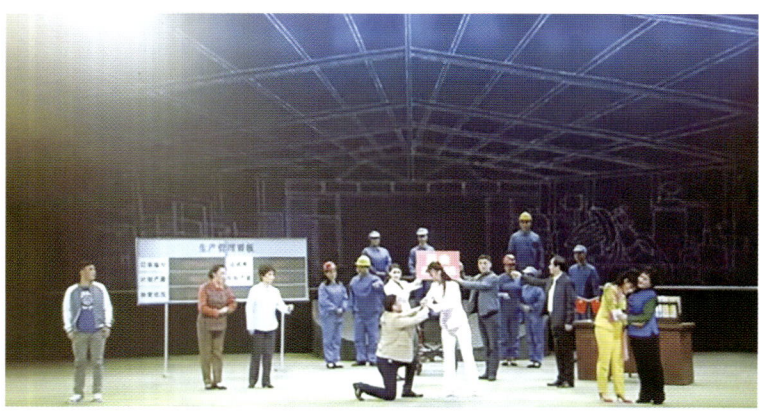

眉户《苦寒梅香》剧照

弦板腔《重返光棍沟》剧照

秦腔《女皇梦棋》剧照

为新时代唱赞歌　为改革者塑形象

许 超 莹

　　本书选编了张英先生的十五部戏剧作品，有的我是通过舞台演出观看过的，有的是通过阅读了解其内容的。我深深感到，这些作品，既是戏曲院团舞台演出的好脚本，也是读者案头阅读的好读物。好就好在整个作品从立意主旨、人物塑造、故事情节等方面，都是在为新时代唱赞歌，为改革者塑形象，为和谐社会扬正气。

　　张英戏剧作品的主旋律，是为我们这个改革开放的伟大时代唱赞歌。给我印象最深的是《南北岭的变迁》《光棍沟的笑声》《羊沟乡纪事》《重返光棍沟》《新官头把火》等几部反映当代农村改革的现实题材剧目。几部剧的主人公虽然身份不同，有任职多年的老劳模、村支书，有改变家乡贫穷落后面貌的大学生，有受命于危难的乡党委书记，有回乡创业的打工仔，有奋发有为的新型农民，他们的故事都发生在农村改革的大潮中。尽管他们每个人的阅历不同，所在村镇的生活环境、生产条件不同，摆在他们面前的困难也不同，但他们都有一个相同点：用胸怀开阔、大公无私、为人民服务的精神赢得了群众的拥戴和支持；用改革办法、拼搏精神改变了当地的面貌，把所在地区建成富裕、和谐的美丽乡村。

《南北岭的变迁》讲述了北岭村党支部书记杨怀仁在党的十八大以来深入贯彻新发展理念，在农村改革发展中，由一人富带动全村富，由北岭村富带动贫穷落后的南岭村共同富裕，最终把南北岭建成富裕和谐美丽新农村的故事。《光棍沟的笑声》是写一个出生在贫困山沟、由乡亲们资助完成学业的大学生，借助西部大开发中福银高速从村边经过的便利条件和当地有山有水有林有果的资源优势，利用自己所学的专业知识，发展乡村旅游，把光棍沟变成西安、咸阳的后花园。《羊沟乡纪事》里地处边远山区的羊沟乡，人们历来戏谑其有"三宝"，实际是"光棍、拐子、地沟窨"的"三恼"，领导求过渡、干部不安心、人才留不住，成了全县脱贫攻坚最后一个堡垒。女干部谢群担任乡党委书记后，调查得知这个地方过去因有地方病而人迹罕至，却因水草肥美而野羊聚集，故称羊沟乡。她一方面利用国家扶贫政策改造人居条件，另一方面发挥水草肥美优势，招商引资，把羊沟乡建成"公司＋农户＋基地"的肉羊育肥基地，使羊沟乡彻底脱贫致富。《重返光棍沟》通过一对恩爱夫妻因贫穷劳燕分飞，脱贫致富后又破镜重圆的故事，颂扬了精准扶贫给贫困户家庭带来翻天覆地的变化，讴歌了党的扶贫政策取得的伟大成果。《新官头把火》讲的是农村改革大潮中锻炼培养的新型农民石新担任村党支部书记后，以全新的观念，制定新规划，采取新举措，引进新项目，建立新型合作组织，为美丽乡村建设开了新局。改革的目的，就是让人民群众的生活变得越来越好。在张英先生的笔下，南北岭变了，羊沟乡变了，光棍沟变了，这些翻天覆地的变化，就是农村改革取得的伟大成果。这些乡、村、户的探索、创新、变革、奋斗历程，就是农村改革进程的缩影。张英先生满怀激情，通过他的戏剧作品，艺术性地讴歌了这个日新月异的伟大时代。因此我说，他是用戏剧作品为新时代唱赞歌。

张英戏剧作品中的主人公，都是我们这个时代所尊崇的先进典型、英雄人物。一个时代造就一个时代的英雄。在战争年代，冲锋陷阵，舍生忘死的革命斗士是英雄；在和平年代，大胆探索，不断创新，站立潮头，拼搏进取的改革者也是英雄。英雄是时代精神的引领者，是人民群众学习的榜样、追随的目标。张英先生用他的戏剧作品，塑造了不同时期、不同领域一批改革者的英雄形象。范紫东先生是乾县人，他和孙仁玉、李桐轩、高培支创办了易俗社，确立了"移风易俗，启迪民智，辅助社会教育"的办社宗旨，他用他创作的六十九部剧作践行了这个宗旨。从这个意义上说，他是那个时代的探索者、创新者、改革者。张英先生在《范紫东》一剧中，塑造了具有责任感和担当精神的爱国知识分子形象，用激烈的矛盾冲突和生动的戏剧情节展示了范紫东先生崇尚民族气节，发扬爱国主义精神，反帝、反封建，针砭时弊、移风易俗的戏剧创作思想，这在当前和今后仍具有现实意义和历史意义。民间剪纸艺人库淑兰，她在继承民间传统剪纸技艺的基础上，采用"剪、贴、衬"三种手法相结合，创新出国内剪纸界独有的彩色剪贴纸，被联合国教科文组织授予"杰出中国民间艺术大师"称号。张英先生创作的《剪花娘子库淑兰》，就是将库淑兰这个土生土长的山区女人的奋斗历程和杰出贡献，用艺术形式呈现在舞台上。作品获得极大成功，印证了"二为"方针的正确，也说明了生活是艺术取之不尽、用之不竭的源泉。文艺工作者只有扎根生活的沃土，才能创作出人民群众喜爱的作品。《迟到的忏悔》塑造了李耕田持节守志，大义灭亲，跟隐藏很深的腐败分子做顽强斗争的老共产党员形象；《南北岭的变迁》塑造了一个心底无私、胸怀开阔、目光远大、有科学头脑的基层干部杨怀仁的形象。还有《光棍沟的笑声》塑造了回报家乡、感恩父老的大学生山娃的形象；《羊沟乡纪事》塑造了勇立潮头、鞠躬尽瘁的乡党委书记谢群的形象；《重返光棍沟》塑造了勤劳致富的大牛的形象；《新官头把火》塑造了新型农民年轻干部石新的形象。他们都是农村改革的探索者、创新者，是带头人，是奉献者的杰出代表。张英先生戏剧作品中塑造的典型形象，有戏剧家、剪纸艺术家、公务员、大学生、基层干部、农民等。有名人，也有平民。他们身份不同、地位不同，但是他们的初心相同，精神境界相同，都在用创新精神、拼搏精神、奉献精神，为我们的国家富强、民族复兴、人民群众过上美好的物质、文化生活发出自己的光和热，在不同领域的物质文明和精神文明建设中，成为人民群众尊崇和追随的榜样。

　　张英先生的戏剧作品，也特别关注在廉政建设和精神文明建设方面出现和存在的问题，如贪污腐败、道德滑坡、重利忘义、诚信缺失、婚姻观和幸福观扭曲等方面的问题。用戏剧作品反映社会问题，有些人采用"暴露"的手法，只寻找阴暗面甚或有意扩大阴暗面，以博取一些人的眼球，或求赢得"公知"们和某些境外势力的推波助澜。而张英先生采用的表现手法则是扶正抑邪、以正压邪、弘扬正气来引领风尚。他首先分清问题的性质，实事求是地剖析，不同问题不同对待。对贪腐分子，他无情地揭露和鞭挞。对思想认识和道德层面的问题，他进行善意的批评，通过树立正面典型形象，用示范、引导、感化的方法去解决。涉及这些方面题材的剧目有《迟到的忏悔》《苦寒梅香》《生母养母》《真情相约》等。关于反腐题材剧《迟到的忏悔》，戏剧评论家胡安忍在《文化艺术报》发表文章评论道："由乾县人民剧团、乾县弦板腔剧团创作演出的现代戏《迟到的忏悔》，表现了一名老共产党员持节守志、永葆青春的革命本色，主题新颖，视角独特，意蕴深刻，可谓陕西近年来戏剧文本创作的重要成果之一。"这里说的"主题新颖，视角独特，意蕴深刻"，是指有别于一般反腐题材戏侧重写贪官腐败、群众揭发、组织查处、法纪惩办的过程。《迟到的忏悔》作为反腐败题材戏，在情节设置上，只让贪官李欣贵在最后一场出现一次。大幕一拉开，就是全家人得到贪腐分子李欣贵已经被判死刑的消息，把他如何贪腐、如何暴露的过程省去。该剧的切入点就是贪官李欣贵在一审判处死刑后，激起全家成员的情感波澜——痛苦、自责、反思、醒悟、提升，展示了贪腐犯罪给国家、家庭、个人带来的灾难和伤痛。这部戏着力塑造其父李耕田这个老共产党员的形象，用大义灭亲的反腐行动感化孙子传承革命家风，教育儿子戴罪立功，供出隐藏在幕后的"大老虎"。这种新颖独特的表现手法，受到专家和观众的赞赏，该剧获得第八届陕西省艺术节"文华优秀编剧奖"并位列榜首；同时，在陕西省第二届廉政文化精品创作评选表彰活动中获"文艺剧目类"一等奖。《苦寒梅香》是作者根据一些人婚姻观、幸福观扭曲，造成离婚率大幅攀升的社会现象有感而发。该剧写了田婶嫌贫爱富，拆散了女儿梅香和孤儿李峰这对志趣相投的恋人，也写了牡丹母女见李峰后来事业有成、收入高，便千方百计托人撮合女儿与李峰成亲。但当李峰摔成植物人后，她们趁李峰无知觉，强拉其手在离婚协议上按了手印，并拿走李峰的银行卡逃离了医院，断了李峰的救命钱。当她们的行为受到众人谴责时，她们竟拿出离婚协议为自己开脱。当她们得知李峰因重大发明厂里要发二十万元奖励时，却又抢走李峰，拿着结婚证去领奖金，把牡丹母女见利忘义的丑恶行径揭露得淋漓尽致。

但该剧没有仅仅停留在揭露和批判上，而是通过着力塑造梅香这个正面典型，来告诉观众和读者，什么是正确的家庭观、婚姻观和幸福观。梅香在得知李峰摔成植物人，又被牡丹抛弃，危在旦夕时，她毅然筹措资金为李峰做了手术，并用刺绣《蜡梅傲雪图》赚钱为李峰治病。虽遭邻里误解，母亲劝阻，未婚夫反对，她都毫不动摇，直到把李峰唤醒治好。她感到"能为自己心爱的人付出和牺牲就是最大的幸福"，李峰醒后感激梅香：

> 你心比洁玉净，
> 你身比泉水清。
> 你义比泰山重，
> 你情比热血浓……
> 你是那苦寒梅花香如故，
> 你是我心中闪亮的星。

　　我想，观众一定会赞赏和学习梅香这种重友情、顾大义的人格品德和她的婚姻观、幸福观。其他剧目也都通过塑造正面艺术形象引领新风尚的手法来告知观众：我们的时代，应倡导和弘扬哪些社会风尚。像《生母养母》弘扬了伟大的母爱及和谐社会人人争相献爱心的良好社会风尚；《真情相约》赞扬一对年轻人在患难中相约奋斗，互勉互帮，最终实现事业、爱情双丰收，是一部很好的励志剧；《姐弟俩》针对目前社会上出现一些刚富起来的父母，对孩子"张口就喂，伸手就给""穷父母培养富二代"的现象，讲述了一个拼搏创业、事业有成的姐姐如何教育和带动痴迷网恋网贷、学业荒废、不务正业的异母弟弟改邪归正、共同创业的故事，告诉人们艰苦奋斗的优良传统任何时候都不能丢掉，幸福是奋斗出来的。总之，在这类题材的戏剧作品中，作者虽然谴责和批评丑恶行为和不良倾向，但在他讲的每一个故事里，都会从一个或几个典型人物身上生发正气，引领某种新风尚。在社会主义精神文明建设中，我们需要这样的文艺作品。

纵观张英先生的戏剧作品，可以看出，他是用积极的心态观察生活，善于发现生活中的真、善、美。他热爱这个时代，他崇尚改革者、开拓者、拼搏者。他为什么要满怀激情地讴歌这个伟大的时代，颂扬这些先进人物，在《南北岭的变迁》首演式记者提问时，他是这样回答的："乾县在改革开放中的发展变化震撼着我，乾县的基层干部、人民群众的改革精神感动着我，我感到自己有责任通过艺术形象把它们呈现在舞台上。"话里多次提到乾县，因为乾县是他的故乡，他一直工作和生活在乾县。这里说到的"震撼"和"感动"，是因为从 1978 年以后，他就调入党政部门工作直到退休，曾担任过县委政策研究室副主任、农工部部长、县农业委员会主任、农业发展办公室主任、农业局局长。从推行联产承包责任制到脱贫攻坚、乡村振兴，他一直是乾县农村改革的参与者、亲历者。他跑遍了全县所有的乡村，认识了大多数基层干部，跟许多基层干部和农民群众交朋友。县上申报全国、省、市劳动模范、人大代表的许多上报材料是他整理的，他还采写过许多专业村、专业户及农村改革先进典型的材料。这就是他的生活积淀和取材源泉。这些戏剧作品都是他退休以后提笔写出来的。回忆自己历经的非凡的岁月，回想那些令他震撼和感动的人和事，他不由得激情喷发，欣然命笔。十多年来，他写戏三十多部，让令他震撼的伟大变革入戏，让令他激动的先进人物入戏，宣传他们的事迹，弘扬他们的精神，以激励更多的人为乡村振兴、民族复兴做出贡献。他感到这是自己应有的责任和担当。

　　我祝贺张英先生荣获第37届田汉戏剧奖剧本奖一等奖！

　　我期待张英先生有更多好作品问世。

（许超莹，系中共乾县县委常委、宣传部部长）

咸阳戏剧创作队伍的突出贡献者

杨　锋

咸阳市是国家级历史文化名城，文化底蕴深厚，孕育了一大批历史文化名人。在他们的熏陶下，近年来在小说、散文、诗歌、影视创作方面，涌现出了一系列在全国、全省有影响力的作品。在戏剧创作方面，也成绩斐然。礼泉的小戏创作演出闻名全国，被文化部命名为"全国小戏之乡"。大型舞台剧创作佳作迭出，先后有《韩春回乡》《福寿图》《秦直道》《白居易》《范紫东》《迟到的忏悔》《骆驼巷》《赵梦桃》《追梦》《马栏情》《刘古愚》《南北岭的变迁》等剧连续六届在陕西省艺术节上获"文华优秀剧目""文华优秀编剧""文华优秀音乐"等奖项。这说明我市戏剧创作队伍是强大的。其中，剧作家张英以他在戏剧创作方面取得的丰硕成果，2017年被评为咸阳市文化广播电视新闻出版系统十大突出贡献人物。

张英先生获此殊荣，实至名归，主要表现在以下三个方面。一是剧作数量多，排演率高。他创作的三十多部戏剧作品，有十多部被省、市、县级国有专业院团呈现于舞台。有二十多部被民营剧团和演艺公司、夕阳红演出团及部队、法院、旅游、教育、卫生、农业、保险、戏联等系统采用排演，参加各行业的省市系统内赛事或行业庆典活动。二是获奖剧目多，奖项级别高。在他的三十多部戏剧作品中，有十部作品获国家和省、市级奖励或资助。其中三部获得或入围国家级奖项，如《剪花娘子库淑兰》获第37届田汉戏剧奖剧本奖一等奖。《迟到的忏悔》入围文化部2017年精品资助项目，赴京进行答辩。《苦寒梅香》通过文化和旅游部剧本孵化项目第一次专家评审，获得资助。另外，还有《范紫东》入选参加第十一届中国艺术节优秀剧目展演。在获得省级奖励或资助的《山村小店》《范紫东》《迟到的忏悔》《漂亮的尾巴》《家风》《姐弟俩》《南北岭的变迁》等七部剧作中，获得省级最高奖的就有三部，分别是《山村小店》《范紫东》获省上会演、艺术节"优秀剧目奖"，《迟到的忏悔》获第八届陕西省艺术节"文华优秀编剧奖"，在陕西省第二届廉政文化精品创作评选表彰活动中获"文艺剧目类一等奖"。还有《重返光棍沟》《南北岭的变迁》获得市级奖励或精品项目资助。三是戏剧作品走出咸阳，扩大了咸阳的文化影响力。张英先生的戏剧作品不仅由市内院团排演，还走出咸阳，被外地一些剧团和演艺公司搬上舞台。他早期创作的《山村小店》，获陕西省现代戏会演优秀剧目奖，剧本在陕西人民出版社出版发行后，在省内外影响很大，相继有西影演员剧团、易俗社及多个省市地方院团用不同剧种对该剧进行移植演出。获资助作品《苦寒梅香》被华阴市眉户剧团搬上舞台，获奖剧目《漂亮的尾巴》被铜川市演艺公司签约排演，《键盘上的陷阱》被内蒙古驻军某部排演，特别是《剪花娘子库淑兰》荣获第37届田汉戏剧奖剧本奖一等奖，是我市剧作家首次获得此项殊荣。剧作家是要以作品说话的，张英先生能被评为突出贡献人物，主要还是因为他为观众奉献了多部集思想性、艺术性、观赏性于一体的精品力作。

张英先生戏剧作品的主旨立意，是和新时代的主旋律合拍的，弘扬的是正能量，思想性很强。他选材贴近现实，用观众关切的时代热点问题演绎故事，用观众熟悉的先进人物塑造形象，以人物的价值选择表现主题，用正面形象彰显和弘扬时代精神，来满足当代观众的精神诉求。如被誉为文化大家、秦腔巨擘的"东方莎翁"范紫东，是我市乾县人，他在省内外的影响力，正如《范紫东》序曲里唱的那样："六十九部剧作丰，哭喊笑骂扬秦声。百年犹唱《三滴血》，谁人不知范紫东。"所以，乾县人、咸阳人一提到范紫东，就倍感亲切。张英先生通过艺术形象把咸阳家喻户晓的文化名人呈现在舞台上，人们观后无不敬佩乡贤范紫东"弃官从文""以戏载道、以文济世"的爱国知识分子的责任感和担当精神。他的"崇尚民族气节，发扬爱国主义精神，反帝、反封建，针砭时弊，移风易俗"的戏剧创作思想也得到了宣传和弘扬。被联合国教科文组织授予"杰出中国民间艺术大师"的库淑兰，是我市旬邑县人，在渭北无人不晓，是几代农村妇女的偶像。张英先生把库淑兰用艺术形象呈现在舞台上，这个穿粗布棉袄、吃小米饭就野菜疙瘩的小脚女人，在观众心目中，多么像邻家慈祥的老妈妈、老奶奶，坐在土炕头，挥动剪刀，给千家万户送去对幸福美满、吉祥如意、春光满院、五谷丰登等美好生活的祝愿。观众之所以喜爱库淑兰这样的舞台艺术形象，是希望在我们这个时代，在自己的身边，也能涌现出更多的像库淑兰这样的艺术家，创作出更多老百姓喜爱的艺术作品，给人民群众美好的生活增色添彩。还有《羊沟乡纪事》《南北岭的变迁》《光棍沟的笑声》《重返光棍沟》《新官头把火》等农村题材现代戏，所涉及的脱贫攻坚、环境保护、转型发展、乡村振兴等社会热点问题，都是关系老百姓切身利益的大事，所塑造的乡党委书记谢群、村支书杨怀仁、回乡大学生山娃、劳动致富户大牛、新型农民石新等艺术形象，他们身上焕发的改革精神、创新精神、实干精神、拼搏精神、无私奉献精神，激励着观众，感染着群众。农民群众期盼自己的村里也有这样的带头人、领路人。他们的艺术形象被基层干部视作标杆、楷模，被农民视作勤劳致富、科学致富的榜样。所以说，张英先生的戏剧作品，思想性强，是弘扬时代精神、唱响主旋律的好作品。

说到张英戏剧作品的艺术特色，突出表现在两个方面。一是剧情结构别具一格，别致、曲折、吸引人。他的戏剧作品大体有三种结构模式，即"线性结构""点式结构""多线交织结构"。比如《剪花娘子库淑兰》就采用"线性结构"，起承转合，步步推进，跌宕起伏，环环紧扣观众心弦。全剧用剪纸的"画册"一线贯穿到底，六场戏分别是"传接画册""撕烂画册""补续画册""自毁画册""魂系画册""捐献画册"。观众关心画册的命运，也就是关心库淑兰的命运，所以作者就用画册的曲折遭遇、坎坷命运来牵动着观众的心，一气呵成，让观众一口气看完。而《范紫东》一剧则采用了"点式结构"，别具一格。该剧塑造范紫东的形象不是选用一个完整的故事，而是选用了范紫东人生历程中不同节点、不同侧面的五件逸闻趣事，全剧分"愤笔讨袁""感化学子""弃官从文""戏剧姻缘""反讽司令"五场，每场戏讲述一个完整的故事，每场戏反映一个人格侧面，每场戏闪烁一个思想亮点，用"线性结构"无法构架完整剧情。于是作者运用穿糖葫芦的模式，以写戏为主干，像穿糖葫芦一样，把这几件逸闻趣事串起来，就呈现出范紫东坎坷多彩的戏剧人生，塑造出范紫东完整鲜明的艺术形象。《苦寒梅香》则是多条线交织、主副线分明的结构方式，它以主人公梅香与李峰的关系为主线，设置了梅香与二少、梅香与牡丹母女、李峰与牡丹母女、田婶与李峰、田婶与牡丹妈等多条副线，使戏剧矛盾错综复杂，戏剧冲突更加激烈，更具观赏性。二是在激烈的矛盾冲突中塑造人物。《南北岭的变迁》就是把支部书记杨怀仁置身于多重交织的矛盾冲突中塑造的。如烧白灰、采石料本是全村的致富项目，杨怀仁由一人富带动全村富，成了劳动模范、人大代表。但随着改革的深入、社会的发展，新的矛盾不断出现——烧白灰、排放烟尘与国家环保政策产生的矛盾，推土采石毁良田与保耕地红线基本国策产生的矛盾，因堵路断水与南岭村产生的矛盾，因停产转型班子内部产生的矛盾，因无活干、无钱挣与村民产生的矛盾，因两村闹事影响儿女婚事家庭产生的矛盾，因"南岭闹班子吵妻儿埋怨"产生的内心矛盾冲突等，可以说杨怀仁带领南北岭脱贫攻坚、建设美丽乡村每走一步都是在克服困难、化解矛盾中跨越的。作品把杨怀仁推到改革的潮头浪尖，让观众在激烈的矛盾冲突中看杨怀仁怎么想、怎么干。最后，杨怀仁把矛盾化解了，用意志、智慧、改革精神终于把南北岭建成富裕和谐的美丽乡村。这样，他这个心底无私、胸怀开阔、目光长远、有科学头脑的基层干部形象就塑造成功了。所以说，戏剧作品如何设置矛盾冲突，也是一门艺术。

张英先生的戏剧作品除戏剧情节曲折、矛盾冲突激烈外，在创作戏剧文本时，他设置的许多情节为导演、演员的二度、三度创作打下了基础，留下了空间，创造了意境。所以演出后，使人感到演员的唱、念、做、打、程式、绝活各显其能，配以灯光舞美，更是让作品大放异彩，增强了戏剧的观赏性。比如，《迟到的忏悔》"探监"一场，采用"喝场"，把父母见到判死刑儿子时怨其不争、痛其将死、恨其不悔、望其醒悟的复杂心情，把李欣贵对年迈父母、受害子女的愧疚心情及留恋人世的求生欲望表现得淋漓尽致。台下观众也对不同角色用痛恨、惋惜、同情、流泪的复杂表情来回应。再如《南北岭的变迁》设置了"堵路"和"断水"两场戏，为导演和演员在现代戏中创新"打"功提供了创作空间。导演根据剧情需要，精心地设计了具有现代美学特色的打闹场面和舞蹈，引起了观众浓厚的观赏兴趣。还比如，弦板腔皮影戏有一个表演动作，就是女演员在表现内心痛苦和愤恨情感时唱"滚白"的表演动作，演员右臂前屈用手掩面，左臂后弯手按腰部，弓着身子前后晃动，做痛哭状。这是弦板腔皮影戏的经典程式。弦板腔搬上大戏舞台后，《紫金簪》等传统戏保留了这个表演动作，观众很喜爱。张英在他的现代戏《范紫东》《南北岭的变迁》等剧目中，也设置了"滚白"，也把这个皮影戏表演元素运用到现代戏上，增强了戏剧的观赏性。至于作为出版物的可读性和文学价值，我这里借用易俗社原社长冀福记先生阅读《光棍沟的笑声》剧本后的评价："该剧作者的生活功底和文字水平更显其作品具有文学性和欣赏性，无论唱词、道白，极具人性语系，不仅是台可演剧目，也是台可读的文学台本。"我阅读张英的其他戏剧作品，也有同感。

此外，戏剧的语言生活化、形象化，比如：

说起来你像八哥嘴，

干起来你是缩头龟。

遇挫折你成胆小鬼，

要逃跑你变狗屎堆。

井底蛙只会在井里鸣叫，

山里鸡只能在山里乱刨。

是蜗牛别指望它能奔跑，

是野马它不会驾辕拉梢。

——《光棍沟的笑声》

又如：

心操上，钱赔上，

咱们对他没少帮。

辘轳把你难扳成擀面杖，

烂泥巴你怎将它抹上墙？

——《姐弟俩》

又比如排比句的运用，仅以《迟到的忏悔》为例，像李耕田的"悔之悔、恨之恨、惜之惜、怪之怪、错之错、迟之迟"六句排比，李大妈四句"儿一死"排比，李欣贵四句"我多想"、四句"再不能"、四句"都怪我"排比等，不但在演员表演时能更深刻地刻画角色的内心世界，在读者阅读时也朗朗上口，增强了作品的文学性。这些观众在剧场观看演出时已经感受到了，我相信读者在阅读戏剧作品集时，对他的戏剧作品的文学性、可读性感受更深。

期望张英先生为繁荣咸阳的戏剧创作做出更大的贡献！

（杨锋，系咸阳市文化和旅游局艺术科科长）

张英戏剧作品
对传承非遗剧种弦板腔的积极贡献

叶文恒

张英先生有八部戏剧作品由乾县弦板腔剧团搬上舞台，还出版了两部研究弦板腔的理论著作，对弘扬和传承国家级非物质文化遗产弦板腔做出了积极贡献。

弦板腔是陕西古老的地方剧种之一，起源于宋代，广泛流行于陕西关中的乾县、礼泉、兴平、武功、周至及甘肃东部的庆阳、正宁、合水、兰州等地。新中国成立前，弦板腔一直以民间皮影演唱的形式流行于民间。清末民初，是弦板腔皮影戏的鼎盛时期。盛行于农耕文明时期的民间弦板腔皮影戏，随着经济的发展、社会的进步和文化的多元化，在发展过程中不断遇到瓶颈，面临危机。为此，新中国成立后，国家曾对弦板腔这一优秀地方剧种进行过两次抢救。第一次是在20世纪50年代后期。为了贯彻党的"双百"方针，陕西对阿宫腔、碗碗腔、弦板腔等优秀地方剧种进行抢救，乾县承担了抢救弦板腔的试点任务。这一试点的巨大成果，就是把弦板腔由民间皮影搬上大戏舞台，这是弦板腔历史上具有里程碑意义的创新和发展。但搬上舞台的弦板腔，除保留音乐唱腔这一弦板腔特性外，其他如导演、演员行当、舞台调度、功法程式、演员表演、舞美灯光、服装道具等都必须向大戏舞台化靠拢。因为皮影戏的脚本是在三尺幕布上平面呈现的，皮影戏剧作者在进行剧本创作时，就不考虑舞台戏的呈现手段，因而造成原来皮影戏的演出文本已经不适合大戏舞台的演出要求。

1960 年，在乾县人民剧团改为专业的弦板腔剧团后，选用什么剧本，就成为乾县弦板腔剧团面临的一个新课题。当时解决的路子有两条，一条是移植秦腔等兄弟剧种演出的舞台剧目，另一条是自己改编、创作适合大戏舞台演出的新剧目。这时就有了丁明、张汉的《紫金簪》《九连珠》《取桂阳》等新编传统剧目的出现。到了 20 世纪 60 年代中期至 70 年代初，全国性的现代戏创作会演出现高潮，乾县弦板腔剧团也要创排现代戏来适应这个新的形势要求，先后创排了《五峰山下》(作者丁明、陈勋)、《鸿雁高飞》(作者张敬群)等五部现代戏参加了咸阳地区戏剧会演，其中就有张英先生创作的《相亲礼》《五七浪花》《山村小店》三部戏。特别突出的是《山村小店》，于 1971 年、1972 年连续两届代表咸阳地区参加陕西省现代戏创作会演，获得优秀剧目奖。剧本先是由《陕西日报》全文发表，后由陕西人民出版社出版发行，《陕西日报》美术编辑樊玉民还把该剧改编成连环画。相继有西影演员剧团、易俗社及省外院团用不同剧种移植演出，这在当时反响很大，对扩大弦板腔在省内外的知名度、影响力起到了很大的作用。这个时期正是弦板腔搬上大戏舞台后的第一次辉煌时期，弦板腔现代戏创作排演取得成功，打破了民间皮影弦板腔只演古典戏的传统，是一次创新，也是辉煌时期的亮点之一。

对弦板腔的第二次抢救，是在 21 世纪初。由于电影、电视、网络、流行音乐的出现和普及，人们的文化生活更丰富多彩、更快捷方便、更具时代气息。受多元文化的冲击，整个戏剧行业出现了低迷状态。弦板腔也不例外，20世纪80年代后期开始走下坡路，90年代逐步陷入困境，票房收入减少、财政断供、人员流失、剧团解体、剧种濒危。这种局势引起国家及各级政府的重视。2006年，弦板腔被国务院列入第一批国家级非物质文化遗产名录，各级政府都出台了一系列保护、抢救、传承非遗剧种的政策。

乾县县委、县政府也制定了保护、抢救、传承国家级非遗剧种弦板腔的具体措施。其中最重要的一项，就是2008年县政府第三次常务会议决定重新成立乾县弦板腔剧团，于11月5日隆重举行挂牌仪式。从此，乾县弦板腔剧团成为该剧种"天下第一团"。天下第一团要真正承担起保护、抢救、传承弦板腔剧种的历史重任，就必须不断出新戏、出人才。

为此，作为县文化主管部门，我们把创排新剧目作为培养新人、传承弦板腔的重要举措。从2011年至今，我县相继有《福寿图》《红烛魂》《范紫东》《迟到的忏悔》《南北岭的变迁》《重返光棍沟》《姐弟俩》等七部新创作剧目参加省、市艺术节或被列入精品资助项目，其中五部是张英先生创作的。他创作的《范紫东》获第七届陕西省艺术节优秀剧目奖和编剧、作曲、表演等九项大奖，并参加第十一届中国艺术节优秀剧目展演。《迟到的忏悔》获第八届陕西省艺术节"文华优秀编剧奖""文华剧目奖""文华作曲奖"等多项大奖。在陕西省第二届廉政文化精品创作评选表彰活动中获"文艺剧目类一等奖"，其剧本和曲谱被国家百戏博物馆永久收藏。《南北岭的变迁》获2022年咸阳市精品项目资助，参加第十届陕西省艺术节。《重返光棍沟》

参加了咸阳市第一届扶贫剧目会演和咸阳市第二届艺术节，获表演奖和剧目二等奖。《姐弟俩》获中共陕西省委宣传部精品项目资助。这些新创排剧目参加省、市艺术节、文艺会演及全国艺术节展演等活动，并通过广播、电视、网络播放。此外，作为稀有剧种进京汇报演出，去昆山参加全国百戏盛典，赴山东参加第二届黄河流域演出季等活动，弦板腔在省内外影响力、知名度大增，创造了大戏舞台弦板腔的二次辉煌，使人们看到了振兴非遗剧种弦板腔的希望。这个希望在于，通过创排新剧目，为弦板腔的传承发展锻炼、提高、培养了一批人才。

我们的编剧张英的戏剧作品不但在弦板腔演出中连连得奖，《苦寒梅香》《漂亮的尾巴》剧本还被渭南、铜川等地的几个演艺公司排练演出，《剪花娘子库淑兰》获得第37届田汉戏剧奖剧本奖一等奖。乾县人创作的戏剧作品走出乾县、走出咸阳，获得国家级奖项，这无疑扩大了乾县的知名度和文化影响力。我们的作曲袁方，为《福寿图》《范紫东》《迟到的忏悔》谱曲，连续三届获陕西省艺术节"优秀作曲奖""文华作曲奖"。弦板腔的主奏乐器二弦手任勇、板子手张尊超，已经培养成为弦板三杰中马怀玉、陈文蔚的第四代传人。我们的演员队伍的演唱技艺也得到很大的提升，国家级非物质文化遗产代表性传承人丁碧霞，在这些新创排剧目中，担任导演或副导演，在排练中，把她一生的表演艺术积累和在舞台剧表演中借鉴的皮影戏的经典表演程式，毫无保留地传授给年轻演员，这些年轻演员在陕西省艺术节也屡屡获表演奖。

张英先生的戏剧作品不但为传承弦板腔做了积极贡献，也为乾县的文化大县建设做出了努力。在建设文化大县中，我们的一项重要举措，就是着力打造三张文化名片。第一张文化名片是国家级非物质文化遗产弦板腔。张英先生新创作的五部剧目对弦板腔二次辉煌做出的贡献，就为这张名片增色不少。第二张文化名片是乾县籍文化名人、秦腔巨擘范紫东。我们除建立范紫东纪念馆，出版了《范紫东研究》专刊外，张英先生创作了大型剧目《范紫东》，用艺术形象把范紫东呈现在舞台上。该剧参加第七届陕西省艺术节、第十一届中国艺术节展演，通过电视和网络播放，把范紫东坎坷多彩的戏剧人生，把范紫东戏剧创作思想和取得的成就，在更大范围传扬。第三张文化名片是武则天和唐高宗李治的合葬墓乾陵。在第一届乾陵杯全国象棋比赛开幕式上，演出了张英先生创作的《女皇梦棋》，用戏剧作品宣扬武则天、宣传乾陵，让来自全国各地的参赛者了解乾陵里沉睡着一个怎样的不凡女性。

张英先生除用戏剧作品为传承弦板腔做出积极贡献外，在弦板腔的理论研究方面也取得了一定成果，而这些理论成果，对他提升编剧水平，屡获国家级、省级大奖帮助很大。弦板腔的理论研究一直是个空白，由黄琦先生任主编，他和范荣昌等人任副主编的《国家级非物质文化遗产——弦板腔》一书，填补了这个空白。他和袁富民、范荣昌三人合作承担文化部批准立项的《中国戏曲剧种全集·弦板腔》一书，又对弦板腔的发展从历史渊源、表演艺术、音乐艺术、文学世界、习俗生态、传承保护等方面，进行了全面系统的理论研究。2010 年，他写的《乾县弦板腔六十年发展述评》，对搬上大戏舞台的弦板腔，分"传承发展""辉煌鼎盛""困难坚守"三个时期进行了全面、系统、客观、公正的评述，很有史料价值和理论价值，后被《乾县文化志》转录。对于民间皮影弦板腔，几百年来正史、野史都没有记载。但是，研究弦板腔的发展历史，不能只研究搬上大戏舞台后的六七十年，而丢弃起根发苗的前七八百年。在资料奇缺的情况下，张英先生从调查、总结、整理民间皮影老艺人资料入手，先后整理出《弦板三杰——郝振安、马怀玉、陈文蔚》《一位顽强坚守的弦板腔老艺人胡永春》《弦板腔名老艺人王天德》《张国正皮影世家》《活霸王孟文秀》《弦板腔新一代传人张教练》等资料，并通过这些老艺人，或通过他们的传人、亲人、知情人追根溯源，挖掘了很多有价值的史料。他还从自己戏剧创作的借鉴需要出发，特别深入地调查了弦板腔皮影戏的演出文本，了解到各地皮影班社经常演出的保留剧目有118部。他按题材内容归类为七大系列进行研究，即"神话系列"7部、"春秋战国系列"10部、"三国系列"42部、"隋唐系列"9部、"杨家将系列"4部、"民俗题材和捎戏"13部、"其他历史剧和传统剧"33部。综合分析得出这些剧目的共同特色，一是受民间说唱话本影响很大，重叙述而缺乏抒情和写意。二是偏重打斗的"武戏"占绝大部分。三是由于皮影戏是男前手一人男女同声同调唱到底，且多唱"武戏"，所以戏剧文本女性角色极少，基本是行内戏称的"公戏"，生旦净丑行当搭配严重失衡。他寻找出弦板腔皮影戏文本不适合舞台大戏演唱的根本原因，这对大戏舞台弦板腔遴选剧目提供了有力的理论支撑，也使自己懂得写舞台戏脚本时如何改进，应借鉴什么、扬弃什么。他还和民间皮影老艺人探讨了皮影戏的表演特色，总结出了"以生角为主的'唱'功特色，以方言俗语为基调的'念'功特色，以上身表演为主的'做'功特色，以绝活为主的'打'功特色"，这与舞台大戏"四功五法"的表演程式截然不同。他还对比研究大戏舞台弦板腔的戏剧文本特色、"四功五法"特色是如何运用服装、道具、化装、灯光、布景等不同于皮影戏的艺术手段刻画人物、营造气氛、烘托剧情、再现环境、创造空间的，在自己的戏剧创作上充分学习运用，使自己的戏剧作品适应大戏舞台演出。所以，他在创作戏剧脚本时，就为导演、演员的二度、三度创作打下基础，预留了发挥空间。许多导演和演员都觉得排演张英写的戏很顺。所以说，张英先生对民间皮影弦板腔和大戏舞台弦板腔历史资料的挖掘整理和理论研究，一方面，对保护、发展、传承非遗剧种来说，具有重要史料价值和理论指导价值；另一方面，用他本人的话说，对他自己戏剧创作水平的提高帮助很大。

张英的戏剧作品和理论研究对弘扬、发展、传承非遗剧种弦板腔的贡献是巨大的，对文化大县建设的贡献也是巨大的。我们祝贺他的戏剧作品集出版，也期望他永葆艺术青春，创作出更多更好的戏剧作品。

（叶文恒，系乾县文化和旅游局局长）

张英戏剧作品

张英先后创作大小剧目三十多部，其中获国家、省、市级奖励或资助的剧目十部。在这些剧目中，除《山村小店》由陕西人民出版社单独出版外，这次选编了十五部结集出版，其中大戏十一部、小戏四部。其中：

一、获国家级奖励或资助剧目两部：

1.《剪花娘子库淑兰》2023年获第37届田汉戏剧奖剧本奖一等奖。

2.《苦寒梅香》获文化和旅游部2018年剧本孵化项目资助。

二、获得省级奖励或资助剧目六部：

1.《范紫东》2014年获第七届陕西省艺术节"优秀剧目奖""编剧奖"，2015年参加第十一届中国艺术节优秀剧目展演。

2.《迟到的忏悔》2017年获第八届陕西省艺术节"文华优秀编剧奖""文华剧目奖"；2019年在"陕西省第二届廉政文化精品创作评选表彰活动"中获"文艺剧目类一等奖"。

3.《漂亮的尾巴》获陕西省戏剧家协会、《当代戏剧》2019年度剧本征稿评奖（大戏类）二等奖。

4.《剪花娘子库淑兰》获陕西省戏剧家协会、《当代戏剧》2021年度剧本征稿（大戏类）一等奖。

5.《姐弟俩》获中共陕西省委宣传部2022年精品项目资助。

6.《南北岭的变迁》获陕西省戏剧家协会、《当代戏剧》2023年度剧本征稿（大戏类）剧本奖。

三、获市级奖励或资助剧目两部：

1.《重返光棍沟》（小戏）获咸阳市第二届艺术节剧目二等奖。

2.《南北岭的变迁》获2022年咸阳市精品项目资助，参加第十届陕西省艺术节。

四、经省文化厅或陕西省戏剧家协会组织专家讨论修改后定稿六部：

1.《生母养母》

2.《光棍沟的笑声》

3.《羊沟乡纪事》

4.《真情相约》

5.《皮影缘》（小戏）

6.《新官头把火》（小戏）

五、参加首届乾陵杯全国象棋比赛开幕式演出一部：

《女皇梦棋》（小戏）

目录

范紫东

人　物

范紫东　乾州、武功知事，易俗社编剧，三十至六十多岁。

文夫人　范紫东之妻，三十至五十多岁。

习美娥　范紫东的丫鬟，十五六岁至四十多岁。

范　忠　县府秘书，范紫东的侄子，二十至五十多岁。

胡　进　范紫东的同窗，先陆建章参谋，后胡宗南高参，三十至六十
　　　　多岁。

赵时安　范紫东同窗同乡，武功县同知，三十多岁。

李桐轩　易俗社社长，五十六七岁。

孙仁玉　易俗社评议长，四十五六岁。

高培支　易俗社编剧，后任社长，三十五六至六十多岁。

习大叔　种烟户，习美娥的父亲，五十多岁。

赵参谋　五峰山讨袁军参谋，三十多岁。

李副官　西安绥靖公署副官，三十多岁。

明　儿　健本学堂学生，省警察厅厅长大女儿，十七八岁。

理　儿　健本学堂学生，省警察厅厅长二女儿，十六七岁。

警察、同盟会会员、衙役、烟农、乡绅

序　曲

（合唱）六十九部剧作丰，

　　　　哭喊笑骂扬秦声。

　　　　百年犹唱《三滴血》，

　　　　谁人不知范紫东？

　　　　范紫东，近代关汉卿，

　　　　范紫东，东方一莎翁。

　　　　（合唱声中，推出剧名：范紫东）

第一场　愤笔讨袁

时　间　民国初年。

地　点　乾州古城，知事大堂。

（早班时分，范忠伏案而睡）

班　头　（内喊）立正，跑步走！（班头领一队差人上，绕场）立定！
　　　　报告知事大人，弟兄们到齐，请训示！

范　忠　（发出鼾声）

班　头　报告范知事，弟兄们到齐，请训示！

范　忠　（鼾声愈大）

众　　　（凝视）这……原来是他——（班头拧住范忠耳朵）

范　忠　（睡眼惺忪，疼得叫出声）哎呀哎呀，我把你——

班　头　嗯？

范　忠　（忙赔笑）嘿嘿嘿。

班　头　啊，好一个大胆的范忠，你竟敢在知事的公案上睡觉！

范　忠　我三叔伏案写了一夜戏，我在旁边陪了一夜。天明他累咧，
　　　　回房歇息。我也累咧，就在这儿打了个盹儿。

班　头　今日有重要公务，误了事咋办？

范　忠　事情我知道，误不了。

班　头　不行。（进后堂欲叫）范……

范　忠　（急拦）让他多睡一会儿。

班　头　（无奈）大家休息休息。

　　　　（范紫东口念鼓点，学武将登台状，绕场，亮相）

众　　　（愕然）

范紫东　本帅姓蔡名锷，字松坡，湖南邵阳人氏。自从辛亥革命起义，
　　　　被举为云南都督。

　　　　（众哄堂大笑）

范　忠　三叔，你得是还没睡灵醒呢？

范紫东　咋？

范　忠　你叫范紫东，乾州西营寨人氏，现任乾州知事。

范紫东　这我知道。

范　忠　可你刚才说你是云南都督，连姓名、籍贯都卖咧。

范紫东　去去去，我是在演我昨晚写的戏呢。

范　忠　演戏？哎……（众交头议论）

范紫东　（又转身哼唱）蔡松坡在军营暗地思想……

班　头　范知事，弟兄们等候多时，请训示！

范紫东　不急不急。范忠，我为蔡锷将军写了一段唱词，你拉板胡，
　　　　我唱给大伙听听。

众　　　好！（范忠拉起板胡）

范紫东　（唱）蔡松坡在军营暗地思想，

　　　　　　　我中华这前途暗淡无光。

　　　　　　　袁世凯拥重兵气焰高涨，

　　　　　　　做总统生野心想做帝王。

　　　　　　　把民党逐出境大权独掌，

散国会改约法民气不扬。

人都说大总统要做皇上，

只恐怕众百姓又遭祸殃。

但不知他要用什么伎俩?

倒叫人费筹思不知端详。

| 众 | （热烈鼓掌叫好）好！好！再来一段。 |

众　　（热烈鼓掌叫好）好！好！再来一段。

范紫东　这戏只写了个开头，再编出新段子，一定给大家唱。

众　　好！

班　头　范知事，弟兄们等待多时，请训示！

范紫东　我想问问大家，你们说，民国之内乱，是谁酿成的?

众　　袁世凯。

范紫东　民国之外乱，又是谁酿成的?

众　　袁世凯。

范紫东　说得好！可陕西督军陆建章，命令各县抓捕讨袁的领头人物，
　　　　你们说咋办?

班　头　我们听范知事的！

众　　听范知事的！

范紫东　好，我告诉你们，今日民众讨袁游行，不但不能抓人，还要
　　　　保护好他们。

众　　是！

班　头　立正，向右转，齐步走！（众正步下）

范紫东　哈哈哈，不愧是当年抗清的老部下。范忠，快去给我弄点吃的。

范　忠　是！（下）

　　　　（范紫东翻阅《新唐书》，赵参谋及两位随从上）

赵参谋　范兄。

范紫东　噢，赵参谋。

赵参谋　吴希真在五峰山树帜讨袁，请先生写《讨袁檄文》，不知脱稿没有？

范紫东　几易其稿，仍觉没有雷霆之力，唉！

　　　　（唱）自愧文笔不犀利，

　　　　　　　难做匕首和枪戟。

　　　　　　　骆宾王文才人称奇，

　　　　　　　正拜读当年讨武檄。

　　　　你看骆宾王写的《讨武曌檄》，气势磅礴，语言豪壮，足以鼓动军心，振奋士气。可惜呀可惜，这初唐四杰之一，竟被武则天杀害了。

文夫人　（上，欲递茶，闻言一惊，茶杯落地）啊！

赵参谋　嫂夫人，你怎么了？

文夫人　啊，先生，你……你说什么？

范紫东　我说骆宾王这样的绝世英才，竟命丧于一篇檄文，太可惜了！

文夫人　武则天她……她为什么要杀骆宾王？

范紫东　你想想，徐敬业起兵失败，武则天能容写讨武檄文的骆宾王吗？

文夫人　先生，那你写《讨袁檄文》，袁世凯他……能容下你吗？

　　　　（唱）袁世凯如今有权势，

　　　　　　　陆建章受命督陕西。

　　　　　　　他若真的做皇帝，

　　　　　　　日后岂能饶了你？

范紫东　（唱）孙文反清举义旗，

　　　　　　　　志士精英如云集。

　　　　　　　　英烈们前仆又后继，

　　　　　　　　我岂能退缩把头惜？

文夫人　先生！

　　　　（唱）纵然先生不怕死，

　　　　　　　　老母妻儿何所依？

　　　　　　　　我要收回笔和纸，

　　　　　　　　不让你写讨袁檄！

　　　　（收拾纸、笔欲下）

范紫东　站住！客人在此，成何体统？（夺纸和笔）

文夫人　这关乎一家老小的性命，你要写，我就死！（欲碰壁）

赵参谋　（急拉夫人）嫂夫人，这事我俩再商量商量，你先去休息吧。

　　　　来人！（两随从扶文夫人下）

范紫东　赵参谋，夫人不识大体，让你见笑了。

赵参谋　不不不，范兄，讨袁逐陆，你锋芒太露，嫂夫人的担心不无道理，

　　　　毕竟你是陆建章手下的一个县官呀。

范紫东　赵兄呀！

　　　　（唱）咱陕西八路都督各举旗，

　　　　　　　　当县官不知应该听谁的。

　　　　　　　　任他们鸡鹘狗咬争权力，

　　　　　　　　为弟我心中自有老主意。

赵参谋　啥主意？

范紫东　（接唱）百姓有事咱受理，

8

官场不争高和低。

作画习字又写戏，

不近浊水和污泥。

范　忠　（急上）三叔，陆督军派员求见。

范紫东　不见，就说我不在。

范　忠　他、他、他……他已闯进来了！

范紫东　你回避一下。（二人下）

胡　进　（闯进）哈哈哈，范知事，紫东兄！

范紫东　噢，胡进兄，你先从张云山，后投张凤翙，怎么又成了陆建
　　　　章的座上宾？

胡　进　范兄，你我同窗三载，难道不知为弟才学？在张云山手下，
　　　　只是一个小小的连长；投靠张凤翙后，也仅仅给我一个营长；
　　　　追随陆督军，立马就是团职高参。

范紫东　哎呀，胡兄做官有道，步步高升，钦佩钦佩。不知今日到乾州，
　　　　有何见教？（让座）

胡　进　（落座）陆督军组织赴京劝进团，指定你为乾州代表，请范兄
　　　　速做进京准备。

范紫东　乾州代表，须由乾州民众推选，似这样钦定代表，岂不强奸
　　　　民意？

胡　进　范兄，这可是名利双收的好机会呀！（对外）来人！

　　　　（一小兵捧礼盒上，放在范紫东面前，敬礼后退下）

范紫东　这是什么？

胡　进　打开看看。

范紫东　（看介）啊，黄金？

胡　　进　督军大人请你写一份劝袁总统登帝位的劝进书，特赠此润笔。

范紫东　范某才疏学浅，实在难当此任。

胡　　进　范兄的文才谁人不知？甲午海战之后，迁都之说甚嚣尘上，你洋洋千言，援古证今，痛陈迁都之非计，文章竞相传抄，一时洛阳纸贵。有范兄起草的劝进书，陆督军定邀头功。

范紫东　如此，袁世凯登基后将为陆督军行赏升官，尔等也随之飞黄腾达了？

胡　　进　岂止我等沾光，新皇如睹范兄文采，龙颜大悦，你这个七品县令，一步登天，就当上京官了。

范紫东　噢，照这么说我还得写？

胡　　进　写！

范紫东　好，让我写来。

胡　　进　（得意地唱）莫道书生气高直，

　　　　　　　　　　不爱升官是假的。

　　　　　　　　　　范紫东他也是追名逐利，

　　　　　　　　　　凭三寸不烂舌让他提笔。

范紫东　（唱）他用利禄将我诱，

　　　　　　　　想拖范某入污流。

　　　　　　　　洁玉岂能染铜臭？

　　　　　　　　书生有节不低头。

　　　　　（搁笔）写好了，拿去。

胡　　进　范兄真乃生花妙笔，让我先睹为快。

　　　　　（念）全国投票选皇帝，

　　　　　　　　古今中外无此例。

岂徒民意成弁髦，

直将国事当儿戏。

这、这、这……这就是你写的"劝进书"？

范紫东　这不是"劝进书"，是"劝退诗"，劝袁世凯别做皇帝梦。

胡　进　你！（拍案而起）来人！（两士兵押住范紫东）

范紫东　胡进，你要干什么？

胡　进　范紫东，你不但写反袁戏、反袁诗，还和五峰山讨袁军来往频繁。陆督军有手谕，你若写"劝进书"，便可将功折罪，委以重任。如果不从，就地革职，押回西安惩处。

范紫东　哈哈哈！范紫东自有人格良心，请便吧！

胡　进　你！带走！

文夫人　（上）先生，先生！（转身）长官！

范紫东　（不让求）夫人！

胡　进　嘿嘿，带走！

赵参谋　（上）胡参谋请留步。

胡　进　你要干什么？

赵参谋　让我劝劝范知事。

胡　进　也好，你劝劝他。（示意士兵放开范紫东）

赵参谋　来人！给各位上茶。（两随从上，给两士兵倒茶，赵参谋给胡进倒茶）

胡　进　（欲接杯，赵参谋手中茶杯落地，胡惊）啊！

赵参谋　（用手枪对准胡进，两随从也用手枪对准两士兵）不许动！把手举起来！

胡进等　（惊，举手）啊！

（范忠、班头带衙役拥入，缴了三人的枪）

胡　进　老同学，你——你饶了我吧！

范紫东　带下去！（众带胡进及士兵下）

文夫人　先生，你把祸惹大了！

范紫东　怎么？

文夫人　你前面写的戏，他们说影射袁世凯卖国；现在写的戏，明明
　　　　反对袁世凯称帝。今天又当着他们的面写反袁诗，你这支笔
　　　　呀！（拿起笔）招灾惹祸，要它何用？我——（欲毁笔）

范紫东　（夺过笔）戏剧文章不能惩恶扬善、针砭时弊，写它何用？这
　　　　支笔，它能明我心志、发我心声，我不能丢掉它！

赵参谋　范兄呀，看眼下局势，你这个知事是当不成了。何去何从，
　　　　得从速计议。

范紫东　我本来就无心在他们手下做官。

文夫人　这就好，那咱快回西营寨老家种田去。

范紫东　不！我已应焦子敬先生之邀，去西安健本学堂教书，我还和
　　　　孙仁玉、李桐轩先生有约，为易俗社写戏。

赵参谋　范兄，那这《讨袁檄文》……

范紫东　我现在就写！（愤然举笔）

第二场　感化学子

时　间　一年以后。

地　点　西安健本学堂。

（幕后合唱）离开乾州到西安，

　　　　　　健本学堂任教员。

　　　　　　道德文章悟学子，

　　　　　　革命党人保平安。

（明儿、理儿两姐妹悄悄地上，隔窗向房间窥探）

明　儿　糟了，屋内没人，范先生已去参加会议。

理　儿　今晚全城统一行动，捕杀革命党人。先生参加会议，难逃杀身之祸。这该怎么办？

明　儿　（远看）啊，先生过来了！（两人躲一旁）

范紫东　（上唱）革命党人要聚会，

　　　　　　分析时局议对策。

　　　　　　会址设在学校内，

　　　　　　保证安全我担责。

　　　　范忠，范忠！

范　忠　（上）三叔！

范紫东　今晚要认真巡察，如有情况，及时告知！

范　忠　是！（下）

范紫东　（进屋，欲伏案写作，传来学子唱戏声，细听）

　　　　（明儿、理儿边唱边上）

　　　　自古来有几辈忠臣良将，

　　　　且听我一件件细说端详。

　　　　齐太史秉直笔不畏断项，

　　　　张子房博浪沙椎击秦王。

　　　　汉苏武使匈奴山河气壮，

十多载饮风雪北国牧羊。

诸葛亮鞠躬尽瘁死而后已世称良相，

岳武穆精忠报国含冤屈死风波亭上。

范紫东　（拍手）唱得好。

明、理　先生，这段戏词，你把《正气歌》中有浩然正气的忠臣良将都齐齐赞扬了，同学们都爱唱，要颂英雄，学先贤，报效国家。

范紫东　好么，不过这戏只能在咱们学校唱，到外面就不敢唱咧！

明、理　为什么？

范紫东　哈哈哈，我写的秦腔戏《正气歌》，被当局禁演咧。

明、理　为啥禁演《正气歌》？

范紫东　他们说此剧影射《二十一条》，攻击袁世凯。

明、理　他们不让演，我们偏要唱！

范紫东　咦，天都这么晚了，你俩来学校干什么？（传来枪声，范忠急上）

范　忠　三叔，警察来咧！

明、理　啊！

范紫东　赶快通知大家离开现场，分头转移。

范　忠　是！（下，范紫东欲出去看，明儿、理儿急阻）

明　儿　先生，你不能出去！

理　儿　出去危险！

范紫东　你们说什么？

明、理　他们知道你们今晚开会，要把你们一网打尽。

范紫东　你们怎么知道？

明　儿　我爸让我俩监视你！

理　儿　我爸让我俩保护你！

范紫东　又是监视，又是保护，这到底是怎么回事？

明　儿　我爸是警察厅厅长，上司让——（欲说又止）后来，你写的《软玉屏》经易俗社演出后，轰动西安城，我爸说你是陕西名人。

理　儿　你写的那些剧本，同学们都在互相传抄，我们拿回家给我爸看了，他也钦佩你的道德和学问，说你是一个好人。

范紫东　孩子，开会的都是好人呀！

明、理　那我们也无能为力呀！

范　忠　（上）三叔，开会人员无法转移，警察把学校包围咧！

范紫东　啊，赶快让他们藏在我屋内密室！

范　忠　是！（下）

范紫东　（唱）今夜聚会议大计，

　　　　　　　　孰料陷入包围中。

　　　　　　　　转移显然不可能，

　　　　　　　　暴露必定有牺牲。

　　　　（范忠领革命党人入密室过场）

忠、明、理　三叔（先生）你也躲躲！

范紫东　（接唱）我不能只顾自己保性命，

　　　　　　　　让那些并肩战友入牢笼。

　　　　　　　　事急无法脱险境，

　　　　　　　　一时难坏范紫东。（思忖）

　　　　　　　　思前想后主意定，

忠、明、理　（同）咋办？

范紫东　（唱）一人死换取多人生。

　　　　你们把我绑了，押出去对他们说，革命党人得到消息转移了，

15

头目被你俩抓住了。

明、理　这——

范　忠　三叔，这不是去送死吗？

范紫东　只有这样才能引开他们。（对明儿）来，你把我绑了！

明　儿　（后退）我——

范紫东　（对理儿）来，你把我绑了！

理　儿　（后退）我——

范紫东　（对范忠）来，你把我绑了！

范　忠　我不绑！

范紫东　（求）绑！（忠后退，范紫东怒）绑！

范　忠　绑，绑！（无奈上前绑）

明、理　（合唱）《正气歌》，你践行，

　　　　　　　　危难时刻亮高风。

　　　　　　　　今日不救先生命，

　　　　　　　　愧在门下当学生。

范紫东　（对明、理）快，把我押出去！

明、理　先生，我们不能出卖你呀！（抱腿痛哭）

范紫东　你们深明大义，听话，快把我押出去！

明、理　（后退，哭泣）……

范紫东　（对范忠）来，你把我押出去！（忠退缩）快！（忠后退）快！
　　　　（忠无奈，向外押）

明、理　（冲上去哭求）先生，难道没有别的办法吗？

范紫东　（止步，思忖，对明儿耳语）你装病……唤校医……（明儿会
　　　　意点头，范紫东和范忠退下）

明　儿　（明儿向理儿耳语，理儿点头）好。

　　　　（王队长领警察上）

明、理　王队长。

王队长　噢，你姐妹俩咋在这里？

明　儿　听说今晚他们秘密开会，我俩提前潜入侦探会议地址，等你
　　　　们多时了。

王队长　人到齐了没有？

明、理　到齐了。

王队长　在什么地方？

明　儿　在学校东北角，我带路，让理儿把守大门。

王队长　好。（指示两名警察）你们两个和理儿把守大门！

明　儿　跟我来！（带两警察下）

理　儿　（对两警察）你们两个过来！我认识范紫东，到时候看我眼色
　　　　行事，决不能让他跑了！

警　察　是！

理　儿　（假装巡视，忽然抱腹弯腰）啊！

警察一　小姐怎么啦？

理　儿　我，我，我的阑尾炎又犯了。

警察二　小姐，快去医院！

理　儿　不，抓人要紧！啊！（做疼痛难忍状，倒地）快，快请校医！

警察二　（大喊）校医，校医！

范紫东　（化装成校医上）什么事？

警察二　她、她、她……快看病！

范紫东　（看介）急性阑尾炎。

警察一　你快给小姐治治呀！

范紫东　这里没条件做手术，得送医院！

警察二　我来背你！（欲背，理儿疼得惨叫）

范紫东　不敢背，要平躺，阑尾穿孔，是会要命的。

警察一　这、这，这怎么办？

范紫东　（对内）担架，担架！

　　　　（化装成校医的革命党人上，匆匆把理儿扶上担架）

范紫东　快去医院！

理　儿　（对两警察）记住，不能让范紫东跑了！

警　察　放心，跑不了！

范紫东　对！

警　察　还不快走！

范紫东　（对大伙）快走！

　　　　（众抬理儿下，警察巡视，转暗）

第三场　弃官从文

时　间　两年后。

地　点　大道旁，烟田边。

　　　　（幕后合唱）袁贼称帝梦难圆，

　　　　　　　　　　　唾骂声中命归天。

　　　　　　　　　　　讨袁逐陆功绩显，

　　　　　　　　　　　范公武功任县官。

胡　进　（上唱）我父是武功销烟总包办，

陆督军让我回乡任县官。

父子俩官权财源全垄断，

我胡家下霸乡里上通天。

谁料想袁世凯短命靠山倒，

陕督军陆建章换成陈树藩。

人常说一朝天子一朝臣，

傍大树树倒猢狲也遭难。

范紫东上任来把我顶换，

在武功大张旗鼓要禁烟。

乾州城旧耻未雪气难咽，

添新恨我要和他斗一番。

乡绅甲　（头裹纱布，一瘸一拐地上）胡公子！

胡　进　啊，你怎么成了这般光景？

乡绅甲　唉，戏园子演范紫东写的戒毒戏《花烛泪》，戏台下面胡说
　　　　乱骂呢。

胡　进　骂谁？

乡绅甲　都说戏里那个用鸦片害死异母弟弟、夺财霸妻的田钟莠心肠
　　　　毒得跟你爸一样。

胡　进　你就让他们胡说？！

乡绅甲　我不准他们胡说，他们就骂我是戏里的流氓烟鬼王五。不知
　　　　谁一声喊打，霎时鞋帮、砖头、土块像雨点一样飞来，不是
　　　　我跑得快，早就没命咧！

乡绅乙　（急匆匆跑上）胡公子！范紫东台上演戒毒戏，台下贴禁烟告
　　　　示，烟农们纷纷闹着要铲烟种秋。

胡　进　反咧，简直是反咧！

乡绅甲　胡公子，如果你还当武功知事，谁敢骂你家老爷子？！

乡绅乙　对，谁还敢这样对待我们？！

胡　进　哎哎哎，这就叫凤凰落架不如鸡，虎落平阳被犬欺。

乡绅甲　难道你能咽下这口气？

胡　进　范紫东呀范紫东，你写反清戏，又写讨袁戏，来武功你还写戒毒戏，竟然挑起烟农和我作对。哼哼哼，你可知道强龙难压地头蛇？咱走着瞧！

乡绅甲、乙　胡公子，你说，咱们怎么对付他？

胡　进　我去省城联名状告范紫东，下面发动烟民闹事，就靠你们了。

乡绅甲、乙　好，你在上边告，我们在下边闹，他们能把督军大人赶出陕西，咱们也要把范紫东赶出武功！

胡　进　人越多越好。

乡绅甲、乙　对！

胡　进　闹得越凶越好。

乡绅甲、乙　好！（三人狞笑，分头下）

习大叔　（手拿告示上）

（唱）种烟贩毒百姓怨，

　　　毁烟禁毒万民欢。

　　　钱和种子都兑现，

　　　铲除烟苗种秋田。

（对远处）噢，乡亲们，范知事说话算数，我把钱、种子都领回来了。

乡绅甲　（上）乡亲们，不要听他胡说。

习大叔　谁胡说？！告示上写得清清楚楚，凡铲除大烟的农户，不但按亩补钱，还发种晚秋的种子。

（内白）好！

乡绅乙　哼，范紫东禁烟，民怨沸腾，省府马上派人查办，不几日就要滚蛋。这个告示顶屁用！（夺过告示，揉作一团）

习大叔　你——

乡绅甲　乡亲们，陆督军下令种烟是为大家开财源，范紫东禁烟是断我们的财路。

习大叔　乡亲们，不要听他们胡说。咱们种大烟，他们低价收烟土，高价卖出，发财的是陆建章，得利的是胡进和他们这些乡绅。咱们种烟的谁家过上好日子了？

乡绅甲　他煽动刁民闹事，还不快打！（打手打习大叔）

习大叔　（挣扎站起）强……盗！

乡绅乙　往死里打！

习大叔　我……我要上县衙告……告你们！

乡绅乙　（奸笑）哼……上阎王爷那里去告吧！打，往死里打！

（几名打手狠打，习亡）

一打手　没气咧。

乡绅甲　（挥手）撤！（众下）

（习美娥哭喊着上）

习美娥　爹呀！（唱）我一见爹爹把命断，

（滚白）我叫、叫一声爹爹，苦命的爹爹呀！自从我哥染上毒瘾，咱家连遭不幸，哥欠毒债自尽，母亲悲愤身亡。

我叫、叫一声爹爹呀，是你恨透烟毒，带头铲烟，竟被他们活活打死了呀！

（唱）好似钢刀剜心肝。

　　　　亲人们一个个遭祸罹难，

　　　　丢下了习美娥只身孤单。

　　　　不由我叫骂胡包办，

　　　　你父子狼狈同为奸。

　　　　贩烟土、开烟馆，

　　　　诱骗良民吸大烟。

　　　　我哥哥受骗毒瘾染，

　　　　欠胡家毒资无力还。

　　　　他畏债悬梁寻短见，

　　　　我抵债胡家做丫鬟。

　　　　爹爹一怒把烟铲，

　　　　他要安分种秋田。（范紫东及范忠上，目睹惨景）

　　　　怎奈是官绅贪、欺良善，草民如芥任摧残，

　　　　眼巴巴父惨死，孤女何处去申冤？

（哭）爹——

范紫东　（唱）民女哭得好伤惨，

　　　　这桩惨案因禁烟。

　　　　叫民女你莫啼哭听我言，

　　　　我就是新上任的知事官。

　　　　你父亲带头毁烟堪称赞，

　　　　我一定惩办凶手申奇冤。

范紫东　范忠！

范　忠　在！

范紫东　你把这位女子带回县衙，和夫人同居住。再取些银子，把她父亲安葬了。

范　忠　　是！（示意随从抬下习大叔，扶起习美娥）走吧。（二人下）

范紫东　　来人！（众衙役上）捉拿凶手，下硬茬禁烟！（下）

衙役甲　　期限已到，凡拒不毁烟种秋者，今日起强制铲除烟苗。（衙
　　　　　役舞长竿，横扫烟苗）

乡绅甲、乙　住手！（对打手）上！每人赏二两大烟土。

　　　　　（打手一拥而上，夺竿，搏斗，天幕上剪影显示打斗场面）

一衙头　　阻挠执法，反了不成？（对天鸣枪）弟兄们，把带头闹事的
　　　　　抓起来！（被抓人押下，过场）

范紫东　　（上唱）陆建章在陕西大种鸦片，

　　　　　　　　老百姓受盘剥赋税加番。

　　　　　　　　原野上罂粟花一望无岸，

　　　　　　　　城镇间建烟馆聚众吸烟。

　　　　　　　　乡绅们得暴利腰缠万贯，

　　　　　　　　良家子染毒瘾家破身残。

　　　　　　　　林则徐若有灵亲眼看见，

　　　　　　　　他一定气满腔怒发冲冠。（转暗）

　　　　　（复明。景——县衙、客厅。范紫东在写剧本）

范紫东　　（唱）林则徐常悔恨壮志未酬，

　　　　　　　　忠烈魂驾云雾巡游九州。

　　　　　　　　忽看见教稼台后稷发怒，

　　　　　　　　罂粟花遍地开让他蒙羞。

　　　　　　　　实可恨官员们渎职贪腐，

　　　　　　　　纵烟毒谋私利枉吃俸禄。

遭赔款受屈辱仍不醒悟，

民积贫国运衰令人担忧。

何一日狂飙起驱散毒雾，

我中华乾坤朗昌盛千秋。

（李桐轩、孙仁玉、高培支上。听完鼓掌）

李桐轩 又是一部针砭时弊的好戏！

范紫东 哎，这部戏叫《虎门遗恨》，这是我来武功后，有感而发。从林则徐在虎门烧英商鸦片，到陆建章在陕西种烟贩毒；从林则徐受贬流放，到陆建章升官发财。如此岁月蹉跎，命运坎坷，其中缘由，令人深思呀！

孙、李、高 让我们看看。

（赵时安急匆匆上）

赵时安 （唱）事发蹊跷燃眉急，

火速报告范大人。

范兄，范兄！（进屋）噢，有客人。

范紫东 时安弟，我给你介绍一下，这是易俗社社长李桐轩先生、评议长孙仁玉先生、编剧高培支先生。

赵时安 久仰久仰。

范紫东 时安弟，三位先生远道而来，去叫你嫂夫人炒几个菜，咱们边饮边谈。

赵时安 范兄，我来汇报——

范紫东 （忙制止）今日只谈戏，不谈政务。

赵时安 （急）范兄，大事不好了！

范紫东 何事这样紧张？

赵时安　烟民闹事，拥向县衙，要捉拿你。

　　　　（幕后喊声）我们要饭吃！

　　　　　　　　我们要活命！

　　　　　　　　赶走范紫东！

范　忠　（上）三叔，三叔！监狱被冲开，打死习大叔的凶手被劫走了！

范紫东　冲击监狱，这还了得?！

文夫人　（上）先生，咱……咱家……被他们放火烧了！

　　　　（唱）他们狠毒把火点，

　　　　　　　霎时家室化为烟。

　　　　　　　恳求先生听我劝，

　　　　　　　辞官回家种桑田。

范紫东　（唱）一霎时只觉得惊涛拍岸，

　　　　　　　激流中驾孤舟独闯险滩。

　　　　　　　劫监狱顿让我气炸肝胆，

　　　　　　　家被毁又让我疼烂心肝。

　　　　　　　顶头风打得我帆扯桅断，

　　　　　　　范紫东只觉得愧对先贤。

　　　　　　　自幼儿读诗书志存高远，

　　　　　　　入仕途展雄略装点河山。

　　　　　　　乾州城抗清兵才学初显，

　　　　　　　为讨袁罪上司被迫辞官。

　　　　　　　袁贼死赴武功信心饱满，

　　　　　　　禁烟毒除百姓贫病根源。

　　　　　　　没想到陆建章盘根结蔓，

没想到众乡绅狼狈为奸。

没想到烟农们受欺蒙骗，

没想到铲烟户暴尸田间。

围县衙我无力将他驱散，

劫监狱我无能惩恶除奸。

烧房舍我愧对受惊亲眷，

母责骂我没有劝慰语言。

我怨恨共和后军阀混战，

我怨恨遗老们死灰复燃。

我怨恨官场上腐败昏暗，

我怨恨才学浅无力回天。

乌纱帽范紫东早早轻看，

只羞愧志未酬于心不甘。

李桐轩　大厦将倾，独木难支呀！

范紫东　不，一个读书人，一介父母官，我不能让后稷蒙羞，也不能
　　　　让林公悔恨，更不能让百姓再受烟毒之害。就是死，也要禁烟！

孙仁玉　紫东呀，现在弥漫中国的，何止烟毒！

李桐轩　官场贪污腐化之毒，

高培支　商场见利忘义之毒，

孙仁玉　崇洋媚外之毒，

孙、李、高　愚民之毒，败俗之毒，黄毒、赌毒等等，靠你一个县官，
　　　　　能铲除得了吗？！

范紫东　你说我该怎么办呀？

李桐轩　紫东，当初咱们合力组建易俗社，你何不以戏载道，以文济
　　　　世呢？

孙仁玉　济世何须只当官？我们要张扬正气，以道降魔，启迪民智，
　　　　移风易俗。

范紫东　"济世何须只当官？""以戏载道，以文济世。"好！

　　　　（唱）政治腐败官吏贪，

　　　　　　　乱世书生做官难。

　　　　　　　怎忍国难民涂炭，

　　　　　　　我将赤胆凝笔端。

　　　　好，这个窝囊官我不做了，写戏！（转暗）

第四场　戏剧姻缘

时　间　20 世纪 30 年代末。

地　点　范家。

　　　　（幕后合唱）一生痴迷把戏编，

　　　　　　　　　　反被戏闹入套圈。

　　　　　　　　　　夫人丫鬟情一片，

　　　　　　　　　　戏剧姻缘成美谈。

习美娥　（唱）自那年他夫妇把我收养，

　　　　　　　多年来对美娥如同爹娘。

　　　　　　　夫人她把手教厨艺见长，

　　　　　　　先生他教识字讲解文章。

　　　　　　　习美娥把恩德永记心上，

　　　　　　　我甘愿做丫鬟终生报偿。

一更天为先生油灯拨亮，

二更天细研墨铺开纸张。

三更天捧热茶提神爽脑，

四更天酸汤面温润饥肠。

抽空儿为先生整理手稿，

一本本细装帧保存入箱。

趁这时月朦胧天还未亮，

把剧目编成歌牢记心上。

（伏案，写作）

文夫人 （唱）先生一夜未回房，

肯定通宵写戏忙。

吩咐娥儿把厨上，

快与先生做羹汤。

（上前一见，惊）啊！

桌前没有先生影，

却见娥儿写文章。

娥儿，你在写啥呢？

习美娥 （惊）啊，夫人，没写啥。

文夫人 是不是给先生抄写戏稿？

习美娥 我给先生整理多年手稿，为了便于记忆，把剧名编成了歌。

文夫人 快说给我听听。

习美娥 好。（说快板）

《春闱考试》《三知己》

《金莲痛史》《焚嫁衣》

《飞虹桥》《破郢都》

《赌博账》《复郢都》

《苏武牧羊》《金兰谱》

《杀狗劝夫》《双剃胡》

《新劝学》《东门宴》

《花烛泪》《八字案》

《大学衍义》《颐和园》

《唾骂姻缘》《战袍缘》

《宰豚训子》《大孝传》

《关中书院》《翰墨缘》

《伉俪会师》《紫金冠》

《秋风秋雨》《圈圈圈》

《晓钟社》《燕子笺》

《美人换马》《转得圆》

《吕四娘》《宫锦袍》

《安眠圣药》《飞虹桥》

《双凤飞来》《可怜虫》

《萧山秀才》《女儿经》

《光复汉业》《新华梦》

《黑暗衙门》《哭秦庭》

《三滴血》《软玉屏》

全国各地演得红。

文夫人　先生写了这么多剧本？

习美娥　先生说关汉卿一生写杂剧六十三本，他现在才写了四十六本，
　　　　　　争取在有生之年写到七十本。

文夫人　（唱）美娥她把剧目编歌来唱，

　　　　　　　　　小丫鬟成先生左臂右膀。

　　　　　　　　　我平日事繁杂身且有恙，

　　　　　　　　　也怪我太大意想不周详。

　　　　　　　　　美娥她有心计令人疼爱，

　　　　　　　　　先生他形影瘦让我心伤。

　　　　　　　　　可叹我积沉疴命不久长，

　　　　　　　　　我走后谁伴先生写文章？

　　　　　　　　　早有心璧合玉成全他俩，

　　　　　　　　　多少次话到嘴边口难张。

　　　　　　　　　我知道先生性情太倔强，

　　　　　　　　　也不知美娥心里咋思量？

习美娥　夫人请坐。

文夫人　（端详美娥）娥儿，（欲言又止，叹气）唉！

习美娥　夫人为何叹气？

文夫人　我没有几天活头了。

习美娥　啊！夫人，你、你、你——

文夫人　（捂住习美娥口）小心先生听到。我问你，要是我死了，你愿
　　　　　　意替我伺候先生吗？

习美娥　啊，夫人，你、你、你——

文夫人　小心吵醒先生，走，咱里边慢慢说！（拉习美娥下）

范紫东　（上）好怪也！

　　　　（唱）平白里生出来一宗怪事，

　　　　　　　神不知鬼不觉费人深思。

　　　　　　　我整日在书馆只管学字，

　　　　　　　谁料想家庭内节外生枝。

　　　　嗯，这两句还可以。下面咋写呢？温席珍的寡嫂与县太爷的大少爷私通奔藏，反诬陷温席珍杀嫂藏尸，他能不感到冤枉、怨恨、气愤吗？对，下面的唱词，就要把这冤、恨、气全部表现出来。（思忖，下笔）

习美娥　（端羹汤上）

　　　　（唱）夫人对我反复讲，

　　　　　　　出自一片好心肠。

　　　　　　　十年恩德应报偿，

　　　　　　　伺候先生理应当。

　　　　　　　伴他我也有依傍，

　　　　　　　但不知先生啥主张？

　　　　（进门）先生请用茶。

范紫东　（拍案而起）走！（指着习美娥）

　　　　（唱）青年妇你既想守节立志，

　　　　　　　就不该起野心与人私通。

习美娥　啊！（羹盘落地，哭下）

范紫东　好气……气煞人了！

文夫人　（上）先生！

范紫东　唉！

31

文夫人　先生。

范紫东　噢，夫人。

文夫人　你、你、你——让我怎么说你好呢！

　　　　（唱）美娥她怎没有守节立志？

　　　　　　　凭什么你说她与人私通？

范紫东　我没说啥呀！

文夫人　（唱）你没说她为何伤心负气，

　　　　　　　打碎盘奔里间哭哭啼啼？

范紫东　哎哎哎，我刚才是唱戏呢。

文夫人　唱戏？

范紫东　骂那个与人私通的淫荡寡妇温氏呢。不信，你看，就是这两句。

文夫人　唉，你呀！（习美娥上，抹泪清扫碎盘。夫人示意范紫东，范上前做打躬状）

范紫东　姑娘息怒，小生这厢赔礼了！（习美娥破涕为笑，含羞下）

文夫人　（窃笑）这又唱的哪出戏？

范紫东　《人面桃花》么。（二人笑）

文夫人　先生，你坐下歇歇，我有话对你说。

范紫东　夫人要说什么？

文夫人　先生，你黑明写戏，总得有个贴己的人伺候呀！

范紫东　不是有你和娥儿吗？

文夫人　咱不能总这样对待娥儿呀！

范紫东　我们待她如同亲人，她还有何怨言？

文夫人　她倒没说什么，是我于心不忍。你通宵写戏，她整夜伺候，冬有寒风侵袭，夏有蚊虫叮咬，她不抱怨，咱能不心疼吗？

范紫东　你说得倒也是。

文夫人　再说，娥儿也到了该嫁人的年龄了。

范紫东　那就请夫人为美娥找一户人家吧。

文夫人　可美娥说啥也不愿离开咱家。

范紫东　这就难办了。

文夫人　我想叫她搬到你房间去住。

范紫东　啊？这成何体统？不行不行！

文夫人　你看我这不争气的身子，恐怕难和你白头偕老。美娥伺候你，
　　　　我放心。

范紫东　（站起）夫人，这话到此为止，不要再说了！我得把戏赶出来。
　　　　（下）

文夫人　（欲再说）先生，唉！（昏晕欲倒）

　　　　（天幕雪景转换，由冬入春）

文夫人　（唱）冬去春来又一年，

　　　　　　　老病未去新病添。

　　　　　　　未成美娥终身事，

　　　　　　　更为先生把心担。

　　　　　　　多次曾把先生劝，

　　　　　　　次次都把话引偏。

　　　　　　　先生写戏要人伴，

　　　　　　　美娥青春难拖延。

　　　　　　　我也恐怕时日短，

　　　　　　　急得人坐卧心不安。

习美娥　夫人，药煎好了，回屋喝药吧。

文夫人　我要等先生回来。

习美娥　先生和几个编剧外出采风，说不定兴致高了，还要多留几天呢。

文夫人　那你扶我回屋吧。（下）

范紫东　（上唱）这几日去采风收获不小，

　　　　　　　　议旧作谋新篇其乐陶陶。

　　　　　　　　易俗社要重排《关中书院》，

　　　　　　　　建议我把旧作修改提高。（进屋）

范紫东　（坐桌前，展开书稿）《关中书院》既要表现岳宗武在两军阵前拼命杀敌的英雄气概，也要表现他对妻子的儿女情长。应把"夫妻戏谑"一场改得更多情、更诙谐些。他一见妻子，就说"请"。（表演）不不不，应该说"娘子，请"。不行不行，应该这样说，"娘子到了，请坐"。（此时正好习美娥端茶进，范紫东又重复表演）娘子到了，请坐。（习美娥羞，跑出，范紫东坐下挥毫）

习美娥　（在院内激动地独白）先生叫我娘子，先生叫我娘子了！

文夫人　先生叫你啥？

习美娥　（转身，见是夫人）先生叫我娘子……唉，不，先生恐怕又是在演戏。（抹泪）

文夫人　演戏？噢。（暗喜）我这个不会编戏的，倒要和他这个编戏的演一场戏。（向习耳语）

习美娥　（连连摆手）夫人使不得，夫人使不得，夫人！

文夫人　（严肃）去！（习美娥下。文夫人进屋，范紫东伏案写作没看见）先生，我问你今天咋咧？见了年轻漂亮的，你就骚情地（表演状）"娘子到了，请坐"。见了我这人老珠黄的，连理都不理。得是出去了几天，把人逛得心高咧，心野咧，心花咧？

范紫东　（赔笑）夫人请坐，夫人请坐！

文夫人　这时才叫坐呢？迟咧。你先给我把话说清楚！

范紫东　说啥呀？

文夫人　我问你，你刚才把娥儿叫啥来？

范紫东　（莫名其妙）叫啥来？

文夫人　装、装、装，你装啥正经？我问你，你凭啥把人家娥儿叫娘
　　　　子呢？你俩啥时拜的花堂？啥时入的洞房？

范紫东　这、这、这，你都说些啥呀？

文夫人　咋，你能做得出，还怕别人说？我看你是调戏人家黄花闺女！

范紫东　夫人，你小声点！

文夫人　咋，怕咧？我就是要把你俩的事，让街坊邻里都知道，让易
　　　　俗社的人全知道！

范紫东　夫人，我刚才是演戏，不信你问娥儿。

文夫人　问就问！（对内）娥儿，娥儿，你出来！

习美娥　（袖藏剪刀上）夫人！

文夫人　说，他刚才把你叫啥来？

习美娥　叫我娘子！

文夫人　他凭啥叫你娘子？

习美娥　我、我，反正我是清白的！

文夫人　哼，他去年说你与人私通，今天又叫你娘子，这能说明你是
　　　　清白的吗？

习美娥　这么说，我恐怕跳进黄河也洗不清了，我死了算咧！（故意
　　　　亮出剪刀）

范紫东　（急拉住习美娥）娥儿，娥儿！（习美娥故意挣扎）夫人，快

劝劝娥儿!

文夫人　（故意欲走）你看着办!

习美娥　让我去死，让我去死!

范紫东　夫人，我求你了!

文夫人　要我管也行，但必须听我的!

范紫东　听你的，听你的!

文夫人　（夺下习美娥手中剪刀）你俩都坐下。（二人坐）往过坐，再往过坐，坐端，坐正。按理说，我不会饶恕你俩。可毕竟家丑不可外扬，我得顾及范家的名声。

范紫东　（站起欲分辩）夫人!

文夫人　坐下! 这世上允许老爷纳妾，绝不允许主仆偷情。

范紫东　夫人，你听我解释!

文夫人　解释啥? 娥儿寻了短见，你能解释得清?

范紫东　夫人!

文夫人　坐下，坐端，坐正!

范紫东　那你说咋办?

文夫人　听我说，只要你正式娶了娥儿，他外人还能说啥闲话?

范紫东　夫人!

文夫人　不愿意? 那我就不管了! （欲走）

范紫东　（急挡）听你的，听你的还不行吗?

文夫人　空口无凭，得写封聘书。

范紫东　啊?

文夫人　写!

范紫东　写，写!

（范紫东无奈写聘书交与夫人）

文夫人 （看罢聘书，拉习美娥）娥儿，走，姐姐给你梳妆打扮去。

范紫东 哎哎哎，夫人，现在婚事也应咧，聘书也写咧，你们得让我把事说明白呀。

文夫人 事到如今，你还有啥话可说？

范紫东 我对娥儿确实没有不检点行为，今天这事实在是冤枉呀！

文夫人 啥，你冤枉还有夫人我冤枉？为你俩这桩婚事一年多来费尽口舌，你都不答应，今天不是给你绾这个笼头，还把你降不住！

范紫东 哎哎哎，编了一辈子戏，叫你俩把我戏要了。

文夫人 咋，只让你编戏，就不准我俩演戏？（三人笑）

第五场　反讽司令

时　间 1948 年前后。

地　点 西安，范紫东家。

（幕后合唱）良心在胸笔在手，

颂扬真善揭恶丑。

不怕威胁和利诱，

宁肯断项不低头。

（幕启，范家大门前，李副官鬼祟绕场下）

习美娥 （上唱）先生出门三日整，

不回叫人坐不宁。

我差范忠去打探，

为何久久不回程？

范　忠　（上）噢，习夫人，你怎么出来了？

习美娥　啊，你回来了，快说说先生去哪里了？

范　忠　高培支社长说，西安绥靖公署主任胡宗南派人把先生请去了。

习美娥　胡宗南请先生做什么？

范　忠　听说要写什么戡乱戏。

习美娥　戡乱戏？哎呀，不好！

范　忠　怎么了？

习美娥　以先生的性格，必然顶撞胡宗南。胡宗南岂能饶了先生？

范　忠　这怎么办？

习美娥　你快去告诉高社长，先生出事了。

范　忠　啊，我这就去！（转身下）

习美娥　这、这、这，这怎么办呀？（着急，来回走动）

　　　　（李副官窥探，见习美娥，向内招手。两蒙面人劫持习美娥下）

范紫东　（上唱）绥靖署我把那司令顶撞，

　　　　　　　　戡乱戏范紫东决不承当。

　　　　　　　　激愤中我又把新戏构想，

　　　　　　　　颂古贤励气节不畏强梁。（下）

胡　进　（上唱）乾州辱，武功恨，

　　　　　　　　我与范某结怨深。

　　　　　　　　胡长官给我压重任，

　　　　　　　　胡进再去见仇人。

李副官　（上）长官，长官，那个习夫人到手了。

胡　进　好，她是我们的一张王牌。

李副官　长官，我不明白，胡长官当面封官许愿，范紫东都没答应写戡乱戏，咱俩去行吗？

胡　进　哼，行了好，不行更好！

李副官　（不解地）这……

胡　进　胡长官一心想借戏扬名，咱就用这张王牌，逼范紫东写戡乱戏。事成后，胡长官还不给咱再升升官？

李副官　如果范紫东还不答应呢？

胡　进　共产党延安整风时，演范紫东写的《三滴血》作为反主观主义教材，咱就借此大做文章，告他通共，再编一些他骂党国的言辞，胡长官岂不毙了他？

李副官　噢，我明白了，范紫东若写戡乱戏，你得宠升官；范紫东不写戡乱戏，你借刀杀人。长官，高，高，实在高！

胡　进　（得意狞笑，示意李副官下）哼哼哼！

　　　　（进书房）

胡　进　范兄。

范紫东　噢，胡兄，多年未见，听说你现如今成了胡宗南的高参。

胡　进　不能做县官，总得另高攀。说起来，我还得感谢范兄来武功把我顶走。

范紫东　不是弃官从文，焉能成就戏剧事业？说起来，我也得感谢被胡兄赶出武功。

范、胡　噢，哈哈哈！

范紫东　堂堂绥靖公署高参，来到寒舍，有何指教？

胡　进　我来看你写戡乱戏。噢，已经动笔了，让我看看。（翻看手稿）

《太史笔》，这又是哪出戏？

范紫东　我这里有两句戏，唱给你听听。

胡　进　唱来我听听。

范紫东　好。

（唱）哪管他奸佞贼斩腰断项，

　　　　要叫我做伪史实不敢当。

　　　　是奸贼写不成忠臣良将，

　　　　是婊子不给她竖立牌坊。

胡　进　（气愤地）啊，你……你骂谁是奸贼，谁是婊子？

范紫东　哈哈哈，这是戏中齐太史唱的，当然是骂崔杼之流了。

胡　进　哼，看来这戡乱戏你是铁心不写了。

范紫东　难道你还不知道范某的脾气？

胡　进　哼哼哼，我今天就要让你范紫东改改脾气。

范　忠　（仓皇跑上）三叔，不好了，夫人被人绑架了！

范紫东　（愤然而起）啊！

（唱）我一听习夫人被人绑架，

　　　　胡宗南耍手段逼我服他。

　　　　不由人一阵阵肝胆气炸，

　　　　怒冲冲绥靖署去讨说法。（欲下）

士　兵　站住！

胡　进　范紫东，我告诉你，你现在已经失去自由了。你今天就算是
　　　　能出这个大门，也见不到胡长官。

范紫东　噢，我明白了，看起来这人是被你绑架了。

胡　进　嘿嘿。

40

范紫东　胡进，你，你，小人！流氓，卑鄙，可耻！

胡　进　哈哈哈，范紫东，你骂我流氓也罢、卑鄙也行。念在老同学的分上，我要劝你一句话。

范紫东　什么话？

胡　进　识时务者为俊杰。

范紫东　怎么讲？

胡　进　你想嘛，你是一个写戏的，谁的钱多就给谁写，谁的官大就给谁唱。胡长官也算是当代名人，你给他树碑立传，何愁不能升官发财？再说，今天的戡乱戏，可不是当年写"劝进书"。今天的胡长官，也不是当年的陆建章。今天的委员长，更不是短命的袁世凯。你今天写了戡乱戏，就可以升官发财；不写，小心你的脑袋！

范紫东　哈哈哈，胡进，你听着：

（唱）骂一声胡进贼为虎作伥，

　　　报私仇藏杀机豺狼心肠。

　　　我怕死就不会参加革命党，

　　　我怕死就不会抗清上战场。

　　　我怕死就不会声讨袁世凯，

　　　我怕死就不会驱逐陆建章。

　　　我岂能倒黑白良心昧丧？

　　　决不给跳梁丑涂脂化妆。

高培支　（急上）先生，夫人被人绑架，易俗社全体出动，正在四处寻找。

范紫东　噢。（抱拳）谢谢大家！

胡　进　哈哈，这么大的西安城，你们能找见吗？

范紫东　难道这人就不找咧?

胡　进　范兄,你安心写戡乱戏好了,我马上报告司令长官,命令全城军警严密搜查。这就叫一文一武,各有所长,各尽所能,互相帮忙。

高培支　这么说来,算是一笔交易?

胡　进　我只是想告诉范兄,没有我们办不到的事。

范紫东　凭什么让我相信你们呢?

胡　进　堂堂司令长官,岂能失信于你?

高培支　这样吧。二位相信我的话,我高培支愿以易俗社社长的名义从中作保。五日以后,双方同时把剧本和夫人交到易俗社,剧本由易俗社排演,夫人让范先生领回。

胡　进　好,一言为定,告辞。(二人下)

范紫东　高社长,我,我担心夫人的安全。

高培支　你放心,他们要的是剧本,不会把夫人怎么样。

范紫东　难道要我真的为他们写戡乱戏?

高培支　戏看怎么写,《新华梦》中你不是写了袁世凯吗?

范紫东　(有所悟)噢,我写!

　　　　第一回　占空城,谎报歼敌五万骗嘉奖。

高培支　嗯。

范紫东　第二回　青化砭,首战三十一旅大部亡。

高培支　对。

范紫东　第三回　遭全歼,蟠龙镇羊马河连受创。

高培支　行。

范紫东　第四回　瓦子街,军长毙命师长也陪葬。

高培支　好。

范紫东　说写就写！（伴唱声中，范紫东挥笔疾书）

　　　　（幕后伴唱）愤笔五天戏写成，

　　　　　　　　　　剧本交给高先生。（高培支拿剧本下）

　　　　　　　　　　但愿今日早交换，

　　　　　　　　　　夫人顺利回家中。

　　　　（习美娥、高培支、范忠上）

习美娥　（扑上前）先生！

范紫东　（惊喜）夫人！（相拥）

高培支　范先生，夫人给你换回来了。

范紫东　夫人，回来了好。高社长，我正在写一部新戏，叫《太史笔》。

高培支　没时间说这些了。胡宗南看了剧本，决不会善罢甘休。后门
　　　　有一辆马车送你们。你们快走！

范紫东　去哪里？

高培支　兰州同人邀你写戏，顺便避避风头。

范紫东　不急，高社长，新编一段唱词，你听听。

　　　　（唱）哪管他奸佞贼斩腰断项，

　　　　　　　　要叫我做伪史实不敢当。

高培支　都啥时候了，（对范忠和夫人）你俩快带他走！（夫人和范
　　　　忠急拉范紫东）

范紫东　（边挣扎边唱）是奸贼写不成忠臣良将，

　　　　　　　　　　　是婊子不给她竖立牌坊。

　　　　（二人硬拉范紫东下）

　　　　（胡进、李副官带几个持枪士兵上）

胡　进　人呢？

高培支　走了。

胡　进　啊！（软瘫，士兵急扶）

尾　声

（天幕背景，巍巍乾陵，无际绿野）

（解说词）西安解放前两日，范紫东乘飞机从兰州赶回西安。

　　　　　　解放后，出任西北文联委员、西安市文史馆馆长。

（解说中，天幕上依次出现）

　　　　　　范紫东画像。

　　　　　　西安大雁塔北广场范紫东与孙仁玉铜像。

　　　　　　范紫东剧作集及手稿。

　　　　　　范紫东书画集。

（演员谢幕，全台同唱秦腔《三滴血》选段）

　　　　　　祖籍陕西韩城县，

　　　　　　杏花村中有家园。

　　　　　　姐弟姻缘生了变，

　　　　　　堂上滴血蒙屈冤。

　　　　　　姐入牢笼她又逃窜，

　　　　　　不知她逃难到哪边？

　　　　　　为寻妻哪顾得路途遥远，

　　　　　　登山涉水到蒲关。

（剧终）

迟到的忏悔

人　物

李耕田　年近八十岁，李欣贵的父亲，老党员。

李大妈　年近八十岁，李欣贵的母亲。

李欣贵　五十岁，贪官，死刑犯。

雪　梅　年近五十岁，李欣贵的前妻。

李　兴　近二十岁，李欣贵和前妻的儿子，大学生。

李　倩　十三四岁，李欣贵和二婚妻子的女儿。

周大姐　五十多岁，李欣贵上级的夫人。

狱警、警卫、村民

（幕后伴唱）

儿去闯荡人生路，

十字路口瞅一瞅。

瞅准正道大步走，

踏平坎坷竞风流。

误入歧途早回头，

莫让爹妈把心揪。

第一场

（在《祝你生日快乐》的乐曲中幕启）

（李耕田家客厅，墙上正中挂着一幅大寿字，两边分别是李耕
田的父亲和班长的画像）

（自乐班演员和众村民来为李耕田祝寿，场景十分热闹）

李耕田　各位乡亲，（激动地）大家能来为我这个老头子祝寿，我心
里特别高兴。这让我想起去年，我儿欣贵把我接到省城过生日，
不知都来了些啥人，摆了十来桌，花了好几万。唉，当时把
我气得饭没吃好，还把欣贵美美骂了一顿。今年说啥也不去咧，
在家里备了些家常酒菜，只图个舒心热闹。请大家吃好喝好！

班　头　（打竹板）哎，哎，咱们村上自乐班，来给您老庆寿诞。生丑
净旦行当全，老戏新戏、秦腔弦板、眉户碗碗、歌舞快板，
您爱听啥随便点。如今提倡搞节俭，饭菜茶水都不沾。您是
咱村老模范，一定让您心喜欢。文场面——

众　　　噢！

班　头　武场面——

众　　噢!

班　头　操上家伙备好弦,咱们现在就开演。

众　　噢!噢!（随着应声,开场音乐起）

李耕田　（急拦）慢慢慢!

众　　（鼓乐急停）怎么啦?

李耕田　大家不知道,我家有个规矩。我每次过寿,第一个仪式,就
　　　　是先给他们俩敬酒。（指墙上两张像）

众　　他俩是谁?

李耕田　（指像）这一位,是我的父亲,抗日战争中为国捐躯。那一位,
　　　　是我的老班长,抗美援朝时,在一场阻击战中,他为了掩护我,
　　　　牺牲了自己的生命。来,兴儿,咱爷孙俩先敬他们!

　　　　（全体肃立。李兴倒酒,递给爷爷）

李耕田　（敬酒,唱）敬献父亲一杯酒,

　　　　　　　　　你为革命抛头颅。

　　　　（李兴倒第二杯酒,递给爷爷）

李耕田　（敬酒,唱）二杯酒,敬战友,

　　　　　　　　　你为救我热血流。

　　　　　　　　　养育情,救命恩,

　　　　　　　　　耕田我永远记心头。

李大妈　（唱）今日是老伴寿诞喜上喜,

　　　　　　　　更难得众位乡亲来庆祝。

　　　　　　　　来来来桌前围坐共举酒,

　　　　（拉大家围坐,雪梅、李兴给大家倒酒）

梅、兴　（唱）祝爸爸（爷爷）妈妈（奶奶）百岁不老更风流。

李耕田　（一饮而尽，亮杯）哈哈哈哈哈……

班　头　（打竹板）哎，哎，第一代，为国捐躯留英名；第二代，抗美
　　　　援朝也光荣。两代英雄堪称颂，献一段英雄杨子荣。

　　　　（音乐起，演员甲唱《智取威虎山》杨子荣唱段）

演员甲　（唱）今日痛饮庆功酒，

　　　　　　　　壮志未酬誓不休。

　　　　　　　　来日方长显身手，

　　　　　　　　甘洒热血写春秋。（众拍手叫好）

班　头　（打竹板）哎，哎，这娃嗓门如雷吼，快快拿出烟和酒。

　　　　（李大妈拿出烟酒交给班头）

班　头　（接过）啊，就这水平？（打竹板）哎，哎，你娃省城当大官，
　　　　喝的好酒抽好烟。酒比茅台还要好，烟比中华价还高。

李耕田　老婆子，快买去！

班　头　（打竹板）哎，哎，不要不要真不要，我和你们开玩笑。为了
　　　　大家身体好，戒烟限酒最重要。（把烟酒退给李大妈）

　　　　（群众呼喊，乱点戏名：来一段×××……）

班　头　李兴，你爷爷最爱听你唱歌，你给你爷爷唱一首《山丹丹开
　　　　花红艳艳》。

众　　　（拍手）好！

李　兴　好。

　　　　（唱）一道道山来一道道水，

　　　　　　　　咱们中央红军到陕北。

　　　　　　　　千家万户把门开，

　　　　　　　　快把咱亲人迎进来。

　　　　　　　　满天乌云风吹散，

毛主席来了晴了天。

……

众　　　（鼓掌）好！

（群众再次点戏，欢庆进入高潮）

（幕后传来李倩的呼喊声，随之疯疯癫癫地冲进家门）

（众惊，纷纷退场）

李　倩　（看见李兴，惊叫一声）啊！坏蛋！（指着李兴）是他！（咬李兴胳膊）

众　　　（急劝）李倩，那是你哥！

李　倩　（仍指李兴）坏蛋，大坏蛋！

李大妈　李倩，你到底怎么啦？

李　倩　（语无伦次地）……我外婆说我爸我妈出国了……我舅妈说我爸把我舅害了……同学说我爸我妈是死刑犯……

二　老　（惊）啊，死刑犯？

李　倩　家里没有爸爸妈妈，回乡下找爷爷奶奶，走在路上，被坏蛋——啊，他（指李兴）就是那个坏蛋，爷爷奶奶，快把他抓了！

李耕田　李兴，到底是咋回事？

李　兴　她乱说些啥呀？

雪　梅　李倩可能受了啥刺激，神志不清，胡言乱语呢。

李耕田　不对。雪梅，欣贵到底出啥事咧？

雪　梅　欣贵他、他两口子有秘密任务出国，来不及告诉你们，让我和兴儿代他为你祝寿……

李耕田　我不信。欣贵和你离婚多年，相互从不来往，出国都不给我打招呼，怎能告诉你？

李大妈　雪梅，你是不是有啥事瞒着我和你爸？

雪　梅　没……没有，没有……

李耕田　不行，我要去省城看看。

李大妈　老头子，咱俩一块儿走。

李　倩　爷爷奶奶，（抱住奶奶的腿，哭）我爸我妈是死刑犯，永远
　　　　见不上了！

李耕田　雪梅，都啥时候了，你还瞒着我和你妈？

雪　梅　爸——妈——（跪）欣贵他……真的出事咧！

李耕田　真……真……真的判了死刑？

雪　梅　嗯……嗯……他放弃了上诉，等候二审。

李大妈　啊！（昏倒）

李耕田　（惨叫一声）儿——呀——（昏倒）

梅、兴　爸（爷爷）——妈（奶奶）——

　　　　（伴唱声）

　　　　（切光）

第 二 场

　　　　（李家客厅）

李耕田　（悔恨交加，坐立不宁）

　　　　（唱）听欣贵犯死罪如雷炸响，

　　　　　　　只觉得天地晃如浇滚汤。

　　　　　　　老伴她被击垮昏睡床上，

　　　　　　　我的心如刀绞痛断肝肠。

你看这关的关、癫的癫、躺的躺，

全家人好似霜打秧。

彻夜难眠细思想，

又悔又恨又情伤。

村支书多年挑肩上，

荣获劳模戴奖章。

儿子犯罪人唾骂，

乡邻背后指脊梁。

教子不严我有过，

悔恨已迟痛肝肠。

班长呀，李耕田让你太失望，

老父亲，我生逆子愧难当。

（面对父亲、班长画像）老父亲、老班长，我知道，子不教父之过，儿子作下孽，我不能亏国家，我不能亏人民。我要卖掉房子，取出存款，为儿子赎罪，为自己补过。

李大妈　（跟跟跄跄上）欣贵回来了，欣贵回来了！

李耕田　老婆子，你怎么起来了？

李大妈　啊，是你，你咋把娃没领回来，你咋把娃没领回来？

李耕田　你怎么啦，你怎么啦？

李大妈　噢，刚才，好多人都给咱娃说情，他们说咱欣贵是烈士的孙子、劳模的儿子，人家就把咱娃饶了。快去领娃吧，快去——（推）

李耕田　老婆子，你是在做梦呀！

李大妈　啊，我在做梦吗？我在做梦吗？（环视屋内，顿觉梦醒）噢，是梦，是梦。啊，老头子，这是高人在梦中指点咱，提醒咱

们托人情、找关系呢。快，咱快托人说情，救救孩子！（推李耕田）

李耕田　老婆子，这种事求人，不是打咱的脸吗？

李大妈　唉，你——就你呆痴，现在啥事不讲人情？你不是有个老战友的儿子在北京干大事吗？这么硬的关系，现在不用啥时用？

李耕田　咱娃犯罪，让人家娃干徇私枉法的事，对得起老战友吗？

李大妈　那你开劳模会的时候，多少大领导跟你握手照相，咱找找他们，给娃留一条活命还不行吗？

李耕田　不行！法律能走后门吗？

李大妈　李耕田，我把你个老不是人的！国家的事，你命都不要，村上的事，你家都不顾。可自己的娃，眼看着命都保不住了，你还这不行那不行的，见死不救，六亲不认，你、你、你——

（唱）你这样铁心肠人间稀少，

　　　　关键时你竟把亲情全抛。

　　　　该找的关系你不找，

　　　　怎忍心亲儿关死牢？

　　　　儿一死你我老年把谁靠？

　　　　儿一死你我丧葬谁持操？

　　　　儿一死李倩年幼谁照料？

　　　　儿一死活世上还有啥味道？

　　　　若是我儿命难保，

　　　　我就陪儿去阴曹。

李耕田　老婆子呀！（扶坐）

（唱）儿获罪怪他的节守不保，

要相信国家法严明公道。

咱二人纵然是一死百了，

留下这疯癫女日月咋熬？

我劝你忍悲痛莫急莫躁，

待明日去监狱探望一遭。

李大妈　（趴在桌上哭）我要我的儿子，我要我的儿子呀！

　　　　（雪梅、李兴急上，见状上前劝解）

梅、兴　妈（奶奶）。

李　兴　（唱）奶奶不要太伤痛，

　　　　　　　孙儿有话听心中。

　　　　　　　我爸叫咱求个人，

　　　　　　　或许出面能说情。

二　老　（惊）啊，求谁？

李　兴　（接唱）只知姓，不知名，

　　　　　　　　还要咱们细打听。

二　老　（急切）快说说，到底是怎么回事？

李　兴　爷爷，奶奶，是这么回事，那天我和我妈去探监，临走时，

　　　　我爸念了四句诗，我感觉我爸在诗中有所暗示。

李耕田　啊，有啥暗示？

李　兴　我回家后把这首诗写在纸上，发现是一首藏尾诗，我念给您听。

　　　　贪腐之路不要走——最后一个字是"走"字。

　　　　我把骂名留身后——最后一个字是"后"字。

　　　　抱愧把你母子求——最后一个字是"求"字。

　　　　照顾二老要详周——最后一个字是"周"字。

这四个字连读起来，就是"走后求周"。暗示要我们去求一个姓周的人，还要我们把结果告诉他。

李耕田　嗯，果真有暗示。我娃能识文断字，大学真没白念。

雪　梅　爸，你常去欣贵那儿，好好想想，和他来往密切的，有没有个姓周的？

李耕田　让我想想，让我想想……噢，我想起来了，有这么一个人。是去年我过生日的那天中午，来了一个女人，欣贵两口子都叫她周姐。

梅、兴　周姐，她是什么人？

李耕田　听口气，好像是欣贵上级的夫人，来向我祝寿的。

梅、兴　你没听他们说了些什么？

李耕田　只听欣贵问，最近那件事，首长满意吗？那个周姐说，老周经常夸你啦，说你是个信得过的人，凡他交办的事，你件件都办得很漂亮。

雪　梅　嗯，欣贵要我们找的那个姓周的，肯定是这个人。

李耕田　对，就是这个人。

李大妈　老头子，娃叫咱们找她，那就快去找她吧。

李耕田　这——

雪　梅　（唱）这关系看来确实不一样，

李大妈　（唱）这关系搭救我娃能用上。

李耕田　（唱）这关系究竟是帮还是网？

李　兴　（唱）这关系不由叫人费思量。

雪　梅　（唱）找周家欣贵心中有何想？

李大妈　（唱）求人家带上厚礼理应当。

李耕田　（唱）既然是放弃上诉等二审，

李　兴　（唱）已服判还要周家帮啥忙？

李大妈　老头子，还磨蹭啥呢？快去呀！

李耕田　你们不要急，让我再想想。（李大妈、雪梅、李兴三人下）

李耕田　（自言自语）求姓周的，还要回复？

　　　　（唱）欣贵他不上诉已经服判，

　　　　　　　莫非他想翻案要找靠山？

　　　　　　　姓周的在上边权重位显，

　　　　　　　莫非是他们有秘密牵连？

　　　　　　　顾亲情，顾大义，

　　　　　　　亲情大义两为难。

　　　　　　　这件事隐情深不能小看，

　　　　　　　总觉得中间有难解疑团。

　　　　（踱步沉思，下了决心）好！

　　　　（切光）

第 三 场

（周家客厅。周大姐坐立不安，打着打火机，欲点烟，又熄灭）

周大姐　（唱）这半年我夫妻提心吊胆，

　　　　　　　立不安卧不宁如坐针毡。

　　　　　　　老周说欣贵案一审宣判，

　　　　　　　在狱中他没有胡咬乱攀。

看起来老周他交人有眼，

李欣贵也是个义气儿男。

一身扛保我们避过灾难，

我们要想办法兑现诺言。

当初老周答应照顾欣贵的父母，不知他们现在怎样，我得想办法去看看。（止步）不行呀，我去影响太大，托别人又不合适。这、这、这——唉，这不管又不行呀。万一他父母出了啥事，让欣贵知道了，怪我们不守信用，一气之下把老周的事抖出来，啊，那可就不得了啦！怎么办，怎么办呀？（焦急沉思）

警　卫　（上）周大姐，门外来了一家人，说是首长的亲戚，我说首长不在，他们说找你也行。

周大姐　叫他们进来吧。

（警卫下，李耕田及雪梅、李兴上）

李耕田　雪梅，进去后你们先说，我只听着。

雪　梅　爸，欣贵只说求周家，到底求他们干什么却没点明，咱进去咋开口？

李耕田　我估摸他们心里清楚，咱一步一步探底，先说求他帮忙，看看他们反应再说。（进门）

周大姐　噢，大叔，是你！快坐快坐。（转身对梅、兴）你们是……

李　兴　我是李欣贵的儿子，叫李兴。

雪　梅　（指李兴）我是孩子他妈，叫雪梅。

周大姐　（一惊，背唱）欣贵只有独生女，

　　　　　　　　为啥冒出子和妻？

事出蹊跷要警惕，

我要设法探虚实。

我们和李欣贵虽然没有特殊交情，但毕竟工作交往较多，只知道他的妻子叫吴凌云，他的独生女儿叫李倩。你们怎么能说是他的妻子和儿子？

雪　梅　我是他的前妻，儿子是我们亲生的。

周大姐　啥，李欣贵有前妻，还有一个儿子？

李耕田　他们说得没错，欣贵是有前妻，他们生有一个儿子。

周大姐　哦——都坐，都坐。（疑惑地，背白）这离了婚的，不成路人，就成仇敌，他娘儿俩和老头子来，究竟要干什么？我先探问一下。（转身）大叔，你带他们来，有什么事？

李耕田　（咳嗽，李兴急捶背）……

雪　梅　噢，我说，我说。大姐，听说欣贵和你们关系不错，你看欣贵出这么大的事，你们就帮帮忙吧。

周大姐　这——

（背唱）大叔一旁不言讲，

前妻抢先开了腔。

他们要求我帮忙，

不知要办哪一桩？

（转身）妹子呀！

（唱）娃娃如要找工作，

我们肯定要帮忙。

李　兴　（唱）我正在大学把学上，

谢谢您的好心肠。

周大姐 （唱）是不是大叔身有恙？

　　　　　　我差人联系好病床。

雪　梅 （唱）我爸身体没有病，

　　　　　　油煎锥刺心有伤。

周大姐 （唱）儿子犯罪受惩处，

　　　　　　天下父母都一样。

　　　　　　初听乍闻受不了，

　　　　　　日子长了就淡忘。

　　　　　（手机响）噢，我接个电话。（下）

雪　梅 （唱）大事不说帮不帮，

　　　　　　绕来绕去打官腔。

李　兴 （唱）虽然作势又装腔，

　　　　　　我看她心里有点慌。

李耕田 （唱）那诗当面给她讲，

　　　　　　看她听后怎开腔？

周大姐 （上）不好意思，让你们久等了。走走走，我让他们准备了一顿便饭，你们吃了饭再走。

李　兴 不吃饭了。我想请教您一个问题。

周大姐 什么问题？

李　兴 我和我妈去探监的时候，我爸写了一首诗，我们不明白其中意思，请您给我们解释一下。

周　姐 啊，你们去探监了？

雪　梅 我和欣贵，总算夫妻一场，孩子是他亲生，打断骨头连着筋呀。是他有重要的话要对我们说。

59

周　姐　啊，他都说些什么？

李　兴　他说千言万语，尽在四句诗中。

周大姐　快让我看看。（看后松了一口气）噢，这不是很明白吗？这首诗前两句"贪腐之路不要走，我把骂名留身后"是他的自愧自责。后两句"抱愧把你母子求，照顾二老要详周"，是求你母子俩好好照顾他的父母，这是他最后的忏悔，也是他的临终嘱托，你们按照他的嘱托去做就是了。

李　兴　不，他的临终嘱托藏在这首藏尾诗里，您把每句诗的最后一个字连起来读。

周大姐　（念）"走——后——求——周"，啊！是欣贵差他们来的。（紧张）他，他还说什么？

李　兴　他最后还特别叮咛把见到您的结果向他回复一下。

周大姐　啊，回复？这……（一旁不停冒汗）

李耕田　（唱）她听诗意心慌急，

　　　　　　且看她咋走下步棋。

周大姐　（唱）他母子不解其中意，

　　　　　　这话里分明藏玄机。

　　　　　　假若还我们不兑现诺言，

　　　　　　他必然翻脸去揭秘。

　　　　　　罢罢罢，看他母子有何求，

　　　　　　桩桩件件我都依。

　　　　嘿嘿，你们来得正好。欣贵是我家老周的下级，他出了这等事情，老周心里也不好受。知道他的老家有年迈的父母，早想去看看，可在这敏感时期，他出面多有不便。你们既然来了，有什么困难和要求，我们一定设法解决。

雪　梅　唉——（抹泪）

李耕田　（唱）这女人经过大战场，

　　　　　　　　一时阴来一时阳。

　　　　　　　　佯打瞌睡再观望，

　　　　　　　　她演戏我看咋收场？

周大姐　大妹子，咱都是自己人，有啥要求就直说。

雪　梅　（唱）未开言来泪满面，

　　　　　　　　想起二老实可怜。

　　　　　　　　把儿养大苦受遍，

　　　　　　　　儿判死刑痛心肝。

　　　　　　　　觉得人前难立站，

　　　　　　　　寻死觅活要归天。

　　　　　　　　他们是狂风底下灯一盏，

　　　　　　　　实不忍黑发走在白发前。

　　　　　　　　我们愿卖房退赃款，

　　　　　　　　求大姐帮忙巧周旋。

　　　　　　　　欣贵若能死罪免，

　　　　　　　　能救二老不自残。

周大姐　（唱）以为他们来要钱，

　　　　　　　　却是托情找后援。

　　　　　　　　欣贵我们一条线，

　　　　　　　　说情就会惹疑嫌。

　　　　　　　　常担心欣贵狱中思变，

一闪念为求立功把我牵。

只盼欣贵早行刑,

死口无对才得安。

万万不能救,还要话说甜,

让他安心走,还要路转圆。

转面我把雪梅唤,

咱姐妹坐下来斟酌一番。

大妹子,实话告诉你,我家老周也是个重感情的人,为救欣贵,路没少跑,人没少寻,钱没少花。怎奈欣贵犯的罪太重咧,连他自己也感到没有希望了,放弃上诉。唉,难为你一片好心了。

雪　梅　不,大姐,我们两家的房子卖了,能凑个百八十万,请你们帮我们把这些钱交给国家,再求求情,哪怕把欣贵改成死缓也行,只要欣贵活着,二老就能多撑几年。

周大姐　大妹子,百八十万,杯水车薪呀!有一线希望,我们也不会放弃呀。还是顾活人吧。

李　兴　我爷爷奶奶寻死觅活的,我们咋劝都不顶用!阿姨,您快帮我们出出主意吧!

周大姐　这样吧,家里的房就不要卖了,你们还要住呀。我知道,欣贵出事,财产没收,老人也断了生活来源,这是他们绝望的主要原因。这卡上有五百万,算我们给老人的养老钱,你们见了欣贵,就说老人我安排好了,叫他放心地走吧。

雪　梅　大姐,我们不能要你们的钱,我只希望你们能帮我们出主意,想办法为欣贵减刑。欣贵能活着,二老就撑着, 欣贵若死,二老必亡。大姐,求你们行行好,这可是救三条人命呀!(哭)

周大姐　大妹子，欣贵确实无法可救，咱们还是顾活人要紧。

李　兴　（扶雪梅）妈，别为难人家了，咱回去另想别的办法。（欲走）

周大姐　哎哎哎，大妹子，把卡拿上。（硬给）

雪　梅　（把卡放在茶几上）人都没希望了，还要钱干啥？

周大姐　大妹子，这钱一定要拿上，不然，欣贵会说我们不守信用。

雪　梅　（一愣）不守信用？难道你们——

周大姐　（自觉失言，忙掩饰）噢噢噢，我是说，既然刚才说给老人家
　　　　养老费，就一定要说到做到，不失信用。你还是拿上吧。

雪　梅　不，我们不能白拿你家这么多钱。

李　兴　这钱，我们绝对不能要。我能养活得了我爷爷奶奶。

周大姐　这……（背白）我明白，欣贵本意是要我们兑现承诺，他们
　　　　却理解成求我救命。如果欣贵知道没拿到钱，一气之下……
　　　　妈呀，那就完了！不行，这钱一定要给他们。（转身）大妹子，
　　　　这是我的一点心意，无论如何得拿上。

梅、兴　不能拿，不能拿！（一直推让）

李耕田　（猛然一阵咳嗽）……

梅、兴　（围过去捶背）爸（爷爷），你醒了。

李耕田　推来让去的，你们在争啥？

周大姐　大叔，欣贵毕竟在老周手下干了多年，你们现在有难，我们
　　　　能不表达一点心意吗？你看他们俩——

李耕田　（对梅、兴）人家有心意，咱能不领情吗？收下。

梅、兴　（不解地）爸（爷爷）？

李耕田　收下！（李兴收了卡）走，咱们该回家了。（梅、兴扶李欲下）

周大姐　（背白）这下我心放下了。

李耕田　（止步回头）咦，你刚才说这是啥钱？

周大姐	给你的养老钱。
李耕田	（故做耳聋状）啥钱？
周大姐	养老钱。
李耕田	多少？
周大姐	五百万。
李耕田	啊，这么多？那我可不敢要。我死了，我孙子一辈子都还不清。
周大姐	孝敬您的，不用还，请放心。
李耕田	啊，送的？那你写个东西，我才敢放心用。
周大姐	老人家，没有必要，难道不相信我？
李耕田	我咋能不相信你？可是世事不停变化呢。我死了，你儿子向我孙子要账咋办呢？算咧算咧，反正活不了多长时间了，受点作难也就过去了，不能给孙子留麻烦。兴儿，把卡还给人家。
李　兴	给。（周不接，兴把卡放在茶几上）爷爷，咱们回。（三人欲下）
周大姐	不行，欣贵要回话！（急）别走别走，我写！（急挥笔写好，连卡交给李兴）
梅、兴	谢谢大姐（阿姨）！（扶李耕田下）
周大姐	（唱）他们不收这笔钱，

欣贵必定把脸翻。

他们收了这笔钱，

才能吐掉这口痰。

五百万，五百万，

帮我们脱险渡难关。

哎哟！（长呼一口气，瘫坐在沙发上，点烟长吐烟雾）

（切光）

第 四 场

（李耕田家，李耕田背着双手踱步沉思）

李耕田　（唱）去周家走一趟让我震颤，

手拿着银行卡思量再三。

欣贵他和周家枝不扯蔓，

能无故孝敬我五百万元？

莫不是姓周的他也涉案，

五百万是他的狡诈手段？

要揭发，

人家有权官位显，

小民告官如撼山。

人家有圈有眼线，

稍有不慎命难全。

我舍老命不要紧，

担心孙儿受牵连。

怎么办？好为难，

我要仔细想周全。

（沉思、踱步，后坐下低头沉思）

（李倩疯疯癫癫上，边走边盯地面找拾东西）

李　倩　钱，钱。（从地上拾了个东西看看又扔掉）这不是钱。

李大妈　（追上）倩儿听话，不要乱跑。

李　倩　我在找钱呀。奶奶不是说，还了人家钱，我爸我妈就能回来吗？（猛然一惊）噢，想起来了，我知道哪里有钱。

李大妈　哪里？

李　倩　不能告诉你。

李大妈　为啥？

李　倩　你不是爷爷。

李大妈　（急）我是你奶奶呀。

李　倩　奶奶也不行。我爸说了，到时候，只能悄悄告诉爷爷。

李大妈　那就快回家找爷爷。（拉李倩进门）

李　倩　爷爷，爷爷，我给你说个悄悄话。（拉李耕田到一旁）我爸对我说过，如果他们出国回不来，爷爷没钱用了，花园牡丹根下有个东西，取出来交给爷爷，爷爷就有钱了。

李耕田　啊！牡丹根下有个东西？

李大妈　她……她的话，能信吗？

李耕田　万一是真，不信岂不误了大事？我去看看。（欲走眩晕）

李大妈　你的身子……（扶老伴坐下）还是我去吧。李倩，领奶奶走。

李　倩　噢，走，取钱，救我爸。（二人下）

李耕田　啊，难道欣贵还藏有赃款？

　　　　（唱）李倩的话费思量，

　　　　　　　牡丹根下有文章。

　　　　　　　难道他把钱隐藏，

　　　　　　　不愿彻底去退赃？

　　　　　　　周家事让我心生疑，

　　　　　　　这件事更让我惊慌。

他公然死心塌地作对抗，

要和人民较短长。

一股怒气涌心上，

伸张正义我不彷徨。

欣贵呀，不是你爹心狠不护你、不救你，是因为，我的老父亲盯着我，我的老班长盯着我。他们在看我这个共产党员是维护先烈流血牺牲换来的胜利果实，还是庇护自己吮吸人民血汗的蠹虫儿子。我的孙子也盯着我，他初长成人，我要让他承家风、走正道，我们不能再……再带坏他呀！（泣不成声，进而号啕大哭）

（李大妈和李倩上）

李大妈　老头子，唉，刨出了个塑料袋，里面没有钱，是这么个东西。

李耕田　（看介）这是什么？这是什么？唉，儿童玩具，这有啥用？还让我虚惊一场。（欲扔）

（雪梅、李兴上）

李　兴　啊，爷爷别扔，那是录音笔！

雪　梅　录音笔？兴儿，快听听，里面录些啥？

（李兴打开录音笔）

女　声　老周说了，外逃路已堵死。

男　声　唉，进去只有一死。

女　声　老周说了，只要你不说别的，他用五百万供你父母养老。

李大妈　这男声像是咱欣贵。

李耕田　这女的就是那个周姐。

雪　梅　啊！怪不得那个周姐硬给咱们五百万。

李大妈　有这五百万，加上存款、卖房钱，够了，够了，可以救我娃
　　　　的命咧。老天爷，我娃有救咧！

李耕田　这是涉案资金，不能动用。

李大妈　啊！不用，那你接人家钱干啥？

李耕田　我要掌握证据。

李大妈　证据？啊，你还要揭发举报人家？

李耕田　这五百万和这录音笔联系起来看，就说明里面大有问题。李兴，
　　　　把银行卡和录音笔给我，我要交给组织。

李　兴　好。（掏出银行卡、录音笔欲给，李大妈一把夺走）

李大妈　他爸，我求你了，不敢再刨咧！刨的事越多，欣贵罪越重，
　　　　娃的命就越发保不住了呀！

李耕田　你给我！

李大妈　不，我要救我的儿子！

李耕田　为了儿子，我们不能姑息养奸呀，你给我！（上前去夺）

李大妈　不，儿子是我的命，我的天呀！（躲闪欲倒）

雪　梅　妈！（急扶婆婆）

李　兴　爷爷！（劝阻爷爷）

李　倩　（哭）我要爸爸，我要爸爸！

李耕田　老婆子，我也和你一样伤心呀。实话告诉你，这些钱，救不
　　　　了他的命。

雪　梅　爸，我和李兴专门去咨询了律师，律师说了，能够积极退赃，
　　　　如果还有立功表现，争取改判死缓或无期，是有可能的。

李大妈　啥，立功表现？立功表现？

李耕田　他现在还替别人隐罪、顶罪，何谈立功呀？

李大妈 有。（急去抽屉翻取东西，众惊愕）这是咱爸的烈士证书，这是你在朝鲜战场上的立功证书，他爷他爸都为革命流血流汗，难道都不能为我娃顶一点点罪吗？

李耕田 啊！（接过证件）老婆子，你要拿它给娃顶罪？你要拿它给娃顶罪？

（唱）手捧着烈士证羞愧满面，

　　　　猛觉得头发昏地转天旋。

父亲，我羞愧，我羞愧呀！（倒地）

（暗转，李耕田父上）

耕田父 耕田呀耕田，咱们这个家，我、你、欣贵，三代人都是共产党员，都在党旗前面宣过誓。可是，我献出了生命，你付出了血汗，为什么你的儿子却变成了蠹虫？

（唱）你的儿忘了初心信仰变，

　　　　不守党规路走偏。

　　　　蛛丝马迹早显现，

　　　　你不过问你不管。

　　　　放任他享淫乐、滥用权、占占占、贪贪贪，

　　　　一步一步滑深渊。

　　　　李家门风毁一旦，

　　　　我丢脸面你耻颜。

　　　　都怪你平日里不察不管，

　　　　都怪你失父责教子不严。

　　　　你这个父亲怎么当？

　　　　亏你还是个老党员！

哼！老一辈把江山交给你们，把下一代交给你们，你们竟……
唉，气死我了，（人隐，回声）气死我了……气死……

李耕田　我还是个党员吗？我还是个父亲吗？

（唱）似听见父亲声声句句痛责耳边响，

愧对先祖愧对党我五内俱伤。

我不敢再目视父亲遗像，

他怒目斥骂我教子无方。

我不敢再去把战友回想，

先烈们筑大厦我儿毁墙。

悔之悔他当年离婚我没挡，

恨之恨他权钱交易贼胆狂。

惜之惜多少财色倒将相，

怪之怪他迷方向我丢缰。

错之错纵子溺爱我的过，

迟之迟千愧万愧捶胸膛。

老伴呀，你救子心切忘大义，

烈士证为儿顶罪更荒唐。

老婆子，你——你——你……（气极，顿足捶胸发抖）

李大妈　老头子，我不是故意惹你生气，我只是想让娃活着，他是我
身上掉下的肉呀！（泣不成声）

李耕田　老婆子，我也不是铁石心肠，哪个做父亲的，不想让自己的
儿子好好活着？（泣不成声）

李大妈　老头子，你，你保重。（给李耕田抹泪）

李耕田　老婆子，你，你也保重。（给李大妈抹泪）

二　老　（互抹泪，忽然抱头痛哭）啊……我的娃呀……

李耕田　（唱）老婆子你要更保重，

　　　　　　　为孙儿成长咱要撑。

李大妈　（唱）老两口泪眼相望哭无声，

　　　　　　　抚儿育女一场空。

梅、兴　（分别扶二老）妈（奶奶），爸（爷爷）。

李大妈　老头子，看来，欣贵是没救了，没救了！为了儿子，为了这个家，我说了多少话，你都没听。你的心思我明白，我不怨你，我只求你能听我最后一句话，行吗？

李耕田　好，你说。

李大妈　房子，卖了。周家的那五百万，是欣贵娃用命换的，就留着，顾不了欣贵那一头，咱们就先顾两个娃吧。李兴，过来。

李　兴　（上前）奶奶。

李大妈　李倩，过来。

李　倩　（上前）奶奶。

李大妈　（抱住两个孙儿）

　　　　（唱）你的父不争气犯下罪过，

　　　　　　　害了国害了家命也难活。

　　　　　　　老头子我求你听劝于我，

　　　　　　　两个娃是李家希望寄托。

　　　　　　　从今后你想咋过就咋过，

　　　　　　　我再也不把你的后腿拖。

　　　　雪梅，妈将两个孩子交给你了。用这些钱，供兴儿上学，给倩儿治病。（把兴、倩推向雪梅，猛然去撞墙）

众　　　（急喊）老婆子（妈、奶奶）！

　　　　（切光）

第 五 场

（夜，李家小院。李兴低头独坐。室内，李耕田躺在床上）

（幕后伴唱）云遮月，星光闪，

　　　　　　少年独坐心意烦。

　　　　　　经摔打，遭磨炼，

　　　　　　家事困扰夜难眠。

李　兴　（缓缓站起，在院内徘徊）

　　　　（唱）老奶奶死相逼为我存钱，

　　　　　　　老爷爷意坚决把案深捌。

　　　　　　　劝爷爷本不是我的心愿，

　　　　　　　劝奶奶我没有说服语言。

　　　　　　　小妹妹思父母昼哭夜唤，

　　　　　　　我妈妈心良善委曲求全。

　　　　　　　悲伤事不了情桩桩件件，

　　　　　　　近日来都现在我的面前。

　　　　　　　如锤击似火烤铁血磨炼，

　　　　　　　方知晓要做人实在作难。

　　　　　　　我已是男子汉要有主见，

　　　　　　　应挺身为他们排忧解难。

　　　　　　　只怪我年纪轻阅历短浅，

　　　　　　　两难事我无法应对周全。

唉！（复又坐下，掏出银行卡、录音笔观看）这录音笔、银行卡，交出去吧，奶奶她……不交出去吧，可爷爷他……

雪　梅　（上）兴儿。

李　兴　妈，你怎么回来了？奶奶怎么样？

雪　梅　奶奶有医生照管。我放心不下你爷爷。

李　兴　爷爷一直不吃不喝，我要送他去医院，他死活不去。这会儿，好像迷糊了。

雪　梅　唉，你看你爷爷奶奶，各执己见，都是倔强脾气。

李　兴　妈，我爷爷是对的，奶奶糊涂呀！

雪　梅　孩子，你不懂做母亲的心。（抹泪）

李　兴　妈，你怎么啦？

雪　梅　孩子，妈十分恨他，但也想设法救他，你知道这是为什么吗？

李　兴　妈，你——

雪　梅　妈也是一个母亲，知道孩子在父母心中的位置。当初我遭你爸抛弃时，曾经想到死，当我打开农药瓶放到嘴边时，猛然想到你——妈妈是为你才活下来的呀！将心比心，如果他能活着，哪怕关在监狱，你爷爷奶奶也就有个念想。这念想，就能让他们支撑下去。不然，你爷爷奶奶就是不寻自尽，也活不了多少日子呀！（哭）

（屋内传来李耕田的咳嗽声）

雪　梅　噢，爷爷醒了。快走，帮妈给你爷爷熬点汤。（二人下）

李耕田　（起身）

　　　　（唱）身无力心憔悴躺卧床上，

　　　　　　　难入眠五内焚倒海翻江。

录音笔只揭开一层雾障，

是封口是顶罪让人迷茫。

五百万做交易事已明朗，

隐山虎是一只还是一帮？

是党员党性不容欺哄党，

是父亲谁能忍看亲儿亡？

怎奈是老伴有伤我有恙，

看起来在世时光不久长。

怕只怕心愿未了成遗恨，

这一切兴儿年轻怎承当？

（雪梅、李兴端汤上）

梅、兴　　爸（爷爷），吃点东西，喝口热汤吧。

李耕田　　放下吧，我吃不下。雪梅、兴儿，你们坐下，我有事和你们商量。

梅、兴　　爸（爷爷），你说。

李耕田　　你奶奶说要把这些钱留给你们，你们是咋想的？

李　兴　　爷爷，我理解奶奶的心情。可这钱，我们能用吗？我爸贪占不义之财，落了个什么下场？这个教训，还不刻骨铭心吗？孙儿向你和我妈发誓，不义之财，一分不要；不是用自己血汗挣的钱，一厘不用。至于倩儿看病，我是哥哥，会想办法的。

李耕田　　雪梅，你看呢？

雪　梅　　（激动地抱住李兴）妈就要这样的儿子！你爸爸若能这样，怎会有今日呀！（哭）

李耕田　　（唱）她母子把我的心病去了，

　　　　　　　　我李家有一个端壮幼苗。

经风雨浴汤火把他锻造，

身后事我放心向他移交。

兴儿，爷爷把这烈士证、立功证交给你，等你爸的二审判决书下来后，一并保存在一起，让咱家的子孙后代都记住这段荣辱史，知道怎样做人。

李 兴 （郑重接受）孙儿记下了。

李耕田 你看爷爷奶奶这身子，恐怕难撑多久了。咱家的事，你该担起来了。

李 兴 爷爷，你说。

李耕田 银行卡、录音笔，还有那个周大姐写的东西，就交给组织吧。你奶奶说得也有道理，你和李倩毕竟还要花钱。房，就不卖了，给你们兄妹俩留下吧。

李 兴 爷爷，我知道，您曾面对我祖爷的遗像做过承诺，说是要取出存款、卖掉房子，为儿子赎罪，为自己补过。我知道，你重信义大于天，孙儿一定随你愿，这房子嘛，卖！

李耕田 （抱住李兴）我的好孙儿！

雪 梅 爸，我和兴儿商量好了，决定也卖掉我们的房子。

李耕田 啊！卖掉房子，你们住哪里？

雪 梅 你不是说卖房后搬到旧窑洞吗？我们和二老住在一起，照顾起来也方便。

李耕田 别别别，欣贵对你母子伤害很大，我也觉得心里有愧。你们没有必要为他做这么大的牺牲。

雪 梅 唉，欣贵能走到这一步，我也有一定的责任。当初，我怕他婚外情败露，受到处分，影响升迁，心软了，迁就了他，没想到倒害了他。唉，怪我，怪我……

李耕田　别自责了，千怪万怪都怪他自己。

雪　梅　唉，那时若把事情的真相告诉你，或者向组织揭发，哪怕给
　　　　　他个处分，他也会得个教训。即使把他开除回家，也不至于
　　　　　走到今天这一步呀！（喃喃自语）我有错。毕竟夫妻一场，给
　　　　　他赎点罪，也算救赎自己的过错。

李耕田　可这就苦了我家兴儿。

雪　梅　爸，让他担待点，今后做人心里也踏实。

李　兴　爷爷，妈，全卖吧，我要用我的努力，在城里给你们买套新房子。

李耕田　多贤良的媳妇，多懂事的孙儿！唉，我这辈子最大的失败，
　　　　　就是没有教育好儿子。雪梅，兴儿有你这样的母亲，我就放
　　　　　心了。兴儿，咱家大事，爷爷就交给你了。

李　兴　我支持你的做法，可又劝服不了奶奶。爷爷，咱们能不能想
　　　　　一个两全的办法？

李耕田　怎样的两全办法？

李　兴　爷爷，我看了许多中外小说，强盗有强盗的逻辑，强盗也讲
　　　　　强盗的义气。我爸如果知道周家兑现了承诺，咱们反而拿这
　　　　　五百万做证去告发人家，从他们那伙人的臭义气出发，守口
　　　　　如瓶，不承认怎么办？

李耕田　你这个问题问得好。

李　兴　是的，我们是有这些证据，但只能证明有问题，不能证明问
　　　　　题有多大。如果我爸在证据面前避重就轻地供认一点，周家
　　　　　动用能量，大事化小、小事化了怎么办？

李耕田　你分析得很有道理。

李　兴　所以，现在问题的关键在我爸身上。我爸若守口如瓶，他死罪难免，姓周的也就成了漏网之鱼。我爸如果开口说话，姓周的就会暴露无遗，对他来说，也是一个戴罪立功的机会，或许还可以减刑。

李耕田　这就是你说的两全办法？

李　兴　对，法律规定，有重大立功表现，可以减轻处罚。

李耕田　（顿足）哎！哎！哎！活到七老八十，怎么我还不胜个孩子？（抱住李兴）我孙儿学会做人处世了！哈哈哈哈……

李　兴　爷爷，事不宜迟，离二审没有几天时间了。

李耕田　明天就去见欣贵，一定要让他开口，揭周家老底！

李　兴　咱们去把这个想法告诉我奶奶，她一定会支持的。

李耕田　好！

　　　　（切光）

第 六 场

（监狱会见室）

（光聚身戴镣铐的李欣贵）

李欣贵　（唱）听说二老来探望，

　　　　　　　欣贵顿时心发慌。

　　　　　　　未尽孝反给他们添苦痛，

　　　　　　　盼相会却又无颜见爹娘。

　　　　　　　我多想再吃一口父栽的果，

我多想再尝一口娘煲的汤。

我多想妻儿依偎老屋炕，

我多想邻里村头拉家常。

这一切别人拥有我奢望，

想托生来世缥缈甚荒唐。

（仰天祈求）老天哪，能让我多活几天吗？

（光聚舞台一角，李耕田、李大妈出现在李欣贵面前）

二　老　贵儿！

李欣贵　（一惊，跪步向前）爸，妈！

二　老　（扑向前）贵儿啊！你——

李欣贵　二老，我——（羞愧难言）

二　老　我的儿呀！

三人同　哎——

（唱）见欣贵（二老）把人的肝肠疼烂，

　　　一阵阵利剑把心剜。

李欣贵　爸，妈——

（唱）你的儿犯国法罪难赦免，

　　　给二老和亲友丢尽脸面。

　　　再不能常关照衣食冷暖，

　　　再不能侍病痛站立床前。

　　　再不能百年后穿孝拉纤，

　　　再不能清明节添土烧钱。

　　　李欣贵向二老磕头谢罪，

　　　求二老忘掉我不孝儿男。

　　　身后事我已经托人照管，

到时候会有人济困帮难。

李大妈　（唱）听他把身后事一一交办，

难道说生别离就在眼前？

哭一声娘的儿难得再见，

白发人送黑发我……我哭苍天。

李大妈　贵儿！（扑向李欣贵，晕倒。李耕田急忙扶住呼叫）

李欣贵　（惨痛呼叫）妈！

（雪梅、李兴急速上前）

梅、兴　妈（奶奶）！

李大妈　（苏醒，见欣贵痛哭，反倒安慰）我娃别哭，妈没事。

雪　梅　妈，在家说好你要忍着，你咋——

李欣贵　雪梅，我向你咋说来，你怎么让二老来这里？

李　兴　不是我妈告诉爷爷奶奶的，是李倩她——

李欣贵　倩儿不是在他外婆家吗？

（李倩上，打量李欣贵）

李　倩　爷爷，奶奶，他是谁呀？

李大妈　他是你爸爸。倩儿，我娃快看看你爸，再叫叫你爸呀！

李　倩　他不是我爸爸，我爸爸穿的西服，戴的金表。我爸是当官的、
管官的，我要见我爸，我要见我爸！

李欣贵　倩儿，我就是爸爸，我就是爸爸呀！让爸再好好看看我娃。

李　倩　坏蛋，坏蛋！奶奶快救我，他是欺负我的坏蛋，啊！（钻进奶
奶怀里尖叫）

李大妈　倩儿！（紧紧抱住李倩大哭）

李欣贵　雪梅，告诉我，这到底是怎么回事呀？

雪　梅　李倩的舅妈说你牵累了她丈夫，把李倩赶出家门，娃无家可归，

回老家找爷爷奶奶，被坏人……

李欣贵　啥，她这样狠毒？我为他们一家……

李　倩　（哭，挣扎）我要我爸，我要我妈，我要回家！

　　　　（雪梅、李兴帮助李大妈硬拉住李倩）

李欣贵　（顿足捶胸、长啸）天哪！好端端一个家，竟成这个样子了啊！
都是我作的孽呀！

　　　　（唱）我害得二老心撕肺裂肝肠断，

　　　　　　　我害得女儿饱受摧残成疯癫。

　　　　　　　子不子来父不父，

　　　　　　　有何面目在人间？（用手铐击自己的头）

李耕田　（怒斥）住了！早知今日，何必当初？我问你，十几年的学校
教育，党和人民的多年培养，入党时的庄严宣誓，你都丢到
哪里去了？

李欣贵　爸，妈，你们打吧，骂吧！世上难买后悔药，一失足成千古恨。
事到如今，我还能说什么呢？作为儿子，我对父母有罪；作
为父亲，我对子女有罪。（跪下）我向你们请罪了！

李耕田　你不光是我们的儿子，也不单是孩子的父亲，你曾经是一名
共产党员，也曾经是一名国家公务员，你不觉得对党、对国家、
对人民有罪吗？

李欣贵　我知罪，认罪，也悔罪，一颗子弹将把这罪恶了结。我最放
心不下的是风烛残年的二老，还有这……疯疯癫癫的倩儿呀！
（哭）

雪　梅　放心吧，二老和倩儿，我和李兴会照顾好他们的。

李欣贵　啥，你们照顾？难道你们没去周家？

雪　梅　去了，他们给了五百万。

李欣贵　这我就放心了。爹，妈，这是孩儿最后对你们的孝敬。雪梅，拜托你了，希望你用这钱替我照顾好父母。

李大妈　妈要钱干什么？妈要你活着！

雪　梅　欣贵，可怜天下父母心，你如果有孝心的话，你就争取活下来！你若能活下来，二老就能撑下去！不然，二老他们……

李欣贵　他们怎样？

雪　梅　要走绝路啊！

李欣贵　妈！

李大妈　贵儿，妈要你活着。可是妈现在明白了，毁你的，是你自己，能救你的，也只能是你自己。今天，一定要听你爸的话！

李欣贵　爸！

李耕田　我问你，你为什么暗示他娘儿俩去找周家？

李欣贵　求他帮我照顾好父母。

李耕田　周家为什么给我们那么多的钱？

李欣贵　出于同情，发于善心。

李耕田　好一个出于同情，发于善心！那么，这录音笔里是怎么说的？

李欣贵　（大惊）啊，你们找到录音笔了？

李耕田　他们给这五百万的条件，是要你不说别的。你告诉我，这不说别的是指什么？

李欣贵　这——

李耕田　说！

李欣贵　爸，人家已经兑现了承诺，我不能失信呀！

李耕田　噢，你还讲信义？你是个共产党员，那个姓周的也是个共产党员，你们对入党时宣的誓言，守信义了吗？

李欣贵　这——

李　兴　爸爸，爷爷可是个守信义的人。今天临行前，他在祖爷的遗像前也发了誓，说道，儿子犯罪不察，他已失责。现在明知你隐罪顶罪，如果劝说不了你坦白交代，揭露周家，他就碰死在祖爷碑前。爸爸，难道你要让爷爷在祖爷面前失信吗？

李欣贵　啊，爸！你，你当真要这样？爸，你不能呀！

李耕田　过去管教不严，让你错上加错，今日知你隐罪，纵你罪上加罪，我还是人吗？还是共产党员吗？

雪　梅　还有，你看。（抹去李大妈缠裹的头巾，露出撞伤）

李欣贵　妈，你怎么啦？

雪　梅　她听说你死刑无救，就想一头撞墙寻死。

李欣贵　妈……（哭）

雪　梅　可当她听爸爸说劝你戴罪立功就有希望减刑时，挣扎起来，一夜没睡，煲了你爱吃的羊肉汤。

李大妈　兴儿，把它拿来。（李兴把饭盒递给奶奶）贵儿！

李欣贵　妈！

李大妈　如果你能听你爸的话，揭发周家，戴罪立功，你就把它喝了。如果还要守你的那个臭义气，那我就带着它，跳到沟里，去喂豺狼！（举起饭盒）

梅、兴　欣贵（爸爸），接住它！

李欣贵　（颤巍巍接过饭盒）

　　　　（唱）端起羊肉汤，

　　　　　　　望着老爹娘。

含辛茹苦把我养，

今日落个啥下场？

二老都把绝话讲，

欣贵顿时心惊慌。

他们一气走绝路，

气死父母罪难当。

想对他们说实话，

内有隐情口难张。

爸，妈，这，这——

李耕田　实话实说，我们为你出主意。

李欣贵　爸，妈，我说，我说！

（唱）双规前他向我透露情况，

出主意指使我逃往异邦。

事紧急他一看外逃无望，

差夫人约见我秘密协商。

我自知罪责大难逃法网，

总是死就答应替他担当。

儿保他也是为身后着想，

他保证去养活父母儿郎。

我也是危急中无法可想，

也算儿临刑前孝敬爹娘。

李耕田　啊，你！我不要你这样的孝心！

（唱）金钱梦取代了崇高理想，

思淫欲冲破了道德堤防。

你在位违法纪党性全忘，

犯了罪不悔改还把奸藏。

五百万收买你包庇顶罪，

我用它岂不成罪犯凶帮？

一辈子凭良心站立世上，

纵饿死也不吃嗟来食粮。

这钱我们不但不能用，还要向组织讲清楚！

李欣贵　爸，我何尝不想立功赎罪？可是，可是……唉，还是忍了吧！

李耕田　贵儿，你到底还有什么难言之隐？

李欣贵　咱们拗不过他，交了这钱，你儿照样难免一死，恐怕一家老
　　　　少也不得安宁呀！

李耕田　为什么？

李欣贵　他们……他们……爸，你就别问了！周家已经给了钱，这录
　　　　音也就没用了，快毁了吧。他们要问，你就说我服罪了，不
　　　　上诉了。

李耕田　噢，我明白了。

　　　　（唱）你担心周家势力强，

　　　　　　　撞不破帮网反遭殃。

　　　　　　　贵儿呀，

　　　　　　　反腐败我党一贯把剑亮，

　　　　　　　十八大再谱全面反腐新篇章。

　　　　　　　小到蝇大到虎一个不放，

　　　　　　　清内毒抗外邪肌体健康。

　　　　　　　刘青山张子善疆场勇将，

进城后中糖弹命断刑场。

莫侥幸，莫幻想，

莫害怕，莫彷徨。

你大胆从内部揭帮破网，

才算是认罪悔罪戴罪立功的李家儿郎。

贵儿，爸明白你的意思。你是怕我们撬不开他们那个圈，撞不破他们那张网。不要怕他们，个人权力再大，大不过党纪国法；保护伞再大，也遮不住太阳光芒。十八大后打虎拍蝇，连贪腐的副国级都逃脱不了，还怕他个姓周的？你快写份揭发材料，还有这钱和录音笔就是铁证，爸爸替你送交中纪委。

李欣贵　爸，这——

李耕田　孩子，别犹豫了。你犯罪，爸也有错，现在省悟，为时不晚。揭发他们，就是咱父子俩向党和人民忏悔的实际行动。

李　兴　我和我妈咨询过律师，他说，如果退赔得好，再有立功表现，二审改判的可能还是有的。为了帮你退赔，爷爷把房卖了，我妈也把房卖了。现在，全家都希望你揭发周家，将功折罪。

李大妈　儿呀，听你爸的话，我求你了！（哭跪）

李欣贵　（撕心裂肺地喊）妈——

（唱）全家人语重心长把我劝，

　　　　不由我阵阵内疚痛心肝。

　　　　悔恨交加时已晚，

　　　　手捶胸膛心愧惭。

　　　　都怪我忘初心把党背叛，

　　　　都怪我诱惑前意志不坚。

都怪我贪钱财欲壑难满，

都怪我沉溺在酒地花天。

细思想全都因灵魂蜕变，

这演变和周家也有牵连。

对国企他早就三尺垂涎，

为贪占许官愿诱我上船。

到如今成死囚我阳关路断，

五百万我顶罪他稳坐高官。

今日不把他清算，

还要贻害多少年？

二老把我良知唤，

大义亲情化冰川。

爸，妈，

儿就按你们说的办，

李欣贵就是死也要把周家罪恶底兜翻。

爸，妈，我一定揭发周家。可这揭发材料怎么送到中纪委呀？

李耕田　我要拿上录音笔、银行卡，去中纪委说明情况。他们会派人找你的。

李欣贵　你年纪这么大，又体弱多病，北京那么远，你能受得了吗？

李耕田　只要能为你赎罪，只要能为国除奸，就算丢了我这把老骨头，也值！

李　兴　爸爸不要担心。

（唱）李兴我，挺身站，

二十出头已成年。

父路走偏痛为鉴，

祖辈高风要承传。

我代爷爷上北京，

中纪委里告贪官。

李耕田　（抱住李兴）好孙儿，你长大了，我看到希望了！

李大妈　老头子，咱们送兴儿快去！（三人欲下）

李欣贵　爸，妈，（扑上前，恋恋不舍地）让我再看你们一眼呀！（哭）

二　老　贵儿！（拥抱，造型）

　　　　（幕后伴唱）儿去闯荡人生路，

　　　　　　　　　　十字路口瞅一瞅。

　　　　　　　　　　瞅准正道大步走，

　　　　　　　　　　踏平坎坷竞风流。

　　　　　　　　　　误入歧途早回头，

　　　　　　　　　　莫让爹妈把心揪。

（伴唱声中，演员谢幕）

（剧终）

剪花娘子库淑兰

人　物

库淑兰　1920—2004 年，女，陕西咸阳旬邑县赤道乡富村人。中国民间剪纸艺术杰出代表人物之一，人称"剪花娘子"。联合国教科文组织授予她"杰出中国民间艺术大师"称号。

孙老大　库淑兰的丈夫。

女　儿　库淑兰的女儿，出场时二十至三十多岁。

梅　香　库淑兰的闺密，终生好友。

江　娃　梅香的丈夫。

文　成　县文化馆干部，三十至五十多岁。

淑兰父　五十岁左右。

淑兰母　五十岁左右。

孙　母　五十多岁，孙老大的母亲。

年轻妇女、姑娘，库淑兰剪纸作品中的人物、动物等

时　间　现代。

地　点　渭北黄土高原。

（天幕推出库淑兰剪纸照片）

（字幕配画外音：一个土生土长在渭北黄土高原窑洞里的小脚
女人，被联合国教科文组织授予"杰出中国民间艺术大师"
称号，她就是剪花娘子库淑兰）

（天幕推出剧名：剪花娘子库淑兰）

第一场　传接画册

（幕后伴唱）你扎根于黄土地，

你生长在风雨里，

胸怀绚丽七彩梦，

春来花绽千万枝。

（渭北黄土高原，沟壑纵横，一望无际）

（近处山坡上，草长树绿，莺飞虫鸣，棵棵桃树，果实红艳）

（幕后传来少女们的呼唤声：猴桃子——）

（随着喊声，四名少女挎着篮子边歌舞边上）

秋色妖娆好风光，

姐妹相邀上山冈。

挖药材，把钱卖，

说说笑笑岔心慌。

（向远处）猴桃子——

梅　香　不要猴桃子、猴桃子地喊叫了，人家上学时起了大名，叫库
淑兰。

少妇甲　她小名叫桃子，平日爱说爱笑、爱逗爱闹，大伙都叫她猴桃子。

众　　　（齐向远方）库淑兰——

　　　　（库淑兰内应：哎——）

众　　　她来咧，快！（众躲在山崖旁）

　　　　（库淑兰挎篮上）

库淑兰　（唱）登高放眼望四野，

　　　　　　　蓝天白云绿草坡。

　　　　　　　小窑洞终日把我心儿锁，

　　　　　　　沐浴这轻风艳阳好快活。

　　　　咦，刚才还叽叽喳喳的，怎么不见人呢？

　　　　（张望，向远处）哎——梅香，你们在哪儿呢？

　　　　（众蹑手蹑脚地围到库淑兰身后）

库淑兰　（向远处）姐妹们——

众　　　（突然在身后大声齐应）哎——

　　　　（库淑兰受惊，互相打逗）

梅　香　咦，大家看看，（从库淑兰篮子里取出剪刀和纸）淑兰姐上
　　　　山挖药材，篮子里还带着剪刀和花纸？

库淑兰　唉，整天闷在小窑洞，把脑子都想空咧，不知道剪啥好。今
　　　　天借挖药材，我要剪几幅秋色美景。

少妇甲　猴桃子，给嫂子先剪一幅。

众　　　也给我剪，也给我剪！

库淑兰　你们都要剪啥？

梅　香　你把画册带来了没有？

库淑兰　带来了，在兜里。（取出画册，大家围观）

梅　香　画册里面剪的图样有日月、星辰、繁花、绿树、飞禽、走兽、

山水、人物，样样都美，随便剪一幅。

库淑兰 这画册里，夹的都是我妈剪的图案，我今天要剪几幅秋色美景，给画册里增添新的图案。

众 （环顾）这景色都美，该剪什么呢？

梅　香 咦，大家看这满山桃树，挂满红艳艳的桃子，和咱桃子姐一样漂亮，就给咱们剪一幅"桃红满枝"。

众 （指桃树）桃子，（指桃子）桃子，巧巧巧，就剪"桃红满枝"。

库淑兰 大家喜欢，我就剪。

（库淑兰坐在石墩上剪纸，众起舞）

（幕后伴唱）挥剪刀，把桃剪，

　　　　　　树干粗壮枝叶繁。

　　　　　　绿叶映衬红脸蛋，

　　　　　　桃子是咱库淑兰。

（伴着歌舞，天幕上出现一幅"桃红满枝"剪纸图案）

众 （上前争抢）给我，给我……

库淑兰 每人都有，每人都有。（分发给大家）

众 啊，美极了！

少妇甲 哎，哎，我看光剪"桃红满枝"还不行，还要剪一幅"孙猴子吃蟠桃"。

众 "孙猴子吃蟠桃"？

少妇甲 她女婿娃姓孙，她叫桃子，他们二人在一起，不是"孙猴子吃蟠桃"吗？

少妇乙 哎，这幅剪纸寓意好呀！

众 啥寓意？

少妇乙 预示着咱桃子一过门，那个姓孙的小女婿，就把咱桃子整天捧在手里，含在嘴里，疼在心里，恩恩爱爱，甜甜蜜蜜，嫽扎咧，美死咧！

众　　　好好好，嫽扎咧，美死咧！嘻嘻……

库淑兰　（羞）去去去！我讨厌那个姓孙的，才不剪呢。

众　　　嘴上怪，心里爱。（一拥而上挠库淑兰胳肢窝）剪不剪？剪不剪？

库淑兰　（痒得发笑，求饶）对了对了，我剪，我剪！

　　　　（幕后伴唱）满怀喜悦挥剪刀，

　　　　　　　　　　剪一幅孙猴子吃蟠桃。

　　　　　　　　　　甜到嘴里甜到心，

　　　　　　　　　　小两口日子乐陶陶。

　　　　（伴着歌舞，天幕上出现一幅"孙猴子吃蟠桃"的图案）

众　　　（争抢）孙猴子，偷蟠桃，孙老大，摘桃子……

　　　　（库淑兰高高举起剪花，众围着库淑兰叫着、笑着）

　　　　（淑兰父气冲冲上）

淑兰父　啊，这就是你们在挖药材？（气愤地踢得篮子乱滚）

　　　　（姑娘们慌忙拾起篮子跑下。库淑兰欲跑，被父亲一把拽住胳膊）

淑兰父　跟我回。

库淑兰　（挣扎）我还要挖药材。

淑兰父　不挖咧。孙家把日子看咧，过十天就来迎亲，快回家和你妈一起拾掇嫁妆。

库淑兰　啊，你答应人家咧？

　　　　（唱）听罢言来双目泪，

　　　　　　　　好似头顶响炸雷。

　　　　　　　　爸爸呀，

你女儿只有十七岁，

为什么把我往外推？

淑兰父　（唱）不是我把你往外推，

是孙家三天两头催。

女在娘家难久留，

迟早总要出深闺。

库淑兰　（唱）孙家做事太过分，

女儿恨透孙家人。

毁我前程难容忍，

至死不进孙家门。

我不去孙家，我不去孙家！

淑兰父　（唱）有媒证，父母允，

怎能张口说悔婚？

嫁鸡狗就得随鸡狗，

命里注定不由人。

库淑兰　我是什么命呀，我是什么命呀！（哭）

淑兰母　（上）听说老汉上南岭，

他对女儿发雷霆。

啊！

只见女儿心伤痛，

上前打问因何情。

桃子——

库淑兰　妈——（扑在妈妈怀里痛哭）我不去孙家，我不去孙家！

淑兰父　不去也得去，还由了你咧？哼！（取下旱烟袋欲抽烟）

淑兰母　跟娃好好说么，吹胡子瞪眼干啥？（转身）桃子，听你爸

95

的话——

库淑兰 不，不，妈，我恨孙家，我也恨……恨……恨我爸！

淑兰父 你看她，你看她！嗯——（举起烟锅欲打）

库淑兰 你打你打！哼，我就是恨你！（哭诉）四岁那年，二斗糜子，你就把我许给孙家，难道你女儿的命，就值二斗糜子吗？

淑兰父 这——（后退一步）

淑兰母 那年闹饥荒，二斗糜子，可救了全家人的命呀！

库淑兰 咱家穷，供不起我念书，我姑妈为了改变我的命运，把我从咱旬邑带到她们三原去上学。可仅仅上了两年半，孙家怕我远走高飞，逼你把我从学校拽回来。难道我的前途命运，你就听任孙家摆布吗？

淑兰父 这——（又后退一步）

淑兰母 这不全怪你爸，也怪妈。

库淑兰 我十五岁时，孙家逼迫我和他娃结婚，不是我以死抗争，你早把我掀出去咧。你的心，为什么这样硬呀！

淑兰父 我——

淑兰母 孩子，咱们不是扛过去了吗？

库淑兰 可事过两年，孙家又催结婚，你不和我母女商量，就答应人家。难道你女儿在你心目中，不如一只小猫小狗吗？

淑兰父 我——

库淑兰 妈，提起孙家，我恨，我怕呀！（痛哭）

淑兰母 桃子！（抱住女儿痛哭）

淑兰父 （捶胸顿足）唉、唉、唉！

（唱）女儿她声声责问把我怪，

我这里理屈词穷口难开。

四岁时二斗糜子把娃卖，

我无能拿娃终身度荒灾。

娃上学为了能把命运改，

孙家逼我从学校拽回来。

好几次强逼早婚实无奈，

我不该背她母女应下来。

为人父一错再错把娃害，

哭怨声如同乱箭穿胸怀。

（夹白）我对不起孩子呀！

（接唱）女儿她至死不进孙家门，

　　　　要退婚我给孙家咋交代？

　　　　二斗糜子利滚利，

　　　　要退无粮无钱财。

　　　　孙家强势来闹事，

　　　　恐怕要遭灭门灾。

　　　　父女情，孙家债，

　　　　左难右难两徘徊。（思忖）

（夹白）怎么办？怎么办呀！

（接唱）罢罢罢，一切由我来担待，

　　　　跳崖死，让她母女快躲开。

　　她妈，你带着孩子赶快远走他乡，另谋生路，孙家见我一死，

也就不会追究了。快！（推母女俩，转身欲跳崖）

母、兰　（紧紧抱住淑兰父）她爸（爸），不能这样，不能这样呀！

淑兰父　（挣扎）是我毁了女儿，我要用我的命把女儿解脱！

淑兰母　桃子，不怪你爸，怪咱穷，怪这兵荒马乱的世道呀！你若再
　　　　说悔婚，我就和你爸一起跳下去！

库淑兰　爸，妈！（跪下）

　　　　（唱）父母把我生养大，

　　　　　　　我怎能逼死爹和妈？

　　　　　　　女儿我听二老话，

　　　　　　　回心认命嫁孙家。

淑兰母　这就对了，快起来，快起来。（扶起）

淑兰父　唉，我对不起孩子，我对不起孩子呀！

库淑兰　爸，妈，我想好了，不管命运怎么摆布，要活出人样，还得
　　　　依靠自己努力。今日只求二老答应我一件事。

父、母　什么事？

库淑兰　（唱）不能读书常悔恨，

　　　　　　　身无技艺咋做人？

　　　　　　　妈妈剪纸艺精深，

　　　　　　　我要学艺立自身。

　　　　　　　跟妈再学两三年，

　　　　　　　技艺精湛再出门。

淑兰父　桃子，孙家是户殷实人家，你只要做好饭、扫好院、管好娃
　　　　娃就行咧。在这兵荒马乱的世道，只要能混饱肚子就行咧，
　　　　还学剪纸弄啥呢？！

库淑兰　不，虽然咱人穷，但我要像我妈一样，活出自己的尊严。

淑兰父　尊严？

库淑兰　那一年，我跟我妈去逃荒，见别家大人领着孩子沿门乞讨，

98

遭富人赶、恶狗咬，又恓惶又可怜。我妈却坐在树下剪纸唱小曲，引来婆娘女子围观，还有人端来饭菜，拿来馍馍，换我妈剪的花。我妈说，孩子，用自己的手艺养活自己，才有尊严。所以，从那时起我就下决心跟妈学剪纸。

淑兰母 桃子，妈也看到了，你是一个争强好胜的孩子。六七岁时，你就用自己剪的小兔子，换到一个菜饼子，高兴地对我说：妈，我也有尊严了。现在，你凭剪纸手艺，已经在咱村活出好人缘，妈希望你嫁出去以后，在婆家也活出好人缘。

库淑兰 妈，我正是这样想的。待我学精剪纸手艺，嫁过去后，也能像你一样，受到乡亲们的喜爱和尊敬。所以，你就让我跟你再学两年吧！

淑兰母 桃子，孙家离咱不远，就是结了婚，你常来，妈常往，妈还能不实心给你教吗？快回，快回，再没工夫挖药材了，得准备些被子床单、衣服鞋帽，给我娃做嫁妆。

库淑兰 这——

淑兰母 听妈话。

库淑兰 妈，别的嫁妆可有可无，有一样东西，女儿求你无论如何要陪给我。

淑兰母 哪样？

库淑兰 （取出画册）就是你这本夹存剪纸图样的画册。

淑兰母 （接过画册）孩子，这本画册，是我出嫁时，你姥姥陪嫁给我的。你出嫁，妈也要把它陪嫁于你。希望你也能把它传下去，因为乡亲们喜爱它、需要它。

库淑兰 妈，女儿记下了。（郑重地接过画册，造型）

（切光）

第二场　撕烂画册

（两年以后。孙家院子。右边是库淑兰住的窑洞，窗上贴满了
　　剪纸窗花，门帘上也是剪纸图案的绣花）

（幕后伴唱）刻薄婆婆粗莽汉，

　　　　　　阻挠打骂腰不弯。

　　　　　　你不让我把纸剪，

　　　　　　只身倔强离家园。

（孙母提着篮子边唤边上）

孙　母　老大家，老大家！咦，人呢？桃子，桃子！（边唤边掀桃子
　　　　的窑洞门帘，往内一望）嗯哟哟哟，你瞅你瞅——

　　　　（唱）这媳妇实在不像样，

　　　　　　　简直成了剪纸狂。

　　　　　　　剪的纸花贴满墙，

　　　　　　　废纸屑能装几箩筐。

　　　　　　　走了张，又来王，

　　　　　　　找她剪纸的一大帮。

　　　　　　　叽叽喳喳说又笑，

　　　　　　　叫人一天难安详。

　　　　　　　走东家，串西家，

　　　　　　　都为剪纸奔波忙。

　　　　　　　这一阵不知又何往，

不由我怒气满胸膛。

唉唉唉，咋给娃娶了这么个媳妇呀？不行，我得管教管教她。

哼！（坐在石墩上，气愤地把篮子摔得老远）

（孙老大拿铁杈上）

孙老大 （唱）摞了麦草扫了场，

　　　　　总算度过三夏忙。

　　　　　今年打碾结束早，

　　　　　多亏桃子把我帮。

　　　　妈，妈！

孙　母 （拧过身不应）……

孙老大 妈，你生谁的气呢？

孙　母 （忽地站起来）我生你的气呢，我生你的气呢！

孙老大 （莫名其妙）妈，我咋惹你生气咧？

孙　母 就说你把你咻碎娘管不管？

孙老大 可咋些？

孙　母 你咻碎娘，把墙上贴得五麻六怪，把地上捅得乱麻咕咚，你
　　　　看见没看见？一天媳妇姑娘走一帮来一群，叽叽喳喳、嘻嘻
　　　　哈哈，你瞀乱不瞀乱？这一阵又疯野到哪里去了，你知道不
　　　　知道？

孙老大 我也吵咧、闹咧、打咧、骂咧，不顶用么。

孙　母 不顶用就算咧？唵？

孙老大 唉，她呀，饭不吃不饿，觉不睡不困，歪几句就装聋作哑，
　　　　骂一顿能忍气吞声。那一天我气得扇了她两个耳刮子，下地
　　　　回来，见她眼睛都哭肿了，可手里还在剪纸花。我看咻剪纸

101

跟吸大烟一样，成瘾咧，真没办法。

孙　　母　啥？没办法？打到的媳妇揉到的面，就怪你没打到揉到。

孙老大　唉！（把铁权往地上一扔，抱头蹲一旁）

孙　　母　（用手狠指孙老大）嗯，软颤！（进屋）

　　　　　（库淑兰手拿一卷纸上）

库淑兰　（唱）参加夏收开眼量，

　　　　　　　见到许多好景场。

　　　　　　　脑子里构出新图样，

　　　　　　　我要抓紧剪几张。

　　　　　　　先剪个层层梯田翻麦浪，

　　　　　　　再剪个农夫挥镰收割忙。

　　　　　　　剪一幅牛拉碌碡把场碾，

　　　　　　　再剪幅夫妻借风把麦扬。

　　　　　　　镇上买纸往回赶，

　　　　　　　剪出新画贴墙上。

　　　　　（进门，兴冲冲走向自己窑洞）

孙老大　（大吼一声，猛然站起）站住！

库淑兰　（一愣，站住）咋？

孙老大　干啥去咧？

库淑兰　去镇上买了几张纸，想把我在夏收中看到的场景剪几幅新画。

孙老大　（上前夺过纸，边撕边喊）我让你剪，我让你剪！

库淑兰　（上前抢夺）你、你，还我纸，还我纸！

孙老大　（把撕碎的纸条揉成一团，扔向库淑兰）给你！

　　　　　（气愤地又蹲在一旁）

库淑兰　妈，你看他！

孙　母　（从窑内走出，冷笑一声）哼哼，撕得好！

库淑兰　啊，你们咋这样对待我呀！

孙　母　是你自作自受。

库淑兰　我做错什么了呀？

孙　母　不守妇道。

库淑兰　啊，不守妇道？你，你叫我守什么妇道？

孙　母　（唱）做女人，把汉嫁，

　　　　　　　缝衣做饭生娃娃。

　　　　　　　你看你一天做些啥，

　　　　　　　像不像个女人家？

库淑兰　（唱）妈妈不要把气撒，

　　　　　　　我不知哪事做得差。

　　　　　　　洗脚端饭捧热茶，

　　　　　　　昼上织机夜纺纱。

　　　　　　　收麦种秋摘棉花，

　　　　　　　哪样农活我落下？

　　　　　　　喂牛喂猪喂鸡鸭，

　　　　　　　和你儿下沟把水拉。

　　　　　　　老大你说句公道话，

　　　　　　　我哪点不像女人家？

孙　母　啊，还叫男人给你作势哩？老大，你说说，我得是把你媳妇
　　　　虚说咧？

　　　　（孙老大不吭声，只挪了一下蹲的方向）

库淑兰　老大，你说说，我到底错在哪里？

（孙老大不吭声，又挪了一下蹲的方向）

孙　母　哼，木头墩墩，瓷锤！你媳妇当面顶撞呢，摆嘴呢，你连个屁都不敢放。

库淑兰　老大，怪我就怪我，你就说句话么。

孙老大　（站起来看了母亲一眼，被母亲狠狠瞪了一下，转身对库淑兰）俺，就说你一天剪咧花花草草、虫虫鸟鸟，能吃还是能喝？

库淑兰　我爱好，它能让我高兴、开心。

孙老大　你、你、你……

孙　母　（见儿子有话说不出）嗯，笨嘴笨舌的。（转身对库淑兰）哼哼，爱好？高兴？你咧是拿钱寻高兴、寻开心呢。败家子，败家子！

库淑兰　我，我怎么又成败家子了？

孙　母　就说你用的纸，都不是拿钱买下的？我娃流血流汗挣的钱都被你扬狂完咧，都让你高兴咧、开心咧！

库淑兰　妈，你问问你娃，看我用过他一分钱没有？

孙　母　老大，你说说，她、她、她，她把你多少钱瞎咧？

丈　夫　妈，她确实没要过我一分钱。

孙　母　哎哟哟，怪不得人说麻野鹊，尾巴长，娶了媳妇忘了娘。没想到你娶媳妇不到两年，就和媳妇一口腔，护着媳妇哄老娘。

库淑兰　妈，我确确实实没用他一分钱。

孙　母　那咧些花花绿绿的纸是你偷下的，抢下的，路上拾下的，别人白送的？

库淑兰　妈！

（唱）叫声婆母别上火，

听儿媳给你细解说。

为了换得买纸钱，

抽空儿下沟去采药。

有的人叫我把花剪，

剩余的纸张都留着。

有的人虽然没带纸，

鸡蛋也带两三个。

我把鸡蛋换成钱，

去到镇上把纸揭。

买纸钱都是我积攒，

和家里钱财没拉扯。

孙　母　啥，你积攒的？进了孙家门，就是孙家的人。吃孙家的饭，喝孙家的水，挣一分一文都是孙家的官财。老大，你媳妇攒私房钱，你不但不管，还包得严严的，得是跟你媳妇商量好了，想分房另过呢？

库淑兰　妈，你咋这样想呢呀？

孙老大　（指库淑兰）你看你，你看你，嘻！

孙　母　老天呀，我有三个儿子，娶头一个媳妇，就是这个样子，日后老二、老三结婚，都学她的样样，吃官饭放私骆驼，这日子还怎么过呀！

孙老大　妈——（欲劝解）

孙　母　去去去，别叫我妈！我今日把你们看清咧，想分房另过，趁早也好。不过我把话说明白，这家中的一切财产，都是我和你爸下苦挣的。把你们一个个养大，娶上媳妇，就算尽到了责任。你们都净身出户，剩下的，我靠它养老。你俩走！

二　人　妈！

孙　母　（硬推）滚、滚、滚！

二　人　妈、妈、妈！

孙　母　（见推不动，坐在地上哭号）唉——老头子，你走了，老大是
　　　　个窝囊废，老孙家没有顶门的杠子驾辕的牛呀！唉……

孙老大　俺俺俺，（指库淑兰）都是你剪花惹的祸！（冲进窑洞，拿
　　　　出画册，狠劲地撕扯）

库淑兰　啊！那里面贴着我妈一辈子剪的图样，（冲上去）不能撕呀，
　　　　不能撕呀！

　　　　（孙老大撕，库淑兰夺，二人转圈。库淑兰看阻挡不住，情急
　　　　之下咬孙老大手腕）

孙老大　啊！（看手腕，册子掉地）

库淑兰　（拾起残本，痛苦、愤怒）你、你、你——

　　　　（唱）好一个蛮横的孙老大，

　　　　　　　撕毁画册心刀扎。

　　　　　　　你们不许我剪纸，

　　　　　　　我就离开这个家！

孙老大　你敢！（举起铁杈）

库淑兰　我走！（气冲冲跨出大门）

　　　　（孙老大一杈刺去，正中库淑兰腿部）

库淑兰　啊！（坐地）

　　　　（切光）

第三场　补续画册

（幕后伴唱）剪刀在我手中握，

心中的话儿剪刀说。

你把我的画册扯，

我剪新纸续画册。

（崎岖山道上，库淑兰一颠一跛地艰难行走着）

库淑兰　（唱）一铁杈刺得我血流腿跛，

忍着痛含着泪翻沟爬坡。

（脚崴）哎呀……（坐路边）

思想起孙老大满腔怒火，

这辈子我和他怎样生活？

平日里板着脸冷冷漠漠，

无故地常对我动手动脚。

那也怪我婆婆多事刻薄，

背地里常对儿谗言挑拨。

乡邻们有喜事都要庆贺，

我剪纸助喜庆有何过错？

冤和屈把我的胸腔憋破，

去娘家向父母细细叙说。（站起欲走）

（夹白）哎呀不能！

我这样狼狈相街巷走过，

会引起娘村人嘲笑数落。

去不能回不能哪里避躲？

倒不如跳深沟一命了结。

爸，妈，你们逼我嫁到孙家，我认命咧。通过剪纸，结识了那么多姑嫂姐妹，消除了孤独，获得了快乐，活出了自己的价值和尊严。可他、他，撕了我的花纸，毁了我的画册，我不能剪纸，活着还有什么意思呀！（一步一步向沟边走去，目视远方）妈，爸，不孝女向你们最后一拜！（下跪，痛哭）

（忽然幕后传来粗犷优美的山歌声）

（江娃：哎——）

妹妹你稳稳地马背上坐，

哥给你牵马咱上坡。

库淑兰　（循歌声望去）噢，是梅香和江娃今天回门呢，要是让他们看到我……不行！（急躲崖后）

（梅香骑马，江娃牵着，二人边舞边唱上）

江　娃　（唱）妹妹你稳稳地马背上坐，

哥给你牵马咱上坡。

梅　香　（唱）哥哥你眼睛胡乜斜，

瞅了我脸又瞅脚。

江　娃　（唱）瞅瞅瞅，瞅你脸，

怪你那迷人的深酒窝；

瞅瞅瞅，瞅你脚，

怪你用脚尖把我戳。

梅　香　（唱）用脚戳，叫你快往树梢瞅，

江　娃　（唱）瞅瞅瞅，树梢瞅，

　　　　　　　　一对鸟鸟正亲热。

梅　香　（唱）用脚戳，叫你快给地上瞅。

江　娃　（唱）瞅瞅瞅，地上瞅，

　　　　　　　　母羊唤羔叫咩咩。

梅　香　（唱）咱啥时能有小宝宝？

江　娃　（唱）那咱就敬娘娘婆。

梅　香　（唱）小宝宝，又像你来又像我。

江　娃　（唱）小宝宝，叫你妈来叫我爹。

　　　　　（白）娃他妈——

梅　香　（白）哎！娃他爹——

江　娃　（白）哎——

　　　　　（合唱）小两口日子真快活。

　　　　　　哈哈哈哈……

　　　　　　（两人都笑得前仰后合，惊动了马，马奔跑起来，梅香将要

　　　　　从马背跌下，江娃上前一步接住）

二　人　（笑着互指）看把你狂的。哈哈哈哈……

　　　　　（马绕场跑下）

江　娃　啊，马跑咧！（急追，绕场）

梅　香　（跟在后面）马，马！

　　　　　（江娃返回）

江　娃　来，哥背你。（背梅香追下）

库淑兰　（唱）看人家想自家泪如雨洒，

　　　　　　　　他夫妻好恩爱把人羡煞。

做女人谁不想把好男嫁，

过日子谁不想有温馨家？

梅香妹，嫁江娃，

过门就是福疙瘩。

谁知我，命运差，

只把希望寄剪花。

反因剪花遭毒打，

画册撕烂心刀扎。

有心纵身跳崖下，

不忍丢下爹和妈。

（夹白）老天呀！

哪儿容我把花剪，

哪儿能是我的家？

（猛然一阵眩晕）啊，啊！（倒下）

（暗转）

（灯复明时，已是库淑兰娘家的院子，淑兰妈着急地向外张望）

淑兰母 （唱）邻居来家把话传，

说桃子昏倒在沟边。

他爸急忙去观看，

为什么迟迟不回还？

（见淑兰父背着昏迷不醒的库淑兰，急迎上去）我娃怎么啦？

我娃怎么啦？（抱淑兰坐在石凳上）桃子，桃子！

库淑兰 （苏醒）啊，我怎么到的咱家，我怎么到的咱家？

淑兰母 你昏倒在沟边，你爸把你背回家了。

库淑兰　妈——（抱住母亲痛哭）

淑兰父　桃子，这到底是怎么一回事呀？

库淑兰　（唱）老大把我画册扯，

　　　　　　　又拿铁杈把腿戳。

　　　　　　　往后日子怎样过？

　　　　　　　梦想化烟灰飞灭。

　　　　　（哭）我的命，咋这样苦呀！

淑兰母　桃子！（紧紧抱住痛哭）

淑兰父　（唱）我女儿受欺凌成了这样，

　　　　　　　传出去我库家脸上无光。

　　　　　（四顾，发现墙角一把铁锨）

　　　　　　　操铁锨我去找孙家算账，

　　　　　　　铲断腿你小子再别张狂。

淑兰母　（狠劲夺下锨扔一旁）唵唵唵，就说咱女婿是个二杆子，他丈
　　　　人爸也当半吊子。

淑兰父　我咽不下这口气！

淑兰母　我能咽下这口气吗？可把事情弄大，咋收场呢吗？难道娃不
　　　　回那个家咧？

淑兰父　（气得顿足）唉！

库淑兰　生活在那样的家庭，剪纸是我唯一的寄托和欢乐。他……他
　　　　竟然把我的画册扯咧，不让我剪纸，我还回那个家干什么？
　　　　我还活着有什么意思？

淑兰母　（唱）别乱想，别瞎说，

　　　　　　　谁家日子没绊磕？

男人一时发火性，

过后他定会知错。

库淑兰 （唱）家传画册被撕扯，

如同把我心肺割。

画册失传成罪过，

愧对妈妈和外婆。

淑兰母 （唱）桃子不要太难过，

妈妈有话给你说。

库淑兰 妈，你说。

淑兰母 桃子，这画册是咱家的传家宝，你不但要保存好，还要不断续添新的图案，永远传承下去。就是遇到再大的苦难和坎坷，都不要动摇，都不要退缩。

库淑兰 画册都成那样了，还给哪里续添，还拿什么传承？

淑兰母 桃子，那画册，妈就是闭上眼睛，都能说出每一页每一幅是什么样的图案。妈的老功夫还在，缺失什么，妈一幅一幅给你补齐。回屋，咱娘儿俩现在就补好它，走！（和库淑兰父同把女儿扶进屋）

（梅香等女伴上）

梅　香 （唱）桃子昏倒在沟边，

众 （唱）姐妹们相邀去看看。

（梅香敲门，淑兰妈开门）

梅　香 大婶，听说桃子姐病了，我们来看看。

淑兰母 噢，不要紧，不要紧。（对内）桃子，梅香她们看你来了。

库淑兰 （内应）噢。（掀开门帘，露出头）

众　　　（拥上）桃子姐（妹）。（见库淑兰一颠一跛地走出）啊，你的腿怎么啦？

库淑兰　我——

淑兰母　噢，她昨天回娘家，翻沟走得急，摔了一跤。

梅　香　哎呀呀，他家有马有驴，咋不赶牲口送你哩？

　　　　（淑兰父叹气顿脚，淑兰妈偷抹眼泪。二人进屋）

库淑兰　他，他……他还……送我？（抹泪）

众　　　啊，他欺负你了？

库淑兰　（捂嘴哭泣）……

众　　　桃子姐（妹），快说说，他怎么欺负你？

库淑兰　（强忍擦泪）不怪他，是我的命不好。

少妇甲　不怪你命不好，我看怪她！（指少妇乙）

少妇乙　咦，我又没打她骂她，怎么怪起我来了？

少妇甲　那一年在南岭上，你出了个瞎瞎主意，叫淑兰剪一幅孙猴子吃蟠桃。现在看来，是那幅剪纸晦气。

众　　　咋？

少妇甲　应了那幅画，你看那姓孙的不是把桃子吃咧？

少妇乙　那幅剪花晦气，咱就叫桃子剪个硬气的，给咱姐妹们长长劲。

众　　　咋剪？

少妇乙　剪一个……剪一个……噢，剪这么个图形，（学状）新媳妇把笤帚把把举得高高，新女婿跪在搓板上磕头求饶。贴在窗子上，绣在门帘上，给天下男人一个严重警告。

少妇甲　好，叫桃子给咱剪。

少妇乙　好！（进窑取出剪和纸）桃子姐，给咱剪。

众　　　剪呀!

库淑兰　剪?（思忖,拿起剪刀和纸,边剪边唱）

　　　　（唱）一不剪愣娃负心郎,

　　　　　　　　二不剪泼妇歪婆娘。

　　　　　　　　美满的夫妻有榜样,

　　　　　　　　就是咱江娃和梅香。

　　　　（放下剪刀,展开）你们看。

　　　　（天幕上出现库淑兰的著名剪花作品《江娃牵马梅香骑》的图案）

库淑兰　这是我昨天在路上看到梅香和她女婿江娃亲热幸福的场景,
　　　　构思了这幅《江娃牵马梅香骑》。

　　　　（唱）脑海常现那景象,

　　　　　　　　淑兰激情满胸腔。

　　　　　　　　构思新画寄希望,

　　　　　　　　把它续在画册上。

　　　　　　　　愿天下男儿像江娃,

　　　　　　　　愿天下女儿像梅香。

　　　　　　　　愿天下夫妻都恩爱,

　　　　　　　　愿天下婆母都慈祥。

众　　　桃子姐（妹）,你又给画册增添了一幅新图案。

库淑兰　这一下,这画册上,有我外婆剪的,有我妈剪的,也有我剪的了。

　　　　（众深情地观赏着图案,指指画画,点点评评）

　　　　（孙母硬拽着孙老大上场）

孙老大　不去不去,让她老住到她娘家。

孙　母　唉,你当我愿低这个头?满村传得沸沸扬扬,啥说法都有,

114

把咱编派得不像样子咧。

孙老大　说啥来？

孙　母　说你拿铁权把媳妇往死里戳呢，说我拿擀面杖把儿媳妇往外
　　　　赶呢。

孙老大　谁爱说啥叫他说去。

孙　母　啥，叫人家说去？把咱家名声张扬瞎咧，哪个女娃还敢进咱
　　　　家门，你二弟三弟还订不订媳妇？走，快把桃子接回家。

孙老大　要叫你去叫，我——（蹲在门口）

孙　母　（拧住孙老大的耳朵，拽到门前）叫门！

　　　　（孙老大拍了几下）

库淑兰　谁呀？（连问几声，孙老大不应）

孙　母　（用拳击孙老大腰）搭声！

孙老大　我，老大。

库淑兰　啊，他来咧！（欲往窑内躲）

众姐妹　别怕，我们替你教训他。（拦住库淑兰）

　　　　（淑兰父母从窑内跑出）

父、母　谁？

库淑兰　（战战兢兢）他……他！

淑兰父　（操起铁锨）狗日的，撵上门咧。（淑兰母急拽住）

众姐妹　（劝）大叔，你甭管，我们给淑兰（桃子）出气。

孙　母　（隔门）亲家公、亲家母，我们来接桃子。

淑兰母　（边说边夺锨）看他们来咋说。（开门）

　　　　（孙母和孙老大进门。见淑兰父怒目而立，众女子护着库淑兰
　　　　严阵以待）

孙　母　你们这样干啥？嘻嘻，我们来是给亲家公、亲家母赔不是的，有理不打上门客么。

淑兰母　真没想到，你们出手这么狠。

孙　母　失手，失手。（用手暗拽了一下孙老大）瓷锤！

孙老大　失手。

众姐妹　让我们也失一回手。（举起拳头佯打）

孙　母　（急护住儿子，赔笑对众）别别别，你们是——

众姐妹　（手叉腰依次回答）桃子她嫂，桃子她姐，桃子她妹。

孙　母　嘿嘿，怪道来。人常说，女婿来到丈人家，嫂子姐妹没上下。（对孙老大）咿是跟你要呢。

少妇甲　哼，谁跟你要呢？孙老大，你要这样对待我淑兰妹子，我淑兰妹子就不回去，叫你娃当一辈子光棍。

少妇乙　哼！这还不算，我们几个，还有我们的亲戚，我们亲戚的亲戚，我们亲戚的亲戚的亲戚，把你们歪婆子、恶丈夫的瞎瞎名声在十里八乡传扬个遍，没有姑娘敢嫁你家，让你二弟三弟也都成光棍。

少妇乙　哼！这还不算，你家还要拿出两石麦子，给我桃子姐看伤，赔偿精神损失。

梅　香　哼！这还不算，你把我桃子姐的腿戳咧，让她跛着来，我们要把你的腿卸了，让你爬着回去。姐妹们，上！

孙　母　不敢不敢！她嫂她姐她妹子，我们错咧，我们赔不是，我们改！（用手拽孙老大，示意认错）

孙老大　改。

淑兰母　姑娘们，别闹了。桃子，你看你妈跑了这么远的路来叫你，就跟你妈回去吧。

孙　母　是呀，天上下雨地上流，小两口吵架不记仇。走，跟妈回。

库淑兰　（甩脱）要我回去，必须答应我一个条件。

孙　母　啥条件，你说。

库淑兰　今后我剪纸，你们不许阻拦。

孙　母　我答应，我答应。

库淑兰　（瞟了孙老大一眼）还有他。

　　　　（孙母用手戳孙老大）

孙老大　答应。

众姐妹　声大些！

　　　　（孙母又用手戳孙老大）

孙老大　答应！

孙　母　（拉住库淑兰的手）这下好了吧？亲家公、亲家母，我接桃子
　　　　回家了。（欲下）

众姐妹　（急拦）哎哎哎，不行不行。

孙　母　可咋些？

众姐妹　桃子姐（妹）腿疼，（示意天幕上的画）要老大牵马桃子骑。

孙　母　唉唉唉，真不凑巧，我家的马，早上刚下了马驹子。

众姐妹　那就让他背。

孙老大　啊，背？（后退）

众姐妹　（一拥而上）上手，治治这个犟驴。

　　　　（两妇女扯住孙老大耳朵，孙老大痛得弯下腰。梅香和少女架
　　　　起库淑兰，放在孙老大背上。库淑兰父母见状，强忍笑，下）

众姐妹　走！（牵着耳朵绕场）

孙老大　（痛）啊……

　　　　（唱）她嫂子，她姐妹，

　　　　　　　逼我老大把她背。

　　　　　　　今日把咱整得美，

　　　　　　　再不敢回去滥发威。

众姐妹　（松手、吆喝）背好！

孙老大　（孙老大把库淑兰往上掂了一下，拧头对库淑兰）你抓好。

众姐妹　走快些！

　　　　（孙老大偷偷回头看了一下，急下）

众姐妹　哈哈哈哈哈！（笑得前仰后合）

甲　乙　哈哈哈哈，这一下给桃子把气出咧。

丙　丁　哈哈哈哈，这一下也把孙老大教乖咧。

少妇乙　姐妹们，我有个提议。

众　　　说。

少妇乙　《江娃牵马梅香骑》寄托了淑兰姐改变自己不幸婚姻的期盼，

　　　　也是咱们妇女追求婚姻幸福美满的向往。咱们都把原来贴的

　　　　《孙猴子吃蟠桃》扯下来，换成这幅《江娃牵马梅香骑》。

众　　　好！（天幕上《江娃牵马梅香骑》的图案被放大，更显眼。起舞）

　　　　（合唱）江娃牵马梅香骑，

　　　　　　　　和和美美好夫妻。

　　　　　　　　桃子剪出咱心意，

　　　　　　　　咱要活出咱自己。

　　　　（切光）

（幕后解说：这幅源于生活，触动心灵，充满对美好婚姻期盼的构图创意，成了库淑兰剪纸的经典作品之一，长期受到广大渭北妇女的欢迎）

第四场　自毁画册

（十多年以后，县医院门口）

（幕后伴唱）十三子女十夭折，

　　　　　　痛失爱子心流血。

　　　　　　剪刀丢弃画册扯，

　　　　　　贵人激励再拼搏。

（孙老大抱小孩急匆匆上）

孙老大　（唱）娃他妈去剪纸外村过夜，

　　　　　　偏偏她不在家娃病发作。

　　　　　　又发烧又哭闹又吐又泻，

　　　　　　挨天明娃已经陷入昏厥。

　　　　　　翻深沟攀悬崖心急如焚，

　　　　　　急匆匆去县城求医问药。（绕场急奔下）

（库淑兰挎布兜，手拿一卷纸上）

库淑兰　（唱）去邻村剪窗花留我过夜，

　　　　　　听人说娃急病心似刀割。

　　　　　　娃他爸去医院把娃抢救，

　　　　　　急追赶脚磨破不敢停歇。（绕场跛足追下）

119

孙老大 （上唱）喘吁吁来到了医院门口，

　　　　　　　没有钱怕人家拒收不接。

　　　　这怎么办，这怎么办？

库淑兰 （上唱）娃的病太危重分争秒夺，

　　　　　　　为什么在门口蹭蹭磨磨？

孙老大 （唱）腰中空不能把指头来剁，

　　　　　　　没有钱拿什么打针吃药？

库淑兰 这怎么办，这怎么办？

孙老大 （接唱）在外面你想法把钱筹借，

库淑兰 （接唱）你进去给医院好话多说。

孙老大 好，我先叫医生抢救娃，你想办法借钱。（下）

库淑兰 这这这，两眼墨黑，向谁借呀？向谁借呀！（急得团团转）

　　　　（梅香和江娃从医院走出）

梅　香 （向江娃）啊，那不是淑兰姐吗？（急上前）淑兰姐！

库淑兰 梅香，你咋在这里？

梅　香 我娘家妈住院，我来看看。你怎么在这里？

库淑兰 娃病咧，没钱看，想找熟人借些钱，正好碰上你们。

梅　香 借钱？（面露难色）这——

江　娃 不好意思，刚才全交了住院费。

库淑兰 这——不说咧，这样吧，前村刘家叫我给娃婚房剪窗花，给
　　　　了我一包红糖、一条毛巾、一卷花纸，看这些能卖不，快帮
　　　　姐变腾几个钱。

梅　香 这，这咋卖呀？

库淑兰 （急哭）那咋办呀？

120

江　娃　（发现库淑兰手中的花纸）咦，有办法咧。

兰、香　（二人同）有啥办法？

江　娃　让淑兰姐剪几幅纸花，卖了不是钱吗？

库淑兰　这还能卖钱吗？

梅　香　他常年跑生意，见识广，或许能行，咱试试。

库淑兰　（犹豫）这——

江　娃　看我的。（从库淑兰的布兜里取出画册，给梅香）你拿上一
　　　　张好让人看。（取出剪刀和纸给库淑兰）你拿上。（大声吆喝）
　　　　哎，剪花，剪花，库淑兰的剪花。看图样，随便选，库淑兰
　　　　给你现场剪。

　　　　（吆喝声引来一伙姑娘、媳妇，围着图案看，叽叽喳喳，赞
　　　　不绝口）

一妇女　大婶，一幅剪花多少钱？

梅　香　这——（问库淑兰）淑兰姐，人家问价呢。

库淑兰　这、这，头一回卖，随便给。

一妇女　随便，随便是多少？得有个畔畔么。

众　　　是呀。

库淑兰　一、一、一毛。

众　　　呀，一毛？

库淑兰　高了的话，五分也行。

众　　　哟，一毛连纸钱都不够，还贴赔工夫呢。

库淑兰　那就随便给。

江　娃　哎，卖剪花，卖剪花！老人过寿贴出来，福如东海、寿比南山。
　　　　儿女结婚贴出来，早生贵子、白头偕老。逢年过节贴出来，

121

吉祥如意、五谷丰登。儿孙满月贴出来，求学升官、前途无量。乔迁新居贴出来，满院春光、五福临门。哎，哎，五毛一幅，花钱不多，带回喜庆祥和，带回心情快乐。

众妇女　（争抢交钱）我要一幅……我要两幅……我也要两幅……我要三幅……我要四幅……

江　娃　（收钱）淑兰姐，一共十二幅，给，这是六块钱。

库淑兰　（收钱）好，你们选图样吧。

众妇女　（各指图样）我要这……

库淑兰　好，我给你们剪。

（众妇女围观库淑兰剪纸，一干部模样的中年男子被吸引过来）

文　成　（观图）啊，民间剪纸。（接过画册仔细翻阅）

江　娃　同志，你看这刀工，看这剪法，你看这构图……

文　成　（不住点头）好，好！

（库淑兰把剪好的花样交给大家，妇女们欣喜若狂，说说笑笑下）

文　成　大嫂，这张《江娃牵马梅香骑》你能给我剪五幅吗？

库淑兰　这幅要的人很多，我平时多剪了些，在画册里夹着，就给你取。

（从布兜里取出剪花递给文成）

梅　香　这位同志，你怎么一下子就买五幅？

文　成　这幅剪纸，有意境，有故事，好，好！

梅　香　有故事？哈哈哈，不愧是干部，还真让你说着咧。不瞒你说，我叫梅香，那骑马的就是我。他叫江娃，那牵马的就是他。淑兰姐剪的，就是我俩的故事。

文　成　噢，原来是源于生活，有感而发。大嫂，能给我讲讲创作这部作品的灵感和冲动吗？

122

库淑兰　啥，灵感，冲动？我不懂我不懂，冒剪呢。

文　成　大嫂，别谦虚，讲讲吧。

库淑兰　真不懂。哎哎哎，我还有急事呢。你爱的话，有钱给两个，没钱你拿走。

文　成　噢噢噢，有急事，不打扰，不打扰。（从衣袋掏钱）不好意思，我刚领了工资，五十块零五毛，全给你，不够的话，下次拜访时补上。（把钱塞给库淑兰，转身而下）

库淑兰　（惊呆）啊，五十块零五毛！（欲追）哎——干部同志，多咧多咧。

江　娃　（拦住）娃看病要紧，快收拾摊子。

库淑兰　（边收拾边念叨）我娃有救咧，我娃有救咧！

孙老大　（急匆匆上，一把揪住库淑兰的衣领）你，你……你还我的孩子，你还我的孩子……

　　　　（江娃和梅香急拉开孙老大）

库、江、梅　孩子怎么样了，孩子怎么样了？

孙老大　她……她昨晚要是在家……唉！也怪我混账，为什么要等她呀！

三　人　孩子到底怎么样呀？

孙老大　来迟了一步呀！啊……（痛哭）

库淑兰　孩——子——（惨呼一声，晕倒。梅香、江娃急扶）

　　　　（切光）

　　　　（灯复明，库淑兰在山坡前呆立）

　　　　（四周传来童声呼唤）

　　　　——妈妈，我冷。

　　　　　　——妈妈，我饿。

　　　　　　——妈妈　我寂寞。

　　　　　　——妈妈，我害怕。

库淑兰　（恍惚四顾）孩子，孩子……

童声齐　——妈妈，妈妈，我们想你呀！

库淑兰　孩子，孩子，妈也想你们啦！

　　　　　　（唱）十三儿女十夭折，

　　　　　　　　　　十具尸骨葬荒坡。

　　　　　　　　　　有的不到三两岁，

　　　　　　　　　　有的还没出满月。

　　　　　　　　　　有的因受冻和饿，

　　　　　　　　　　有的病魔把命夺。

　　　　　　　　　　都怪妈没有棉衣把你裹，

　　　　　　　　　　都怪妈没有奶水止饥渴。

　　　　　　　　　　都怪妈痴心剪花少关照，

　　　　　　　　　　都怪妈外出把你病耽搁。

　　　　　　　　　　让我娃来去匆匆一闪过，

　　　　　　　　　　一个个无缘享受新生活。

　　　　　　　　　　妈今天带来剪刀和花纸，

　　　　　　　　　　要剪出人间美景人间乐。

　　　　　　　　　　剪出红日剪明月，

　　　　　　　　　　剪出高山剪大河。

　　　　　　　　　　剪出村庄剪房舍，

　　　　　　　　　　剪出门前黄土坡。

剪五谷丰登六畜旺，

剪鸡鸣狗叫鸟唱歌。

剪桃梨柿子红苹果，

剪跳绳秋千耍社火。

阳世有的妈都剪，

你们缺啥给妈说。

妈本想来和你们一起过，

怎奈是身边儿女有三个。

从今后剪刀扔掉画册扯，

（夹白）为了管好身边的三个孩子，

（唱）我要和剪纸做决裂。

我要管好孩子，我要管好孩子……（呼喊中扔掉剪刀，从兜里取出夹画册，一张一张撕着扔向天空，发出疯狂的哭笑声）

哈哈哈哈，哈哈哈哈！

（梅香手拿一卷五色花纸，领文成上，二人急忙阻拦）

梅、文 （同）淑兰姐（大嫂），你这是干什么？

库淑兰 十三个儿女，我没有管好，殇了十个。我不是个好母亲呀！

我不剪纸了，我要管好我身边的三个孩子呀，管好我的孩子呀……（哭）

梅　香 淑兰姐，不要哭了，县上的文干部找你来了。

库淑兰 文干部？你——

文　成 大嫂，你记不得了？我那天在县医院门口买过你的剪花。

库淑兰 噢，是你。得是买我的剪花，钱出多了，来退货？

文　成 大嫂，你误会了。我不是来退货。你画册上的那些图案，我都要。

库淑兰　画册吗？（望着地上扯烂的画册，痛哭）

文　成　啊，怎么能这样，怎么能这样呀！（慌忙拾画册）大嫂，太可惜了，你把这交给国家，国家会给你适当的补偿的。

兰、香　（同）国家……补偿？你，你是什么人？

文　成　我是县文化馆的干部，叫文成。那天把你剪的《江娃牵马梅香骑》拿回去，领导和同志们都惊叹大有新意。同时，我们在民间传统剪纸艺术普查中，发现许多地方寿庆、婚庆、年节庆中贴的剪纸中，大都是你的作品。所以，县上决定举办"库淑兰剪纸艺术作品展览"，派我专门来收集你的作品。

梅　香　啊，太好了，太好了！

库淑兰　（摇头）

　　　　　（唱）库淑兰现在心已死，

　　　　　　　　剪花的事儿休再提。

文　成　（唱）大嫂不要太泄气，

　　　　　　　　你的身世我知悉。

　　　　　　　　逃荒中你的妈妈靠剪纸，

　　　　　　　　巧手养家不亢卑。

　　　　　　　　从此你暗暗长志气，

　　　　　　　　要学剪纸求自立。

　　　　　　　　过门后婆母虐待夫暴戾，

　　　　　　　　你奋起抗争志不移。

　　　　　　　　你给万家送喜庆，

　　　　　　　　十里八乡有名气。

　　　　　　　　我知你十个子女病饿逝，

十次身心遭痛击。

为什么九次打击不泄气，

这一次退缩心萎靡？

难道说一生追求忍抛弃，

难道说丢掉爱好不痛惜？

梅　香　　淑兰姐，文干部说得对呀。

　　　　　（唱）这剪刀几十年来手不离，

　　　　　　　　这画册胜似生命你珍惜。

　　　　　　　　乡亲们求你剪纸多诚意，

　　　　　　　　到手后心里欢喜又感激。

　　　　　　　　多少家老人寿诞、儿女婚嫁、喜得贵子、

　　　　　　　　　　乔迁新居、逢年过节贴剪纸，

　　　　　　　　增添了喜庆和利吉。

　　　　　　　　乡邻不能没有你，

　　　　　　　　大家盼你能挺立。

库淑兰　　（唱）怎忍丢，怎忍弃，

　　　　　　　　库淑兰扪心问自己。

　　　　　　　　剪纸花如同我生儿育女，

　　　　　　　　丢弃它如丧子心中痛惜。

　　　　　　　我该怎么办呀，我该怎么办呀？

文、梅　　大嫂（淑兰姐），你要振作起来。

库淑兰　　我，我实在太累了。

文　成　　嫂子，我也知道你太累咧。这样吧，省上正举办民间剪纸艺
　　　　　术展览，咱县上组团观摩学习，你也参加，开阔一下眼界，
　　　　　也顺便散散心。

库淑兰　我？

文　成　观摩学习回来，县上决定办几期民间剪纸艺术培训班，还要
　　　　请你当教师呢。

库淑兰　办培训班？

文　成　大嫂，剪纸是中国民间传统艺术，源远流长，咱们一定要把
　　　　它传承下去，你肩上的担子很重呀！

库淑兰　传承……担子……

　　　　（另一表演区，一束光中，母亲出现：桃子，这画册是咱家的
　　　　传家宝，你不但要保存好，还要不断续添新的图案，永远传
　　　　承下去。就是遇到再大的苦难和坎坷，都不要动摇，都不要
　　　　退缩）

文　成　（从梅香手里接过花纸）这是我给你带来的五色花纸，望你把
　　　　刚才扯烂的图案补上，再创作一些新图案，在培训班上做教材。
　　　　（连同画册一并举起）

梅　香　（拾起剪刀）淑兰姐，把剪刀拿起来。

库淑兰　我——

　　　　（唱）似听到母亲的叮嘱耳边响，

　　　　　　　似看到乡亲们热切的目光。

　　　　　　　文干部把我心头火拨旺，

　　　　　　　忆初心我不能退缩彷徨。

梅、文　淑兰姐（嫂子），拿上！

　　　　（库淑兰接过画册和剪刀）

　　　　（切光）

128

第五场　魂系画册

（几年之后）

（幕后伴唱）省上参观开眼界，

　　　　　　传授技艺忙教学。

　　　　　　天妒英才降灾祸，

　　　　　　画册未传眼难合。

（山坡上，剪纸培训班的学员们拿着剪刀、花纸边唱边舞上）

（唱）登上高耸峰一座，

　　　四望无际眼开阔。

学员甲　（唱）那山头——

众　　　（唱）绿树成荫挂满果。

学员甲　（唱）那草坡——

众　　　（唱）羊儿撒欢叫咩咩。

学员甲　（唱）头顶上——

众　　　（唱）雄鹰盘旋燕雀过。

学员甲　（唱）山涧里——

众　　　（唱）野花盛开引蜂蝶。

学员甲　（唱）培训班今日要结业，

　　　　　　　考场就在山头设。

姐妹们，咱们的剪纸培训班今天结业，库老师要咱们来到这座山头，放开视野，自选景物，创作一幅剪纸作品，作为对我们学习成绩的检验。大家开始作画吧。

（学员们各选位置，展纸挥剪）

库淑兰　（上唱）培训班学员们热情似火，

　　　　　　　　看新人长技艺心中喜悦。

　　　　　　　　文化馆把重任交付于我，

　　　　　　　　搞培训传技艺不辞奔波。

　　　　　　　　这一期要结业检验成果，

　　　　　　　　到实地让他们自由创作。

　　　　　　　　我这里一幅幅仔细验过，

　　　　　　　　才放心让他们学成结业。

　　　　（巡看每一个人的剪纸）（看甲）"鹰击长空"，嗯，刀功娴熟，
　　　　很好。（看乙）"蝶飞蜂舞"，嗯，造型优美，不错。（看丙）
　　　　"牛羊成群"，嗯，线条清晰，有气势。（看丁）"硕果累累"，
　　　　嗯，色彩艳丽，真漂亮。（高兴地）孩子们，你们都以优异
　　　　的成绩结业了。

众　　　（高兴地围着老师跳起来）噢……

库淑兰　孩子们，你们来自不同的乡镇，路程很远，天色不早了，快
　　　　回家去吧。

众　　　老师你呢？

库淑兰　夕阳晚照，山色更美，我也要剪几幅图案，收入我的画册。
　　　　你们快回吧。

众　　　老师再见！（挥手下）

　　　　（环顾四野，万分激动，取出画册观看）

库淑兰　（唱）妈让我给画册续添新篇，

　　　　　我要让真善美永留人间。

　　　　　见美景不由人展纸挥剪，

　　　　　这画册要装满大好河山。

　　　（坐在山石上埋头剪纸）

　　　（一阵乌云漫过头顶，霎时电闪雷鸣）

库淑兰　（惊立）啊，暴风雨来了。

　　　（电闪雷鸣、风雨交加，库淑兰撑起雨伞，保护画册，攀崖爬坡，与风雨搏击，一声炸雷后，失足跌入深沟）

库淑兰　啊——

　　　（切光）

　　　（幕后伴唱）雷鸣电闪风雨狂，

　　　　　　　　　迷雾遮眼路茫茫。

　　　　　　　　　滚落山崖二十丈，

　　　　　　　　　不知是死还是伤？

　　　（远处传来学员们的呼喊声和哭声：老师……）

　　　（灯复明，舞台右侧，是库淑兰窑洞的土炕，库淑兰昏迷不醒，孙老大痛心地呼唤着）

孙老大　他妈，你醒醒，你醒醒呀！

　　　（唱）跌深沟摔得她昏迷不醒，

　　　　　　一月来任呼叫无息无声。

　　　　　　喂汤药施针灸毫无作用，

　　　　　　看起来难让她起死回生。

　　　　　　好夫妻将别离阵阵伤痛，

　　　　　　过往事一件件浮现胸中。

十七岁进孙家四十八载，

苦和累伴着她春夏秋冬。

日三餐敬我母双手捧送，

遭我母常欺凌忍气吞声。

家务活常熬到夜深人静，

庄稼活累得她腿肿脚疼。

十婴孩遭夭折眼睛哭肿，

三子女长成人养育有功。

她对我几十年知热知冷，

冬有棉夏有单拆洗补缝。

剪纸花技艺高乡邻称颂，

我怨她不务正胡乱成精。

一辈子脾气暴面冷声撑（关中方言，chèng），

动不动我对她拳脚相迎。

那一次扔铁杈出手太重，

到如今她腿上还留疤踪。

将离别不由我深深反省，

都怪我脾气倔不近人情。

实想说病好后相依相敬，

怎奈是老天爷不睁眼睛。

她走后这个家锅冰灶冷，

孤凄凄我怎么度过余生？

老伴呀！

千声呼万声唤不答不应，

望贤妻不由我大放哭声。

娃他妈，你醒醒，你醒醒呀！（痛哭）

（女儿端药汤上）

女　儿　爸，你扶住我妈，让我给她喂药。（放下药碗，去揭被子）

孙老大　孩子，刚才大夫都说了，昏迷一个多月了，神仙也救不活她，叫咱准备后事。你去招呼邻家大婶大嫂，快缝老衣吧。（抹泪）

女　儿　妈——（扑在母亲身上痛哭）

（梅香上，见状）

梅　香　（生气地）哭啥呢，哭啥呢！我淑兰姐一辈子刚强、乐观，受再大的苦，遭再大的难，她都不在人前流眼泪。

父、女　她婶子（婶子），大夫叫准备后事呢。

梅　香　去去去，野大夫，冒说呢！我淑兰姐要办的事，还没办完呢，她不甘心离开这个世界。

女　儿　梅香姨，我妈还有啥牵挂的事？快说出来，我去了却她的心愿。

梅　香　孩子，你办不了。

父、女　啥事，还办不了？

梅　香　她说，你姥姥传下的画册，她要续添新的内容，还要传承下去，不然，就没脸去见你姥姥呀！

父、女　噢！

梅　香　就是这个心愿，让她硬撑着，我相信她一定会撑过难关。

女　儿　妈，你撑着，你撑着呀！

梅　香　我想起来了，你妈平日剪花，就顺口把要剪的内容编成歌谣，一边剪一边唱歌谣。咱俩今天就给你妈唱剪纸歌谣，她一定会听到的。

女　儿　唱什么？

梅　香　　唱你妈剪得最多，也唱得最多的《江娃牵马梅香骑》。

女　儿　　好。

二　人　　（同唱）鸹鸹鸹，鸹树皮，

　　　　　　　　　江娃牵马梅香骑。

　　　　　　　　　江娃拿的花鞭子，

　　　　　　　　　打了梅香脚尖子。

　　　　　　　　　梅香装疼撒娇呢，

　　　　　　　　　江娃笑得弯腰呢。

孙老大　　啊，快看，你妈眼皮动了一下！

梅　香　　再念一首。

女　儿　　念啥？

梅　香　　你妈剪《十二月花》时，也配了歌谣，期盼天下人年年月月
　　　　　都过好日子，咱就唱《十二月花》，祝愿她好起来，天天快乐、
　　　　　幸福。

女　儿　　好。

　　　　　（伴着歌谣，天幕上出现《十二月花》剪纸图案）

　　　　　（唱）正月里冻冰立春消，

　　　　　　　　　二月里鱼子水上漂。

　　　　　　　　　三月里桃花红似火，

　　　　　　　　　四月里杨柳风摆腰。

　　　　　　　　　五月里仙桃你先尝，

　　　　　　　　　六月里梅子满硲黄。

　　　　　　　　　七月里葡萄搭起架，

　　　　　　　　　八月里西瓜弯月牙。

九月里荞麦绾疙瘩，

十月里山上飘雪花。

十一月柿子满山红，

腊月里梅花香气浓。

咱就盼个好光景，

月月花开四季红。

梅　香　淑兰姐，咱们现在过上好光景了，你能舍得丢下老伴，丢下孩子，丢下姐妹们，丢下剪纸吗？

孙老大　啊，眼睛睁开了，眼睛睁开了！

香、女　（惊喜）姐（妈）——（急扶起）

库淑兰　我是剪花娘子，我是剪花娘子。

孙老大　啊，她是剪花娘子？她她她，她是疯了，还是癫了？

梅　香　淑兰姐，你看我是谁？

库淑兰　（念歌谣）"鸫鸫鸫，鸫树皮，江娃牵马梅香骑。"你是梅香么！

女　儿　妈，你看我是谁？

库淑兰　（念歌谣）"开窗窗，闭窗窗，里面坐的是绣姑娘。"你是我女儿么！

孙老大　你看我是谁？

库淑兰　（念歌谣）"白菜叶叶铺地黄，我娘生我气不长。碎着吃的我娘奶，长大服侍你的娘。"你就是拿铁权戳我腿的那个二杆子。

孙老大　只要你活着就好，我这个二杆子就有机会好好照顾你，将功赎罪。

梅　香　淑兰姐，你一个多月昏迷不醒，终于挺过来了。

库淑兰　啥，一个多月？我觉得只是做了一场梦。

三　人　梦见什么？

库淑兰　梦见那天正坐在山上剪纸，忽然被人推下悬崖……（隐去）

（另一表演区，一束光圈中，库淑兰从悬崖跌下，痛苦地趴在地上挣扎）

（一股烟雾，蝎子精翻滚而上，对着痛苦挣扎的库淑兰疯狂大笑）

库淑兰　你，你，你为什么要把我推下悬崖？

蝎子精　（怒）你看你剪的什么？

（天幕上出现库淑兰剪的《鸡衔蝎子图》）

库淑兰　啊，《鸡衔蝎子图》，是我剪的。

蝎子精　嘿嘿嘿嘿，嘿嘿嘿嘿，库淑兰，你把其他人物、动物、植物、器物，都剪得栩栩如生、光鲜靓丽，却为什么剪了一只鸡，把我鸡食了？

库淑兰　（挣扎坐起）人们痛恨一切邪恶，期盼吉祥平安。在我的剪纸中，蝎寓意"邪"，鸡寓意"吉"。我剪"鸡衔蝎子"，就是要消灭一切害人虫，让人们过上平安吉祥的好日子。

蝎子精　我要报仇！弟兄们！

（众内应：噢——）

（烟雾中，翻滚出蛇精、壁虎精、蛤蟆精、蜈蚣精）

蝎子精　大家看她还剪的啥！

（天幕上出现《五毒图》）

蝎子精　这娘们儿丑化咱们，能饶了她吗？

众　　　嗨！（拥上，抓起库淑兰）下地狱，下地狱。

库淑兰　（挣扎，抵抗）我不去，我不去，我要把画册续完，我要把画册续完。

蝎子精　啊，画册？哼哼，哼哼，这《五毒图》《鸡衔蝎子图》留在
　　　　画册里，会让我们遗臭万年的。弟兄们，把她的画册毁了！

　　　　（五毒们抢画册，库淑兰誓死保护画册，与五毒搏斗，寡不敌
　　　　众，画册被蝎子精夺去）

库淑兰　还我画册！我要把它传下去，传下去！（抢夺）

蝎子精　押入地狱！

五　毒　啊！（押起库淑兰）

　　　　（天幕上变换成鸟兽畜禽的剪纸图案）

　　　　（一股烟雾中，鸡、狗、牛、马等翻滚而上，挡住去路）

众　　　放下我娘！

五　毒　哈哈哈哈，哈哈哈哈，她是你娘？哈哈哈哈！你们是她生的吗？

大公鸡　她对我们有再造之恩，因为她，我们才被千家万户贴在墙上、
　　　　门上、窗上，受到人们的赞美和喜爱，称赞我们为吉祥物。

蝎子精　（指鸡）啊，就是你，鸽食了我。我要宰了你！

　　　　（二者搏斗，蝎子精力量不支，蛇精等一拥而上。狗、马、牛、
　　　　兔等齐上助阵。双方争夺库淑兰和画册，斗得不可开交）

　　　　（天幕上出现关老爷的剪纸图案）

关　公　我来了，看刀！

　　　　（一股烟雾，关公抢大刀上，一场搏斗，五毒丢盔卸甲，慌忙
　　　　而逃）

公鸡等　（扶起库淑兰）娘，娘！

库淑兰　啊，你们叫我什么？

关　公　你用剪刀，赋予世间万物新的生命，它们都是你的孩子。我

137

已报请玉帝，封你为剪花娘子。

库淑兰　我是剪花娘子？

关　公　对，你就是剪花娘子，剪花娘子就是你。（对众）孩子们，
　　　　送你们的剪花娘子回家吧。

众　　　好。（众把库淑兰扶上床，隐去）

　　　　（灯复明）

梅　香　我就说么，淑兰姐续不完画册，是不会离开这个世界的。

库淑兰　拿剪刀来，我要把剪花娘子像，续进画册里。

　　　　（梅香和女儿把剪刀和纸递给库淑兰）

　　　　（音乐声中，天幕上出现多种不同造型的《剪花娘子》图形）

　　　　（切光）

　　　　（幕后解说：这场大难过后，库淑兰重复地表现着一个神秘的
主题——"剪花娘子"。并用"剪、贴、衬"三种手法创造出
国内剪纸界独有的彩色剪贴纸）

第六场　捐献画册

　　　　（多年以后，库淑兰家）

　　　　（幕后伴唱）艺高震撼联合国，

　　　　　　　　　　一举成名荣誉多。

　　　　　　　　　　她还住着土窑洞，

　　　　　　　　　　她还爱着黄土坡。

孙老大　（唱）土窑洞，小院落，

人来人往真红火。

记者采访刚送走，

又接待一批外地客。

参观示范又讲解，

忙得没空吃和喝。

少年夫妻老年伴，

心痛累坏我老婆。

自从联合国给我老婆封了个"中国民间艺术大师"，一天接待采访参观，应接不暇。我也忙得不可开交，客来前把茶水备好，客走后把屋里打扫。过去我是饭来张口，现在倒要下厨上灶。为啥么？唉，心疼她，怕把她累坏了。

女　儿 （上）爸，我妈呢？

孙老大 你妈送客人去了。唉，天明到现在，就来了两拨客人。你看太阳都快端了，早饭还没吃呢。

女　儿 啊，我刚蒸了南瓜包子，快趁热吃。（从篮子里取包子）

孙老大 别急，饭好了，你妈回来一块儿吃。（进厨端饭，女儿忙接，摆在桌上）

女　儿 哟，又是小米饭就野菜疙瘩。

孙老大 这是你妈最爱吃的饭菜。

库淑兰 （上）现在是饭来张口，不敢弹嫌。

女　儿 爸，你进步咧。

孙老大 你爸现在提升为库大师的生活秘书，还能不长眼色？

库淑兰 好，奖你一个南瓜包子。（一家人欢乐吃饭）

（江娃、梅香喜气洋洋地上）

江　娃　（唱）江娃我，心高兴，

　　　　　　　　生意来了一大宗。

梅　香　（唱）这件事如果能办成，

　　　　　　　　淑兰姐一夜成富翁。

　　　　（二人进门，见一家人吃饭，江娃急止）

江　娃　放下放下都放下，（夺下饭菜放一旁）快，跟我进城。

二　老　进城干啥？

江　娃　有人摆酒席，请你吃饭呢。

库淑兰　请我吃啥饭？

江　娃　他要做你的经纪人，把你的剪纸作品推销出去。

梅　香　淑兰姐，你要发大财了！

父、母、女　发大财？

江　娃　是这么回事，我朋友的儿子在香港做生意，把你送给我的那
　　　　幅《江娃牵马梅香骑》，拍卖了六千块。

父、母、女　啊，六千块？

梅　香　他还说了，你那幅《剪花娘子图》，如果能让他拍卖的话，
　　　　最低下不了一万。

父、母、女　啊，一万多？不会吧？

江　娃　人家说咧，这幅作品，除了继承传统的剪和刻，还运用了粘贴、
　　　　拼贴等手法，这在国内是独创。如果经他一包装，加上广告
　　　　宣传，或许还能竞拍到三万、五万甚至八万、十万。

孙老大　真没想到！

女　儿　真发大财咧！

库淑兰　呀，这么多！

江　娃　人家还说了，你那本画册全部拍卖的话，值几百万呢。

梅　香　所以，他在城里设宴，请你洽谈合作呢。

父、女　啊，几百万？她妈（妈），那快去呀！

库淑兰　嘿嘿，嘿嘿，说梦话呢，我全然不信。

江　娃　淑兰姐，你不懂，名人字画，一幅动不动就拍卖几百万、上千万。何况你那画册里面，全是你家几代人创作的珍品，是无价之宝呀！

库淑兰　人家是名人，我是土窑洞里的小脚女人。

江　娃　你也是名人呀。

梅　香　是呀，你的剪纸在西安、北京、香港、台湾展览，在国内出了名。

孙老大　我算了一下，全国有二十三个省市专家学者来咱窑洞考察，没名气，能吸引那么多外省人？

女　儿　我妈的剪纸作品还被法国、美国、德国和东南亚各国收藏，在国外也出了名。

江　娃　更重要的是联合国教科文组织授予你"杰出中国民间艺术大师"称号，全国第一人呀！

库淑兰　唵唵唵，联合国也是胡整冒说呢。这剪纸手艺，是我跟我妈学的，我妈是跟她妈学的，我妈她妈跟谁学的，那我就不知道咧，要选大师的话，就要选她们，我不敢当。

江　娃　你再甭谦虚了。有"杰出中国民间艺术大师"这个金字招牌，名扬出去了，剪纸的价码就上去了。这本画册一拍卖，可真是几百万呀！

　　　　（唱）几百万，几百万，

　　　　　　　画册一卖就是钱。

有了钱，进西安，

买一栋别墅住里边。

一辈子吃苦又受难，

也该享清福度晚年。

梅　香　（唱）几百万，几百万，

你俩到老用不完。

给儿点，给女点，

生活改善合家欢。

再供孙子把书念，

让后代离开黄土塬。

女　儿　（唱）几百万，几百万，

儿女不用老人钱。

让二老吃好住好又穿暖，

随意花销手放宽。

先到国外转一转，

再漫游祖国好河山。

孙老大　（唱）几百万，几百万，

一辈子没见过这么多钱。

如今生活大改善，

不愁吃来不愁穿。

只是没把钱财攒，

留给子孙理当然。

哈哈哈哈……

库淑兰　（唱）几百万，几百万，

我总觉得很突然。

平日谁要我就剪，

没想过用它去卖钱。

即使有人出钱买，

库淑兰收钱心不安！

江　娃　这还有啥心不安的？现在改革开放咧，让一部分人先富起来

　　　　呢，你就带个头，卖！

众　　　卖！

库淑兰　让我想想，让我想想。

　　　　（库淑兰沉思，众焦急等待）

　　　　（文成兴高采烈地上）

文　成　（唱）任务紧急把路赶，

　　　　　　　上门去请库淑兰。

　　　　（进门）噢，大家都在。

众　　　文干部，你来咧。

文　成　我来告诉大家一个好消息。

众　　　什么好消息？

文　成　县上决定建立"库淑兰剪纸艺术馆"，要按画册内容设计展

　　　　区布局，我是来取画册，并请大嫂去给设计人员参谋参谋。

库淑兰　啊，县上也要画册？（沉思）

江、梅　（同急夺过画册）大姐，客商已摆好酒席，等你洽谈业务呢。

库淑兰　这——

文　成　大嫂，省上设计专家，在文化馆等你呢。

库淑兰　这——

江　娃　文干部，你们把这画册拿去，能给大姐多少钱？

文　成　县上会给适当补偿的。

江　娃　哼，适当补偿，可能是无偿捐赠吧？大姐，失掉这个机会，
　　　　可是几百万呀！

库淑兰　这——

梅　香　文干部，我淑兰姐为了这本画册，遭遇了逃荒、辍学、虐待、
　　　　打骂、丧子、坠崖等等的坎坷和苦难，却被你们白白拿走，
　　　　她为了什么？她落了个什么呀？

江　娃　是呀，大名鼎鼎的中国民间艺术大师，现在还住着土窑洞，
　　　　吃着小米饭就野菜疙瘩，难道他们就不能获得应有的回报吗？

文　成　大嫂，这些剪纸作品，是你一辈子的心血，是提供给纪念馆，
　　　　还是拿去拍卖，你自己做主吧。

库淑兰　我——

　　　　（唱）一边是几百万，

　　　　　　　一边是无偿捐。

　　　　　　　究竟该怎么办，

　　　　　　　库淑兰想再三。

　　　　　　　思想起儿时立志把纸剪，

　　　　　　　全因为讨饭被人下眼观。

　　　　　　　闺门中姐妹央我把纸剪，

　　　　　　　库淑兰村中结下好人缘。

　　　　　　　过门后乡亲要我把纸剪，

　　　　　　　库淑兰人前活得有尊严。

　　　　　　　提起剪忘却坎坷和苦难，

剪成纸千家喜庆万家欢。

我这里特别感谢文化馆，

文干部又是指导又宣传。

才得有西安展了北京展，

才得有香港展罢去台湾。

才得有许多国家来收藏，

才得有全国各地来参观。

若没有国家重视和举荐，

联合国怎能知道库淑兰？

说什么名声大了价升攀，

库淑兰名声咋大应思源。

想当初妈把画册交给我，

叮嘱我一代一代往下传。

县上要建艺术馆，

这正是传承好机缘。

我应该感恩做贡献，

不应当眼睛只盯钱。

思前想后做决断，

上县去把画册捐。

梅香，江娃，谢谢你们的好意。文干部，咱们上县里。

众　　大姐（大嫂，他妈，妈），你要三思而行呀！

库淑兰　我一个土窑洞长大的小脚女人，能有这样的人生，心满意足了。
库淑兰没有别的要求，土窑洞冬暖夏凉，能住就行。小米饭
就野菜疙瘩，吃饱就行。粗布装棉花，穿暖就行。有五色花纸，

能剪纸就行。（举起画册）姥姥，妈，政府要把剪纸艺术传扬光大，你们的愿望，实现了！

（隐去，灯复明，天幕上多媒体转换出现库淑兰纪念馆全景）

（合唱声中，女子歌队跳《剪刀舞》）

（合唱）黄土沟壑黄土塬，

　　　　黄土地走出库淑兰。

　　　　一张花纸一把剪，

　　　　剪花娘子降人间。

　　　　剪剪剪，剪剪剪，

　　　　画册变成艺术馆。

　　　　剪剪剪，剪剪剪，

　　　　剪纸艺术代代传。

（一尊库淑兰塑像立于广场中央）

（剧终）

苦寒梅香

人　物

梅　香　二十四五岁，农村青年。

田　婶　梅香的母亲，寡妇，五十岁左右。

李　峰　孤儿，梅香的邻居、同学、初恋，二十四五岁。

姨　妈　李峰的姨妈，四十多岁。

牡　丹　李峰的女友，二十五岁。

刘　婶　牡丹的母亲，五十岁左右。

二　少　大款的儿子，二十七八岁。

医生、厂长、秘书、警察等

第一场

（田婶家大门外。天已黑尽，阴云密布。远处，闪闪电光，

隐隐雷声）

李　峰　（上唱）离家已有四年整，

筹备结婚回村中。

梅香家门前脚步停，

往事历历涌心胸。

梅香和我龄同庚，

落榜回村同务农。

同筹划艰苦创业绘美景，

同憧憬比翼双飞在碧空。

她母亲嫌我孤儿家贫穷，

一心想为女择婿找富翁。

我体谅孤女难抗寡母命，

强割爱离乡进城去打工。

靠拼搏事业婚姻皆有成，

望前程春风得意乐融融。

可听说梅香婚姻多不幸，

母女俩相依为命仍受穷。

找项目我要帮她出困境，

也不枉九载同窗学友情。

（欲敲门，又止）哎呀，一见这道门，我咋就心跳呢？（对观众）你们不知道，四年前，我就是被田婶用笤帚疙瘩从这门里赶出来的。为啥呢？唉，田婶嫌我穷，反对我和梅香谈恋爱。梅香在家哭闹了半个月也没顶啥，我俩的婚事，就这么黄了。今天我上她家，田婶能让我进门吗？（思忖，欲退）不行，听说梅香想办刺绣厂，这个忙我一定得帮。对，这样办，我把合同书、样品和信从门底下塞进去，梅香若愿意搞加工，她会按我信上说的，自己去外贸公司签合同。（弯下腰，从门下塞东西，正好田婶端梯子出门，撞倒李峰）

李　峰　啊哟！

田　婶　谁？

李　峰　（站起）是我。田婶，天这么晚了，您端梯子干啥？

田　婶　天要下雨了，我苫苫屋顶。

李　峰　来，我去苫。（接梯子）

田　婶　你是谁？

李　峰　田婶，几年不见，你不认识我了？我是李峰，刚从城里回来。

田　婶　李峰？你还没死心，又来纠缠我梅香？（夺过梯子，靠墙放下，推李峰）快走快走！

李　峰　（笑）田婶，你误会了。我姨妈另给我介绍了对象，叫牡丹，我俩把结婚证都领了。我回来盖好新房，就举办婚礼。

田　婶　那你还来我家干啥？

李　峰　田婶，听说梅香婚事不如意，事业未成功，心里很着急。刚好外贸公司出口刺绣产品，我为梅香联系了合作项目。她若能办起刺绣厂，自强自立，会有美满婚姻的。我把合同书和样品给她送来了。

田　婶　（不耐烦地）你走你走，梅香不在家。

李　峰　那就请您把合同书和样品交给梅香，具体情况，我在信上都写着。

田　婶　用不着。实话告诉你吧，梅香今天进城相亲去了，这回可是个大款的儿子，嫁过去就是老板娘，看不上干咻事咧。你走吧，我还忙着苫屋顶呢。（转身摆弄梯子，欲上房）

李　峰　您老年龄大了，我替您苫房。（夺过梯子，上房）

（闪电划过，伴随惊雷，只听"啊"的一声，李峰躺在地上，不省人事，田婶抱李峰呼叫）

田　婶　李峰，李峰！

（唱）千呼万唤他不应，

　　　　难道伤重丧了生？

　　　　这事咋向外人讲，

　　　　人命之责怎担承？

　　　　罢罢罢我把乡亲唤，

　　　　为避灾祸隐真情。

快来人呀，快来人呀！

众乡亲　（上）咋回事？

田　婶　我也不知咋回事，在屋内只听"嗵"的一声，跑出来一看，他就……

村民甲　啊，梯子，他他他……他是谁呀？黑天半夜，翻寡妇家的墙！

村民乙　他想干啥？

村民甲　没好事，非奸即盗么。

村民丙 （近看）咦，咋是李峰？这娃过去不错么，出去几年咋倒学瞎咧？

村民丁 咄娃过去和梅香就黏黏串串的。

村民甲 哼，偷情么，活该！

田　婶 乡亲们，遇上这事，让我这孤儿寡母该怎么办呀！（哭）

众乡亲 不管咋样，救人要紧，快打120！

　　　　（几人同时拨打手机）

　　　　（切光）

第 二 场

　　　　（二少家）

二　少 （上唱）媒婆为我牵红线，

　　　　　　　　这姑娘美貌赛天仙。

　　　　　　　　为讨芳心把富显，

　　　　　　　　我领她豪宅细参观。

　　　　（对内）梅香，快进来，快进来。

梅　香 （慢腾腾地上）天色不早了，我该回家咧。

二　少 别急别急。梅香，我爸的企业，你参观了。我家的别墅，你也看过了，这地方是老头子专门为我们结婚买的，你看这摆设，缺啥，我叫他给咱买，啥不好，我叫他给咱换。我一定要把咱们的婚事办得风风光光、红红火火的。

梅　香 （背唱）初见面我还没有表啥态，

　　　　　　　　他竟然又说嫁娶又称咱。

152

不停把名车豪宅来显摆，

我梅香只求人品不重财。

二　少　梅香，你说话呀。

梅　香　你让我说什么呀？

二　少　那咱俩的事——

梅　香　回去和母亲商量后，会让介绍人把话带给你。

二　少　（背白）唉，又是这句话。前面几个相亲的，女方临走时都是
　　　　这么一说，结果泥牛入海，没音信咧。我，我都快三十了呀！
　　　　不行，我今天无论如何要把她拿下来。

　　　　（唱）我二少，福里生，

　　　　　　　父母称我小祖宗。

　　　　　　　买车就买宝马七，

　　　　　　　买房三室又两厅。

　　　　　　　就是一件不如意，

　　　　　　　至今单身新房空。

　　　　　　　今天见了梅香面，

　　　　　　　春情萌动似发疯。

　　　　　　　上前先把门锁定，

　　　　　　　再用药酒把她蒙。

　　　　　　　只要圆了鸳鸯梦，

　　　　　　　这桩婚事就告成。

梅　香　（唱）只见他把门锁定，

　　　　　　　不由梅香疑心生。

　　　　　　开门，我要回家。

二　少　（唱）梅香莫要急回家，

153

待会儿送你开宝马。

喝杯美酒解解乏。

看了一天腰腿酸，

喝杯美酒解解乏。

梅　香　（唱）梅香从来不喝酒，

二　少　（唱）不喝酒我把饮料拿。（进厨房）

梅　香　（唱）锁门劝酒恐有诈，

我要小心防着他。（暗窥）

啊！

杯中他把粉末撒，

这小子他把心想瞎。

（二少端两杯饮料上）

二　少　只要梅香喝了这杯饮料，迷昏过去，事成之后，我倒要说她
酒后赖着不走，硬拉扯我。到时候，叫她娃有嘴辩不清。生
米煮成熟饭，不吃也得强咽。（递梅香一杯饮料）梅香，请！

梅　香　（犹豫一下，接过杯，背白）这小子既然把心想瞎咧，我若揭穿，
他必定会使出更坏手段，我——（思忖，点头）

二　少　（举杯）梅香，干！

梅　香　（唱）看来你是个小气鬼，

好吃的咋不往出拿？

二　少　（唱）要吃的，没麻达，

冰箱里要啥就有啥。（下）

梅　香　（唱）趁他进厨端肉菜，

这杯饮料换给他。（急调换饮料）

（二少端菜盘上）

154

二　少　（唱）香猪排骨用油炸，

　　　　　　牛肉条儿味麻辣。

　　　　　　松江鲈鱼陆龙虾，

　　　　　　泰和乌鸡北京鸭。

　　　　　　叫梅香，快坐下，

　　　　　　咱俩边吃边拉呱。（二人坐）

　　　　来，先碰一杯。

梅　香　别急。二少，我见你们男人喝酒时，吆喝什么什么……一口闷。

二　少　噢噢噢，来，（做猜拳行令状）感情深，一口闷。

梅　香　那咱就一口闷。

二　少　你先请。

梅　香　好。（一饮而尽）

二　少　哈哈哈，痛快!

梅　香　该你咧。

二　少　好!（一饮而尽，亮杯）吃菜。

　　　　（梅香夹菜，故做手抖头晕状）

二　少　梅香，吃菜。（夹菜，梅香故意趴在桌子上）哈哈哈，这蒙
　　　　药叫三秒王，还真灵。让我把她扶到卧室去。（上前欲扶梅香，
　　　　忽然摇摇晃晃，猛然倒地）

梅　香　啊!这饮料里果然下了蒙药，多亏我换掉。要不……我还是
　　　　趁他昏睡，尽快脱身。（去开大门）啊!这门是密码锁，我
　　　　不知道密码，怎能打开? 他一时酒醒，又该躲何处? 这这
　　　　这……（环视）现在天色已晚，我不妨藏在卧室，把门从里
　　　　顶紧，挨到天明，再谋脱身之计。（进卧室，顶门）

二　少　（打呼噜、梦呓）梅香，喝……

梅　香　（唱）眼看时间过零点，

　　　　　　　　他呼呼大睡口流涎。

二　少　（呓语）生米……熟……饭……

梅　香　（唱）他心中早就生邪念，

　　　　　　　　果真酒后吐真言。

二　少　（呓语）是你喝多了，酒后拉扯我……

梅　香　（唱）想作恶反把我诬陷，

　　　　　　　　他是个黑心下流男。

　　　　　　　　眼看天明整六点，

　　　　　　　　我要和他巧周旋。

二　少　啊！（猛然坐起）我刚才正和她行云雨之欢，怎么不见人了？

　　　　（揉眼）我怎么了？梅香，梅香，你在哪儿？

梅　香　（气愤地）我在这里！

二　少　啊，原来她在卧室等我，（高兴地推门）梅香，让你久等了，

　　　　快开门。

梅　香　我是在等你算账！

二　少　啊！

梅　香　我问你，为什么暗锁大门，为什么给饮料中下蒙药？

二　少　我……梅香，我是真心爱你的，不就是心急了点……

梅　香　走！

　　　　（唱）心怀鬼胎邪念生，

　　　　　　　　想用药酒把我蒙。

　　　　　　　　好一个浪荡公子风流种，

毁我青春毁我名。

二　少　梅香，你迟早都不是我的人吗，不就是想和你玩玩嘛，这有
　　　　啥呢！

梅　香　我只不过来你家看看，谁是你的人？你——（哭）

二　少　难道我这家当人样配不上你？你妈不是答应了吗，她要彩礼
　　　　三万，我给你家五万！哎，八万怎个向？不行的话，十万！

梅　香　我妈是我妈，我啥时答应你来？

二　少　你就是不听你妈话，也得顾顾自己名声呀。

梅　香　我身正不怕影子斜。

二　少　哈哈，孤男寡女通宵在一起，干没干啥，能给人说清楚吗？

梅　香　你——

二　少　只要你答应嫁给我，他别人还能说啥闲话？

梅　香　啊！

　　　　（唱）困留一夜成话柄，

　　　　　　　流言毁誉难辩清。

　　　　　　　我要想出两全计，

　　　　　　　又能脱身又正名。

　　　　唉，这、这、这……

　　　　（徘徊、思忖）

二　少　（唱）一时屋内无回应，

　　　　　　　传来阵阵叹息声。

　　　　　　　我再好言把她哄，

　　　　　　　这桩美事就告成。

　　　　梅香，十万彩礼不算，我今天再带上十万元，陪你去逛省城，

金银首饰、衣物鞋帽、家电音响、化妆用品，你看上啥咱就买啥。开门开门！

梅　香　要我开门，你必须把你爸你妈叫到当面。

二　少　咱俩的事，叫我爸我妈干啥？

梅　香　让他们看看他们儿子是什么货色！

二　少　这不是让我……不不不，不能让我爸妈知道。

梅　香　不叫你爸妈也行，那你就把街坊邻居叫来。

二　少　叫街坊邻居干啥？

梅　香　让他们知道门是咋锁的，蒙药是谁放的，还我一个清白。

二　少　还了你清白，不是把我的名声砸了吗？

梅　香　都不答应，那我只好报警了，告你非法拘禁，图谋不轨！

二　少　（急）别别别，别报警，有话咱好说。

梅　香　那好，你把大门打开。

二　少　这——

梅　香　打开！不然，我报警咧。（举手机）

二　少　我开，我开。（开门）

梅　香　走出大门，离门十步。

二　少　这——

梅　香　不走，我报警咧。

二　少　我走我走。（远离站定）

梅　香　背朝我站着，闭上眼睛。（二少闭目转身）你听着，我已拨了号码，你如果扭头看我，我就立即按发送键。听见了没有？

二　少　听见了，听见了。

梅　香　（唱）施计谋让他出门身站定，

急匆匆走出大门脱樊笼。

顺手儿拿上酒杯做见证，

警告他往后不要胡折腾。

（走到二少身后）二少。

二　少　啊，梅香，我可没有睁开眼睛，你千万不要报警。

梅　香　你睁开眼睛看看这是什么？

二　少　酒……酒杯。

梅　香　这里面有蒙药的残留，也有你的指印。

二　少　啊，（战战兢兢）你，你……你要干什么？

梅　香　昨晚发生的事，你知我知，天知地知，你不许告诉任何人，
　　　　权当没有发生。

二　少　是是是，你把酒杯给我，你把酒杯给我。

梅　香　这我得留着。你若胡说八道或再来纠缠，我就报警，它就是
　　　　物证。

二　少　你把酒杯给我，我保证——

梅　香　谁信你？咱走着瞧着！（转身下）

二　少　不要报警，不要报警！梅香，我求你了！（跪下）

梅　香　（停步回顾）哼！（大步走下）

二　少　妈呀！（软瘫）她报警咋办呀！

　　　　（切光）

第三场

（田婶家，田婶坐立不安）

田　婶　（唱）早年丧夫命苦薄，

　　　　　　　母女相依度日月。

　　　　　　　望女儿能嫁富家子，

　　　　　　　寡妇我老来有依托。

　　　　　　　媒婆介绍人一个，

　　　　　　　家境人样都不错。

　　　　　　　这门亲事若办成，

　　　　　　　我女儿掉进福窝窝。

　　　　　　　谁料到昨晚出横祸，

　　　　　　　现不知李峰是死活。

　　　　　　　只恐怕纸难包住火，

　　　　　　　真相白我怎把身脱？

　　　　　　　身在家中难立坐，

　　　　　　　好似那蚂蚁爬热锅。

　　　（焦急徘徊）这怎么办，这怎么办？唉，还是让我出去打探打

探。（下）

梅　香　（上唱）都怨母亲贪心重，

　　　　　　　硬把女儿推火坑。

　　　　妈，妈——（进门）

屋门虚掩无人影，

床头留有信一封。

莫非是母亲外出留话语？（打开信）

却怎么写信人儿是李峰？

啊，李峰的信，李峰的信！（念信）

不能结连理，

友情倍珍惜。

人生应拼搏，

自有新天地。

介绍一项目，

望君求自立。

介绍项目？啊，合同书，刺绣样品——《蜡梅傲雪图》。（紧
紧抱在胸前，痛哭）李峰呀李峰，是我们对不住你呀！我妈
打你、骂你、哄你、骗你，我也屈从母亲，离开了你，你不
但不记恨我们，还一如既往地关心我、鼓励我，帮助我实现
办刺绣厂的梦想。

（唱）难得他重友情不计前嫌，

好男子胸坦荡天阔地宽。

二少他无大志心怀邪念，

两相比一在地一个在天。

想到此我又把母亲埋怨，

你害得女儿我实在可怜。

逼女儿攀富贵误上贼船，

险些儿遭凌辱丢尽脸面。

李峰呀，

你已是大鹏扶摇前程远，

我却是孤雁折翅落沙滩。

李峰！我……（趴在床前号啕大哭）

田　婶　（上唱）听说李峰难保命，

吓得我浑身战兢兢。

（欲进门）啊，

忽听屋内哭声恸，

梅香阵阵唤李峰。

急忙进门看究竟，（进门介）

梅　香　（哭）李峰，我该怎么办呀？

田　婶　梅香！

（梅香扑在田婶怀里：妈——）

田　婶　（接唱）梅香你出了啥事情？

梅　香　（唱）二少是个大瞎种，

羞得女儿活不成。（痛哭）

田　婶　（唱）孤女寡母一世穷，

想择富婿改门庭。

谁料想遇上浪荡子，

倒叫女儿受欺凌。

梅　香　（唱）女儿当年爱李峰，

你却嫌他家里穷。

托媒人介绍好几个，

哪个人品胜李峰？

妈，你还我李峰，你还我李峰！

田　婶　孩子，李峰他——

梅　香　妈，（指信等）这些都是李峰送来的吧？他人呢？

田　婶　李峰已和牡丹领了结婚证。

梅　香　啊，他现在人呢？

田　婶　这，这……

姨　妈　（上唱）李峰出事太蹊跷，

　　　　　　　　来到田家问根由。（进门）

　　　　噢，你们母女都在。

田　婶　他姨妈，你——

姨　妈　李峰昨晚到底怎样出事的？

田　婶　我，我不是都给大伙说了吗？当时，我睡得迷迷糊糊的，听
　　　　到外面"嗵"的一声，跑出一看，他就成那个样子了。

姨　妈　他为啥要搬梯子翻你家的墙？

田　婶　你不问他，倒问我，我咋知道！

姨　妈　（气愤地）村里人议论纷纷，说李峰黑夜翻墙，非奸即盗。我
　　　　家李峰绝不是那种人。

梅　香　阿姨，这是怎么回事，李峰怎么啦？

姨　妈　哼，你还装啥糊涂？李峰说要给你送合同书和刺绣样品，帮
　　　　你办起刺绣厂，这么光明正大的事，何必去翻墙？

梅　香　翻墙？

姨　妈　（发现合同等）看看看，就是这合同书和样品。（逼问田婶）
　　　　你说，到底是怎么回事？

田　婶　我，我刚才不是说了吗？

姨　妈　那这些咋在你家里？

田　婶　那是我早上才从门外捡的。

姨　妈　（又逼问梅香）你说，到底是怎么回事？

梅　香　昨晚我不在家，真的不知道。

姨　妈　你们，你们娘儿俩瞎了良心！哼，这事我一定要弄个水落石出，
　　　　还李峰一个清白。（下）

田　婶　这这这，这叫我咋办呀？

梅　香　妈，李峰到底出了什么事？

田　婶　梅香，妈给你实说吧！
　　　　（唱）李峰他把合同送，
　　　　　　　中间夹有信一封。
　　　　　　　说什么给你选项目，
　　　　　　　外贸出口搞加工。

梅　香　妈！
　　　　（唱）选项目为帮咱摆脱贫穷，
　　　　　　　信中话激励我自力更生。
　　　　　　　分明是好心肠正大光明，
　　　　　　　他怎会夜翻墙出了事情？

田　婶　（唱）雨欲来他帮咱家苫屋顶，
　　　　　　　没料到木朽椽断脚踩空。
　　　　　　　我一看李峰伤重难活命，
　　　　　　　昧良心对着乡亲隐真情。

梅　香　（唱）妈妈做事太懵懂，
　　　　　　　不该谎言隐真情。
　　　　　　　李峰助人受伤痛，

还要蒙冤坏名声。

田　婶　（唱）不是妈妈太懵懂，

　　　　　　　只因咱家实在穷。

　　　　　　　李峰如果有好歹，

　　　　　　　天价人命怎担承？

梅　香　（唱）再穷不能丧人性，

　　　　　　　虫鸟蒙难该救生。

　　　　　　　何况他帮咱心意诚，

　　　　　　　义不容辞要担承。

田　婶　（唱）不是你妈丧人性，

　　　　　　　内心自责难安宁。

　　　　　　　抢救要花多少钱，

　　　　　　　咱家卖空也不行。

梅　香　（唱）妈妈句句在哭穷，

　　　　　　　和妈一时说不清。

　　　　　　　我要火速去医院，

　　　　　　　千方百计救李峰。（下）

田　婶　（急唤）梅香！

　　　　（切光）

第四场

（午，医院病房）

（李峰躺在病床上，刘婶呼唤李峰，李峰不应）

165

（牡丹心事重重，六神无主，来回踱步）

刘　婶　牡丹，李峰八成救不活了，好在你们还没举办婚礼，我娃要
　　　　早做打算。

牡　丹　妈，你娃咋这样命苦呀！
　　　　（唱）东西挑，南北选，
　　　　　　　遇到李峰好青年。
　　　　　　　厂里技改任骨干，
　　　　　　　手头攒下不少钱。
　　　　　　　婚礼不久就举办，
　　　　　　　日子定会比蜜甜。
　　　　　　　谁料蹊跷出事端，
　　　　　　　不是丧命就是残。
　　　　　　　怎么办，怎么办？
　　　　　　　六神无主好为难。

刘　婶　我娃别难过，事到如今，其实死了比活着好，活着成了残废，
　　　　把钱耗干不说，还把我娃绊缠一辈子。

牡　丹　可现在他死不了、活不旺的，叫我咋办呀！

刘　婶　李峰虽然无父无母，还有他姨妈呢，咱想个法儿脱身。

牡　丹　妈，现在脱身，人们会不会说咱无情无义？

刘　婶　瓜娃呀，啥叫情，啥叫义？你看现在的女娃找对象，看的是房、
　　　　车、钱、权，没房没车没钱没权，就是结了婚也"拜拜"了。
　　　　情义是虚的，金钱才是实的。

牡　丹　这——

刘　婶　听妈的，没错。离开他，人们议论只是一阵子；守着他，你

受罪可是一辈子。

牡　丹　（唱）妈妈说得也在理，

　　　　　　做人就要讲现实。

　　　　　　我本是图他有钱攀高枝，

　　　　　　决不能牺牲青春伴活尸。

　　　　　　越思越想越害怕，

　　　　　　早脱身才是正主意。

　　　　　妈，你说我怎么脱身？

刘　婶　（沉思）咱不能就这么白白地走了。

医　生　（上，对牡丹）病危通知书，请签字。

刘　婶　啊，病危通知书？牡丹，叫他姨妈签字。

医　生　住院时不是说他是你爱人吗？还是你来签。（把通知书递给

　　　　牡丹）

牡　丹　这——（迟疑）好，我签。（医生下）

刘　婶　瓜娃呀，不是妈说你，你不该签那个字。

牡　丹　妈，我刚才想过了，还是我签字对。我和李峰领了结婚证，

　　　　就是他的合法妻子，他死了，那么多钱我得继承。

刘　婶　噢，我娃把妈提灵醒了，听说李峰这几年攒的钱不少，这次

　　　　回来，既要翻修房子，又要举办婚礼，肯定带了不少钱，咱

　　　　要先下手为强。

牡　丹　噢，我记起来了，银行卡！

刘　婶　啥，银行卡？

牡　丹　对，李峰让我选购家具，给我取银行卡的时候，我发现他包

　　　　里还有一张银行卡，说是盖新房、办酒席用的。

刘　婶　嗯，那卡上保准有不少钱。快寻，小心他姨妈知道了。

（牡丹和刘婶分别在李峰的皮包和衣袋里翻着）

牡　丹　妈，找到了，你看，银行卡！

刘　婶　快去取，看有多少钱。

牡　丹　不行，不知道密码。

刘　婶　这怎么办？

牡　丹　让我试试。（走到李峰床前）李峰，你说不了话不要紧，我问你，这张卡上的密码是不是你的出生年月日811226，是不是？是的话，就点点头。噢，不会点头，那就眨眨眼睛，眨呀！眨呀！你个死木头！眨！眨！（牡丹气急，边抽李峰耳光边喊着）快眨眼睛呀！要不，密码得是咱订婚的日子100331？得是？得是？（见李峰没反应，又抽打他起来）那么，是不是咱们准备举行婚礼的日子100501，是不是？快眨眨眼睛，眨呀！眨呀！

刘　婶　对咧，咴比死人多一口气，别白费口舌，用那几个号码先去试试。

牡　丹　好。（急匆匆下）

梅　香　（上）阿姨，这是不是李峰的病房？

刘　婶　是，你——

梅　香　（顾不上回答，扑上去）李峰！李峰！

（唱）千呼万唤他不应，

撕肝裂肺放哭声。

李峰呀！

你为帮我伤情重，

我良心难安愧一生。

168

　　　　李峰！（大哭）

刘　婶　（唱）这女子哭得太伤惨，

　　　　　　　看起来关系不一般。

　　　　　　　莫非她是旧相好？

　　　　　　　我要仔细来询盘。

　　　　　　　姑娘，你是李峰的什么人？

梅　香　我是他的邻居……不不，是同学。

刘　婶　听她说话支支吾吾，这——

姨　妈　（上唱）专家会诊定方案，

　　　　　　　马上手术抢时间。

刘婶、梅香　他姨妈（阿姨），医生咋说？

姨　妈　马上做手术！（边说边翻李峰的包）啊！

刘　婶　咋啦？

姨　妈　银行卡咋不见啦？

刘　婶　你再找找看。

姨　妈　（梅香帮着找）没有呀！牡丹呢？牡丹没有拿吧？

刘　婶　不会的，牡丹拿卡干啥？（姨妈和梅香又翻衣袋等）（背白）

　　　　　　　看，她也在抓钱，多亏我娘儿俩下手早。

牡　丹　（上唱）几个号码碰得巧，

　　　　　　　我把现金转存了。

　　　　　　　然后再想脱身计，

　　　　　　　另择佳偶享逍遥。（进病房）

姨　妈　（急问）牡丹，你见没见包里的银行卡？

牡　丹　银行卡？什么银行卡？

刘　婶　我都说过了，牡丹没有拿卡呀！

牡　丹　我咋没见过啥卡？

姨　妈　这这这，这能掉到哪里？

梅　香　阿姨，是不是掉在家里了？回家去找找吧。

姨　妈　不会的，不会的。早上我还见在包里。

梅　香　那就被盗了，快报警吧。

姨　妈　手术要抢时间，来不及了。咦，牡丹，前几天李峰给你的卡
　　　　上有几万元，咱不如先拿出来用。

牡　丹　不行，这是李峰给我买家具的钱。

姨　妈　你看李峰摔成这个样子，先救命要紧。

刘　婶　他姨妈，你说这话是什么意思，我看你丢卡是假，找借口想
　　　　套我娃手中那几万元是真。

牡　丹　哼，把卡给你，他人不在了，你想把钱独吞，难道让我白白
　　　　跟他领了结婚证？

刘　婶　（拉了牡丹一把）少跟她啰唆，跟妈出去吃饭走。（二人下）

姨　妈　你，你！（趴在李峰床前大哭）李峰呀，你的命咋这样苦呀，
　　　　这叫我该咋办呀！

梅　香　阿姨，事到如今，哭也无用，咱另想别的办法。

姨　妈　有啥办法？这钱是硬头货，没钱，李峰就没命了！（哭）

梅　香　这——阿姨，你让医生先抢救人，这钱，我去想办法。（欲下）

姨　妈　你——

　　　　（切光）

第五场

（二少家客厅，二少惶惶不安）

二　少　（唱）实想生瓜强摘蔓，

　　　　　　　事没成反倒惹麻烦。

　　　　　　　梅香万一报了案，

　　　　　　　二少我恐怕要坐监。

　　　　　　　我爸我妈把我怨，

　　　　　　　让我出去躲几天。

　　　　对，三十六计，走为上计，让我带上银行卡，再拿上几件衣服。

（进卧室）

梅　香　（上唱）亲戚邻里都求遍，

　　　　　　　杯水车薪救急难。

　　　　　　　一分钱难倒英雄汉，

　　　　　　　多少事成败都为钱。

　　　　　　　李峰孤儿没有钱，

　　　　　　　我妈拆散好姻缘。

　　　　　　　我家穷困没有钱，

　　　　　　　母亲昧心说谎言。

　　　　　　　二少仗钱壮色胆，

　　　　　　　牡丹见钱黑心肝。

　　　　　　　李峰性命悬一线，

现在没有救命钱。

李峰呀，

同窗友，儿时伴，同立志，曾相恋，

你把友情记心间。

李峰呀，

我背弃，你不怨，为帮我，身罹难，

我不救你心何安？

无奈间去把二少找，

委身去换救命钱。

哎呀，不行！

这样的人儿做侣伴，

一生哪有幸福言？

（幕后伴唱）步徘徊，心思乱，

怎么办？好为难。

梅香呀，

他生命要你幸福换，

这分量你要掂一掂。

梅　　香　（接唱）细掂量，思再三，

人间万事古难圆。

不救他终生成遗憾，

会让我灵魂受熬煎。

事紧迫不容我优柔寡断，

人世间情和义重于泰山。

172

纵然是嫁二少不遂心愿，

我甘愿做牺牲委曲求全。

李峰他脱苦难宏图大展，

我心里别样快乐别样甜。

（敲门）

二　少　（背行李出卧室）啊，有人敲门，是不是警察来了？妈呀，这，

　　　　这……（瑟瑟发抖）

梅　香　（边喊边敲门）开门！

二　少　是梅香，让我看带警察没有。（从猫眼向外看）啊，就梅香

　　　　一个人。这好对付。（开门，点头哈腰）啊，梅香，是你。（梅

　　　　香铁青着脸进屋，坐在沙发上一言不发，一时让二少不可捉摸）

　　　　梅香，你怎么啦？（梅香仍不语）

　　　　（唱）只见她进门铁青脸，

　　　　　　　坐在那里无一言。

　　　　　　　莫非她真的报了案，

　　　　　　　警察跟在身后边？

　　　　　　　趁其不备快逃窜，

　　　　　　　远走高飞避祸端。（背包欲溜）

梅　香　你站住！

二　少　（惊回头，下跪）我的姑奶奶，我求你，饶了我吧！我向你认

　　　　错，我向你赔罪。我给你精神损失费。

梅　香　站起来，我有话说。

二　少　你，你说。

梅　香　　我要嫁给你。

二　少　　（惊呆）啥，你说啥？

梅　香　　我要嫁给你。

二　少　　（惊喜）真的？

梅　香　　真的。不过，十万元彩礼现在就要。

二　少　　不就十万元吗？（打开背包）这卡上正好有十万。

梅　香　　（接卡）密码？

二　少　　好，我给你写。（写字条交给梅香，梅香转身欲走）哎哎哎，
　　　　　梅香，还没说啥时结婚呢？

梅　香　　终身大事，总得选个良辰吉日吧？

二　少　　好，就让我爸给咱选个好日子吧。

梅　香　　随便。（下）

二　少　　咦，这就怪了。那一阵子，要我进班房；这一阵子，要我做
　　　　　新郎。那一阵子，吓得我尿了一裤裆；这一阵子，我高兴得
　　　　　发了狂。嘿嘿，细细一想，也很正常。甭看她面面扳扳嘴犟，
　　　　　心里还是见钱发痒。名车豪宅，再加上我这个模样，哪个女
　　　　　娃不把涎水淌？跑回去跟她妈一商量，又乖乖寻到我门上。
　　　　　嗨嗨，说来说去，还是钱的力量。（抓起电话）爸，哈哈，
　　　　　你娃把事情摆平咧，梅香到手咧……啥？咋摆平的？哈哈哈，
　　　　　还不是靠钱么！（兴高采烈、指手画脚地打完电话，疯狂地
　　　　　又跳又唱）

　　　　　（切光）

第六场

（几天以后，医院病房）

（李峰躺在病床上，姨妈轻唤不应）

姨　妈　唉！

　　　　（唱）手术后虽脱离生命危险，

　　　　　　　不能吃不会动不应不言。

　　　　　　　几天来牡丹她人不闪面，

　　　　　　　全靠着梅香她帮我照看。

　　　　　　　梅香她重友情心地良善，

　　　　　　　不知她咋筹借那么多钱？

　　　　　　　钱花尽仍不见病情好转，

　　　　　　　想日后天长久让人熬煎。

　　　　　　　左思谋右考虑不知咋办，

　　　　　　　急得我日不食夜难入眠。

梅　香　（上）阿姨。

姨　妈　梅香，几晚没睡好，怎么打个囫囵又来咧？

梅　香　阿姨，我年轻，看你操劳成啥咧。你去歇歇吧。

姨　妈　梅香，我看这也不是个办法，我想去和医生商量商量，看能
　　　　不能带回家去养病。

梅　香　阿姨，这怎么行？

姨　妈　李峰又睡着了，我去征求医生意见，你也去吃点东西吧。（二人下，牡丹母女上）

牡　丹　（唱）李峰成了植物人，

刘　婶　（唱）女儿一定要脱身。

牡　丹　（唱）离婚协议我写好，

刘　婶　（唱）要让李峰按手印。

牡　丹　妈，病房正好没人，快！

（牡丹把离婚协议交给母亲，打开印泥盒，拉住李峰的手，蘸了印泥，正欲按手印时，梅香进病房）

梅　香　你们干啥？（上前一把夺过离婚协议）啊，离婚！哼，李峰病成这样，你们丢下不管，反倒闹离婚，缺德不缺德？

牡　丹　我缺德还是你缺德？你明知道我和李峰领了结婚证，还勾引李峰，李峰不是半夜三更翻你家墙，咋能摔成这样！

刘　婶　（从后面紧紧抱住梅香）别跟她啰唆，牡丹，快！

（牡丹夺过离婚协议，急拉李峰手，梅香挣脱刘婶，刘婶又拉住梅香衣服，牡丹趁机按了手印）

牡　丹　妈，丢开她，快走！

梅　香　（拉住牡丹不放）快来人呀！

姨　妈　（上）怎么回事？

梅　香　阿姨，她母女强拉李峰在离婚协议上按了手印。

姨　妈　啥，离婚协议？

（唱）牡丹做事太过分，

　　　　只认金钱不认人。

　　　　当初见李峰挣大钱，

　　　　　你死硬缠我去说亲。

　　　　　对着李峰表衷情，

　　　　　海枯石烂不变心。

　　　　　今日见李峰遭灾祸，

　　　　　你的誓言海底沉。

　　　　　救命之钱你不给，

　　　　　事后几天不现身。

　　　　　李峰病情你不问，

　　　　　今日却要闹离婚。

　　　　　李峰昏迷不省事，

　　　　　你竟强拉按手印。

　　　　　这样做事义不义，

　　　　　这样做人仁不仁？

牡　丹　哼，别怪我不仁不义，是李峰先背叛了我。

刘　婶　对，李峰若对我家牡丹一片衷心，咋还半夜翻墙找他的老情
　　　　人？就凭这一点，我娃就要和他离婚！

牡　丹　我今天不计较这些，发扬风格，把他的初恋情人还给他，成
　　　　全李峰。

刘　婶　（拉牡丹）走，跟她们没话可说。（欲出门）

医　生　（进门，拦住牡丹母女）正好你们都在，来来来。

姨　妈　医生，你们商量得怎么样？

医　生　病人脱离生命危险，病情基本稳定，可以回家。回家以后，
　　　　除了按时吃药，护理也特别重要。（对牡丹）你是他的妻子——

牡　丹　不，我们还没举行婚礼。

177

医　生　这我知道，但领了结婚证，马上就要举办婚礼，是吧？

牡　丹　这——

医　生　这对病人的康复，甚至出现奇迹是一个极为有利的条件。

姨　妈　啊，真会这样吗？

医　生　年轻人么，从热恋到谈婚论嫁，这过程有许多激情和浪漫，比如美好的梦想呀，甜蜜的情语呀，亲昵的举动呀，爱听的音乐呀，同唱的歌曲呀。这些都是很好的良性刺激。

刘　婶　难道靠这些就能让他站起来说话？

医　生　我是说可能。媒体不是报道了不少用爱心唤醒了沉睡十年，甚至二十年的植物人吗？

刘　婶　如果爱心能唤醒的话，到现在，李峰还爱着她，（指梅香）她还爱着李峰。

医　生　（惊愕）啊——噢，你们的事，你们商量。（下）

姨　妈　牡丹，医生的话很有道理，为了救李峰，我求你了！

牡　丹　难道让我唤他十年、二十年、一辈子？

刘　婶　谁有爱心叫谁唤去，咱和他签了离婚协议，走！（拉牡丹下）

姨　妈　（趴在病床边）李峰！

　　　　（唱）都怪姨妈眼不亮，

　　　　　　　　介绍了一个白眼狼。

　　　　　　　　有钱有福能同享，

　　　　　　　　有灾有难不担当。

　　　　　　　　狠心掳得财物去，

　　　　　　　　我娃落得无下场。

梅　香　阿姨，你不要哭了。为了救李峰，咱再去求求牡丹，她们经济有啥要求，我都答应。

姨　妈　孩子，医生说是用爱心呼唤，她娘儿俩瞎了心，我倒怕她们
　　　　把李峰早早作践死。唉，还是我接回去吧。

梅　香　阿姨，你家情况我知道，上要照顾年老多病的公婆，下要供
　　　　养两个子女上学，你的身体又不好……

姨　妈　有什么法子？现在我是他唯一的亲人，我不管他谁管？

梅　香　阿姨，还是让我把他接回去吧。

姨　妈　梅香，你说什么？

梅　香　阿姨！

　　　　（唱）适才间听医生一番讲话，

　　　　　　　用爱心有可能唤醒于他。

　　　　　　　牡丹她绝情去无可指望，

　　　　　　　梅香我一定要想方设法。

　　　　　　　自幼儿我俩曾青梅竹马，

　　　　　　　我称兄他称妹相伴长大。

　　　　　　　村后边草地上滚爬追打，

　　　　　　　他扮郎我扮女玩过家家。

　　　　　　　从小学到高中同级同校，

　　　　　　　他帮我我帮他苦读奋发。

　　　　　　　回乡后共同把前景筹划，

　　　　　　　曾表白共携手立业成家。

　　　　　　　这中间有多少童年趣话，

　　　　　　　这中间有多少怒放心花。

　　　　　　　这中间有多少两情激荡，

　　　　　　　这中间有多少酸甜苦辣。

　　　　　　　我用这把他的病魔驱化，

179

　　　　　　我用这把他的情感激发。

　　　　　　李峰他为帮我身遭大难,

　　　　　　往日情今日恩不能负他。

姨　妈　(唱)梅香姑娘那样讲,

　　　　　　倒叫我心中费思量。

　　　　　　她的想法虽周详,

　　　　　　实际做起很难场。

　　　　　　听说她近日要出嫁,

　　　　　　带去她家中非常方。

　　　　　　罢罢罢心中主意定,

　　　　　　一切困难我来担承。

　　　　梅香,谢谢你一片好心,李峰还是让我接回去吧。

梅　香　阿姨,求求你,就让我为李峰做点什么吧!

姨　妈　你为李峰花了那么多的钱,够了,够了。

梅　香　李峰对我的情义,这是用金钱难以抵还的。做人呀,要以心
　　　　补心,以义报义。他是为帮助我家遭此横祸的,我要让他站立,
　　　　我要让他说话!

姨　妈　(激动地抱住梅香)梅香,多情多义的孩子呀!

　　　　(切光)

第 七 场

　　　　(几天以后)

　　　　(田婶家门口)

180

二　少　（上唱）梅香她拿钱后不再闪面，

　　　　　　　　二少我急结婚东跑西颠。

　　　　　　　　亲耳听村子里流言一片，

　　　　　　　　说她与旧相好藕断丝连。

　　　　　　　　来她家我要把是非明辨，

　　　　　　　　却怎么白日里大门紧关？　（敲门）

田　婶　（上唱）听见有人叩门闩，

　　　　　　　　是不是梅香转回还？

　　　　　　　　这女子整日在医院，

　　　　　　　　又是伺候又花钱。

　　　　　　　　回家后我要把她劝，

　　　　　　　　早早结婚心安然。

　　　　　（开门）梅香！啊，是二少？

二　少　哼，梅香呢？

田　婶　（背唱）李峰的事情不好讲，

　　　　　　　　我得巧语把他诓。

二　少　我问你，梅香呢？

田　婶　噢——梅香她……她不是找你去了吗？

二　少　找我？恐怕是找他野男人去咧！告诉你家梅香，要跟我，就

　　　　领结婚证；要跟老相好，把钱退给我。

田　婶　甭躁些，有话屋里说，有话屋里说。（拉二少）

二　少　（转身）就是那句话，你给梅香说到。哼！把我当猴要呢！

　　　　（要走）

田　婶　（挡住）二少呀，梅香如果不愿和你结婚，收你的彩礼钱干啥？

村上的闲言碎语，你别相信。

二　少　哼，你女子做的咻糇事，满村子都摇了串铃了。说李峰半夜翻墙寻欢，摔成植物人，你女儿不但花光十万彩礼给他医病治伤，还黑明守在身边伺候。

田　婶　没有的事，别听他们瞎说。

（梅香用轮椅推李峰上，田婶一惊，二少顿足）

梅　香　（唱）为使李峰早苏醒，

　　　　　　　　接他回家好照应。

二　少　看看看，把野男人都接回来了，到底谁在瞎说？

田　婶　梅香，你——

梅　香　妈！牡丹丢下李峰不管，我——

田　婶　快把人送回去，马上去和二少领结婚证！

梅　香　二少，我想和你商量个事。咱俩结婚可以，但要允许我照顾李峰。

二　少　啥？听说小姐出嫁陪丫鬟，没见过陪野汉，这成今古奇观咧！

田　婶　二少，你别生气，我劝劝梅香。

二　少　现在劝，迟咧！

　　　　（唱）你女儿拿了我的钱，

　　　　　　　　黑明昼夜伴野汉。

　　　　　　　　我二少不是收破烂，

　　　　　　　　这婚要退快还钱！

梅　香　（唱）二少满口出狂言，

　　　　　　　　洁玉岂容污秽沾？

　　　　　　　　欲明心志难分辩，

182

退婚一时哪来钱？

血往腔内淌，泪往肚里咽，

为救李峰命，蒙辱走上前。

好言我把二少唤，

听我把话说心间。

李峰他帮我家好心一片，

他遇难我照顾理所当然。

我二人形影端苍天可鉴，

你别信村子里蜚语流言。

只要你能容我把他照管，

结婚后我和你偕老百年。

二少，你听我说，李峰确实是帮我家苫屋顶摔成这样的，我不管行吗？

二　少　编，编，鬼才相信你的谎言，你问你妈给村上人咋说来？

田　婶　二少，你听我说。

二　少　甭说甭说，反正你女子我不要了！哼，我原以为尝的是头镰菜，没想到吃的是狼剩饭。呸呸呸，说啥也不要了！告诉你们，我二少从来不做赔本买卖，三天内还不了钱，叫你们吃不了兜着走。哼！（下）

田　婶　二少，二少！（发现梅香把李峰往家中推，急转身阻拦）梅香，把事情让你弄成啥样子咧，你还要管他？

梅　香　妈！

（唱）李峰为咱遭灾难，

咱家不管理不端。

田　婶　（唱）谁说咱家没有管？

　　　　　　　为他花光彩礼钱。

梅　香　（唱）李峰康复要照管，

　　　　　　　若还放弃一生完。

田　婶　（唱）李峰妻子是牡丹，

　　　　　　　她家不能做旁观。

梅　香　（唱）牡丹母女把心变，

田　婶　（唱）难道你要续旧缘？

梅　香　（唱）不是我要续旧缘，

　　　　　　　友情仁义重于山。

田　婶　（唱）李峰牡丹成婚眷，

　　　　　　　我要送他见牡丹。

　　　（田婶夺轮椅要送牡丹家，梅香夺轮椅要进家门，二人拉拉扯

　　扯。最后田婶把梅香掀进大门内，锁门，推李峰去牡丹家）

梅　香　（在大门内呼唤）妈，开门，开门！

　　　（唱）事到如今僵了场，

　　　　　　　梅香心中费思量。

　　　　　　　李峰事业正兴旺，

　　　　　　　前程似锦来日长。

　　　　　　　当救不救若放弃，

　　　　　　　岂不损德丧天良？

　　　牡丹呀，

　　　　　　　危难时你不该变了心肠，

　　　　　　　我问你情在哪里义在何方？

　　　　　　和李峰虽不能结成连理，

　　　　　　儿时伴同窗友情义难忘。

　　　　　　李峰你能重友情，

　　　　　　不计前嫌把我帮。

　　　　　　梅香不是无义女，

　　　　　　旧情新恩记心上。

　　　　　　若有情患难之中情亦真，

　　　　　　若有义逢灾遭难更相帮。

　　　　　　卖身钱救他我不悔，

　　　　　　照顾他再难我承当。

　　　　　　叹只叹母亲极力来阻挡，

　　　　　　怕只怕二少要钱逞疯狂。

　　　　　　前门紧锁越后墙，

　　　　　　带着李峰躲他乡。

　　　　　　打工挣钱治伤病，

　　　　　　盼他早日得复康。（下）

田　婶　（上唱）牡丹家关门不闪面，

　　　　　　　　把李峰撂到她门前。

　　　　　　　　急急匆匆回家转，

　　　　　　　　小心梅香出事端。（绕场）

刘　婶　（推李峰上，唱）

　　　　　　田寡妇做事太横蛮，

　　　　　　竟到我门上闹事端。

　　　　　　老娘我从未服过软，

　　　　　　找上门给她做难堪。（绕场）

　　　　　　田寡妇，你站住！你把这害祸撂到我家门上干啥？

田　婶　（站住）啊，她咋把人推过来了？

刘　婶　哼，你女儿的心肝宝贝，你女子去管！（丢下李峰欲走）

田　婶　你女儿和李峰领了结婚证，该你家管！（又推李峰欲送）

刘　婶　你女子勾引李峰出了事故，该你家管！（把轮椅向田家推）

田　婶　（扭住刘婶）说我女子勾引李峰，拿不出凭证，我跟你没完！

刘　婶　要凭证么？你听我说，李峰半夜寻欢，翻墙摔成瘫痪，梅香
　　　　　赖到医院，不惜花钱，黑明陪伴，还要接回家长期独占，这
　　　　　活宝（指李峰）就在当面，你还要啥证据？

田　婶　（无言以对）你你你……

刘　婶　别生气唻，找了这么好的上门女婿，应张灯结彩，大摆宴席……

田　婶　（气极）你——（打刘婶嘴巴）我让你胡说八道！

刘　婶　啊，你还打人？（二人撕扯，刘婶招架不住，大喊）快来人呀，
　　　　　田寡妇打人呢！田寡妇打人呢！

　　　　　（乡亲出场，把二人劝开）

田　婶　（仍不依不饶）你再胡说，我还要掌你的嘴！

刘　婶　我胡说，难道村上人都胡说？（众议论）

田　婶　乡亲们，李峰真的是帮我家苫屋顶摔伤的。

刘　婶　哼，翻过来倒过去由你说呢，你当时向大伙咋说的？（众又
　　　　　议论）

田　婶　当时我一看事大唻，家里拿不出钱，不敢承担这事。后来，
　　　　　我梅香把自己的彩礼钱全部给李峰治了病。这还不行吗？

一长者　你们都别闹了。说句公道话，李峰是在我们大家眼皮底下长

大的，从小勤奋、正派、热心肠，这几年在外面干得更有出息，不会做那些偷鸡摸狗的事。梅香卖身救李峰，也算是仁至义尽。李峰和你女儿领了结婚证，就是合法夫妻，在你家养病，合情合理。

刘　婶　我看你处事不公，欺负我外村人。

众　　　（议论）老者说得有理……自家女婿不管，让谁管？

刘　婶　她家梅香第三者插足，破坏了我家牡丹的美满婚姻。我家牡丹已经和李峰离婚咧，看，这是离婚协议，有李峰的手印。

众　　　（惊）啊！（众交头接耳，议论纷纷）

刘　婶　乡亲们，你们说这李峰该谁管？

众　　　这……

　　　　（梅香上，乘人不备，悄悄推走李峰）

一村民　（大喊）梅香把李峰推走了！

刘　婶　（大笑）看看看，晚上勾引，白天抢人，田寡妇，我说得没错吧！

田　婶　（大喊）梅香，你——（晕倒）

　　　　（众呼救）

　　　　（切光）

第八场

　　　　（两月后）

　　　　（午，刘婶家）

刘　婶　（唱）人常说先下手就能逞强，

　　　　　　　又多亏老身我巧舌如簧。

牡丹女和李峰闪婚一场，

净落了十几万腰包鼓囊。

她姨妈静悄悄没闹没嚷，

梅香她带李峰躲到外乡。

看起来再不会生风起浪，

放下心为女儿另作主张。

我女儿生就的一脸福相，

下一次要办得富丽堂皇。

哈哈，我牡丹眼红人家女娃骑个电动单车，嗖嗖嗖过来了，嗖嗖嗖过去了，又风流又张扬，也想买一辆。我说，买去，不就是几千元么。嘿嘿，说不定一会儿就买回来了，让我到门口看看。（欲出）

牡　丹　（慌慌张张上）妈，妈！

刘　婶　慌啥呢嘛，出了啥事？

牡　丹　听人说他姨妈把李峰丢银行卡的事报案了，公安上正查呢，我怕——

刘　婶　查叫他查，怕啥呢？

牡　丹　万一查出来咋办？

刘　婶　把结婚证给他们看看，难道妻子取丈夫的钱还犯法？

牡　丹　可那离婚协议你都给人看咧。

刘　婶　反正结婚证、离婚协议咱手里都有，啥有用就往出拿啥。

牡　丹　（担心地）这行吗？

刘　婶　瓜娃呀，人常说，吃米饭凭菜呢，打官司凭赖呢。你经见得少，看妈的。（得意扬扬地）那一天，我在田家门口把离婚协议这么一展，一下子把村上人镇住了，田寡妇都晕过去了。如果他公安来了，我就把结婚证这么一展——

（门外声音：这是牡丹的家吗？）

牡　丹　（惊慌）妈，怕是警察来了。

刘　婶　（举证姿势不变）来得正好，我就是要让他们看看结婚证。

两干事　（上，见状）大妈，你这是在干啥？

刘　婶　让你们看看李峰和牡丹的结婚证。

两干事　不用看了，我们早就知道。

刘　婶　你们知道，还跑来干啥？

两干事　我们是来向李峰报喜讯。

刘婶、牡丹　啥喜讯？

干事甲　李峰的一项发明专利，给我们厂创造了巨大的效益，厂里决定奖励他二十万元。

刘婶、牡丹　啊，二十万！

干事乙　厂里考虑到他请假回家，既要盖房，又要结婚，一定急等钱用，就让我们把支票送来了。

刘婶、牡丹　那快给我们！

干事甲　领支票要本人签字，李峰呢？

牡　丹　这——

刘　婶　噢，是这样，李峰去他舅家报婚喜去咧，那儿是外省深山，手机信号盲区，我们也联系不上。

干事乙　那就请你们转告他，回来后到厂里来一下。（二人下）

牡　丹　妈，这事咋办？

刘　婶　这——

（唱）二十万，二十万，

　　　　一生没见过这多钱。

　　　　有李峰就有二十万，

　　　　没李峰这钱难沾边。

　　　　不如设法找李峰，

　　　　抢先抓到二十万。

牡　丹　（唱）如果要这二十万，

　　　　　李峰就要咱照管。

　　　　　终生去把活尸伴，

　　　　　思前想后不划算。

刘　婶　（唱）牡丹脑筋太死板，

　　　　　万事都能巧周旋。

　　　　　只要票子到咱手，

　　　　　对付李峰并不难。

牡　丹　妈，我担心——

刘　婶　有啥担心的？我不信咱两个大活口，对付不了一个植物人。

　　　　快走，跟妈去找李峰。

　　　　（切光）

第九场

（午，梅香城内小租屋）

（梅香正在端详一幅刺绣）

梅　香　这幅《蜡梅傲雪图》，外贸公司说出口很受欢迎，又续了
二十幅的合同。好呀！
（唱）二十幅合同兑了现，

一幅就挣几百元。

李峰药费用不完，

还能攒钱把账还。

多亏老板心良善，

特殊照顾放得宽。

我的做工获免检，

允许我照顾李峰不跟班。

见我经济有困难，

他还提前支工钱。

更可喜李峰病情有好转，

呼叫能吐一字言。

我把喜讯告姨妈，

让她不要把心担。

梅香今日精神爽，

抓紧刺绣坐床前。（刺绣）

（姨妈伴田婶上）

姨　妈　（唱）接到信儿到省城，

田　婶　（唱）娘想女儿发了疯。

梅香！

梅　香　妈！（二人紧紧相抱，痛哭）

田　婶　（唱）你走后为娘细思想，

千错万错都怪娘。

一不该挥起无情棒，

打散一对好鸳鸯。

二不该攀富选错郎，

让你受辱裂肝肠。

三不该昧心瞒真相，

招惹众人说短长。

四不该门前把你挡，

不让你接回李峰来养伤。

让我儿仁义之举难如愿，

让我儿受苦受难躲外乡。

梅　香　（唱）妈妈莫要那样讲，

不孝女让你把心伤。

你不怨我就把心放，

女儿岂敢怪亲娘？

姨　妈　对了对了，过去的事再甭说了。你不是说李峰好转了？快让
　　　　我看看。

梅　香　李峰在院子晒太阳，我去推。（下）

田　婶　（发现床上的刺绣）啊，好一幅《蜡梅傲雪图》，谁绣的？

姨　妈　噢，我忘了告诉你，梅香就是拿着李峰写的信，找到外贸公司，
　　　　揽下这活，靠刺绣这《蜡梅傲雪图》挣的钱，给李峰治病。唉，
　　　　李峰心灵，梅香手巧，当初如果让两个娃创业，一个办厂搞加工，
　　　　一个在外闯市场，肯定能把事扑腾大咧，也闯不下这场祸。

田　婶　唉，世上没有卖后悔药的。

（梅香推李峰上，田婶和姨妈迎上）

姨　妈　李峰，你看我是谁？（李峰无反应）

姨　妈　李峰，（指梅香）她是谁？

李　峰　牡……丹。

姨　妈　是梅香，不是牡丹。

李　峰　牡……丹。

田　婶　你看他只记着牡丹，不记得梅香。

梅　香　（扭头抹泪）……

姨　妈　梅香，他是病人，你不怪他吧？

梅　香　我咋能怪他呢？唉，实话告诉你们吧，刚开始我想用旧情激
　　　　活他的记忆神经，谁想到一点效果都没有。我去咨询医生，
　　　　医生说，他和牡丹近期忙着盖房、结婚，神经的兴奋点可能
　　　　集中在盖房、结婚上，让我扮作牡丹试试，我就扮、扮……
　　　　跟他说结婚……跟他说盖房……（泣不成声）一月来，我……
　　　　（唱）背身哭，转面笑，

　　　　　　　扮作牡丹和他聊。

　　　　　　　说结婚我不能坐花轿，

　　　　　　　说盖房我不能住爱巢。

　　　　　　　心里滴血他不晓，

　　　　　　　反把我当牡丹叫。

田　婶　（抱住梅香）难为我娃了。（抹泪）

姨　妈　梅香，我的好孩子！

　　　　（唱）为李峰她把牡丹扮，

　　　　　　　这事情做起实在难。

人都说红颜妒红颜，

她竟扮情敌唤郎官。

不是胸中有大义，

怎能心比天地宽？

梅香呀，

我替李峰把你谢，

待他醒后讲实言。

梅　香　（唱）梅香一切不为谢，

只为良心得以安。

田　婶　我娃说得对，李峰闹成这样，妈良心上也不安，就让妈也为李峰尽尽心、补补过吧。我这次来，就是要把李峰接回咱家，由妈来照顾。

梅　香　妈，这行不？

姨　妈　你放心，我也抽空过去瞧瞧。再说，你这样也不是长久之计，二少是不会放过你的。

梅　香　二少又上门闹事？

田　婶　闹得可凶咧，逼着退婚还钱。

姨　妈　所以，我同你妈商量，李峰我们照顾，你快离开西安，去南方打工，把钱寄回来，我们逐步给他还。

梅　香　只能这样了。好在李峰有了希望，我也就放心了。

田　婶　那我们今天就带李峰回去。

梅　香　你们先回去把家里收拾收拾，待我去医院预约个时间，给李峰全面检查一下，再开些药，让救护车送回来。

田婶、姨妈　好，那我们走了。（二人下）

梅　香　李峰，我放你最爱听的音乐，你好好听，我去医院了。（下）

（牡丹和刘婶上，绕场）

牡　丹　（唱）大街小巷都找遍，

　　　　　　　不见李峰在哪边。

刘　婶　（唱）没有李峰难领钱，

　　　　　　　急得人团团打转转。

牡　丹　（唱）有人说曾在这里见，

刘　婶　（唱）透过门缝仔细观。（看介）

　　　　　　　啊，在里边，在里边。

牡　丹　妈，好像没人，让我去推李峰。

刘　婶　咱俩一起进，如果梅香在的话，咱就抢。

牡　丹　抢？

刘　婶　对，我拖住梅香，你推上李峰快跑，咱俩在老地方会合。

牡　丹　就这么办。（二人蹑手蹑脚进屋）妈，梅香不在。

刘　婶　快！（二人推李峰下）

　　　　（切光）

第十场

（午，厂长办公室）

厂　长　（唱）李峰技改搞发明，

　　　　　　　为我们厂里立了功。

　　　　　　　他请假结婚俩月整，

　　　　　　　至今没有来上工。

差人去探没见影，

手机关闭打不通。

奖励对象不到会，

厂里无法来庆功。

王秘书。

干事甲　（上）厂长，请吩咐。

厂　长　你和张干事再到李峰的家里去一趟，看看到底出了啥事？

干事乙　（急匆匆上）厂长，厂长，李峰来了。

厂　长　快让他来见我。

干事乙　（向外招手）进来。

（刘婶、牡丹推李峰上）

厂　长　啊，李峰怎么啦？

牡　丹　厂长，李峰意外受伤，成了植物人，我母女俩精心照料，才恢复成这个样子。（假哭）

厂　长　谢谢你娘儿俩。（上前唤李峰）李峰。

刘　婶　还没恢复知觉。厂长，现在急需用钱治病，快把那二十万……

（梅香上）

梅　香　（夺轮椅）把李峰还给我！

刘　婶　（大惊）啊，你怎么来啦？

牡　丹　（急夺李峰）不要脸的东西，到这里抢人来咧，滚，滚！

厂　长　（和秘书急把二人拉开，问牡丹）她是什么人？

牡　丹　她、她、她是个疯子！

梅　香　我没疯，是你们见利忘义，想钱想疯咧！

牡　丹　你胡说！

196

梅　香　我一点也没胡说。我问你，是谁把他丢到医院不管，跑得寻不着踪影？如今瞅着这二十万元，可冒出来抢人呢。

刘　婶　（着急，推打梅香）你这个疯子，你这个疯子，让你胡说！

牡　丹　厂长，她满嘴胡言，别听她的。（转身和刘婶一起把梅香往外掀）滚！滚！

厂　长　（上前拦住牡丹母女，问梅香）姑娘，你和李峰是什么关系？

梅　香　（语塞）是——是——

牡　丹　（奸笑）什么关系？说呀，说呀！说不出口，那我替你回答，是第——三——者！

梅　香　（气愤地）你胡说！

牡　丹　我一点也没胡说。厂长，你听我实话实说。她和李峰从小青梅竹马，后来发展成恋人关系，这是事实。可李峰父母双亡成了孤儿后，她把李峰甩咧，也是事实。现在见李峰混成人样，有了钱了，又来勾引李峰，还是事实。我和李峰马上就要举办婚礼，她硬要插上一脚，这不是第三者是啥！

梅　香　不是那么回事！

牡　丹　不是你勾引，李峰咋能半夜翻你家院墙摔成这个样子？

梅　香　（唱）那事情我已讲清楚，

　　　　　　　不信你们问他姨。

　　　　　　　要离婚硬按指印签协议，

　　　　　　　为什么又来认女婿？

　　　　　　　我问你反反复复是何意，

　　　　　　　难道说结婚、离婚、遗弃、领钱都由你？

牡　丹　（唱）说话要有真凭据，

　　　　　　　我问你离婚协议在哪里？

梅　香　（唱）离婚协议你藏匿，

牡　丹　（唱）我看你是瞎编的。

　　　　　　　　你勾引——

梅　香　（唱）你遗弃，

牡　丹　（唱）你插足——

梅　香　（唱）你无义。

牡丹、梅香　（同唱）她她她强词又夺理，

　　　　　　　　　　请厂长为我做主意。

厂　长　（唱）她俩言听得我扑朔迷离，

　　　　　　　看起来和李峰都有关系。

　　　　　　　这件事我定要分辨仔细，

　　　　　　　倒叫我一时间难拿主意。

刘　婶　厂长，这有啥为难的呢？我家牡丹才是李峰的合法妻子，不信，

　　　　你看这是牡丹和李峰的结婚证。

　　　　（厂长和秘书看结婚证）

李　峰　嘿嘿，结——婚——证。

厂　长　（一惊，急走到李峰跟前）李峰，你醒了？你看我是谁？

　　　　（李峰木然）

厂　长　（指梅香）她是你什么人？

　　　　（李峰木然）

厂　长　（指刘婶）她是谁？

李　峰　妈——

厂　长　（指牡丹）她是谁？

李　峰　嘿，牡——丹——

刘　婶　厂长，这可是你亲眼看到的，李峰只认我娘儿俩。

198

厂　长　这——（思索，踱步）

二　少　（上唱）到处找她找不见，

　　　　　　　　　　原来躲藏在这边。

　　　　　（扭住梅香）总算找到你了，跟我走！

梅　香　啊！你——（挣扎）

两干事　你这是干啥？

二　少　她逃婚，我叫她回去。

厂　长　他是你丈夫吗？

梅　香　我还没和他结婚。

二　少　你们说，她收了我十万元彩礼，算不算订婚？哼，不要脸，

　　　　整天缠着野男人。

牡　丹　你们都看见了吧？第三者，我没虚说她。

二　少　走！

梅　香　我不去，我不去！

厂　长　姑娘，做人要正道呀。别人家的事，你就别再掺和了，你们走吧。

梅　香　啊！我——（二少硬拉，梅香挣扎）

　　　　（切光）

第十一场

（午，田婶家）

田　婶　（唱）说好了李峰回家我照管，

　　　　　　　　却怎么迟迟不见送回还？

　　　　　　　　他姨妈昨日进城去打探，

到如今人不见影信不传。

眼皮儿一眨一眨突突颤，

莫不是梅香出了啥事端？

梅　香　（上唱）二少他定下了三天时限，

　　　　　　　　不退钱我母女不得安然。

　　　　　　　　急匆匆回家来辞别老母，

　　　　　　　　去南方暂躲避打工还钱。

　　　　　　妈！

田　婶　啊，我娃咋一个人回来了，李峰呢？

梅　香　李峰被牡丹娘儿俩抢去了！

田　婶　啊，她娘儿俩又在捣什么鬼？

梅　香　（唱）李峰他发明创造获了奖，

　　　　　　　她娘儿俩见钱又动坏心肠。

　　　　　　　为领钱抢夺李峰见厂长，

　　　　　　　恰这时二少又来论短长。

　　　　　　　一说我插足勾引新婚夫，

　　　　　　　二说我另寻新欢逃外乡。

　　　　　　　那厂长听后也不问真相，

　　　　　　　反说我这事做得不应当。

田　婶　（唱）听罢言怒火冒三丈，

　　　　　　　牡丹二少太凶狂。

　　　　　　　厂长不分黑和白，

　　　　　　　我女儿实实太冤枉。

　　　　　（拉住梅香）走，咱找厂长说明情况，要回李峰。

梅　香　妈，没时间说这些了。快给我带些衣物，我要去南方打工。

田　婶　梅香，究竟出了什么事，你咋魂不守舍的？

梅　香　二少说三天内退不了十万元，他就会带一伙人把咱家闹个鸡犬不留！

田　婶　我娃别怕，他们敢来，妈豁出这条命！

　　　　（门外声音：请问梅香是哪家？）

梅　香　啊，妈，他们来了！

田　婶　你先藏起来，（手执菜刀）我和他们拼了！

梅　香　（母女夺刀）妈，你若有个三长两短，叫女儿咋活呀？（哭）

　　　　（厂长、干事、摄影记者上，见状，两干事急拉母女，田婶误会）

田　婶　（挣扎）大白天抢人呢！乡亲们，救命呀！（大骂）强盗！强盗！

厂　长　梅香姑娘，你们这是——

梅　香　啊，你是厂长？（急劝母亲）妈，他是厂长。

田　婶　啊，厂长？我正要找你。

厂　长　老人家，梅香受了委屈，你们心里肯定有气，我特来向你们赔礼道歉。

田婶、梅香　赔礼道歉？

厂　长　那天牡丹母女和二少确实蒙蔽了我，错怪你了。后来，李峰他姨妈找到厂里说明了情况，才知你是李峰的救命恩人。

梅　香　算不上什么恩，只是还他的情。好了，只要牡丹母女回心转意，能善待李峰，我就把李峰交给她们。

厂　长　李峰不能没有你。我们今天来，一则向你赔礼道歉，二则接你去继续照顾李峰，让李峰早日康复。

田　婶　不是有牡丹娘儿俩吗？

厂　长　你那天说的情况，使我们对她们母女有所警惕，所以让她们先照顾李峰，等李峰清醒后再领奖金。没想到她们一看领不到钱，丢下李峰又跑了。

梅　香　啊！那李峰现在怎么样？（姨妈用轮椅推李峰上）

姨　妈　李峰来了。

众　　　（惊）啊，李峰！

李　峰　梅香。

梅　香　李峰能叫我了！

姨　妈　工友们把李峰推到车间参观，他一见到自己革新的产品批量
　　　　生产，心里一激动，当即就恢复了记忆，硬缠着我要见梅香。

李　峰　（双手伸出欲迎梅香，当梅香欲接李峰时，李峰竟站了起来）
　　　　梅香！

梅　香　李峰！

众　　　啊！李峰站起来了！（欢呼）

李　峰　（唱）姨妈向我讲真情，

　　　　　　　你让李峰获再生。

　　　　　　　李峰今日不言谢，

　　　　　　　只求你接纳我李峰。

梅　香　（唱）你帮我家苫屋顶，

　　　　　　　救治我们该担承。

　　　　　　　梅香不为续前缘，

　　　　　　　只为友情能长青。

李　峰　梅香呀！

　　　　（唱）你心比洁玉净，

　　　　　　　你身比泉水清。

　　　　　　　你义比泰山重，

　　　　　　　你情比热血浓。

202

流言讥，蜚语讽，

你受辱蒙屈义铮铮。

你是那苦寒梅花香如故，

你是我心中闪亮的星。

（两警察带牡丹母女上）

警　察　走！

姨　妈　啊，你娘儿俩来干什么？

警察甲　是这么回事，（对姨妈）你报的案子我们通过侦查，最后确定卡上的钱是她取走的，但她说钱是她丈夫的，是丈夫让她取的。我们特来指证。

姨　妈　啊！他是你丈夫，你能忍心偷去他的救命钱？

田　婶　他是你丈夫，你为什么当着乡亲的面拿出离婚协议？

厂　长　既然离了婚，为什么又拿结婚证来冒领奖金？

警察乙　还是让李峰自己说说吧。

李　峰　那钱是我婚前挣的，不是夫妻共同财产。那卡是我在昏迷中被她偷去的，我没有委托她取钱。那离婚协议嘛，我现在清醒了，当着大伙的面，宣布有效。

牡丹、刘婶　李峰，你不能不管我们呀！

李　峰　走！

（唱）无情剑砍得我几乎命断，

又让那忠义人蒙屈受难。

李峰我假若还良莠不辨，

岂不是坏良心欺世违天？

患难中知梅香可依可伴，

救命恩我一生报答不完。

203

危难中牡丹她将我背叛，

不是我恋旧情抛弃牡丹。

梅香，大伙可以见证，我李峰正式向你求婚。（跪下）

梅　香　（上前欲扶李峰）李峰！

（二少急匆匆地边喊边上）

二　少　梅香！

众　　　（惊，怒目）啊，你——

田　婶　（上前喝住二少）你要干什么？

二　少　噢，哈哈哈，你们误会了。我舅舅就是李峰车间的主任，他把李峰帮梅香、梅香救李峰的真实情况给我说了，骂我做事莽撞，让我来向梅香道歉。

梅　香　你，你是想让我回到你的身边？

二　少　我明白了，婚姻，没有真情，就没有幸福。你和李峰是真爱，我不配。

梅　香　我……

李　峰　（看到梅香为难、犹豫，深情地）梅香——

二　少　你看，李峰还跪着呢，答应他吧！（推梅香至李峰前，李峰抓住梅香的手。定格。众人拍手，刘婶羞愧得低下头，牡丹趴在刘婶怀中哭泣）

（幕后伴唱）情就是真心一片，

　　　　　　情能把冰山融穿。

　　　　　　有情人同福同难，

　　　　　　有情人偕老百年。

（造型）

（剧终）

姐弟俩

人　物

晓　惠　四十多岁，某公司经理，李大伯的女儿。

（青年晓惠，二十多岁）

李大伯　晓惠的父亲，七十岁。

李大妈　晓惠的继母，六十多岁。

杨　明　晓惠的丈夫，四十多岁。

（青年杨明，二十多岁）

小　军　晓惠的弟弟，二十多岁，继母所生。

倩　倩　小军的网恋女友，二十多岁。

第一场

（夜晚，某城市一角餐饮夜市）

（小军眼睛盯着手机屏幕，左手拨弄手机键盘，右手顺势拿起肉串往口里塞，不时发出狂野怪异的笑声，吸引男女食客不时投来诧异的目光）

（食客们吃毕纷纷离去，小军仍顾不得把举到口边的肉串吞下，玩着、笑着）

（老板收拾完别的桌椅，走到小军跟前）

老　板　先生，夜深了，我该收摊了。

（小军似未听见，仍在玩手机）

老　板　先生，夜深了，我该收摊了。

小　军　我还没吃完呢。（继续玩手机）

老　板　先生，你……

（忽然传来微信语音通话的提示铃声）

小　军　（小声制止）嘘——别打扰，女朋友的。（站起，大声）倩妹，我是帅哥。

（第二表演区，光圈内倩倩出现，在拨打手机）

倩　倩　帅哥，我是倩妹。

小　军　啊，倩妹，我好好好好想你！

倩　倩　帅哥，我也好好好好好好想你。

小　军　想我就来吧。

倩　倩　一定来。

小　军　我到车站接你。

倩　倩　（撒娇地）拿什么接呀？人家可不坐出租车。

小　军　小车，我给你买，喜欢什么牌子、颜色，你来了亲自选。

倩　倩　人家来了住哪儿呀？

小　军　高级宾馆，豪华套间。

倩　倩　（撒娇地）嗯——人家就喜欢住自己的暖巢么。

小　军　房子，我给你买，喜欢多大面积、什么户型，你来了自己挑。

倩　倩　哟，好有钱哟！

小　军　我妈有存款，我姐是老板，只要我张口，什么都会有。

倩　倩　哟，帅哥是富二代哟？那可一言为定，回头见。

小　军　说到做到，早日来。

倩　倩　拜拜！（亲吻手机，隐去）

小　军　拜拜！（亲吻手机）哈哈哈哈。

　　　　（唱）手机小却装着大千世界，

　　　　　　　它给我带来了无限快乐。

　　　　　　　倩倩她千里远结缘于我，

　　　　　　　是手机成全了倩妹帅哥。

　　　　　　　适才间微信上做了承诺，

　　　　　　　我一定给倩倩买房买车。

　　　　（高兴地把桌上的啤酒瓶拿起，一口气喝尽）哈哈哈！

老　板　（上）先生，我可以收拾了吧？（欲收拾）

小　军　（急拦）别别别，（指桌面）你看，菜还没吃完。（指手机）

这游戏么，有趣的还在后头呢。（坐下边吃边玩手机）

（小军又进入痴迷状态，老板无奈坐在一旁桌子上，困乏至极，打起鼾声）

（晓惠、杨明上）

晓　惠　（唱）王厂长说小军不辞而别，

　　　　　　　几天来打电话拉黑不接。

杨　明　（唱）早出门直寻到深更半夜，

　　　　　　　可怜她为寻弟含饥忍渴。

　　　　晓惠，这里还没收摊，吃点东西吧。

晓　惠　好，要碗汤水吧。（二人向摊点走去）老板！

　　　　（老板起身应付）

　　　　（小军闻声抬头，吃惊，欲溜，被晓惠、杨明发现）

惠、明　小军！

小　军　（只好站住）姐、姐夫，你们怎么来这里了？

晓　惠　我问你，为什么从厂里不辞而别？

小　军　哼，亏得那个厂长还是你同学，让我到车间当工人，我不干！

晓　惠　在我公司你不留，去工厂你不干，你到底想干什么？

小　军　你甭管！（转身跑下）

惠、明　小军！（欲追，被老板拦住）

老　板　哎哎哎。

惠　明　怎么啦？

老　板　他是你什么人？

晓　惠　我弟弟。

老　板　请你把他的账结一下。

晓　惠　给。（掏出百元钞票，转身欲追）

老　板　哎别急别急，还没找钱呢！（在身上摸零钱）

晓　惠　（急对杨明）杨明，快追！

杨　明　唉，跑得没踪没影咧。

晓　惠　唉，又跑了。（接过零钱，瘫坐在椅子上）

第 二 场

（李大伯家）

（李大妈一手挎菜篮，一手提鸡和鱼上）

李大妈　（唱）老伴寿诞今日到，

　　　　　　　我把寿宴早持操。

　　　　　　　女儿女婿来祝庆，

　　　　　　　一家人吃好喝好乐陶陶。

　　　　（进门）老头子，老头子！（无人应，往院内瞅）啊，三轮摩托开走了。这老头子，真把人能气死！（放下菜篮，急掏手机拨打）老头子，咋又可卖菜去咧？

　　　　（李大伯声音：歇一天，少挣二百多块呀！）

李大妈　今日是你七十寿诞，晓惠要来，让她看见，还怪我这个做后娘的为了给小军过日子，逼你拼老命呢！快回来，甭给我作难堪！

　　　　（李大伯声音：好，马上回来，马上回来）

　　　　（李大妈关了手机，提菜篮下）

（晓惠、杨明手提生日礼品上）

晓　惠　（唱）为父祝寿心高兴，

想起小军怒气生。（止步，叹气）

杨　明　怎么了，晓惠？

晓　惠　小军给我装了一肚子气，我担心在寿宴上见到他，忍不住发火，
　　　　惹爸妈生气。

杨　明　那你就克制点。

晓　惠　好。（二人进门）

惠、明　爸，妈！

（李大妈闻声出来）

李大妈　晓惠、杨明，你们回来了。

晓　惠　妈，我爸呢？

李大妈　你爸……你爸……

（门外传来三轮摩托的声音，三人循声望去）

（李大伯戴着头盔，挎着钱包，一手拿着摩托车钥匙，一手提
着秤上）

晓　惠　爸，你这是——

李大伯　噢，这，这……

李大妈　晓惠、杨明，跟你爸坐下说话，我给咱做饭去。（暗示老伴
放下手中东西）

李大伯　噢……噢……（欲放）

晓　惠　（不高兴，上前卸下父亲的头盔和挎包，夺了手中的秤和钥匙，
转身给杨明）把这些放到咱车上去。（交杨明拿下）

李大伯　哎哎哎，你这是干啥？

晓　惠　（生气地）没收咧！

李大伯　（急欲夺）车钥匙，车钥匙……

晓　惠　（硬拉父亲坐下）爸爸呀！

　　　　（唱）把你阻拦多少遍，

　　　　　　　劝你安心度晚年。

　　　　　　　你依然开车把菜贩，

　　　　　　　让我日夜把心担。

　　　　　　　难道说我没给你零花钱，

　　　　　　　难道说少了你们吃和穿？

李大伯　唉，晓惠，你大学毕业了，成家咧，事业有成咧，不要爸操心咧。

　　　　可小军买房买车、结婚成家，还得花一大笔钱呀。

晓　惠　（带气地）惯，惯，惯，看你把小军惯——

杨　明　（急暗示提醒）晓惠——

李大伯　晓惠，不是爸惯小军，咱们家，和别人家不一样呀。你妈虽
　　　　是继母，可对你比对亲娃还亲。你结婚时，你妈给你操办得
　　　　体体面面，爸心里很高兴。所以，小军结婚时，爸一定要操
　　　　办得比你更赢人，好让你妈心里也舒服些。

晓　惠　爸，我是大姐，小军的事，今后我来管。

杨　明　对对对，爸，你放心，等小军买房结婚，我们会帮一把的。

　　　　（李大妈端菜上）

李大妈　饭好了，咱们吃饭。

杨　明　好，晓惠，帮妈端菜。

　　　　（一家人忙着摆桌端菜）

　　　　（随着爸、妈叫声，小军领倩倩上场）

小　军　爸、妈。

众　　　噢，小军回来了。她——（惊异地看倩倩）

小　军　噢，她叫倩倩，我的女朋友。倩倩，这是咱爸。

倩　倩　（鞠躬）爸爸好。

李小军　这是咱妈。

倩　倩　（鞠躬）妈妈好。

小　军　这是咱姐。

倩　倩　（鞠躬）姐姐好。

小　军　这是咱姐夫。

倩　倩　（鞠躬）姐夫好。

　　　　（众互望，没人回应）

小　军　你们都愣着干啥？

晓　惠　小军，你有了女朋友，咋不给家里打个招呼？

小　军　我要给你们个惊喜。怎么，不高兴？

李大妈　高兴，高兴！噢，饭菜好了，都坐，都坐。

李大伯　对，还真是个惊喜。都坐，都坐。哈哈哈哈，今年这生日，
　　　　我过得高兴，要好好喝几杯。

　　　　（众皆入席。晓惠还凝视着小军和倩倩）

杨　明　（推了一下晓惠）给爸敬酒吧！

晓　惠　噢，（倒酒举杯）爸。
　　　　（唱）女儿举杯把酒敬，
　　　　　　　祝父亲寿比不老松。

李大伯　好，我喝。（一饮而尽）

晓　惠　妈。（倒酒举杯）

（唱）敬奉母亲酒一杯，

　　　　　感谢你体贴父亲细入微。

李大妈　我，我，我不会喝酒。

李大伯　嗯，你妈从来不喝酒，来，我替你妈喝了。

杨　明　爸。（倒酒举杯）

　　　　（唱）女婿举杯把酒敬，

　　　　　祝爸爸越活越年轻。

李大伯　好，我喝。（一饮而尽）

杨　明　妈。（倒酒举杯）

　　　　（唱）一杯美酒我奉上，

　　　　　感谢你关爱晓惠赛亲娘。

李大妈　我不会喝，我不会喝。

李大伯　她妈，这女婿的酒，我又替你喝了。

小　军　（唱）爸爸喝酒是海量，

　　　　　儿子给你再敬上。（倒酒举杯）

李大妈　小军，你爸不敢再喝咧。

小　军　喝了女儿、女婿的，不喝儿子的，这叫偏心。

李大伯　来，爸一碗水端平，我喝。（一饮而尽）

倩　倩　爸。（倒酒举杯）

　　　　（唱）初见面巧逢庆寿诞，

　　　　　祝爸爸高寿比南山。

　　　　（李大伯有喝高之态，头冒虚汗）

晓　惠　（递纸巾给父亲，对倩倩）爸喝多了，不能再喝了。

倩　倩　不喝这杯酒，那就是把我当外人了。

李大伯　不是外人，不是外人。来，我喝。（一饮而尽）

倩　倩　（倒酒举杯）妈。

李大妈　我，我，我从来没喝过酒，这这这——

倩　倩　（唱）婆婆你不胜酒力莫强勉，

　　　　　　　请爸爸代替妈妈一口干。

李大伯　（站起来，接过酒杯）看这娃会说话的。来，今日我高兴，我喝！

　　　　（有点醉意）哈哈哈、哈哈哈，老婆子，小军找了个好媳妇。

　　　　（转身对倩倩）倩倩，房子、小车，爸给你们买，让你们结婚

　　　　时也风……风……光光，体……体……面面。

李大妈　老头子，你喝多了，吃菜吃菜。

晓　惠　爸，你吃菜压压酒。

李大伯　我没喝多，我，（打嗝）没喝多，今日你们正好都在，咱就

　　　　把给小军买房、买车的事商量……商量。

小　军　爸，妈，房子、小车我们都选好了，只要交了首付，房、车

　　　　一到手，我们就结婚。

李大伯　首付得多少钱？

小　军　五十万。

李大伯　五十万，好。老婆子，你那个存折上不是还有二十五万吗？

　　　　取来！

李大妈　这——

李大伯　磨蹭啥呢，钱就要用在刀刃上，取来！（李大妈取来放在大

　　　　伯面前）晓惠，还差这二十五万，你给你弟弟垫上，日后我

　　　　给……给……给你们还。

晓　惠　爸，这——（欲说，被杨明挡住）

杨　明　爸、妈，你们那点钱，留着养老用吧。（从包里取出一张银行卡）这卡上正好有五十万，先让小军用吧。

小　军　（欲接）谢谢姐，谢谢姐夫！

晓　惠　（站起，一把夺过卡）杨明，这不是咱们急着要给人家打出去的货款吗？（走到父亲面前拿起存折）爸，妈，最近我们资金周转困难，存折上的钱，让我们先拿去解解急。

小　军　啊，那我们买房买车——

晓　惠　小军，买房买车的事，以后不要找爸和妈了，直接找姐姐就行了。

小　军　以后？我都答应倩倩了，今天就是回来取钱的呀。

晓　惠　姐也是紧要事——

小　军　再紧要还能有我的婚姻大事紧要？

晓　惠　（搪塞）吃饭吃饭，待会儿姐给你说。

倩　倩　（背白）啊，看来他姐要作梗。（转身）小军，咱们的事，那就以后再说吧。（下）

小　军　爸，妈，你们看。（转身）倩倩……（追下）

李大伯　晓惠，你，刚才还说小军的事你管，你就这么管？

晓　惠　爸，你不要生气，今天是你的生日，吃菜，吃菜。（夹菜）

李大伯　（筷子一摔）这生日，我不过咧！（扭身站起，昏晕欲倒）

惠、明　（急扶）爸！

　　　　（切光）

第 三 场

（村外，沟畔。大路拐弯处，长着一棵大槐树）

李大伯　　（唱）今日事气得我心绪烦乱，

　　　　　　　　大树下回想起十几年前。

　　　　　　　　大槐树呀，大槐树，十年前……（转暗）

　　　　　　　　（光启，青年晓惠、杨明沿沟坡一前一后上）

青年杨明　　（靠住大槐树，解领带，长舒一口气）哎呀呀，紧张死了，

　　　　　　紧张死了。晓惠呀，没想到我这个傻小子、穷光蛋，第一

　　　　　　次见老丈人、丈母娘，还顺利过关咧。

青年晓惠　　我爸我妈就喜欢你的咻傻劲。（递手绢）

青年杨明　　（边擦汗边说）幸福来得太突然了，我不是做梦吧？

青年晓惠　　让我试试。（狠劲地掐了一下杨明腮帮）

青年杨明　　啊！（痛得尖叫，绕树追晓惠）

　　　　　　（幕后传来壮年李大妈的声音：晓惠，晓惠——）

青年杨明　　啊，你妈追来了，我没房没车，是不是你妈要反悔？

青年晓惠　　没房没车怎么了，我不是给你说过了吗？只要把我爸的创

　　　　　　业精神学到手，咱们什么都会有。

壮年李大妈　　（气喘吁吁）晓惠……

青年杨明　　妈，你怎么来啦？

壮年李大妈　　（从衣兜里掏出存折）晓惠，杨明，这存折里有五十万元，

　　　　　　　给你们取二十五万交首付买套房吧，结婚没房咋行？

青年晓惠　　妈，你哪来这钱？

壮年李大妈　　这你就别问了，你结婚，妈给你二十五万，剩下二十五万，

　　　　　　　留给小军结婚用。

青年杨明　　妈，我们不能用您的钱。（把存折硬塞给晓惠妈）

壮年李大妈　　（举起存折）晓惠，如果你还把我当作亲妈，你就把这存

折拿上。如果你认为我这个继母不配你叫妈，我就把它拿走。

青年晓惠　妈——（抱住李大妈哭）你是我的亲妈！

壮年李大妈　好了。（把存折塞在晓惠衣兜）快去吧！（暗转）

（灯复明，李大伯坐在树墩上唉声叹气）

李大伯　（唱）那一天她把晓惠撵，

我悄悄躲在树后边。

一言一语全听见，

爱心诚意感地天。

今日一席祝寿宴，

晓惠让我心胆寒。

怕只怕为钱亲情断，

一生心血全枉然。

（对天长叹）我该怎么办？我该怎么办呀？

李大妈　（上唱）左邻右舍找不见，

我到村外再看看。

噢，果真在大槐树下。

（走上前）老头子，回家吧，小心着凉。

李大伯　他妈，这棵大槐树，见证了你对我、对晓惠的一片真情，我想把晓惠叫到这里来，给她讲讲大槐树下的故事。

李大妈　唉，过去的事，还提它干啥？

李大伯　我不能让女儿忘了良心。你还记得吗？那一天傍晚，我卖完菜回村路过大槐树下——

李大妈　我在这里等你。

李大伯　你拿出一张存折，硬要给我。我说，这是你和那个王八蛋男

218

　　　　　　人打了三年官司，才要回属于你的五十万，你留着用吧。

李大妈　我对你说，大哥，打官司，我不为争钱，只为争口气。这钱，

　　　　　　对我没用了，你用得上。

李大伯　我坚持不要你的存折，你抹着泪说——

李大妈　一个女人，被负心人遗弃，有何面目活在世上？我宁愿用它为

　　　　　　你这样的好人救急解难，也不愿留给那一对狗男女寻欢作乐。

李大伯　说罢你把存折摔在地上，就扭身一头从崖上跳了下去。

李大妈　是你把我从沟底背到医院抢救，后又接回你家养伤。

李大伯　你雪上加霜，举目无亲，我不管你谁管你？

李大妈　还有你的女儿晓惠，小小年纪，就给我熬药、喂饭、擦身、洗脸，

　　　　　　比亲闺女还亲。

李大伯　在乡亲们的撮合下，咱们成了一家人。

二　人　（合唱）苦命人儿相依傍，

　　　　　　　　　　惺惺相惜度时光。

李大伯　（唱）你为我抚平丧妻痛，

李大妈　（唱）你为我治愈离弃伤。

李大伯　（唱）把晓惠一直当作亲女养，

李大妈　（唱）晓惠她一直把我当亲娘。

李大伯　（唱）生小军儿女全点燃希望，

李大妈　（唱）寄希望娃给咱脸上争光。

李大伯　（唱）靠勤劳咱收入年年增长，

李大妈　（唱）供儿女登上了大学殿堂。

李大伯　（唱）过大寿本应该高兴一场，

李大妈　（唱）谁料到为了钱却把情伤。

唉！（坐在树墩上抹泪）

李大伯　老婆子，你不要难过，我不能做对不住你的事，也决不允许
　　　　晓惠昧了良心。我找她去。

李大妈　你，别……（急挡，二人争执）

　　　　（小军拉，倩倩挣扎，从下场口上。二老惊看）

倩　倩　哼，骗子，大骗子！不远万里，把我从上海骗过来，我连回
　　　　去的路费都没有了。（哭）

小　军　我不骗你，钱我一定能要到手。

二　老　（停止争执）小军！

　　　　（小军、倩倩停止拉扯，倩倩低头赌气站一旁）

小　军　妈，那五十万是你的私房钱，应该全部给我。（推母亲）你
　　　　给我要回来，你给我要回来！我是你的亲儿子呀！

李大伯　唉，唉，唉！（难过地抱头坐在树墩上）

李大妈　（打了小军一个耳光）你，你，说什么你是我的亲儿子，难
　　　　道晓惠不是我的闺女吗？

小　军　（捂腮）你打我——

李大妈　在咱们这个家，你再分个你你我我、亲亲疏疏，我就不认你
　　　　这个儿子！

小　军　（惊，看看妈，瞅瞅爸）你们，你们——（退到倩倩跟前，又
　　　　看看倩倩）

倩　倩　哼！（生气地走去）

小　军　倩倩！（追下）

　　　　（切光）

220

第四场

（晓惠家）

晓　惠　（唱）好端端祝寿宴不欢而散，

　　　　　　　回家来心绪乱寝食难安。

　　　　　　　小军事不敢向二老直言，

　　　　　　　怕他们怒气生疼烂心肝。

　　　　　　　怎么办，怎么办？

　　　　　　　一时间难理清乱麻一团。

（踱步，思忖）

杨　明　（上）晓惠，早点我买回来了，吃点吧。

晓　惠　（摇头）杨明，我想不明白，小军到底为什么变成这个样子？

杨　明　还有啥想不明白的？网络游戏诱惑，不良风气熏染，唉，年
　　　　轻人经不起诱惑，没办法。

晓　惠　我觉得不应该把一切原因都推到客观上，也应该从家庭影响
　　　　上找原因。

杨　明　啥，家庭影响？咱爸咱妈一辈子艰苦奋斗、勤劳俭朴，咋能
　　　　把小军影响成大手大脚、不务正业、游手好闲的浪荡公子呢？

晓　惠　他们自己一生勤劳俭朴，为什么对小军放任不管呢？

杨　明　啊，那你还把根源找到父母身上了？

晓　惠　不光是咱家父母，现在许多穷了大半生的父母，刚刚富起来，
　　　　　都像咱们父母这样惯孩子，穷父母培养富二代，这也是一个
　　　　　社会问题呀！

杨　明　哎哎哎，怪不得你一晚上睡不着，原来是操这份心哪？社会
　　　　　问题，你能解决？

晓　惠　社会问题我解决不了，但是在咱家，我们有责任把父母艰苦
　　　　　奋斗、勤劳俭朴的美德传承下去。

杨　明　你打算怎么办？

晓　惠　我打算把小军的事向父亲说明，我想叫小军和咱们一起干。

杨　明　好好好，咱们先吃饭，饭后，我和你一起去。（拉晓惠下）

小　军　（上唱）对倩倩夸口我有钱，

　　　　　　　　　姐姐给我作难堪。

　　　　　　　　　买房买车没有钱，

　　　　　　　　　咋对倩倩兑诺言？

　　　　　　　　　登门要回五十万，

　　　　　　　　　今日不怕破情面。（敲门）

杨　明　（开门）噢，是小军。

小　军　我姐呢？

杨　明　（对内）晓惠，小军来了。

晓　惠　（上）小军，来了好，姐正想找你好好谈谈。

小　军　没有什么好谈的，拿钱来，我要买房，我要买车。

晓　惠　我正想问你，你和倩倩是怎么认识的？

小　军　网上。

晓　惠　啊，网上？

| 小　军 | 这有啥大惊小怪的。现在搞网恋，最时髦、最新潮、最浪漫、最便捷。只要有钱有房有车，早上谈，晚上就能住在一起。哼，连这都不懂。 |

小　军　这有啥大惊小怪的。现在搞网恋，最时髦、最新潮、最浪漫、最便捷。只要有钱有房有车，早上谈，晚上就能住在一起。哼，连这都不懂。

晓　惠　这么说，这钱我更不能给你。

（李大伯上，止步，门外静听）

小　军　啥？不给？那五十万，可不是你爸卖菜挣的，是我妈的私房钱，应该全部归我。你今日不给，我就不走，你们也别想去公司上班。（赌气蹲门口）

晓　惠　（气愤、难受）小军，你，你——

李大伯　（气极冲进屋）什么她爸，什么你妈，你在这里胡说什么？（欲打，惠、明急拦）

晓　惠　杨明，你扶爸去里间歇歇，我想和小军单独谈谈。

杨　明　爸，你走累咧，咱进屋歇歇。

李大伯　不，你们都在，咱们今天就当面把话摊开说说。晓惠、小军呀！

（唱）你姐弟不要互生怨，

听为父把话说心间。

你二人虽然不是一母养，

我二老儿不重来女不偏。

一样的茶水汤菜一样饭，

一样的冬有棉来夏有单。

一样地供你们上学把书念，

一样地为你们婚嫁把心牵。

你妈私房五十万，

儿一半来女一半。

小军呀，

　　　　想要钱应和你姐好好谈，

　　　　你不该胡言亲疏搞离间。

小惠呀，

　　　　大姐你要树风范，

　　　　为父母忧愁多分担。

　　　　我二老心中无他求，

　　　　只图个女嫁儿婚两满全。

　　　　小军呀，向你姐姐快道歉，

　　　　小惠呀，给你弟弟去拿钱。

小　军　姐，我怕你不给钱，才瞎说这些，请你原谅。

杨　明　晓惠，你看爸把话说到这个份儿上，小军也认错了，咱就把钱给小军吧。（掏出银行卡）

小　军　谢谢姐夫。（欲接）

晓　惠　杨明，不能给他！（一把夺过卡）

小　军　啊，你——爸，你看她！

李大伯　晓惠呀晓惠，钱财面前，你竟然变得这样无情无义，你、你、你到底安的什么心？

晓　惠　爸……

李大伯　你别叫我爸！你今天听我的话，我就是你爸；你今天不听我的话，我就不是你爸。把钱给小军，给！

杨　明　晓惠，你看把爸气的。（欲从晓惠手中夺卡）

晓　惠　（抽回手）杨明！

李大伯　还不给？！好，从今往后，我没有你这个女儿！（气冲冲欲下）

杨　明　爸！（挡住父）爸！别生气，您坐下。

小　军　爸，要不到钱，倩倩就要离开我，倩倩就要离开我呀！

晓　惠　（唱）父亲不知小军事，

　　　　　　　　还在为钱把我逼。

　　　　　　　　我要当面说仔细，

　　　　　　　　今日正是好时机。

　　　　　小军，你当着爸的面说说，上大学这几年，花了家里那么多钱，
　　　　　你都用在什么地方？

小　军　（尾大不掉）反正都用在学习上咧。

晓　惠　你都学了些啥？

小　军　（满不在乎）专业课么。

晓　惠　学好了吗？

小　军　（大大咧咧）还可以。

晓　惠　好一个还可以！我问你，大学毕业一年多了，为什么找不到
　　　　工作？

李大伯　啊，你不是说叫小军在你们公司上班吗？

小　军　（背身咕哝）管得个严，没一点自由。

李大伯　你咕哝啥？

小　军　我……我是自动化专业，搞销售不对口。

晓　惠　哼，自动化专业？我看你是自由化专业，到哪里都不对口。
　　　　就问你去我同学那个工厂，该是专业对上口了，为什么不辞
　　　　而别？

小　军　这——

晓　惠　我问我同学了，人家说你是专科文凭，啥都没学下，只能放

225

在车间从学徒做起。

李大伯　啥？那年明明考上大学，我还摆了几桌酒庆贺呢，怎么是个
　　　　专科文凭？

晓　惠　我到学校去查，他多门挂科，几次补考也不及格。

李大伯　啊！你、你、你拿我和你妈几年的血汗钱，就换了个专科文
　　　　凭呀？唉！（捶胸顿足）

晓　惠　小军，你说说，为什么是这样？

小　军　是，是，是课……课太深咧，我学不懂。

晓　惠　你通宵玩电脑，上课打瞌睡，能学懂吗？你经常逃课，吃喝
　　　　游玩，能学懂吗？你心思在网恋交友上，能学得懂吗？

李大伯　啊，啥叫网恋交友？

晓　惠　就是在网上交朋友，聊天、谈恋爱。

小　军　我……

晓　惠　有人跟我说，他在校期间，就谈过三个。每次约会，都换一
　　　　身名牌衣服，陪女朋友逛商场，进餐馆、上卡厅。

李大伯　啊！他，他哪来这么多钱？

晓　惠　钱不够花，就搞网贷么。

李大伯　啊，还贷款？

杨　明　晓惠，别说咧！

李大伯　让晓惠说，贷了多少？

晓　惠　小军你说。

小　军　我没有。

晓　惠　你换了手机号码，躲躲藏藏，逃脱得了吗？人家联系不上你，
　　　　就接二连三给我打电话、发短信，（打开手机）你看——

小　军　（看介）啊！三万滚成了十万？！

晓　惠　那些人说，我若不替你还钱，会有人去找父母，踏平咱们家。

　　　　昨天是咱爸的生日，我怕他们来骚扰，就替你还了。唉！你……

李大伯　（气得发抖）你，你，你——

　　　　（唱）我家贫辍学文化浅，

　　　　　　　不敢把儿女再误耽。

　　　　　　　供你上学把书念，

　　　　　　　是我们滴滴血汗钱。

　　　　　　　谁料你吃喝玩乐把前程断，

　　　　　　　让我们满腔希望化为烟。

　　　　　　　一股怒气冲肝胆，

　　　　　　　我，我，我——

　　　　（顺手操起家什，痛打小军。惠、明急拉）

　　　　　　　打死你这个无志男。

小　军　（挣脱，指晓惠）你，不但不给我钱，还撺弄你爸打我，我

　　　　没有你这个姐。哼！（气冲冲下）

李大伯　你给我站住！

晓　惠　杨明，把他追回来。（杨明追下）

李大伯　（瘫坐在沙发上，捶胸叹气）唉！唉！唉！我作了啥孽了呀！

晓　惠　（唱）叫爸爸别生气听儿讲话，

　　　　　　　说这些我不是让你打他。

　　　　　　　小军他这几年把路走岔，

　　　　　　　找原因也应是怪爹怪妈。

李大伯　怎么怪起我和你妈来了？

227

晓　惠　爸爸呀!

（唱）再婚后我继母喜生亲娃,

你中年得儿子锦上添花。

爸惜欠妈疼爱一齐惯他,

把小军当成了金银疙瘩。

没经风没经雨没经摔打,

不短吃不短穿不短钱花。

小军他惯成了脱缰野马,

迷网络追时髦不能自拔。

学习上纪律上松松垮垮,

整四年好光阴被他糟蹋。

咱把娃送大学就把手撒,

水肥足蔓疯长开了狂花。

李大伯　噢,我明白了,晓惠说得对,这养娃跟务瓜一样,只给施肥灌水,
不去抃枝整蔓,水肥越充足,贼秧越疯长,到头来只开狂花
不结瓜。我做了一辈子庄稼,咋把这道理忘了呀。子不教父
之过呀! 唉,开了个狂花,结了歪瓜。（悔蹲一旁）

晓　惠　爸,你们对小军张口就喂、伸手就给,有求必应,你们问过
小军把钱拿去怎么用吗? 他能体会到你冒着酷热严寒卖菜挣
学费的艰辛吗?

李大伯　（愤然站起）我回去给你妈说说,要好好收拾这个不争气的东
西!（欲下）

晓　惠　（急拦）爸,这事千万不能告诉我妈。

李大伯　为什么?

晓　惠　我妈心脏不好，如果知道小军成了现在这个样子，能经受住
　　　　这个打击吗？

李大伯　你妈知道我是来要钱的，如果我空手回去，这事不说明，你
　　　　妈既会埋怨我，也要误会你。再说，小军总不能放任不管。

晓　惠　你们年龄大了，我是当大姐的，把小军交给我吧。

李大伯　那我回去咋说？

晓　惠　就说那五十万我一分不要，全部算作小军的股份，让小军在
　　　　我们公司上班，既当股东，又能学经营本领，盘盘性子，长
　　　　些出息。

　　　　（杨明拽小军上）

小　军　（挣扎）放开我，放开我！

李大伯　住了！你还想跑，还想闹，还想把我气死？

晓　惠　小军，来，我有个想法，咱姐弟俩好好商量一下。

小　军　不给钱，啥想法我都不听。

李大伯　听你姐说！

晓　惠　五十万，姐全给你。

小　军　真的？

晓　惠　真的。但不是现金。

小　军　存折、支票都行。

晓　惠　也不是存折、支票，是股份。

小　军　股份？

晓　惠　对。你就在我们公司上班，既领工资，又能按股分红，还能
　　　　学经营本领。

小　军　不行，要现钱。买房、买车就结婚，这是我答应情情的，你

不要毁了我的婚姻。你不给我钱，我叫我妈亲自来要！（气

愤冲下）

李大伯　啊，小军，你……（猛起昏晕）

惠、明　（急呼）爸……

　　　　（切光）

第 五 场

（李大伯家）

李大妈　（上唱）老头子执意找晓惠，

　　　　　　　　日头过午还不归。

　　　　　　　　是不是晓惠不给钱，

　　　　　　　　父女俩吵闹把情掰？

　　　　　　　　和睦家庭因钱毁，

　　　　　　　　思前想后不值得。

　　　　　　　　无奈间我把小军劝，

　　　　　　　　买房买车往后推。

　　　　小军，小军！

倩　倩　（从侧屋出）妈，小军不在，一大早就出去了。

李大妈　是不是去找你姐了？

倩　倩　没有，他说心里烦闷，出去转转。

李大妈　我找他去！（下）

倩　倩　（唱）不远万里来登门，

见了小军一家人。

他二老诚实人本分，

日子过得也富殷。

他姐姐不是寻常人，

对我似乎有戒心。

我还是沉住气来暂隐忍，

出面要钱靠小军。

听小军的口气，他姐禁不住他缠，一定会把钱给他。嘻嘻，

这钱一到手呀——

小　军　（气冲冲上）妈，妈！

倩　倩　噢，小军，你回来了，钱到手没有？

小　军　哼，我才把我姐认清咧，心真狠，不但把我妈的钱抓到她手里，

　　　　还要把我这个人攥到她手里。

倩　倩　这么说，钱没要下？

小　军　倩倩，你甭急，她仗她爸，我有我妈。他父女能和我翻脸，

　　　　我母子也能和她翻脸，弄不成了分家，这五十万是我妈的私

　　　　房钱，她不给也得给！

李大妈　（上）什么翻脸，什么分家？小军，你怎么啦？

小　军　妈！（拉住妈妈的手）分家，分家！

李大妈　小军，原来你去见你姐姐了。

小　军　我姐一分钱都不给，我爸不但替她女儿帮腔，还动手打我。

李大妈　你爸能平白无故打你？

小　军　嗯，人都爱有钱的。我爸一看她女子有钱咧，就跟她女子成

　　　　一个人咧！

李大妈　啊！

　　　　（唱）他临走在我面前发誓言，

　　　　　　　　不给钱就和女儿把脸翻。

　　　　　　　　为什么突然态度大转变，

　　　　　　　　竟和女儿站一边？

　　　　　　　　难道他把心思变，

　　　　　　　　把我母子另眼观？

　　　　不行，我要找他问个明白。

小　军　走！

李大伯　（上）找我问啥？

李大妈　临走时你说什么一定能把钱要回来，给小军体体面面把婚事
　　　　办了，现在怎么样？五十万元，女儿儿子，人各一半，我一
　　　　碗水端平了，你一碗水端平了吗？女大当嫁，我管了，儿大
　　　　当婚，你就不管了吗？几十年来，为了这个家，挣死挣活，
　　　　我为了什么，我图了个什么，我落了个什么呀！（伏案痛哭）

小　军　妈，你给我把钱要回来，你给我把钱要回来！

李大伯　（背唱）老伴她不知情将我埋怨，

　　　　　　　　小军他在一旁又把火煽。

　　　　　　　　我还是把实情摆在当面，

　　　　　　　　省得她对晓惠误会生嫌。

　　　　老婆子，去找晓惠，我确实是打算把钱要到手，可是经晓惠
　　　　一说，我觉得有道理呀。

小　军　（怕说出真相，急）别听我姐胡说，你偏听偏信！

李大伯　你姐说，你妈那五十万，全算作你的股份，你在她公司上班，

232

挣工资、分红、学本领，一举三得。当着你妈的面实话实说，你姐是不是这样说的？

李大妈　　咦，晓惠能这么说？我看这是好事呀。

小　军　　爸，妈，你们，你们是墙头草，随风倒。我姐花言巧语，把我爸拉过去咧。我爸三言两语，又把你拉过去了。我的要求，你们都不答应。好，倩倩，买房、买车，算我在你跟前诌了大话，欺骗了你，你走吧。他们心目中就没有我这个儿子，我也要离开这个家，我走！

倩　倩　　（大喝一声）站住！（走到小军跟前）小军，你能不能冷静点？

小　军　　你叫我怎么冷静，你叫我怎么冷静？

倩　倩　　我仔细想了一下，觉得姐说得对，爸说得对，妈也说得对。

小　军　　啊，你、你、你，你不是催着要钱买房、买车吗，那婚不结啦？

倩　倩　　那是我怕你哄我，心里不踏实。这次来你家，亲眼看到了，爸是好人，妈是好人，姐是好人，你也对我真心实意。我还有啥后顾之忧？你跟姐姐好好干，倩倩等你。

小　军　　（激动地握住倩倩的手）倩倩，有你这句话——

倩　倩　　你放心，倩倩我海枯石烂心不变。

李大伯　　（唱）倩倩通情又达理，

　　　　　　　　三两语劝得小军改主意。

李大妈　　（唱）能娶这样好儿媳，

　　　　　　　　是我前世积下的。

小　军　　（唱）一见倩倩心欢喜，

　　　　　　　　小军焉能不愿意？

倩　倩　　（唱）他姐姐对我有戒备，

　　　　钱一时到手不容易。

　　　　我要使用缓兵计，

　　　　放长线才能钓大鱼。

众　　　哈哈哈哈！

　　（切光）

第 六 场

（字幕：一年以后）

（晓惠家客厅。晓惠忙着给餐桌上摆饭菜）

晓　惠　（唱）又是一年祝寿诞，

　　　　　把二老接到城里边。

　　　　　在家中举办贺寿宴，

　　　　　欢欢乐乐庆一番。

（杨明手提烟酒，兴高采烈上）

杨　明　（唱）茅台酒，中华烟，

　　　　　要讨老人心喜欢。

　　　　　去年寿宴不欢散，

　　　　　今年景况胜往年。

晓　惠　啊，杨明，你咋买这么好的烟酒？我爸节俭了一辈子，小心招骂。

杨　明　这一年呀，利润大大提升，小军大大进步，咱爸一高兴，他
　　　　就顾不上骂咧。（环眺桌面）咦，晓惠呀，你看咱粗心不粗心，
　　　　咋忘了买生日蛋糕些？快让我买去。（欲下）

晓　惠　（挡）别，我让小军拿他挣的钱买。

杨　明　（会意）嗯，晓惠，你这个当姐的，心操得好。咱爸咱妈看到小军懂事了、有孝心了，不知有多高兴呀！

晓　惠　就是要让小军知道，挣下钱，第一个要想到的是孝敬爸妈。

　　　　　（李大伯、李大妈兴高采烈地边唤边上）

二　老　晓惠，杨明！

惠、明　（迎上去）爸，妈，小军去接你们，怎么，没接上？

二　老　接上了，接上了，把我们送到门口，买蛋糕去咧。

晓　惠　爸，妈，可不是我们舍不得花钱买蛋糕，是小军要用他挣的钱孝敬二老。

二　老　（相视而笑）哈哈哈，长进咧，懂事咧！哈哈哈哈！

晓　惠　爸，妈，还有让你们更高兴的呢。杨明，给爸妈说说，小军一年来挣了多少钱。

杨　明　工资加上股份分红，一共二十万！

李大伯　（惊喜）啊，二十万？哈哈哈哈，一年就挣二十万！他妈，这下该高兴了吧？

李大妈　高兴，高兴么，哈哈！我高兴的不是他挣了二十万，晓惠把小军引到正路上，比给一百万都强。唉，不知和倩倩的事咋个样？

杨　明　好着呢，两人一天不是电话，就是视频。

李大妈　都一年多了，倩倩不离不弃，说明对咱小军是真心实意的。

李大伯　我明白你的意思。晓惠，杨明，咱这就张罗给小军和倩倩办婚事。

李大妈　能这样，我心里就跟笤帚扫了一样。

（小军兴高采烈提蛋糕上）

小　军　姐，你看这蛋糕怎么样？最大的。

晓　惠　（竖起大拇指）好样的！小军，扶爸妈入席。（分别扶爸妈入席，
　　　　　杨明手机铃响）

杨　明　噢，马经理，你好。

　　　　（马经理声音：货早备齐了，款怎么还没有转？）

杨　明　你等等，我问问。（转身）小军，广州那一百万货款，不是
　　　　　前天就让你转过去吗？

小　军　我，我转到上海去了。

杨　明　啊，为什么转到上海？

小　军　倩倩说了，上海那家企业，也是行业十强，产品是名牌，价
　　　　　格比广州那边低一成多。

杨　明　这么大的事，你咋私自做主？

小　军　倩倩说，我是股东，要有自主决策的能力，做件对公司有益
　　　　　的事，让你们对我刮目相看。

晓　惠　小军，我们和广州这家公司是长期合作伙伴，订了合同，就
　　　　　不能违约、失信。（拨手机）马经理，我们这里转账时出了
　　　　　一点差错，晚两天一定把款转过去。

　　　　（马经理声音：哦，你一直很守信誉，你说的话，我信。不过，
　　　　　只能给你宽限一周时间。到时候不转款，可得按百分之二十
　　　　　交违约金）（传来忙音）

二　老　这该怎么办，这该怎么办呀？

晓　惠　爸，妈，你们不要着急。小军，既然是倩倩托熟人介绍的，
　　　　　就让倩倩的熟人帮忙把款退回来。

小　军　这——

二　老　还磨蹭啥呢，快给倩倩打电话呀！

小　军　（拨打手机）

（手机回音：对不起，您拨打的号码暂时无法接通）

众　　　啊，无法接通？

杨　明　再拨。（回音依旧）

晓　惠　糟了！杨明，查查上海那家企业。

杨　明　（查手机）上海没有这家企业。

晓　惠　查账号。

杨　明　（查手机）钱已转走。

小　军　（不住瑟瑟发抖，听到此大叫一声）我——受——骗——

了啊！（跌倒）

李大妈　啊，一百万呀！（晕倒）

（父、明急，顾此失彼）

（晓惠慌，拨手机：120、120……）

（幕后传来救护车声）

（切光）

第七场

（两天以后，晓惠家）

小　军　（上唱）一百万，被人骗，

咬牙切齿骂倩倩。

广州货款有期限，

姐姐姐夫受作难。

有心网上再贷款，

曾遭讹诈心胆寒。

怎么办，怎么办？

小军我跌入万丈渊。

（踱步、思忖）想来想去，就是拿姐姐的房产证做抵押贷款，先填补这个窟窿。（开门，环视，又进书房）

晓　惠　（上唱）广州货款催得急，

东拼西借难凑齐。

（气馁地坐在沙发上）唉，这个小军，让我太失望咧！

杨　明　（上唱）焦头烂额难应对，

上端下端两头催。

唉，这生意没法做咧！

晓　惠　（见杨明气色不对）又是怎么啦？

杨　明　订货合同和供货合同都超期了，上游供货商催款，下游零售商催货，一头要罚，一头要赔，唉，把咱们一年挣的，全搭进去了。这，这，这……（气得来回踱步）

晓　惠　杨明，都怪我这个不争气的弟弟。

杨　明　哼，当初我要给五十万，让小军买房买车算咧，你硬是要小军来公司上班，看看看……

晓　惠　唉，毛病不改，五十万给咧，还不是踢腾光咧？

杨　明　噢，五十万怕踢腾光，这次踢腾了一百多万，你心里舒服咧？

晓　惠　杨明，别说气话了，一百多万损失了，我们还可以再挣回来。

最让我头疼的是我那个弟弟，再这样发展下去，怎么办呀？

杨　明　我劝你别费心了。养成恶习，我看改起来难。哼！（气坐一旁）

晓　惠　不，再难也要帮教他。这次一百万被骗，肯定对他有深深的
　　　　刺激，咋样通过这件事，促他醒悟呢？（陷入沉思）

　　　　（小军从里屋空手而出）

小　军　（唱）房产证，找不着，

　　　　　　　只好当面求姐姐。

　　　　（欲上前，见杨明猛然起身叹气顿足，吓得退回房内）

杨　明　嗨！对咧，一百多万瞎就瞎了，权当给你妈连本带息还了账咧。
　　　　干脆让小军走，今后少来往。

晓　惠　（激动，拍桌子）不许你这么说！

杨　明　（也激动）小军说的话、做的事，你没听见？我说错了吗？

　　　　（唱）心操上，钱赔上，

　　　　　　　咱们对他没少帮。

　　　　　　　辘轳把你难扳成擀面杖，

　　　　　　　烂泥巴你怎将它抹上墙？

　　　　　　　二老今后咱孝养，

　　　　　　　对小军不要抱指望。

晓　惠　杨明呀！

　　　　（唱）你怎么怨我都犹可，

　　　　　　　和小军断绝关系不能说。

　　　　　　　没继母我少年孤凄怎么过？

　　　　　　　没继母我父亲长年冷灶锅。

　　　　　　　没继母我结婚生子谁操心？

　　　　　　　没继母咱白手起家咋创业？

　　　　　　　咱们今天大发展，

　　　　　　　妈给的二十五万功难没。

杨　明　（唱）说创业，忆创业，

　　　　　　　论功劳咱爸要数头一个。

　　　　　　　不是爸的传家宝，

　　　　　　　咱岂有今日大基业？

　　　　　　　传家宝让咱一步一步往前闯，

　　　　　　　传家宝让咱克服艰难和挫折。

　　　　　　　没有咱爸传家宝，

　　　　　　　二十五万也挥霍。

晓　惠　杨明，父亲的传家宝固然重要，没有妈妈的二十五万咱们也
　　　　起步困难。别激动，为了我们的姐弟情义，也为了父母能心
　　　　情舒畅地安度晚年，怎样帮小军走上正路，咱俩好好商量个
　　　　办法呀。（拉杨明坐下，倒水）

小　军　（在房内）啊，除了妈给他们二十五万买房，爸爸还给了传家
　　　　宝让他们办公司，（沉思）这传家宝……传家宝，到底是啥呢？
　　　　（大伯、大妈边喊边上）

二　老　晓惠，杨明！

惠、明　（猛惊）妈，爸，你们怎么来了？（扶坐）

李大妈　唉，小军给你们造成这么大的损失，在家里坐不住呀！

李大伯　杨明，晓惠，千万不要为这事生气吵架。你们的损失，我和
　　　　你妈商量了个弥补办法。

惠、明　什么办法？

　　　　（小军侧耳偷听）

240

李大伯　这样吧，小军那五十万股份，还有那二十万工资分红，都不要了，算是给你们的赔偿。还差三十万，我打算把家里房卖了，给你们补上。

惠、明　什么？房卖了，你们住哪里？

李大妈　我们进城租个地方卖菜，也能养活住自己。

晓　惠　爸，妈，现在关键是，小军跌倒了，怎样让他自己爬起来。你们今天拿房子给他补窟窿，明天他再捅下娄子，你们还拿什么补？

李大妈　这一肚子气憋的，还能活到明天？唉，到时候眼一闭，看不见了，管他去！

小　军　（一惊）啊！

惠、明　妈，别说气话咧。

李大伯　不是气话！晓惠，我和你妈没管好他，你们也没管住他，看来他确实没救咧。就任他爱干啥干啥去，我们权当没有这个儿子！

（小军冲上前，指着父母）

小　军　你，你，你们早就把我没当儿子！（痛哭）我是多余的，我是没人管的孩子呀！

晓　惠　小军，你怎么藏在里屋？

小　军　事到如今，我就实话实说了吧。

（唱）原想拿走房产证，

抵押贷款补窟窿。

你二人回来坐客厅，

我只好藏在书房中。

争吵中说话露实情，

　　　　　　　　　我一字一句听分明。

众　　　　说啥来？

小　军　　（指父唱）全靠爸的传家宝，

　　　　　　　　　他们发财成富翁。

　　　　　　　　　我分文没见一身穷，

　　　　　　　　　反给他们当长工。

　　　　　　　　　都是你的儿和女，

　　　　　　　　　两样对待公不公？

李大伯　　（茫然）什么，传家宝？

李大妈　　（疑惑）什么，两样对待？

小　军　　（哭）我是后娘养的，我是后娘养的呀！

李大伯　　（背唱）传家宝说得我懵懂，

李大妈　　（背唱）什么宝我也心不明。

惠、明　　（对唱）原来是咱俩说话他偷听，

　　　　　　　　　怪不得又是下雨又刮风。

李大妈　　（唱）难道他藏私房将我瞒哄？

李大伯　　（唱）我对她一向是开诚布公。

　　　　　　　　为解大家心中疑，

　　　　　　　　这事当面要问清。

　　　　　　小军，你说的传家宝是什么，它在哪里？

李大妈　　对，你说。

小　军　　姐夫刚才说，要不是你那传家宝，他们就不会有今天这么大
　　　　　的基业。

二　老　　杨明，这话是你说的？

杨　明　　我说的。

242

晓　惠　杨明是说有传家宝。不过这传家宝不是我爸偷偷给我的，而是我结婚时背着我爸拿走的，是我最宝贵的嫁妆。

小　军　看看看，我没说错吧？妈，你那五十万，儿女一人一半。人家传家宝贝，全给女儿，没有儿子的份。到如今，人家的女儿有房有车有基业，你给我留下什么，你给我传下什么？

李大妈　啊！还真有传家宝，还真把我母子另眼看？好，五十万我也不要了，加上我对这个家的付出，就算把小军被骗的一百万还清咧！小军，咱娘儿俩净身出户！（一把拉住小军，气冲冲欲下）走！

小　军　（挣扎）凭什么叫我净身出户？他们的房子，是拿你的钱买的。他们的基业，是靠我爸传家宝创的。房子有我的份，传家宝也有我的份，不给的话，妈，咱和他们打官司！

晓　惠　（笑）打什么官司？小军，你要的，姐全给。

小　军　在哪里？

晓　惠　在我们公司，走，交给你。

李大伯　啊？

小　军　（扶母亲）走！

第八场

（公司办公室，简陋、整洁）

（一侧是办公桌，正面墙上，有一幅题字：幸福是奋斗出来的）

（题字下面，横挂着一根用红绸缠裹的条状物，中间缀着用红

243

绸绾的大红花。最下面，一辆自行车用红布遮盖得严严实实）

（晓惠、杨明搀着李大伯上）

李大伯 （唱）他二人演的什么戏？

　　　　　不由得叫人心生疑。

（小军扶李大妈上）

李大妈 （唱）我要当面看仔细，

　　　　　他有偏心我不依。

（晓惠、小军分别扶父母坐下）

小　军 （急不可待地）传家宝在哪里？快往出拿。

晓　惠 （指墙上挂的）它就是传家宝。杨明，取下它。

（杨明取下墙上用红绸缠裹的物件，交给晓惠，晓惠揭开红绸）

小　军 啊，一根扁担，这就是传家宝？

杨　明 （揭开下面的红布，露出破旧自行车）我说的传家宝还有它。

小　军 啊，一根旧扁担，一辆破自行车，这算什么传家宝？要骗我，
把真宝往出拿！

杨　明 是不是传家宝，有没有骗人，听你姐说。

小　军 （急切地对晓惠）你说实话！

晓　惠 （唱）双手捧起老扁担，

　　　　　晓惠顿觉心发酸。

　　　　　我一岁亲娘把命断，

　　　　　父亲养我靠扁担。

　　　　　用它挑筐把菜卖，

　　　　　寒暑雨雪不歇肩。

　　　　　一头蔬菜筐装满，

　　　　　　　一头我坐筐里边。

　　　　　　　靠扁担父亲让我得饱暖，

　　　　　　　靠扁担父亲咬牙把账还。

李大伯　唉！

　　　　（唱）说什么让你得饱暖，

　　　　　　　还不是稀饭破衫御饥寒？

　　　　　　　提起那年三十晚，

　　　　　　　为父我至今愧心肝。

李大妈　那是怎么回事？

晓　惠　（唱）记得七岁那一年，

　　　　　　　政府春节访贫寒。

　　　　　　　送来大肉和白面，

　　　　　　　我高兴能解一顿馋。

　　　　　　　谁料想盼到三十晚，

　　　　　　　肉不见来面不见。

　　　　　　　咱父女吃的年夜饭，

　　　　　　　还是那玉米糊糊就搅团。

小　军　啊，有大肉白面，咋不包饺子？

李大伯　我把大肉白面卖了五十块钱，买了这辆旧自行车。

小　军　嗯，就咻？撂了都没人拾。

李大伯　（气极）你说的屁话！如果我有钱，还舍不得给你姐包顿饺子？

晓　惠　我当时不懂事，坐在地上两脚乱蹬，哭喊着：不，不，不要
　　　　自行车，人家娃过年吃白面馍馍、大肉水饺，我也要，我也要！

李大伯　我抱住你姐说：你到上学年龄了，你看爸挑担卖菜，挣不了

多少钱。咱们要买吃穿，又要还债，拿什么供你上学？

晓　惠　我问道！有自行车我就能上学吗？

李大伯　我给你姐说：有了自行车呀，爸卖菜就能驮得多，跑得快，一天多跑几个村子，就能挣多多的钱，供我娃上完小学上中学，上完中学上大学，我娃的命运就改变了。

晓　惠　我当时还不懂得啥叫改变命运，只是一个劲哭闹，直到哭累了睡着。初一早醒来，爸还紧紧抱着我坐在炕头流泪。

李大伯　爸没本事让我娃吃上大肉饺子，让你哭了一夜，对不住你死去的妈呀！（痛哭）

晓　惠　爸，那晚没吃上肉饺子，当时确实感到你不爱我。后来看到就靠这辆破自行车贩菜挣的钱供我上完小学、初中，又用自行车贩菜挣的钱，买了电动三轮摩托车贩菜挣钱，供我上了高中、大学，我才理解你的良苦用心。

杨　明　我们学习爸靠扁担、自行车、摩托车脱贫致富的创业精神，才把妈给的二十五万变成五十万，再变成一百万、五百万、过千万……有了这么大的公司。

父、母　那二十五万，你们不是买房了吗？

晓　惠　如果用它交了首付，我们可能现在房贷还还不完，哪来这么大的公司？

杨　明　当我准备交首付的时候，晓惠给我说，爸爸当年用玉米糊糊过年，腾出五十元起步，走出了一条致富路。我为什么不能租房结婚，用妈妈给的二十五万元起步，干一番事业呢？

晓　惠　在十多年的拼搏中，看到这根扁担，就想到父亲从扁担到自行车再到三轮摩托车的艰苦创业路。看到这根扁担，我就被父亲艰苦奋斗的创业精神激励着。珍藏这根扁担，就鞭策我把父辈艰苦奋斗、勤劳俭朴的家风传承下去。小军，你说说，难道这不是传家宝吗？

父、母　啊！

　　　　（唱背弓）都是爹妈供养大，

　　　　　　　　　一个创业一败家。

　　　　　　　　　姐弟俩不同人生路，

　　　　　　　　　悔，悔，悔——

　　　　　　　　　惯娃就是害娃娃。

　　　　（同怒指小军）你呀！咋不学你姐的样样呢？

小　军　（唱）听罢言来火烧脸，

　　　　　　　无地自容愧无言。

　　　　　　　我要做给他们看，

　　　　　　　急去上海找倩倩。（转身）

　　　　　爸，妈，姐姐，姐夫！

　　　　　　　我向你们发誓愿，

　　　　　　　追不到一百万我不回还。（急下）

李大妈　小军！（欲拦）

惠、明　妈，让他去吧。（阻止）

李大妈　娃没出过远门呀！（挣扎欲追）

李大伯　让他去摔打摔打。

　　　　（切光）

第九场

（十天以后）

（上海，黄浦江岸。远处，高楼大厦，江面，波涛汹涌。小军精神疲惫、狼狈不堪地来到岸边）

小　军　（唱）眼望着黄浦江浪涛漫卷，

　　　　　　　好一似我腹内刀搅肠翻。

　　　　　　　来上海直碰得头焦额烂，

　　　　　　　地址假姓名假空跑十天。

　　　　　　　夜晚间没有钱住宿旅馆，

　　　　　　　白日里无分文茶水饭钱。

　　　　　　　走错路只能把苦果吞咽，

　　　　　　　堂堂的大学生成了这般。

　　　　　　　离家时发誓言回响耳畔，

　　　　　　　空手回见家人没有脸面。

　　　　　　　前难进后难退无路可选，

　　　　　　　黄浦江呀，

　　　　　　　我只能跟随你入海归天。

　　　　爸，妈，姐姐，我、我、我没脸再见你们了呀！

　　　　（跳入黄浦江）

　　　　（切光）

第 十 场

（前场后几日）

（李大伯家。李大妈面容憔悴，坐在沙发上拨打手机。手机回音：对不起，您拨打的号码已关机）

李大妈 小军手机怎么关机了呀？（对内）老头子，老头子！

李大伯 （急上）怎么啦，老婆子？

李大妈 连打几天，小军手机怎么老是关机？

李大伯 我也打不通。

李大妈 是不是被人抢了？是不是被人害了？是不是……是不是……

（越想越害怕，瑟瑟发抖）啊！

（唱）心颤抖，眼皮跳，

　　　儿无音讯母心焦。

　　　昨夜做梦现噩兆，

　　　我娃八成出事了！

（哭）小军呀，你到底怎么样了呀？你回来呀，妈不能没有你呀！（发疯似的）我要去找我的儿子，我要去找我的儿子！

李大伯 （拉住李大妈）老婆子，你别这样呀，别这样呀！

（晓惠、杨明提礼品上）

惠、明 爸，妈，你们怎么了？

李大妈 啊，晓惠，我把房子卖了，给你们赔偿损失还不行吗？为什么还要逼着小军去上海？

晓　惠　（笑）妈，不是给您说了吗，让他去摔打摔打有好处。

李大妈　摔打得好么，摔打的钱也没要下，人也不见咧！哎——我娃
　　　　肯定被那骗子害了呀！小军，妈的娃呀——（坐地号哭）

晓　惠　妈，妈，你听我说……

李大妈　我不听，你们还我儿子，你们还我儿子！

　　　　（小军上）

小　军　妈，你们这是怎么啦？

　　　　（李大妈大惊，扑上前去，拥抱、抚摸、端详……）

李大妈　小军，小军……你，你，（拍打）你为什么老关手机呀？！

小　军　手机……手机……

李大妈　你的手机呢？

小　军　手机——我……掉到黄浦江里了。

父、母　啊，怎么掉到黄浦江里？

小　军　妈——

　　　　（唱）一百万未追回一分一文，

　　　　　　　何面目再回家面对亲人？

　　　　　　　眼望着黄浦江浪涛滚滚，

　　　　　　　心绝望含悔恨咬牙纵身。

父、母　我娃不敢！（欲抱）

小　军　（唱）刚入水两大汉把我救起，

父、母　救命恩人，救命恩人！

小　军　（唱）急匆匆交给了一个女人。

父、母　一个女人？

小　军　（唱）这个人，是好人，

　　　　　　　好言相劝暖我心。

　　　　　　　这个人，是贵人，

　　　　　　　热心给我指迷津。

　　　　　　　她让我公安机关去报案，

　　　　　　　报案后果真找到骗钱人。

李大妈　啊，老头子，咱娃福大命大，遇到贵人了，遇到贵人了！

李大伯　是呀，如果不是贵人相助，我娃早就没命了，得好好谢谢这位贵人。

李大妈　对对对，小军呀，你回来前，没去好好谢谢这位贵人？

小　军　我去了，她说，要谢的不是她，而是，而是——（抽泣难言，忽然哭喊一声）大姐——（抓住晓惠双手欲跪，晓惠、杨明急扶）

父、母　啊，这是怎么回事？

小　军　那个人，是我姐的同学，在上海一家公司当经理。她说，我刚离开家，我姐就把我的照片发给她，让她在保安公司雇两个人，从火车站开始，一直暗中保护我。

李大伯　晓惠，你为啥不让小军直接找你那个同学帮忙？

晓　惠　爸，我是想让小军亲身感受世事艰难，在磕磕碰碰中经受一些磨炼。想让小军感到跌倒了，是自己爬起来的，增加一些做人的自信。

杨　明　她也知道小军没出过门，担心万一出啥差错，才委托她同学暗中保护。

父、母　噢，原来是这样，小军，还不快谢谢你姐？

小　军　姐姐呀！

　　　　（唱）黄浦江水把我呛，

　　　　　　　呛得我顿然省悟心亮堂。

　　　　　　　误歧途为帮我改邪归正，

　　　　　　　不计较小军我恶言中伤。

　　　　　　　指正道激励我去经风浪，

　　　　　　　不显身暗保护细致周详。

　　　　　　　这才知护我救我是大姐，

　　　　　　　你的爱浩如江水斗难量。

　　　　　　　情真意切谢恩姐！（鞠躬）

晓　惠　（唱）要谢咱得谢爹娘。

小　军　（唱）你给小军做榜样，

　　　　　　　爹妈精神得传扬。

晓　惠　（唱）艰苦奋斗传家宝，

　　　　　　　世世代代要发扬。

小　军　（唱）小军接过传家宝，

晓　惠　（唱）咱要落在行动上。

小　军　（唱）一百万在卡交给姐，（交银行卡）

晓　惠　（唱）你还原把董事当。（接银行卡）

小　军　（唱）你给公司把方向，

晓　惠　（唱）决策共同做商量。

　　　　　　　咱姐弟携手——

小　军　（唱）——把业创。

晓　惠　（唱）把公司做大——

小　军　（唱）——再做强。

晓　惠　（唱）让父母好好——

小　军　（唱）——把福享，

晓　惠　（唱）为国家建设——

小　军　（唱）——添力量。

　　　　　爸，妈，

　　　　　　　小军我不再让你们失望，

　　　　　　　吃一堑我懂得怎样担当。

　　　　　（紧紧抓住晓惠的手举起）我姐弟俩要干出人样！

父、母　哈哈哈，这才是我们的好闺女、好儿子！（造型）

　　　　　（伴唱）如今生活奔小康，

　　　　　　　　　艰苦奋斗不能忘。

　　　　　　　　　一代一代往下传，

　　　　　　　　　实现民富国家强。

（剧终）

南北岭的变迁

人　物

杨怀仁　年近六十岁，北岭村党支部书记。

杨　虎　五十岁左右，村主任兼北岭村石料场场长。

杨　龙　三十多岁，支部委员，北岭村运输队队长。

怀仁妻　年近六十岁，家庭妇女。

铁　柱　二十多岁，采石场技术员，杨怀仁的儿子。

南桂香　女，三十多岁，乡农技专干，下派回南岭村任党支部书记。

南争胜　五十多岁，南岭村村民，养鸡专业户。

南美玲　二十多岁，南争胜的女儿，铁柱的女朋友。

美玲妈　近五十岁，南争胜的妻子。

胡教授　女，四十多岁，农林科技大学教授。

北岭村、南岭村村民若干

（启幕，合唱）

五峰山下乾州汉，

肩挑重担足登山。

一步一个新脚印，

建设美丽新家园。

第 一 场

（幕后传来"嗵、嗵、嗵"三声炮响，天幕出现采石场场景。

随即传来欢呼声："成功了！点炮炸石成功了——"）

（音乐中欢呼声、铲车声、碎石机声、蹦蹦车声此起彼伏。

铁柱等采石工们抬着杨虎跳跃着、嬉闹着上场）

众　　　成功了！太好了！

杨　虎　对咧，对咧——（挣扎下）看把你们高兴的。哈哈哈——

众　　　能不高兴吗？用点炮采石，这一改变，工效提高了十几倍呀！

铁　柱　杨主任，你这次把人工采石变成点炮采石，高，真高！

杨　虎　不变不行呀，不变跟不上市场的需求呀！不变咱们的腰包咋
　　　　能鼓起来？

铁　柱　这一下就不用担心订货单违约了。

杨　虎　你们看，（掏出一沓订货单）这是杨书记给我的订货单。他
　　　　前几天去开会，临走前一再叮咛，要咱们抓紧生产，不能违约。
　　　　所以我才想了这一招，哈哈哈……

一青年　这一回杨书记回来肯定高兴。

铁　柱　用这办法，咱们今年产值肯定能翻好几番。

杨　虎　今年咱们稳翻一番，保证二番，力争三番，大家有没有信心？

众　　　有！

杨　虎　小伙子们，咱们撸起袖子干哪！

众　　　加油干！

铁　柱　走，干活了！

众　　　干活了！

杨　虎　大家注意安全。

众　　　知道了。（拥下）

杨　虎　哈哈哈！

　　　　（唱）点炮采石方法妙，

　　　　　　　它比人工效率高。

　　　　　　　实现产值三级跳，

　　　　　　　我说话才能挺起腰。

　　　　（杨虎的手机铃响，接电话：噢，刘总……你担心啥呢吗？我们现在改成点炮炸石，又增加了好几辆载重车，还供不上你们吗……误不了事。今天给你们发了十五车，一会儿就到，耽误不了进度）（欲下）

　　　　（幕后传来一妇女急促的呼喊声：杨主任——杨主任——）

一妇女　杨主任……快……快……南……

杨　虎　别急！慢慢说。

一妇女　打起来咧……快打……打起来咧！

杨　虎　谁跟谁打起来咧？

一妇女　咱们的运输车辆过南岭村，被人家挡住路了。

杨　虎　谁挡住了？

一妇女　南岭村的南争胜，领着他村一群人挡住路，不让咱的运输车过。

杨　虎　为啥吗？

一妇人　眼红呗，寻事呢。

杨　虎　杨龙呢？

一妇女　杨队长和运输队的人正和他们论理呢，都不让步，快打起来了。

杨　虎　走，看看去！

　　　　（切光）

第 二 场

（南岭村口大路上）

（南争胜带一伙妇女，与北岭村车队司机对峙着）

司机们　填坑！填坑！填坑！

村民们　不能过！不能过！不能过！

杨　龙　我们这批料，按照合同，今天必须送到工地。

　　　　（唱）自古出山一条径，

　　　　　　　沿路各村都通行。

　　　　　　　你们强行把路断，

　　　　　　　违约赔偿谁担承？

司机们　就是的，谁赔偿？谁赔偿？谁赔偿？

南争胜　我家的养鸡场就在路边，你们炮声一响，鸡在笼里乱扑腾呢，

　　　　我这两千多只鸡，损失有多大，你们谁赔偿我的损失？

（唱）说损失，论赔偿，

　　　　我的损失谁承当？

　　　　不信当面算算账，

　　　　看你们嘴硬谁逞强！

村民们　谁赔偿？谁赔偿？谁赔偿？

杨　龙　（唱）鸡场建在大路旁，

　　　　嫌吵你就挪地方。

南争胜　哼，挪地方？鸡场在我南岭地盘上，建在哪儿，谁也管不着！

杨　龙　这路是沿途各村的官路，你们没权挡。填坑！

　　　　（司机们一拥而上抢夺村民手中的工具填坑，村民与司机
　　　　争夺工具。由争夺发展到推拉）

杨　虎　（急匆匆跑上）住手！

司机们　主任来了，杨主任！

杨　虎　这是怎么回事？

杨　龙　杨主任！

　　　　（唱）南岭人，好无理，

　　　　挖断官路把人欺。

　　　　阻挡咱村车队过，

　　　　不讲道理坏规矩。

杨　虎　南岭村的乡党们，咱有事说事，断路不是个办法呀。

南争胜　既然你杨大主任来了，那咱们就说事。

杨　龙　叫你村的村干部来。

南争胜　南岭村就没有干部，我说了算！

　　　　（南岭村党支部书记南桂香上）

南桂香　谁说南岭村没有干部？

260

（众惊愕，闻声回望南桂香）

南争胜　桂香，当好你的农技专干，这事你就不要掺和了。

一妇女　桂香，咱南岭村的大小事，没有争胜叔出面，谁都说不倒、
　　　　摆不平。

南桂香　乡党委派我回村任党支部书记，有事我就得管。

南争胜　噢，他们北岭村欺人太甚，你这个书记，快给咱南岭村做主吧！

南桂香　怎么回事？

南争胜　哼！

　　　　（唱）北岭村和南岭连畔种地，

　　　　　　　凭借着财气粗硬把咱欺。

　　　　（村民夹白）是！

　　　　　　　点炮声吵得人耳朵麻痹，

　　　　　　　汽车震喇叭鸣惊吓养鸡。

　　　　（村民夹白）对！

　　　　　　　你是咱南岭村支部书记，

　　　　　　　就应该为我们撑腰助力。

　　　　（村民夹白）对！

　　　　　　　今堵路为的是解决问题，

　　　　（村民夹白）是！

　　　　　　　不答应咱条件不能过去。

　　　　（村民夹白）对！

南争胜　你们看谁赔偿损失？

杨　龙　赔偿什么损失？

南争胜　我家鸡场的损失。

261

司机甲　啊，你这是拦路抢劫呢！

司机乙　你是碰瓷呢！

南争胜　（大躁）谁拦路抢劫呢？你说谁碰瓷呢？好好好，不赔偿也行，那你们别想过。

一司机　这是官路，伙计们，填坑！

　　　　（众司机填坑。南争胜等拦）

杨　虎　都别动！问题总有办法解决。南书记，等我们杨书记开会回来，咱们一起商量怎么办。

南桂香　好。

杨　虎　高速公路的工地上，急等材料，今天先让这批石子过去。

南桂香　争胜叔，听杨主任的。

南争胜　不行！你是南岭的书记，怎么胳膊肘往外拐呢？

司机甲　啊，连他书记话都不听。咱填坑！

众　　　填！（欲动手）

南争胜　要填坑，先把我埋了！（坐在坑里）

南桂香　争胜叔，你上来！

南争胜　我不是党员，你管不上！（故意点着烟悠闲地抽着）

　　　　（双方僵持，众司机望杨虎、杨龙，众村民望南桂香）

　　　　（杨怀仁上）

杨怀仁　（唱）哎——

　　　　　　　听讲话学理论心明眼亮，

　　　　　　　要建设南北岭美丽家乡。

　　　　　　　我这里回北岭传达宣讲，

　　　　　　　却遇见两村人僵持路上。

（上前）哈哈哈，怎么僵在这里了？

北岭众　杨书记，你回来了。

南桂香　（上前）杨书记，会开完咧？

杨怀仁　开完了，你们这是……

南桂香　杨书记，事情是这样的——

杨怀仁　你不说咧，我在车上已看了多时。（转身）哈哈哈，南争胜，
　　　　你两千只鸡，每天按产两千枚鸡蛋算，赔你一千块该行了吧？

南争胜　啥，一千块？这鸡受一场惊，三四天不好好吃食下蛋。

杨怀仁　好，赔你四千块。（掏钱，递给南争胜）先让我们这些车今
　　　　天过去。

南争胜　哎，不不不，话还没说完。

杨怀仁　你说。

南争胜　那以后放炮咋赔？

杨怀仁　以后不放炮咧。

北岭众　（惊愕）啊？

南争胜　以后过车咋办？

杨怀仁　不运石子咧。

北岭众　（惊愕）啊？

南争胜　这么说你们要停产？

杨怀仁　停产。

北岭众　（急）杨书记，不能停产！

南争胜　（得意扬扬地）哼，不停产，那你们的石子就用飞机往出运。

杨　虎　杨书记，你咋能这样表态呀？

杨怀仁　（对杨虎耳语）先发车送货，回去再说。（把钱递给南争胜）

263

杨　虎　（不解而又无奈地对杨龙）这这这——

南岭众　（鼓掌欢呼）噢，争胜叔，又胜咧，争胜叔，又胜咧……

　　　　（南争胜得意洋洋地给妇女们发钱）

　　　　（切光）

第三场

（晚，北岭村村委会办公室）

（正在开支委会，杨虎、杨龙情绪低落，态度严肃，闷坐不语）

（幕后伴唱）南岭断路点起火，

　　　　　　书记表态引风波。

　　　　　　支委争执到半夜，

　　　　　　北岭村民炸了锅。

（幕后工人喊声：我们要干活，点炮！点炮！点炮！）

杨　虎　杨书记，你听，你听听。

杨怀仁　听到了，这我理解。

杨　龙　杨书记，你今天就不该给南争胜赔那个钱，惯毛病呢！

杨怀仁　那四千块钱，也不过是我们一车石子的利润。可是十几车石子不按时送到工地，误了工程，订货方损失有多大？我们违约得赔多少钱？

杨　龙　这——

杨　虎　哎，就算你赔钱给今天解了围，可不能表态说停工呀！

　　　　（唱）改革开放十多年，

264

北岭村面貌大改观。

人均收入过两万，

全靠这村北石头山。

石料产业把钱赚，

村民越干劲越添。

如今产销一条线，

应接不暇新订单。

若还今日停了产，

岂不全村断财源？

哼，我不同意停产！（生气站一旁）

杨　龙　对！

（唱）且不说断财源村民失利，

杨书记也应该想你自己。

北岭村白灰窑你先建起，

万元户戴红花你是第一。

你无私把灰窑转给集体，

推行了股份制户户受益。

你致富带全村共同致富，

报纸上宣传了你的事迹。

你个人评选为劳动模范，

全县的村干部向你学习。

烧白灰因污染早早关闭，

卖石料成咱村产业唯一。

如果说采石业也要关闭，

就全盘否定你一生业绩。

哼，我也不同意停产！（生气坐一旁）

杨怀仁　（唱）他二人都坚持反对意见，

　　　　　　　不由我杨怀仁思考再三。

　　　　　　　改革初为致富我把路探，

　　　　　　　好政策指引咱克难攻关。

　　　　　　　烧白灰放烟尘环境污染，

　　　　　　　为环保咱果断转型停关。

　　　　　　　采石料毁良田踏踩红线，

　　　　　　　须关停再转型国策当先。

　　　　　　　找出路做决定必须果断，

　　　　　　　耐下心和他俩细说细谈。

　　　　　　哈哈哈……哈哈哈……（虎、龙扭头不理）杨龙，杨虎，你
　　　　　　们说的，我心里都明白。可是根据十八大精神，我们必须转
　　　　　　变观念，停产转型。

杨　虎　啊，停产转型？

杨　龙　为什么？

杨怀仁　党的十八大报告提出，要"控制开发强度""给农业留下更
　　　　　多良田，给子孙后代留下天蓝、地绿、水净的美好家园"。

杨　虎　哎，那指的是全国。

杨怀仁　可咱们要结合北岭实际，领会落实呀。想一想，咱们北岭的
　　　　　石灰石，上面有一层黄土覆盖着，千百年来都种粮、植树、
　　　　　长草。到咱们手里推土采石，我们把多少良田破坏咧！

杨　虎　可采石比种粮效益高呀。

杨怀仁 效益高？可生态效益、社会效益，还有长远利益，不能不考虑呀！

杨　虎 杨书记，国家这么大，没人在乎咱们那一点良田。咱北岭人，离开这石头，可就没猴要了呀！

杨怀仁 另上新项目，效益会更好。

杨　虎 杨书记，我一直崇拜你、敬重你。没有你的带动，我杨虎富不了；没有你的培养，我杨虎当不了村主任。所以，你指东，我杨虎不向西。就说六七年前咱们第一次转型吧，二百多座白灰窑，你说推，我就忍痛全推咧。你提出"白灰损失石料补"的口号，我就扑着身子，帮着把石料产业做大做强。现在石料生产正火红哩，你却要关停它。杨书记，石头是老先人给我们留下的宝呀！

杨怀仁 是老先人给咱留下的宝，可咱们给后代留下了什么？

杨　虎 杨书记，我是担心，若换一个项目，弄不好会前功尽弃。

杨怀仁 就是前功尽弃，我们也决不能继续破坏生态、毁坏农田，做对不起子孙后代的事。

杨　虎 好好好，不扯子孙后代那么远咧，眼前的事你看咋办？十几辆汽车趴窝，还有，（掏出一沓合同）这是你订的合同，你看要赔多少违约金？

杨　龙 是呀，这损失、成本咋往回收？

杨怀仁 （拿起订单）这事我已经解决了。把这批订单转给方山石场，石子他们供，咱们车队运，订单不会违约，汽车也不会趴窝。

虎、龙 这——（两人对视）

（杨龙来回望杨虎、杨怀仁）

杨　龙　（轻声提示杨虎）看来跟上次转型一样，杨书记是深思熟虑过的。

杨　虎　（大声地）我保留意见。

杨怀仁　少数服从多数，走，咱们分头去做村民的工作。

　　　　（杨龙随杨怀仁下）

杨　虎　（欲阻）杨书记！（无奈）唉！顶着人大代表、劳动模范的头衔，把政策你也认得太真咧！

　　　　（唱）才改成点炮炸石干红火，

　　　　　　　才增加保证送货载重车。

　　　　　　　眼看着产值翻番十把稳，

　　　　杨书记呀，杨书记，

　　　　　　　为什么你要硬拿冷水泼？

　　　　（着急踱步）不能停，绝对不能停！（思忖）我看先把南争胜的尾巴踏住，让咿货耍闹腾，再跟杨书记软扛硬磨。（思考）嗯，对，匿名信，让南争胜自顾不暇。

　　　　（一伙青年上，杨虎看见跟在后边垂头丧气的铁柱）

杨　虎　铁柱，你咋咧？

青年甲　书记要停产，铁柱说了几句，被骂得狗血喷头。

青年乙　主任，你把书记也劝一下么。

杨　虎　劝？知道他爸的火是咋来的吗？

众　　　咋来的？

杨　虎　南岭村闹事，他爸失口表了态，没法下台了。

铁　柱　杨虎叔，我爸气糊涂咧？

青年甲　主任，你得想办法，对付南岭村呀！

杨　虎　我是他的副手，正想办法给他解围哩。

众　　　有啥办法？

杨　虎　最好的办法，是——

铁　柱　（急）快说呀。

杨　虎　是——是釜底抽薪。

众　　　怎么个釜底抽薪？

杨　虎　嗯，不行——你们几个不行。唉，这话算我没说。（急下）

青年甲　咦，他咋把话咽回去了？

铁　柱　他话不好明说，但意思——

众　　　啥意思？

铁　柱　激将法，叫咱泄南岭的火呢。

青年甲　我看干脆把南争胜拉到山旮旯美美捶一顿。

青年乙　对，让他认得咧狼是麻的。

铁　柱　嗯，不能打人。我看制服南岭村，要掐死穴呢。

众　　　掐啥死穴？

铁　柱　南岭浇地水从咱村过，咱们关闸断水。

青年乙　对！这一下就掐住他南岭的七寸咧。

铁　柱　他们只要让路——

众　　　咱就给他放水。走！（欲拥下）

青年甲　（急拦）哎，甭急！铁柱不能出头，铁柱不能出头！

众　　　咋？

青年甲　铁柱正和美玲谈对象呢，她爸就是挑头闹事的南争胜。

铁　柱　就你嘴长！

青年甲　我怕美玲她爸知道你挑头关闸断水，不让女儿跟你谈咧。

众　　　那咋办？

青年甲 咱们就先礼后兵。

众 咋先礼后兵？

青年甲 叫铁柱去美玲家，把礼带得重重的，把叔叫得亲亲的，把话说得甜甜的，只要把你准岳父的火泄咧，把路让咧，这一河水不就开了吗？

铁　柱 这这这，我俩才确定关系，美玲还没给她爸说呢。

青年甲 这正好是个好机会呀，美玲第一次领男朋友见爹妈，能不给你面子吗？

青年乙 你去，既给咱村上办了事，还把你婚事成了，一举两得呀！

众 快去快去！（推）

铁　柱 那，那他若不让步呢？

青年甲 不让步，他和美玲的事就成不了。

青年乙 咋成不了？

青年甲 （给青年们挤眼，故意亮耳朵激铁柱）美玲就是嫁过来，全村人把对她爸的气撒到美玲身上，唾沫把她就淹死咧。

青年乙 对，先礼后兵！退让了，他好咱好；不退让，是他不仁，别怪咱不义，那就断水！

铁　柱 好，我去试试。

（切光）

第 四 场

（紧接前场）

（南争胜家，南争胜高兴地往桌子上摆酒菜）

南争胜　（唱）南争胜，心高兴，

　　　　　　得钱又把官司赢。

　　　　　　备酒炒菜来欢庆，

　　　　　　我的威望大提升。

　　　　哈哈哈哈，哈哈哈哈！

　　　　（对内）老婆子，肥肠炒好了没有？

　　　　（美玲妈端炒好的肥肠上）

美玲妈　好了好了。

南争胜　（接过菜边摆边对美玲妈说）去去去，把村上有头有脸的人，

　　　　都给我请来。

美玲妈　请他们干啥？

南争胜　庆贺么。

美玲妈　去去去，得了咥几个钱，看把人张的。

南争胜　这不是赔几个钱的事。

美玲妈　那还是啥事？

南争胜　我的威望比钱重要。你没想吗，杨怀仁是啥人？劳动模范、

　　　　人大代表呀！在全县是啥名声，在北岭是啥威望？可却在我

271

南争胜面前，缴械投降，甘拜下风，又是赔款，又是停产。

听说北岭人把咴都吃了杂碎了。可南岭人咋说我呢？

美玲妈　哼，说你吃饱了撑的——

南争胜　（得意洋洋）都说没有南争胜摆不平的事，今后南岭村，还得

我南争胜说了算。

美玲妈　唵唵唵，把咱家日子过好就行咧。

南争胜　唉，娘们儿怎知大丈夫的志气？不说咧，快给我请人去。

美玲妈　我不去。

南争胜　去些。

美玲妈　我不去！

南争胜　（硬往外推）快些快些快些——

（正推间，美玲领铁柱上。铁柱手提烟、酒、茶、营养品等。

正好与美玲父母相撞）

美　玲　妈，爸，你们这是——

（南争胜、美玲妈愣住，直瞅铁柱）

美　玲　（为打破僵局）呀，还摆满了酒菜。妈，这是——

美玲妈　你爸要请客。

美　玲　（调皮地）我正好给你把客人领来咧。

父、母　他，他是谁？

美　玲　我的男朋友。

铁　柱　叔，姨，我叫铁柱。（把礼品放在桌子上）

父、母　啊，你男朋友要来，咋不早说？

美　玲　要给你们一个惊喜。

美玲妈　（对南争胜）不叫人咧，咱就用这桌酒菜招待铁柱。

美　玲　（笑）你还是个有口福的。

父、母　（热情招呼铁柱）坐，坐。（南争胜拉铁柱坐一旁，美玲母女

　　　　坐一旁）

铁　柱　叔，姨，你们身体都好吗？

父、母　好，好！

美玲妈　美玲，快给铁柱倒水。

铁　柱　我来。（打开带来的茶叶，沏茶）

美玲妈　（对南争胜低声赞叹）嗯，这娃有眼色。

铁　柱　（奉茶）叔，这是白茶。人说这白茶，一年是茶，三年是药，

　　　　七年是宝。这是我专门孝敬您的。（递茶给南争胜，美玲给母亲）

美玲妈　来就来咧，带这么贵重的东西干啥？

南争胜　（品茶）嗯，香，香！

铁　柱　叔，（指桌上的酒）您老年龄大了，要保重身体，我劝您多喝茶，

　　　　戒烟酒。

南争胜　唉，嗜好，难改。（不停品茶）

铁　柱　我爸血压高，我都劝他戒咧。

南争胜　噢，你爸是——

美　玲　他爸是北岭村党支部书记——

南争胜　（惊）啊，杨怀仁！（手中水杯落地）

　　　　（铁柱、美玲忙替南争胜擦身上的水）

铁　柱　叔，对不起，水太烫咧。

美玲妈　（圆场）不怪你，他没拿稳。

南争胜　铁柱，那你今天来——

铁　柱　我，我来提……提亲。

273

南争胜　提亲？

　　　　（唱背弓）为什么偏这时他来提亲，

　　　　　　　　　　是不是杨怀仁别有用心？

铁　柱　（唱背弓）提我父他顿时脸不对劲，

　　　　　　　　　　要牢记今日来使命在身。

美　玲　（唱背弓）铁柱他要求我从中帮衬，

　　　　　　　　　　我答应帮助他说服父亲。

美玲妈　（唱背弓）却怎么一霎时变了气氛？

　　　　　　　　　　我还要做圆场扫除乌云。

　　　　（笑）来来来，都坐都坐，趁热吃菜，趁热吃菜。

美　玲　爸，你坐下嘛！（拉父亲坐下）

美玲妈　（拉铁柱坐下，给铁柱夹菜）吃菜。

铁、玲　（同时给南争胜夹菜）叔（爸），吃菜。

南争胜　铁柱，你爸大度，赔了款，停了产，给足了我面子，回去给他说，

　　　　我感谢他。

美　玲　爸，人家他爸大度，你也大度一些，把路让了吧。

南争胜　啥？让路？（欲爆发）

美玲妈　（忙圆场，夹菜）她爸，这是你爱吃的肥肠，尝尝味咋样。（用

　　　　眼示意）

南争胜　（强抑怒火）唵……唵，今天不谈村上事，吃菜吃菜。

美　玲　爸，这路一断，产一停，铁柱说，他们村就断了财源。

南争胜　不是说了吗，今天不说村上事，吃菜吃菜。

铁　柱　叔，我敬您老一杯，（倒酒）求您老人家把路让开。（举杯）

南争胜　铁柱，你若今日来提亲，这杯酒我喝。你若今日来说村上事，

这杯酒，我不能喝。

美　玲　（见铁柱尴尬，接过酒杯）爸，断路停产，光铁柱工资分红一
　　　　年就损失二三十万。就算女儿求你咧，还是把路让了吧！

　　　　（举杯）

南争胜　（一挥手打掉酒杯）咱家鸡场就没损失？八字没见一撇呢，你
　　　　咋光替人家说话呢？

美玲妈　跟娃好好说呢么，发那么大的火干啥呢？

南争胜　我生气咱咄瓜女子，被人家当枪使呢。

美　玲　我怎么被人家当枪使呢？

南争胜　哼！

　　　　（唱）杨怀仁赔款又停产，

　　　　　　　　回到村里丢脸面。

　　　　　　　　想反悔无颜把我见，

　　　　　　　　就耍阴谋使手段。

　　　　　　　　借提亲想让我服软，

　　　　　　　　把他的声誉来保全。

　　　　　　　　我女儿也跟他们转，

　　　　　　　　吃里爬外帮他言。

　　　　　　　　他顾脸就让我伤脸，

　　　　　　　　我也是铮铮男子汉。

　　　　哼，你若来提亲，就吃菜；若来叫我让路，就请回！

铁　柱　（被激怒）我——

　　　　（唱）今天来说两村事，

　　　　　　　　是铁柱自己做主意。

275

我爸没阴谋和诡计，

别把他人格乱猜疑。

既然这样看我们，那就无话可说了。我走！

美　玲　（急拦）铁柱！

铁　柱　（推开美玲）我走！（气冲冲下）

美　玲　铁柱——（追下）

美玲妈　娃来提亲，你看你——

南争胜　这哪是来提亲，分明是辱摆我呢。

美玲妈　咋辱摆你来？

南争胜　三国诸葛亮使计谋，让东吴赔了夫人又折兵。今天杨怀仁耍
　　　　计谋，想让我输官司又赔女子。我南争胜连这都识不破？

美玲妈　唵唵唵，你想到哪里去咧？娃不是来求你吗？叔长叔短，嘘
　　　　寒问暖，又是奉茶，又是敬酒，看看看，还拿了那么多礼品。

南争胜　把咻礼品给他去。

美玲妈　你豁出娃的婚事瞎呢，我不！

南争胜　给他去！

美玲妈　我不！

南争胜　哼，美玲离了铁柱，还嫁不出去咧？我不吃这一套。（生气
　　　　地把礼品往出扔）

　　　　（一妇女慌慌张张跑上）

一妇女　争胜叔，争胜叔，大事——

　　　　（礼品刚好砸在妇女身上）

一妇女　（尖叫一声）啊——争胜叔，你这是干啥？

南争胜　（顾面子，掩饰）噢噢噢，吃不完，过了期，占地方。

一妇女　哎呀，有钱人就是——（喘粗气）

（美玲妈收拾地上的礼品）

南争胜　啥事，这么急？

一妇女　争胜叔，大事不好了。

南争胜　怎么啦？

一妇女　北岭村把咱们村水断咧！

南争胜　啥？把水断咧？！（气冲冲欲下）召集大伙，带上家伙走！

美玲妈　（一把拽住南争胜）南争胜，再甭耍你咾争屃半吊子咧。不是
　　　　有新书记呢么？

南争胜　她，就不是咾驾辕的牛！

美玲妈　嗯嗯嗯，还把自己当人物咧，人家咋不叫你当书记呢？

南争胜　我，我是党外书记，走！

一妇女　（也拦住南争胜）争胜叔，召集不下人。嗯……嗯……

南争胜　嗯嗯啥呢，快说呀！

一妇女　那个挑头截水的，就是你家美玲的男朋友杨铁柱。

美玲妈　啊！

南争胜　是他！

一妇女　我看，叫你家美玲快劝铁柱把人带回去吧！

（美玲忍泣急匆匆上，扑在妈妈怀里放声痛哭）

美　玲　妈……

父、母　美玲怎么啦，美玲怎么啦？

美　玲　铁……铁柱……他……

父、母　铁柱怎么样？

美　玲　他和我吹咧！

美玲妈　啊！

南争胜　哼，这小子故意给我作难堪呢。

一妇女　啊，吹咧？这，这搅团越打越黏咧！（欲溜下）

南争胜　走啥呢，立马召集人，我领你们去。

一妇女　这——

南争胜　怕啥？有我呢，去，去！（一妇女下）

美　玲　（哭）妈，怎么办呀，怎么办呀？

美玲妈　（气对南争胜）娃的婚事弄成这个样子，你说咋办？

南争胜　还能咋办？哼！

　　　　（唱）铁柱领头把水断，

　　　　　　　你必须和他断零干。

美　玲　（唱）恋爱自由我情愿，

　　　　　　　婚姻大事我自己担。

南争胜　（唱）你若不听我的劝，

　　　　　　　打断你双腿赶外边。

美　玲　你——

南争胜　你咋？翅膀硬了，还想翻天？

美玲妈　（气极）南争胜，少给我娃吹胡子瞪眼！

南争胜　惯、惯、惯，你好好惯！（生气蹲一旁）

美　玲　妈——（滚白）我叫、叫一声妈妈呀、妈妈！狠心的爸爸！
　　　　女儿我和铁柱青梅竹马，一起同窗，我二人相敬互爱，誓言
　　　　齐眉到老。如今硬要拆散女儿的婚姻，美玲我决不依从了。
　　　　（唱）我和铁柱是学友，
　　　　　　　事业理想常交流。

他吃苦耐劳人忠厚，

样样事走在人前头。

他靠勤劳致了富，

要为咱鸡场把资投。

我二人正把人生美景绣，

我二人正想拼搏展宏图。

我爸伸出无情手，

让我们美梦付东流。

呜……（痛哭）

美玲妈 （擦泪）别理他，有妈呢。（怒指南争胜）南争胜，你——

（唱）南北岭两村结仇怨，

毁了美玲好姻缘。

都是你一天爱逞能，

八家浆水都窝不酸。

这事你不往圆的转，

我就和你不零干！

南争胜 唉！

（唱）毁婚断水事两件，

叫我怎么站人前？

我要顾我这张脸，

一辈子宁折也不弯。

美玲妈 好，你顾你的脸面。美玲，咱娘儿俩走，让他一个逞能去。（拉
美玲气冲冲欲下）

南争胜 （急拦）美玲，你别走，给爸撑一回面子！

美　岭　不！（捂着鼻子哭着和母下）

南争胜　唉——你娘儿俩这是要翻天呀！哼，我倒成了孤家寡人咧。

　　　　哈哈哈哈，寡人就寡人，上渠——

　　　　（切光）

第五场

（杨怀仁家）

（怀仁妻忧心忡忡从外面回家）

怀仁妻　（唱）刚才出门把心散，

　　　　　　　邻里表情不一般。

　　　　　　　平时见面迎笑脸，

　　　　　　　家长里短说不完。

　　　　　　　今日三五窃窃语，

　　　　　　　见我去了不言传。

　　　　唉，这到底是怎么回事呀？

　　　　（铁柱怒气冲冲地上）

铁　柱　妈，我爸回来了没有？

怀仁妻　没回来么。（小心翼翼地）铁柱，你咋咧？

铁　柱　（烦躁地）你甭问咧！（进卧室，狠劲地关上了门）

怀仁妻　啊，这娃脸色不对。嗯，（隔门相问）铁柱，你咋咧？

　　　　（屋内铁柱冷声冷气地：你问我爸去！）

怀仁妻　哎！一对犟驴！（自语地）叫我问他，他跑得几天还没见人影呢。

杨怀仁　（上）我不是回来了吗？

怀仁妻　你你你，你干啥去了？

杨怀仁　（唱）为找项目忙不停，

　　　　　　　　跑了县城跑省城。

　　　　　　　　咨询专家又论证，

　　　　　　　　瞅准把稳再转型。

怀仁妻　你没见村里人——

杨怀仁　怎么了？

怀仁妻　我觉得村里人咋都怪怪的，咱铁柱也怪怪的，我——

杨怀仁　村里人咋？铁柱咋？

怀仁妻　村里人挤眉弄眼，见我转身就走。铁柱回家躁躁的，关门就
　　　　蒙头大睡。

杨怀仁　咦，这是怎么回事呀？铁柱，铁柱——

　　　　（铁柱慢腾腾出来，蹲在一旁，赌气闷头不语）

杨怀仁　铁柱，你咋咧？

铁　柱　我没咋！

怀仁妻　有啥事跟你爸好好说么。

铁　柱　我不落他咿一套。

杨怀仁　我，哪一套？我咋稀里糊涂的？

铁　柱　哼，有人说你赔款、停产，给南争胜让步，是拿全村的利益，
　　　　保我跟南美玲的婚姻呢。

杨怀仁　啊，你和美玲谈恋爱呢？

铁　柱　是，谈来着。

杨怀仁　咋不给我和你妈说呢？

铁　柱　还没到时候呢。

怀仁妻　谈得咋个样？

铁　柱　吹咧！

仁、妻　啊？为啥吹咧？

铁　柱　（激动地站起来）能不吹吗？全村人都说，我爸为了儿媳妇，断了村里的财源。（又闷头蹲在另一旁）

怀仁妻　（生气，指杨怀仁）哎！都遭了你要停产的祸咧！

杨怀仁　娃谈恋爱跟我停产，八竿子都搭不上的事，咋能往一块儿粘呢？

怀仁妻　你以为，你把人为下咧？哼！这有的没的都给你身上扒呢，吃力不讨好，甭干咧！甭干咧！（生气坐一旁）

铁　柱　爸，我妈说得对，我也劝你趁好就收，全身而退。

杨怀仁　趁好就收，全身而退？

铁　柱　爸！

　　　　（唱）北岭过上好光景，

　　　　　　　大家给你记头功。

　　　　　　　趁好让贤杨虎叔，

　　　　　　　你会永远留好名。

怀仁妻　（唱）年近六十快到龄，

　　　　　　　劝你不要再折腾。

　　　　　　　万一转型失败了，

　　　　　　　那时下台落脸红。

杨怀仁　我不能带着愧疚和遗憾去享清福么！

怀仁妻　就说你还有啥愧疚和遗憾？

杨怀仁	如今北岭挖得千疮百孔，良田逐年减少，这个烂摊子咱能留给子孙后代吗？
铁　柱	爸，我都不知道你想咋！
杨怀仁	想咋，现在找到可持续发展的转型项目，就是咱村当务之急，去享清福，我还是个共产党员吗？
怀仁妻	哼，你是共产党员？俺，北岭村的共产党员就你一个，离了你地球就不转咧？
铁　柱	爸，没看你现在面临的是啥形势吗？南岭闹事，班子反对，青年吵闹要复工，流言蜚语满天飞。你实在转不动咧，连我都跟你带灾呢，还硬撑啥呢嘛！唵！唵！唵！（生气蹲一旁）
杨怀仁	嘿嘿，那只是一时现象。
怀仁妻	哼，北岭的事，都把你累成高血压、心跳过速，现在还要帮南岭共同富裕呢。老头子，把你累失塌，把铁柱婚姻搅黄咧，咱家的日子还过不过呀！（抹泪）
杨怀仁	嘿嘿，有这么严重吗？
怀仁妻	你你你，你还是二五不挂的样子。好，你有你的犟牛劲，我有我的笨办法。（端起凳子，坐在门口）从今天起，你就别想出这个门！
杨怀仁	咦——嘿嘿，你还把我软禁咧。
怀仁妻	这屋里我就是书记！（转身）铁柱，去给你杨虎叔说，你爸身体不好，在家休息，村上的事，由他看着办。
铁　柱	好！（下）
杨怀仁	（急）铁柱，铁柱！（欲追，被妻子推回）
怀仁妻	你给我安然歇着！（架起二郎腿，横坐门前）

杨怀仁 （着急踱步）这这这……（走到老伴跟前）嘿嘿，老婆子，我知道你爱惜我身体。可你怕我累坏，都不怕我饿坏吗？从早上到现在，一口饭还没吃呢，快给我弄点吃的。

怀仁妻 我说的话你听不听？

杨怀仁 我好好考虑，好好考虑。

怀仁妻 这还差不多。我给你做饭去。（转身）少出门！（下）

杨怀仁 这该怎么办呀？

（唱）南岭闹班子吵妻儿埋怨，

杨怀仁我处在风口浪尖。

不停产分明要良田锐减，

给子孙怎留下美好家园？

要转型尽都是反对意见，

再坚持顿觉得身孤力单。

为打拼石料业挥洒血汗，

陡然间要关停也痛心肝。

怎么办，怎么办？

杨怀仁，好为难。（踱步沉思）

抬眼望荣誉证墙上贴满，

二十年创业路浮现眼前。

万元户戴红花亮富光显，

（天幕上出现杨怀仁骑马披红戴花的照片）

专业村传经验各地参观。

（天幕上出现杨怀仁专业村经验介绍会上发言的照片）

选代表评劳模荣誉满满，

（天幕上出现杨怀仁佩戴劳模绶带的照片）

　　　　十八大新精神给我加鞭。

（天幕上出现杨怀仁参加党的十八大精神报告会的照片）

　　　　总书记讲话声响在耳畔，

　　　　给后代要留下绿水青山。

　　　　是党员应感到任重道远，

　　　　是劳模更应该拼搏率先。

　　　　挖石头毁良田隐患显现，

　　　　再不能用健康去换金钱。

　　　　领头人不坚持科学发展，

　　　　就会给全村人把路带偏。

　　　　停停停，关关关，

　　　　个人毁誉丢一边。

　　　　转型谋求新发展，

　　　　定要让南北岭再展新颜。

（南桂香急匆匆上）

南桂香　杨书记！

杨怀仁　噢，南书记，你来咧，快坐。

南桂香　不坐咧，我找你有事。

杨怀仁　噢，什么事你说。

南桂香　请给我们开闸放水。

杨怀仁　放水？放什么水？

南桂香　有人关闸断水，争胜叔带人上渠闹事去了。

杨怀仁　啊，有这回事？（拨打手机，忙音）这个杨虎，连电话都不接。

（转身另拨打）杨龙，听说把南岭的水断咧，你到渠上看看，立即开闸放水。

（杨龙内声：好，杨书记，我马上去）

南桂香　（松了一口气）原来不是你村上的决定。

杨怀仁　我们能做这事吗？

南桂香　那我就放心了。（欲走）

杨怀仁　南书记，南岭村下一步发展你有啥打算？

南桂香　杨书记！

南桂香　（唱）我受命回村任书记，

　　　　　　　面临一堆大难题。

　　　　　　　青壮年打工离乡井，

　　　　　　　老弱妇幼留村里。

　　　　　　　村外一片撂荒地，

　　　　　　　留守家庭无生机。

　　　　　　　要兴产业壮集体，

　　　　　　　空心村哪里找劳力？

杨怀仁　（唱）我看南岭有优势，

　　　　　　　充分发挥获大益。

南桂香　（唱）南岭都有啥优势，

　　　　　　　怎样发挥获大益？

杨怀仁　（唱）一有大片好耕地，

　　　　　　　深度开发有潜力。

　　　　　　　二有众多壮劳力，

　　　　　　　返乡发展创奇迹。

　　　　　　　三是打工挣的钱，

　　　　　　　入股分红再获益。

南桂香　　（唱）土地资金要入股，

　　　　　　　没工没商投哪里？

杨怀仁　　（唱）我想把两村合一起，

　　　　　　　做大做强都获益。

　　　　　　　优质果，建基地；

　　　　　　　养殖业，建园区；

　　　　　　　大棚菜，供四季；

　　　　　　　加工业，保增值。

　　　　　　　远销各地有车队，

　　　　　　　电商平台有信息。

　　　　　　　大家都能分红利，

　　　　　　　还有哪个不积极？

南桂香　　（唱）我原想依傍北岭这大树，

　　　　　　　没想到两村关系如僵泥。

杨怀仁　　桂香呀，困局面前，是共产党员，就不能退缩。目前我们俩肩上担的重担，心里装的大事，就是带领大家实现共同富裕，把南北岭建成美丽乡村。

南桂香　　如果能按你的规划办，一下就解决了南岭的大问题。只是目前两个村闹成这样子，恐怕北岭群众不会同意。

杨怀仁　　只要咱们给大家把事办好了，两个村都得到实惠，一切隔阂、误会都会消除的。

南桂香　　好，那咱就这样干！

杨怀仁　还有，你把南岭耕地的土壤肥力和微量元素，抓紧送检。生态农业方案，要尽快呈报专家论证。

南桂香　（信心满满地）好！

（杨龙急匆匆上）

杨　龙　杨书记。

杨怀仁　把水放了？

杨　龙　开闸扳手不知谁藏咧，找不见。

杨怀仁　啊，通知杨虎，咱去看看。

（切光）

第 六 场

（前场后，水渠边）

（铁柱带领一伙年轻人在渠岸上，边舞边唱）

（唱）牙还牙，眼还眼，

　　　　断水源咱把闸门关。

　　　　南岭的命脉手里攥，

　　　　旱死他庄稼和果园。

铁　柱　大家听我说，要是南岭村的干部来说事，只要答应让路，咱们就放水。如果南争胜带人来闹，你们就硬挡。

青年甲　如果杨龙回去把你爸叫来咋办？

铁　柱　就用刚才对付杨龙的办法，你们就说开闸扳手找不着咧。

青年乙　（远望）咦，杨书记他们来咧。

青年甲　铁柱，赶快藏起来。

铁　柱　（对青年甲）这里还由你负责。（拿起开闸扳手急下。青年
　　　　们故作闷头坐渠岸）

　　　　（杨怀仁带杨虎、杨龙、南桂香上）

杨怀仁　谁把闸门关咧？

青年们　不知道。

杨怀仁　谁拿闸门扳手？

青年们　不知道。

杨怀仁　铁柱呢？

青年们　不知道。

杨怀仁　铁柱，铁柱，（厉声）铁柱！（无人应，对青年甲）把闸门砸了。

青年甲　这——我不敢。（退缩）

杨怀仁　我砸！

　　　　（杨夺过镢头，举起欲砸，众急拦）

杨　龙　（对远处）铁柱，看把你爸气成啥咧！

　　　　（铁柱慢腾腾闪出，不情愿地把扳手扔在地上）

杨怀仁　（举拳欲打铁柱）嗯！（众急拦住）杨龙，开闸放水！

　　　　（杨龙拿起扳手去放水）

　　　　（南争胜扛着铁锤，气呼呼地上）

　　　　（南桂香欲下，与南争胜相遇）

南桂香　争胜叔，你干啥？

南争胜　砸闸门。

南桂香　回，水都放咧。

南争胜　啊！（顿）不行，他得给个说法！（扔下铁锤，上前质问杨怀仁）

杨怀仁，你当面装好人，背后做小人？

杨怀仁　（心平气和地）你把话说清楚，什么好人、小人？

南争胜　哼，你关闸断水报复南岭村，还在背后告我的黑状。

杨怀仁　我告你啥黑状？

南争胜　你说我鸡场臭气污染，环保局来人，限期要我搬迁鸡场。

杨怀仁　搬迁鸡场？只要符合环保要求，你就不用搬。

南争胜　（歇斯底里）你少说风凉话！我今儿把话撂到这儿，从今往后，你北岭村的车，甭想从我们南岭村过！

南桂香　争胜叔，你别激动。

南争胜　你北岭村的人，也甭想从我们南岭村走！

南桂香　争胜叔，咱有事好商量么。

南争胜　你北岭村的蝇子，都甭想从我们南岭村飞过去！

南桂香　叔，咱先回。闹不是个办法。

南争胜　我南争胜有事就明着闹，不像有些人暗地里搞鬼。哼！（下）

众青年　铁锤，铁锤！

　　　　（南争胜返回拾起铁锤，下）

杨怀仁　哎！这就是咱们北岭人的素质？谁让你们断水，谁断的水？

众青年　他们不堵路，我们能断水吗？

杨怀仁　他们堵路，让我停产转型的信念更坚定咧，促使我们尽快弃老路、闯新路。

众　　　（交头议论）啊！什么老路、新路……

杨怀仁　损毁良田、污染环境的老路走不通了。发展生态农业，建设美丽乡村才是咱们要走的新路，停产转型是咱们的出路！

　　　　（唱）年轻人你们要登高望远，

改革者要站在潮头浪尖。

石料业虽挣得盆满钵满，

获大利也带来一些弊端。

决不能让北岭千疮百孔，

决不能踩红线毁坏良田。

决不能和南岭争斗结怨，

决不能给后代留下烂摊。

革弊端开新路合作共赢，

南北岭要建成美好家园。

青年甲 杨书记，你把咱北岭带富，出了多大力，流了多少汗，现在
还要带南岭——唉，两个村能尿到一个壶里吗？

青年乙 人家南岭村把咱的锅都砸了，你还要——

杨怀仁 什么人家你家的？南岭北岭本来就是一家。

众 啊，一家？

杨怀仁 那当然。过去有甥舅两家逃荒到这里，舅住南岭，甥住北岭，
咱北岭人一直把南岭叫外家岭，南岭人一直把北岭叫姑婆岭。
你们听，多亲呀。可现在呢，他们的后代，打起来了，斗起
来了——（青年们纷纷低下头）你们好好想想，这样闹下去
行吗？

杨　龙 听杨书记的。

杨　虎 大家先回吧。（众青年下）

杨怀仁 大家坐。（虎、龙以不同姿态坐在渠岸上）你俩都看到了，
从大局出发，从村情出发，不转型能行吗？

杨　虎 我也认识到必须转型。

杨怀仁 既然认识到了，咱们就要有壮士断腕的勇气、背水一战的精神，立即转型。

杨　虎 可是——

杨怀仁 你担心什么？

杨　虎 要上新项目，考察、论证、准备、起步，得花很长时间？你也看到了，那些血气方刚的大小伙，没活干，没钱挣，能不闹腾吗？能死守村里坐吃山空吗？能不大量外流吗？

杨　龙 对，我也担心能不能平稳过渡，安全着陆。

杨怀仁 你们担心的问题我已经解决了。

虎、龙 啊，咋解决？快说！

杨怀仁 连接福银高速的项目工程，急需运输车辆。杨龙，你把咱们的车队带过去，就能创收。

杨　龙 啊，你咋不早说呢？行，没问题！

杨怀仁 他们还有一段五六十米长的隧道，对外承包。杨虎，采石队得想办法，拿下这个项目。

杨　虎 好、好，按你说的办。

杨怀仁 我还有个提议。

虎、龙 什么？

杨怀仁 把在家的劳力组织起来，把采石场填平、绿化。

杨　虎 你没预算，得多少投资？

杨怀仁 这个不用考虑，工资费用，用我的存款。

虎、龙 啊，咋能花你的钱？

杨怀仁 嘿嘿，我的钱？这是我的钱吗？我杨怀仁曾经是缺吃少穿的穷光蛋呀！

（唱）我现在存款近千万，

　　　　细想我腰包咋鼓圆？

　　　　北岭用乳汁养育我，

　　　　我用她骨肉卖银钱。

　　　　我名利双收多光显，

　　　　她千疮百孔毁容颜。

　　　　凭良心用这钱反哺北岭，

　　　　定把她建设成美丽家园。

杨　龙　不，杨书记，恢复北岭我支持，要用就用公共积累，那也是取之北岭、用之北岭呀。

杨　虎　对！

杨怀仁　不能动公共积累，我这个得改革开放红利最多的人，责无旁贷。

杨　龙　（激动）那，那我也拿出存款。

杨　虎　我，我也拿出存款。

杨怀仁　好，现在大家意见统一了，就各负其责。你们二人，把自己的队伍带好。我负责找专家完善生态农业规划，论证项目。

虎、龙　好！

　　　　（切光）

第七场

（一月以后）

（农林科技大学胡教授家）

胡教授　（唱）新农村养殖业飞速发展，

　　　　　　　新课题刚做完难得偷闲。

　　　　　　　星期天抽空把论文阅览，

　　　　　　　为谢客在家里把门紧关。

　　　　（打开电脑，阅读论文）

　　　　（南争胜一手拿鸡蛋，一手拎着两只鸡上，按门铃。胡教授不
　　　　耐烦站起来又坐下）

南争胜　（敲门叫喊）她姨，她姨！

胡教授　噢，（开门）姐夫，你咋来咧？

南争胜　呵呵，看你来了么。

胡教授　看我？你这是——（指着南争胜手里的东西）

南争胜　这，都是咱鸡场的，补补身子。（递上东西）

胡教授　你呀！我姐、美玲都好着么？

南争胜　人家都好着呢，就我——唉！

胡教授　你咋咧？

南争胜　马尾拴豆腐——提不起咧！你快给哥帮个忙。

胡教授　帮啥忙？

南争胜　帮我写一份揭发杨怀仁的材料。

胡教授　你告杨怀仁？争胜哥，省些心，把咱自家日子过好就行咧。

南争胜　不行，他在背后胡捣鬼告黑状，环保局限期让我搬迁鸡场。

　　　　我给哪里搬呀，这不是逼我破产吗？

胡教授　哦。

南争胜　美玲的婚事也吹咧。你姐和美玲，都不理识我咧！

　　　　（唱）南争胜，好恼怒，

一辈子人前昂着头。

杨怀仁把我辱没够，

这口恶气难下咽喉。

她姨，罗列四大罪状，我要把它寄到县上，贴到街上，发到网上，他叫我日子不好过，我也要让他不得安然。

胡教授 争胜哥，你可不敢胡来，放冷静些。来，喝口水。

南争胜 我能冷静吗！（抢拳把水杯撞倒）

（杨怀仁手拿一长筒，带南桂香上，按门铃）

南争胜 谁？

胡教授 吁——今天不会客。

（杨怀仁连续按门铃，接着又敲门，大声喊着）

杨怀仁 胡教授，周教授给你说过，我是北岭村党支部书记杨怀仁！

胡教授 噢，是他来了。

（胡教授欲开门，南争胜急挡）

南争胜 不见不见！

胡教授 哎呀，周教授是培育优富一号苹果专家，他推荐的人，我能不接待吗？（欲开门）

南争胜 （急挡）那我——

胡教授 （把南争胜推入房间）你先回避一下。（开门）不好意思，让你久等了。她是——

杨怀仁 噢，她是南岭村党支部书记南桂香，我俩一回事。

胡教授 好，坐，坐。

杨怀仁 周教授说，你是大忙人，那我就开门见山，向你汇报我们村的规划。

胡教授 好。

杨怀仁 （把规划图挂在墙上）我们设想，把北岭、南岭两个村的土地、人口、劳动力放在一起，通盘规划。

胡教授 把北岭村、南岭村放在一起，通盘规划？

杨怀仁 对，这样做有三大好处：一是扩大了基地规模，种、养、加、销全面铺开，做大做强。二是南北岭优势互补，合作双赢。

南桂香 三是，先进带后进，共同富裕。

胡教授 嗯，想法很好。你们两个村能一起合作吗？

杨怀仁 我知道，你是担心南岭村与我们有积怨，哈哈……

（唱）过去虽然积怨大，

为争小利起摩擦。

合作共赢得红利，

再也不会结疙瘩。

胡教授 得什么红利？

南桂香 （唱）打工仔，全回家，

撂荒地，得开发。

自己园区把钱挣，

工资分红双份拿。

胡教授 噢。

杨怀仁 （唱）南争胜过去意见大，

他也会喜得笑哈哈。

胡教授 为什么呀？

南桂香 （唱）他家鸡场没处搬，

正为此事发熬煎。

　　　　　　　　我们建有养殖园，

　　　　　　　　他就可以搬里边。

杨怀仁　　（唱）他要自养供场地，

　　　　　　　　他要入股分红利，

　　　　　　　　他要把鸡场来转让，

　　　　　　　　折价接收也可以。

南桂香　　杨书记说了，南争胜养鸡有经验，还要聘他为养鸡场顾问呢。

胡教授　　噢！（高兴地）很好很好，那就快说说你们的规划吧。

杨怀仁　　胡教授！（指中间）

　　　　　　（唱）中间规划建村庄，

　　　　　　　　耸立四栋新楼房。

　　　　　　　　中心花园带广场，

　　　　　　　　学校医院立两厢。（天幕现新农村规划图）

胡教授　　好。

杨怀仁　　（指村北）

　　　　　　（唱）这里原是石料场，

　　　　　　　　环山封闭远村庄。

　　　　　　　　改造建立养殖场，

　　　　　　　　屠宰加工在一旁。（天幕现养殖场规划图）

胡教授　　好。

南桂香　　（指村东）

　　　　　　（唱）村东土壤富含硒，

　　　　　　　　栽植果品最适宜。

　　　　　　　　三千亩连片建基地，

冷藏库规划建这里。（天幕现果品基地规划图）

胡教授 噢，怪不得我们的周教授看中这地方。

南桂香 （指村西）

（唱）村西是片阳坡地，

蔬菜大棚建这里。

春夏秋冬供四季，

绿色品牌创名气。（天幕现蔬菜基地规划图）

胡教授 有周教授指导，创名牌没问题。

杨怀仁 （指村南）

（唱）村南地平能水灌，

我们开发屯粮田。

吃饭端牢自己碗，

养殖场草料有来源。

胡教授 好！你们种养加销配套，粮果蔬蛋奶肉丰足，全施用有机肥，

这才是真正的生态农业，绿色食品呀！

杨怀仁 （唱）胡教授有啥好建议，

当面赐教尽管提。

胡教授 你们的规划很详尽。我的课题团队下周就去咱们村考察。

杨怀仁 太感谢了！感谢咱们学校和各位教授的大力支持。

胡教授 不客气，咱们一起共同努力！

杨怀仁 你是大忙人，我们就不打扰了。（二人下）

胡教授 （挥手）下周见。（转身）争胜哥，你出来。

（南争胜满面羞愧地从房内走出）

胡教授 你看揭发杨怀仁的材料怎么写？

南争胜　（抽自己耳光）嗯嗯嗯，我弄了场啥事呀！

胡教授　人家都替你把鸡场的问题解决了。

南争胜　可、可我把美玲的婚事，闹失塌咧。

胡教授　是两个村斗，造成两个娃吹，若两个村和——

南争胜　噢——和……或许这两个娃还能成？

胡教授　对，和！

南争胜　和和和！（对远去的杨怀仁大声喊）杨怀仁，我服咧，你是
　　　　个干大事的人！

　　　　（切光）

尾　声

（半年以后）

（南北岭生态农业有限责任公司成立大会会场）

（主席台上，坐着南桂香、胡教授、杨虎、杨龙等）

（主持人杨怀仁走上前台）

杨怀仁　南北岭生态农业有限责任公司成立大会现在开始！

　　　　（众热烈鼓掌）

杨怀仁　首先，请公司董事长南桂香讲话。（众鼓掌）

南桂香　经过杨书记的考察、咨询，并请专家论证，我们南北岭建设
　　　　美丽乡村的目标明确了，发展生态农业的支柱产业确定了。
　　　　这里我只向大家表个态，就是少说空话，多干实事，和大家
　　　　一起，撸起袖子加油干，让我们的目标早实现！

杨怀仁　下面，请公司总经理杨虎讲话。（众鼓掌）

杨　虎　我杨虎，决不辜负杨书记的培养和支持，决不辜负乡亲们的厚望。这里，我宣布公司成员分工：南桂香负总责，兼管开发屯粮田；杨虎，兼管大棚蔬菜生产；杨龙，主抓果业生产；南美玲，任养殖场场长。

众　　　好……（热烈鼓掌）

杨怀仁　（示意大家停止）几个月来，大家对南北岭美丽乡村建设的发展规划、主导产业及土地流转、资金入股、财务管理、利益分配等方面的规章制度和管理办法进行了反复讨论，最终达成了共识。可是大家最担心的问题是，我们发展生态农业，不懂技术怎么办？大家看，谁来了？（指胡教授）这是农林科技大学的胡教授，大家欢迎！

（胡教授站起，挥手向大家致意）

胡教授　我宣布，经学校研究批准，在南北岭建立粮菜果畜全面发展，加工销售成龙配套的实习、培训、科研基地。我们将把粮菜果畜最优良的品种、最先进的技术、最前沿的科研项目，放在这个基地。立足南北岭村，辐射整个渭北，实现校农合作，互利共赢。

众　　　（鼓掌、欢呼）好……

杨怀仁　（示意大家停）我宣布，南北岭生态农业有限责任公司挂——牌——

（锣鼓刚响，南争胜冲上舞台）

南争胜　别急别急别急！（挥手大声制止，锣鼓声骤停）

（青年甲、乙冲上舞台）

青年甲　南争胜，你又要挖坑堵路？

青年乙　南争胜，你不要扰乱会场！

　　　　（幕后众呼：南争胜，别扰乱！南争胜，你下来……）

　　　　（青年甲、乙把南争胜往下拉。南争胜挣扎）

南争胜　（大喊）我有话要说，我有话要说！

杨怀仁　（对青年甲、乙）哎哎哎，让人说话么！

南争胜　（激动又生气地指南桂香、杨虎等人）哎哎哎，我说你们这
　　　　些人都忘了根本。就说董事长、总经理，连管粮菜果畜的官
　　　　都被你们占完咧，咋把杨书记晾到干岸岸上咧？

杨怀仁　嘿嘿，南争胜，他们年轻、有文化，南北岭的希望，在他们身上。

南争胜　不，姜还是老的辣。杨书记，我对你有意见。

青年甲、乙　南叔，下去说，下去说。

南争胜　不，我要把话说完！

杨怀仁　让他说吧。

南争胜　过去北岭的事，你就管，现在有了南岭，你就撒手不管咧？
　　　　你偏心，你偏心！

杨　虎　谁说杨书记撒手不管咧？他还是南北岭的党总支书记。

南争胜　啊，党总支书记？咱南北岭连党都合咧？

杨怀仁　本来就是一家人么。

南争胜　这，这我南岭人就放心咧。那就挂牌！

　　　　（众大笑）

杨怀仁　挂——牌——

　　　　（锣鼓声、鞭炮声中，铁柱和美玲抬着"南北岭生态农业有限
　　　　责任公司"的牌子上场，秧歌舞起。后排就座的杨怀仁、周

教授等站起来鼓掌）

（伴唱）五峰山下乾州汉，

　　　　肩挑重担足登山。

　　　　一步一个新脚印，

　　　　建设美丽新家园。

（歌舞、伴唱中，天幕上出现南北岭村美丽乡村村容村貌、养鸡场、大棚菜、苹果示范园、文化广场等壮丽图景）

（剧终）

漂亮的尾巴（童话剧）

时　间　不详。

地　点　森林里。小白兔、老山羊、喜鹊等动物们的家园。

第 一 场

（山坡上有许多灌木丛。灌木丛旁有一块稍平坦的土场。土场的一侧，晾晒着一片干草。山坡的另一侧是一座山崖，山崖上青藤缠绕。不远处，一条小河从旁边流过。河旁有一片沼泽地。四周是茂密的森林。远处是雄伟的大山）

（一只白鹤从远处飞来，在山坡上空盘旋）

（山坡表演区）

（兔妈妈喊着口令，带着孩子们跑步上）

兔妈妈　一二一、一二一。（从土场上绕场而过）

（山崖表演区）

白　鹤　兔妈妈是一个勤奋的妈妈，孩子们也很努力。

（山坡表演区）

兔妈妈　一二一、一二一，立定！（小兔子们站定）

兔妈妈　向左转，立正，稍息。按老规矩，在跑步之前，我们要先做一段热身操。（转身排在佳佳和乐乐中间）开始！（音乐起）

（四人一字排开，跳起了欢快的热身舞）

（音乐停。四人停下）

兔妈妈　（走到前面）下面开始正式练习。（指着山崖）今天练习的目标是绕着这座山崖跑五圈，比昨天增加了一圈，你们怕不怕累？

众孩子 不怕！

兔妈妈 好样的！要想学到真本领，就不能怕苦和累。开始吧。

（欢欢第一个朝山崖跑去，接着，乐乐和佳佳也跟着朝山崖跑去）

（山崖表演区）

白　鹤 兔妈妈对孩子们要求非常严格，如此常抓不懈，一定能练出好体魄，取得好成绩。

（山坡表演区）

（妈妈看了看三个孩子的背影，欣喜地自言自语）

兔妈妈 先练耐力，再练速度，我要让孩子们一个个四肢矫健，快跑如飞，刷新兔子家族长跑新纪录。

（第二圈，欢欢和乐乐先后跑上，又绕山崖跑下，不见了佳佳）

兔妈妈 咦，怎么不见佳佳？（寻找佳佳，下）

（佳佳鬼鬼祟祟上，四瞅无人，窃喜，在灌木丛旁独自跳起不规则的舞蹈）

兔妈妈 （复上，四处搜寻）咦，跑到哪儿去了呢？（走近灌木丛，发现佳佳胡蹦乱扭的样子）佳佳，你在干什么？

佳　佳 （一惊）我……我在练舞蹈呢。

兔妈妈 不是让你们练跑步吗？

佳　佳 这一天跑呀，跑呀，太乏味了。你看喜鹊和孔雀他们，都成歌舞明星了，整天那么多粉丝追着他们，真令人羡慕。

兔妈妈 孩子，喜鹊的嗓音好，适合唱歌。孔雀的身材美，适合跳舞。

咱们兔子家族四肢发达，适合越野长跑。好好练，争取当一个长跑冠军。

佳　佳　哼，还当什么长跑冠军呢！龟兔赛跑，成了千古笑料，我走到人面前，都觉得脸红呢。看看人家喜鹊和孔雀，台上一站，千人鼓掌，万人喝彩；街上一走，这个要合影，那个让签名，多风光。听说马上要举办歌舞大赛了，我也想参加。妈，你看，我的舞蹈有没有进步？（摇摇晃晃地跳起蹩脚的舞蹈来）

兔妈妈　孩子，人各有所长，各有所短。善跑，是咱们兔子家族保护自己、帮助别人的立身之本。我们可不能图虚名、赶时髦，见异思迁，丢了兔子家族赖以生存的看家本领呀！

佳　佳　这……

（山崖表演区）

白　鹤　嗯，看来，兔妈妈是一个明事理的好妈妈。

（山坡表演区）

（欢欢和乐乐慌慌张张地跑过来，对妈妈大喊：妈妈，不好了，暴风雨就要来了！）

（霎时，西北方向乌云翻滚，电闪雷鸣，压顶而来）

欢欢、乐乐　妈妈，我们快回家吧。

（大风中，老山羊抱着干草艰难地行走着）

兔妈妈　孩子们，山羊爷爷年龄大了，咱们帮帮他。

乐乐、欢欢、佳佳　好嘞！（向老山羊跑去）

（兔子们迎着大风，抱着干草冲往老山羊家的房子）

（这时，大雨滂沱）

老山羊　谢谢，谢谢你们！

乐　乐　不用谢。

（雨渐渐停了）

兔妈妈　雨停了，我们该回去了，山羊伯伯再见！

乐乐、欢欢、佳佳　山羊爷爷再见！

老山羊　再见！

（兔妈妈母子和老山羊挥手告别）

（山崖表演区）

白　鹤　看来，兔妈妈全家都是乐于助人的人。我应该把仙丹留给他们。
　　　　（想了想）不，我还得考验他们一下。（说罢，长叫一声，
　　　　腾空而起）

兔母子　（闻声仰望）啊，白鹤！

（高空一声惊雷，电光一闪，白鹤从空中坠下，坠入沼泽地中）

兔妈妈　快，过去看看。

（母子来到沼泽地边，见白鹤在沼泽地中挣扎，翅膀上沾满了
　淤泥，动弹不得）

（前面传来白鹤的叫喊声：救救我，救救我！）

佳　佳　（闻声望去）啊，白鹤！

兔妈妈　快，我们过去看看。

（兔妈妈他们来到沼泽地边，见白鹤在沼泽地中挣扎，翅膀上
　沾满了淤泥，动弹不得）

兔妈妈　啊，我们快去救他！

欢　欢　妈，我去！（欲跳入沼泽地）

兔妈妈　（连忙拉住）不行！这样你也会陷进去的，得想别的办法。

（兔妈妈环视周围，忽然发现山崖上的青藤）

兔妈妈　快，把青藤拽下来。

（欢欢爬上崖，咬断青藤，母子合力，把青藤拽下，兔妈妈把青藤的一头向白鹤扔去。可青藤离白鹤还有一米多远，白鹤怎么够都够不着）

（兔妈妈想了想，捡了一块长条石绑在青藤的一头，然后奋力地向白鹤扔去。这一回，白鹤终于抓住了青藤。见状，大家合力把白鹤拉出沼泽地，然后又把白鹤扶到小河边，帮他洗掉了身上的淤泥……）

白　鹤　兔妈妈，谢谢你们！

乐　乐　不用谢，这是我们应该做的。

兔妈妈　白鹤大叔，我们送你去医院吧。

白　鹤　不用，这会儿我好多了。（旁白）看来，兔妈妈是一个值得信赖的人。（从身上掏出两粒仙丹）这两粒仙丹，请你们务必收下。

兔妈妈　我们没伤没病，要仙丹干什么？你受了伤，留着自己用吧。

白　鹤　这两粒仙丹，不是用来疗伤治病的，它可以用来帮你们实现美好的心愿。

兔妈妈　能帮我们实现美好的心愿？这是什么药，这么神奇？

白　鹤　兔妈妈，我就给你实说了吧。老夫深居此山五百多年，用天地正气、草木精华炼成了这两粒仙丹。刚才玉帝传令，命我速回天宫，让我临走前，将仙丹留给有德之人。你们兔子家族，勤奋好学、与人为善、乐于助人……所以我决定把这仙丹送给你们。

兔妈妈　这……白鹤大叔，这么贵重的东西，我们不能要。

白　鹤　兔妈妈，请你务必收下。

兔妈妈　我们真的不能要。

白　鹤　请你务必收下！（指着仙丹）只要你服上一粒仙丹，说声"白鹤，白鹤，快遂我愿"，然后说出你的心愿，你的心愿马上就能够实现。切记！切记！（冷不丁把仙丹塞到兔妈妈手里，然后扇动翅膀飞走了）

（天幕上出现白鹤破云远去的身影，兔妈妈捧着仙丹和孩子们仰望着白鹤在天际消失）

兔妈妈　白鹤大叔，我一定不辜负你的期望，我要用它来为大家办事，实现大家的心愿。

第　二　场

（文体活动中心的广场上，孔雀、小熊等动物们有的在唱歌，有的在跳舞，有的在做游戏……）

（广场一侧，放着一张桌子，上面立了一块写着"报名处"的牌子。一侧的墙上，贴着红纸写的启事）

（小喜鹊在桌子后面坐着。小松鼠拿着喇叭在吆喝着）

小松鼠　大家请注意，大家请注意，森林文艺中心将举行首届歌舞比赛，愿意参加的请抓紧时间报名，请抓紧时间报名。

（佳佳一跳一蹦地上）

佳　佳　听说呀，森林文艺中心要举办首届歌舞比赛。就凭我这洁白的绒毛，这红红的大眼睛，这婀娜的舞姿，我不参加谁参加？

（说完，朝报名处走去）

小松鼠 （见佳佳走来）佳佳，你来这儿干什么？

佳 佳 报名呀。

小喜鹊 报名？报什么名？

佳 佳 （指了指墙上的红纸）参加歌舞比赛呀。

小喜鹊 （疑惑地）什么？参加歌舞比赛？

佳 佳 对呀。

小松鼠 哼！就你，还想参加歌舞比赛？

佳 佳 （挠了挠头）怎么？（指孔雀等）他们能参加，我为什么不能参加？

小喜鹊 他们都有特长呀。

佳 佳 他们有特长，难道我就没有特长吗？

小松鼠 你看看启事吧。这是歌舞比赛，报名的人必须能歌善舞。你只能跑，来凑什么热闹？去去去，别影响我们的工作。

佳 佳 （生气地）你也好好看看启事，上面清清楚楚写着歌舞比赛，我虽不能唱歌，但我会跳舞呀。

小松鼠 哈哈哈，大家听听，大家都来听听！

（众人中断练习，围拢过来）

小松鼠 （指佳佳）她说她会跳舞，哈哈哈！

佳 佳 你笑什么？你是不是小看我？

小喜鹊 （上前劝解）佳佳，你不要激动。我们没有小看你，你们兔子家族的强项，谁人不知，谁人不晓？回去跟你哥你姐好好练长跑吧，下一届运动会欢迎你参加，争取当长跑冠军。

佳 佳 我不想当长跑冠军，我要和孔雀一样，当舞蹈明星。

小松鼠　哈哈哈，哈哈哈……

众　人　哈哈哈！

佳　佳　你们笑什么？你们笑什么？

小松鼠　就你，还想和孔雀一样，当舞蹈明星？（对众人）真是没有
　　　　自知之明。

佳　佳　（急）谁没有自知之明？谁没有自知之明？

小松鼠　你有自知之明，为什么会说，（学佳佳）我要和孔雀一样，
　　　　当舞蹈明星？

佳　佳　这……我爱这么说。

小松鼠　你爱这么说？（想了想）那，你敢不敢和孔雀比试比试？

佳　佳　这……

小松鼠　不敢比了吧？

佳　佳　比比就比比！

众　人　（拍手）好！

小松鼠　（把孔雀拉过来）孔雀，和她比比。

孔　雀　好吧。

小松鼠　好，开始！

　　　　（音乐起。孔雀翩翩起舞。优美的舞姿赢得阵阵掌声和喝
　　　　彩声）

　　　　（佳佳活动了一下腰身，上前和孔雀共舞。开始几步配合还可
　　　　以，赢得一些叫好声）

众　人　（交头接耳）别说，佳佳还真有两下子。

　　　　（佳佳沾沾自喜，得意忘形）

　　　　（跳着跳着，孔雀的舞步有了变化，佳佳渐渐配合不上了，有

几次踩了孔雀的脚，孔雀几乎被绊倒）

（观众由笑声变成喝倒彩）

众　人　噢，噢——

　　　　　（孔雀向佳佳做了一个跳单人舞的姿势）

　　　　　（见状，佳佳只好离开孔雀，二人各自独舞）

众　人　来精彩的……来绝活……来绝活……

孔　雀　（沾沾自喜地）好嘞！（开屏，摇摆着美丽的尾巴，翩翩起舞）

　　　　　（孔雀开屏赢得了热烈的掌声和喝彩声）

佳　佳　（不服气地）谁不会摆尾巴！看我的！

　　　　　（佳佳撅起屁股，也摇摆起自己的尾巴）

　　　　　（孔雀鞠躬退下，众人鼓掌）

　　　　　（佳佳以为大家在给自己鼓掌，还在摆尾巴）

众　人　（齐声地）小白兔，尾巴短，

　　　　　　　　一撅一撅真难看。

　　　　　　　　……

佳　佳　（发现只剩下自己一个人）哎呀！（羞愧地跑下）

众　人　哈哈哈，哈哈哈……

第 三 场

（小白兔卧室，门关闭着）

（佳佳趴在床上哭泣）

（兔妈妈挎着一篮新鲜红萝卜走进来）

兔妈妈　佳佳，你怎么哭了？

（佳佳不吭声）

兔妈妈　是不是有人欺负你了？

（佳佳还是不吭声）

兔妈妈　佳佳，我是你妈妈，你要是受了什么委屈，告诉妈妈好吗？

佳　佳　（哇的一声哭开了）刚才，我去报名参加歌舞比赛的时候，小
　　　　松鼠他们嘲笑我……

兔妈妈　他们嘲笑你啥？

佳　佳　他们嘲笑我尾巴短，说小白兔，尾巴短，一撅一撅真难看。（摸
　　　　着自己的尾巴）你看你看，和人家孔雀的尾巴一比，羞死人了！

　　　　（说着，号啕大哭起来）

兔妈妈　他们那么嘲笑你是不对的。不过，我们尾巴短可以参加长跑
　　　　比赛嘛，为什么非要参加歌舞比赛呢？

佳　佳　又说长跑，又说长跑。不听，不听，烦死了！我就要参加歌
　　　　舞比赛！妈妈，我问你，我们兔子家族的尾巴为什么这么
　　　　短呢？

兔妈妈　尾巴长，尾巴短，这都是天生的，谁也无法改变。傻孩子，别
　　　　异想天开了。这是新拔来的红萝卜，新鲜吃，吃完和你哥、
　　　　你姐练长跑去。（像突然想起什么似的）对了，我和山羊爷
　　　　爷约好了，要去跟他商量如何使用白鹤给的仙丹呢。（走出
　　　　卧室又回头）佳佳，你就别再钻牛角尖了。（下）

佳　佳　白鹤给的仙丹？我怎么把这事给忘了呢？（高兴地）我要是
　　　　找到仙丹，把它吃下去,然后说出把短尾巴变成长尾巴的心愿,
　　　　不就可以变成长尾巴了吗？对,快找仙丹！（从床上一跃而起）

（佳佳拉开抽屉寻找，没找见，就把抽屉里的东西倒地上，还是没找见）

（佳佳又打开柜子找，没找见，就把柜子里的衣服一件一件扔地上，也没找见）

（这时，门外传来了乐乐说话的声音）

乐　乐　刚才，我和哥哥都跑了好几圈了，还不见她人。佳佳，佳佳！

佳　佳　啊！（慌忙把翻出的东西收拾好，装病躺在床上）

乐　乐　（进屋）佳佳，你怎么还睡懒觉？哥哥让我回来找你，快起来！

佳　佳　我……我肚子疼。

乐　乐　啊，原来你病了？那你就躺着，我给你买药去。（下）

　　　　（佳佳偷偷看乐乐远去，又返回寻找仙丹）

　　　　（佳佳来到梳妆台跟前，拉开了梳妆台上的抽屉，发现了一个小盒子，打开一看，看到了两粒仙丹。她欣喜若狂地跳起来、蹦起来……）

佳　佳　哈哈！我终于找到了仙丹了，终于找到仙丹了！（迫不及待地吞服了一粒仙丹，冲着天空）白鹤，白鹤，快遂我愿，让我的短尾巴变成又长又漂亮的尾巴。

　　　　（话音刚落，一股烟雾笼罩了佳佳。待烟雾散去，佳佳的短尾巴真的变成又长又漂亮的尾巴了）

　　　　（佳佳迫不及待地对着镜子照了照自己，看到了自己又长又漂亮的尾巴）

佳　佳　啊！我终于有一条又长又漂亮的尾巴了！我终于有一条又长又漂亮的尾巴了！（挥动着长尾巴跳起舞来）

　　　　（唱）啦啦啦，啦啦啦，

佳佳有了长尾巴。

啦啦啦，啦啦啦，

佳佳有了长尾巴。

（一边跳，一边看着镜子，自我欣赏着，自我陶醉着。看着镜子里又长又漂亮的尾巴，突然想起）对了，我要让小松鼠和小喜鹊他们瞧瞧我这漂亮的长尾巴，看他们还敢嘲笑我不！

（看到梳妆台上的墨镜）我把它戴上。（蹦蹦跳跳地出了门）

乐　乐　（急匆匆上）佳佳，佳佳，快吃药。咦，佳佳呢？（四处寻找）她去哪儿了呢？（急得团团转）

（兔妈妈和欢欢分别从两侧上）

兔妈妈　欢欢，你怎么回来了？

欢　欢　我让乐乐回家找佳佳，等了好久，也不见她们的人影。

兔妈妈　唉，不懂事的家伙，正在家里闹情绪呢。

欢　欢　走，回家看看。

（二人进门，见乐乐着急的样子）

母、欢　乐乐，怎么啦？

乐　乐　佳佳刚才说肚子疼，我买完药回来就不见她人了。

兔妈妈　啥，肚子疼？要是有个三长两短怎么办？咱们快把她找回来。

（三人同时欲出）

兔妈妈　分头找，分头找。

母子仁　佳佳！佳佳！（绕场，分头追下）

第四场

（文体活动中心）

（小喜鹊在吊嗓子，小松鼠在做体操，孔雀在练舞，小熊在击沙袋）

（戴着墨镜的佳佳边歌边舞上）

佳　佳　（唱）啦啦啦，啦啦啦，

佳佳有了长尾巴。

啦啦啦，啦啦啦，

佳佳有了长尾巴。

（佳佳一跳一蹦地走到松鼠和小喜鹊跟前，向他们展示起自己的尾巴来）

小松鼠　呀，这么长的尾巴！

小喜鹊　呀，这么漂亮的尾巴！

佳　佳　（见小喜鹊、小松鼠惊异，更加得意洋洋）

小喜鹊　请问美女，您是谁呀？

小松鼠　请问美女，您从哪里来？

佳　佳　（捏着鼻子，学着外国人腔调）你们别问我是谁，咱们比一比尾巴，看谁的尾巴长，谁的尾巴漂亮。

小松鼠、小喜鹊　（看了看佳佳的尾巴，再看看自己的尾巴，尴尬地）

这……

佳　佳　（舞动着长尾巴，学着外国人腔调）来呀，咱们比比，咱们比比呀！

小松鼠　（尴尬地）当然是你的尾巴长啦！

小喜鹊　（尴尬地）当然是你的尾巴漂亮啦！

佳　佳　（学着外国人的腔调）这么说，你们承认你们的尾巴短啦？

小松鼠、小喜鹊　我们承认，我们承认！

佳　佳　（学着外国人的腔调）总算还有点自知之明。（朝孔雀走去）

小松鼠　（连忙拦住）美女，能不能跟你合个影？

小喜鹊　（也拦住佳佳）美女，能不能给我签个名？

佳　佳　等一会儿再说，没见这会儿我正忙着吗？

小松鼠、小喜鹊　你忙，你忙。

佳　佳　（来到孔雀跟前，学着外国人腔调）孔雀先生，咱们比一比，看谁的尾巴长，谁的尾巴漂亮？

孔　雀　（看了看佳佳）你是谁呀？

佳　佳　（学着外国人的腔调）别问我是谁，咱俩比一比，看谁的尾巴长，谁的尾巴漂亮？

孔　雀　（看了看佳佳的尾巴，再看看自己的尾巴，十分尴尬地）这……

佳　佳　（舞动着长尾巴，学着外国人腔调）来呀，咱们比比，咱们比比呀！

孔　雀　（尴尬地）当然是你的尾巴长，你的尾巴漂亮啦！我甘拜下风。（下）

佳　佳　（得意地学着外国人腔调）大家都听到了吧？连孔雀都说他甘拜下风啦。哈哈哈！

小　熊　（迎上前）美女，能不能和你合个影？

孔　雀　（迎上前）美女，能不能给我签个名？

小松鼠　（跑过来）美女，跟我合个影。

小喜鹊　（跑过来）美女，给我签个名。

　　　　（众围住佳佳，争先恐后要佳佳合影、签名）

佳　佳　（高兴地）噢，我成明星了，我成明星了！哈哈哈哈，这么多
　　　　粉丝。

小　熊　（冲松鼠和喜鹊）后面排队去！

孔　雀　对，后面排队去！

小松鼠　排什么队？刚才我们就给这位美女说了。（说着排到小熊前面）

小喜鹊　就是的，刚才我们就给她说了。（说着排到松鼠前面）

小　熊　什么刚才就说了？刚才说的不算！（说着，排到松鼠和喜鹊
　　　　前面）

孔　雀　对，刚才说的不算！

小喜鹊　小熊，你讲理不讲理？（说着排到小熊前面）

小松鼠　小熊，你讲不讲文明？（站到了喜鹊的前面）

佳　佳　（学外国人腔调）好了，好了，别吵了，我的时间很宝贵，只
　　　　能给一个人签名。

众　　　（争抢）给我签，给我签……

佳　佳　（拉出小熊）他体长背宽，我把名签在他的背上，大家都看得
　　　　见。他无论走到哪里，都能给我做宣传。

小　熊　（高兴地）听明星的。（摆好姿势）

　　　　（佳佳在小熊背上签名，大家围观）

众　人　（惊愕地）啊，佳佳？怎么和小白兔叫一样的名字呢？

佳　佳　哈哈哈！哈哈哈！（不学外国腔，取下墨镜）你们仔细瞧

一瞧，看我到底是谁？

小松鼠　（细瞅）啊，你真是佳佳？！

佳　佳　我当然是佳佳啦！小松鼠，请问，现在我能不能参加歌舞比赛了？

小松鼠、小喜鹊　能，能！

佳　佳　那，到时候，就看我和孔雀决一胜负吧！

众　人　佳佳，你的尾巴怎么突然变得这么长这么漂亮了呢？

佳　佳　无可奉告！无可奉告！好了，我还要到别处去展示我的风采呢，拜拜！（下）

众　人　（诧异地望着佳佳的背影）哇！简直不可思议！

第五场

（通往另一片树林的小路上。路旁有许多灌木丛）

（戴着墨镜的佳佳边舞边唱上）

佳　佳　（唱）啦啦啦，啦啦啦，

　　　　　　佳佳有了长尾巴……

（幕后传来乐乐和欢欢的喊声：佳佳，你在哪儿？佳佳，你在哪儿？）

佳　佳　（听到喊声）啊呀，不好！我姐和我哥来了，我不能让他们看到这长尾巴，（慌）对，绝不能让他们看到我的长尾巴。（看了看四周）我先藏到灌木丛去！（朝路旁的灌木丛里钻）不料，长尾巴被路旁刺枣树的长刺钩住了……

佳　佳　这该死的枣刺！（使劲地往前拽，但任凭她怎么拽都拽不下来。累得她气喘吁吁）

（乐乐和欢欢一边走一边喊：佳佳，你在哪儿？）

（佳佳仍在拽她的长尾巴）

（乐乐和欢欢上，朝佳佳这边走来）

佳　佳　不好，不能让他们看见我的脸！（把头扭向一边，藏到草丛里）

乐　乐　（朝佳佳走过来）佳佳，佳佳，你在哪儿？

欢　欢　（跟在乐乐后面）佳佳，你在哪儿？

乐　乐　佳佳，你在哪儿？（走佳佳跟前，看到了长尾巴）咦，这是什么动物？这么长的尾巴，可她的身体和头又像兔子。

欢　欢　（走上前，看了看）就是的，这是什么动物呀？这么漂亮的尾巴。啊，她的尾巴让枣树刺给钩住了。

乐　乐　就是的，还扎得挺深。欢欢，我们帮她把尾巴拽下来好不好？

欢　欢　好嘞！

（两人一起握住佳佳的尾巴使劲拽）

两　人　一二三，加油！一二三，加油！

佳　佳　哎哟，痛死我了，痛死我了！

乐　乐　咦，这不是佳佳的声音吗？（松开手，转过身，拨开草丛，看了看，取下佳佳戴的墨镜，又仔细看了看）就是佳佳！

欢　欢　（也走上前端详了一会儿）嗯，就是佳佳。

乐　乐　佳佳，你的尾巴怎么一下变得这么长这么漂亮了呢？

佳　佳　这……先不说这些吧，你们赶快帮我把尾巴从枣刺上弄下来吧。

乐　乐　对，欢欢，来，我们继续拽。

欢　欢　好嘞！

　　　　（两人握住佳佳的尾巴使劲拽）

两　人　一二三，加油！一二三，加油！

佳　佳　哎哟，痛死我了，痛死我了！

欢　欢　（想了想）我们不能这么硬拽。（松开手，找来一根树枝）乐
　　　　乐，你把尾巴往回松一点。

乐　乐　好嘞！（握着尾巴往回拽）

欢　欢　对，就这样。（用树枝使劲把尾巴挑起来）

　　　　（乐乐顺势把尾巴从枣树刺中分离）

乐乐、欢欢　分开喽！分开喽！

佳　佳　（站起身）谢谢你们！咦，你们是怎么找到这儿的？

乐　乐　刚才我买完药回家，不见你人影。妈妈听说你肚子疼，就领
　　　　着我们来找你来了。咦，佳佳，你现在肚子还疼不疼了？

佳　佳　不怎么疼了。

欢　欢　那，你怎么一个人跑这儿来了呢？还有，你的尾巴怎么一下
　　　　变得这么长这么漂亮了呢？

乐　乐　就是的，你的尾巴怎么一下变得这么长这么漂亮了呢？

佳　佳　这……

欢　欢　佳佳，你说呀，这到底是怎么回事？

佳　佳　这……

　　　　（兔妈妈上）

兔妈妈　佳佳，佳佳，你在哪儿？

乐　乐　妈妈，佳佳在这儿呢！

兔妈妈　（看见了乐乐和欢欢）乐乐，你找到佳佳了吗？

321

欢　欢　（指着佳佳）这不是？

兔妈妈　（看了看，怀疑地）这是佳佳？

佳　佳　妈妈，我就是佳佳呀！

兔妈妈　哦，我听出来了，你真是佳佳。（看了看佳佳的长尾巴）佳佳，
　　　　你咋突然长出这么长的尾巴来了呢？

佳　佳　这……

欢　欢　佳佳，你说呀，这到底是怎么回事？

佳　佳　这……

兔妈妈　（旁白）这里面一定有什么不愿意告人的秘密。（转身）佳佳，
　　　　如果你做错了什么，希望你能给妈妈说实话。（说着，用期
　　　　望的目光看着佳佳）

佳　佳　（低下了头）这……

乐　乐　佳佳，你快说吧。老师不是让我们要做诚实的孩子吗？

兔妈妈　佳佳是个好孩子，我相信佳佳会说实话的。

佳　佳　（低声地）我想有一条漂亮的长尾巴，在舞蹈比赛中战胜孔雀，
　　　　成为大明星，就把家里的仙丹偷吃了一粒。

兔妈妈　啊！你把仙丹偷吃了一粒？这仙丹是留着给大家办事用的，
　　　　你怎么能把它偷吃了呢？你……你气死我了！（拿起地上的
　　　　树枝就要打佳佳）

佳　佳　（躲藏）妈妈，我错了！

兔妈妈　（追打）我打死你！

佳　佳　（躲藏不及，挨了一下）妈妈，我错了，我再也不敢了！

兔妈妈　（停下了，指着佳佳的长尾巴，语重心长地）佳佳，短尾巴是
　　　　我们兔子家族的特征，它可以让我们跑得更快，赢得逃命的

时间。而你，却偏偏羡慕别人的长尾巴。我担心，这么长的尾巴，将来会成为你的累赘的！

乐　乐　就是的，刚才，佳佳的尾巴就被枣树刺给钩住了，她挣扎了半天都没有挣脱。

兔妈妈　是不是？这多危险呀，刚才要是大灰狼来了怎么办？（想了想，一把抓住佳佳的尾巴）走，跟我回家，我要把你这中看不中用的尾巴割掉！

佳　佳　不嘛，不嘛！（哭喊着）

兔妈妈　不行，必须割！

佳　佳　（哀求）妈妈，你别割，我求求你了，我求求你了！

兔妈妈　你求我也不行！走，快跟我走！（拉着佳佳就走）

佳　佳　（脚抵着地）不嘛，不嘛！

兔妈妈　不行！快跟我走！（不理会佳佳，硬拉着佳佳朝前面走）

　　　　（乐乐和欢欢跟在后面不吭声）

　　　　（走着走着，当走到一片茂密的树林的时候，天空飞过来一群大雁）

欢　欢　（指空中）看，大雁！

兔妈妈、乐乐　（抬头）啊！这么多大雁！

　　　　（趁妈妈、欢欢和乐乐朝天空看大雁这当儿，佳佳猛地挣脱妈妈的手，蹿进树林里）

兔妈妈　（发现佳佳蹿进树林）快去追！

乐乐、欢欢　好！（追进树林）

　　　　（随后，兔妈妈也跟着追进树林）

　　　　（佳佳跑进树林，看到一棵大树，连忙躲到大树后面，并把长

尾巴握在手里，不让乐乐、欢欢和妈妈看见）

（这时候，乐乐和欢欢追了进来）

乐　乐　（朝四处看了看）咦，佳佳呢？

（这时候，兔妈妈也跑进来）

兔妈妈　（朝四周看了看）咦，佳佳呢？

欢　欢　（指了指前面的草丛）会不会藏到草丛里了？

兔妈妈　（想了想）欢欢，你跟我去草丛那儿找找，（指大树方向）乐乐，你去那儿看看。（说完，招呼着欢欢朝草丛走去）

乐　乐　好嘞！（朝大树方向走去）

（佳佳见乐乐走过来，连忙躲到树的另一面，屏住呼吸）

（当乐乐朝树后面走过来，佳佳又悄悄地躲到树的另一面）

（乐乐又朝四周看了看，没发现佳佳，就朝一旁走去）

（过了一会儿，躲在大树后面的佳佳见妈妈、欢欢和乐乐朝别的地方寻找去了，就悄悄地溜出树林，朝山下跑去……）

第 六 场

（佳佳气喘吁吁地上）

佳　佳　幸亏我机灵，要不然，这漂亮的长尾巴就保不住了。

乐　乐　（上，看见了佳佳）佳佳，你怎么跑这儿来了？

佳　佳　啊！（拔腿就跑）

（佳佳在前面跑，乐乐在后面追。佳佳由于尾巴长，跑得慢，不一会儿就被乐乐抓住了尾巴）

乐　乐　快跟我回去！你现在拖了条长尾巴，没有以前跑得快了，一个人在这儿太危险了。

佳　佳　不，我不回去，我要是回去了，我这长尾巴就保不住了。

（正在这时，不远处传来小喜鹊的喊声：大灰狼来了！大灰狼来了！）

乐　乐　啊！大灰狼来了，我们快跑！

（乐乐和佳佳两人拼命地朝前跑）

（大灰狼追上，看见了乐乐和佳佳，朝她们追过来）

乐　乐　（回头，见大灰狼追过来）快！快！大灰狼追来了！

（乐乐和佳佳拼命地朝前跑）（下）

大灰狼　（追上）看你们往哪儿跑！（追下）

（乐乐和佳佳跑上，累得气喘吁吁的。佳佳由于尾巴长，身子轻，步履不稳，跑不快，累得她上气不接下气）

佳　佳　（气喘吁吁地）我跑不动了！

乐　乐　（拉着佳佳）快跑！（跑下）

大灰狼　（上）你们给我站住！给我站住！（追下）

（乐乐扶着佳佳跑上。两个人跑得越来越慢了）

（大灰狼离她们越来越近了）

佳　佳　（看了看后面）姐姐，别管我，你快跑吧！

乐　乐　不，我不能扔下你。（扶着佳佳）快！快跑！

（大灰狼越来越近了）

（小喜鹊飞过来："前面有几个兔洞，你们赶快钻进去，我去叫人！"说完，飞走了）

乐　乐　（指着离佳佳近的兔洞）佳佳，你快钻进去！

佳　佳　好！（钻进兔洞）

　　　　　（乐乐见佳佳钻进兔洞，跑了几步，也迅速钻进另一个兔洞）

　　　　　（大灰狼跑了过来）

大灰狼　（看了看三个兔洞）俗话说，狡兔三窟，一点不假。这兔子呀，
　　　　　一钻进兔洞，我就拿他们没办法了。（欲走，发现了佳佳的
　　　　　尾巴梢）咦，这是什么？这不是尾巴梢吗？（上前一把抓住
　　　　　尾巴梢使劲往外拽）

佳　佳　（在兔洞里）救命啊！救命！

大灰狼　你喊也没用，今天我要让你的命就断送在这条漂亮的尾巴上！
　　　　　（使劲地往外拽）

　　　　　（洞里的佳佳拼命往里钻，洞外的大灰狼使劲地往外拉，像拔
　　　　　河一样）

佳　佳　（绝望地）救命啊！救命啊！

　　　　　（这时，乐乐从兔洞里悄悄地钻出来）

乐　乐　我得想办法救佳佳。（看见地上的小石头）咦，有了！（捡
　　　　　了块小石头，高声地）放开我妹妹！（使劲地将小石头朝大
　　　　　灰狼掷过去）

　　　　　（大灰狼一回头，连忙松开佳佳，闪到一旁，然后朝乐乐扑过来）

　　　　　（乐乐见大灰狼扑过来，飞快地钻进兔洞里）

　　　　　（大灰狼来到兔洞跟前，用爪子刨了几下洞口后停下了）

大灰狼　（恶狠狠地）你这个短尾巴兔，你要是再敢出来，我非抓住你
　　　　　咬死你不可！（说完，悻悻地回到佳佳钻进去的兔洞跟前）

　　　　　（大灰狼再次抓住佳佳的尾巴梢，使劲地往外拽）

佳　佳　（大声地）救命啊！救命啊！

　　　　　（这时，乐乐从兔洞里又悄悄地钻出来，捡起一块小石头，朝
　　　　　大灰狼狠狠地掷过去，砸在了大灰狼的背上）

　　　　　（大灰狼"哎哟"一声，松开佳佳的尾巴，朝乐乐扑过来）

　　　　　（乐乐见大灰狼扑过来，又飞快地钻进兔洞里）

大灰狼　（朝兔洞看了看）这只小白兔，太狡猾了。（想了想）我还是
　　　　　把那长尾巴的兔子拽出来吧。（又回到佳佳钻进去的兔洞跟
　　　　　前，抓住佳佳的尾巴，使劲地朝外拽）

佳　佳　（大声地）救命啊！救命啊！

　　　　　（正在这时，小喜鹊领着兔妈妈、欢欢、小熊、小松鼠、孔雀、
　　　　　老山羊赶到了。大家见大灰狼抓住佳佳的尾巴，一齐举棍朝
　　　　　大灰狼冲过来）

　　　　　（大灰狼见了，连忙松开佳佳的尾巴，拔腿就跑）

　　　　　（见状，众人朝大灰狼追去。欢欢跑得最快，他追上大灰狼，
　　　　　举棍狠狠地朝大灰狼打去。大灰狼背上挨了一下，嚎叫一声
　　　　　跑了）

　　　　　（大家追了一阵，见大灰狼跑远了，便回到了兔洞跟前）

佳　佳　（在乐乐的帮助下从洞里爬出来，看到兔妈妈，一下扑到兔妈
　　　　　妈怀里）妈妈，我错了！（昏晕过去）

兔妈妈　（搂着佳佳）我的孩子！

众　　　（急呼）佳佳，佳佳……

佳　佳　（慢慢睁开眼睛，刚一举步，尾痛难忍，急用双手托住长尾巴）

众　　　（齐指着佳佳尾部）啊，血！

　　　　　（切光）

第七场

（小白兔家）

（佳佳在床上疼得翻滚，大叫）

佳　佳　哎哟，哎哟，疼死我了，疼死我了！

乐　乐　别喊，让我看看。（对内）哥哥，快来看呀！

欢　欢　（跑上，观看）啊，尾根溃烂了。

佳　佳　可恶的大灰狼，拽得太狠了。哎呀，哎呀，疼死我了，疼死我了！

欢　欢　佳佳，你坚持一会儿，妈妈去请医生了，一会儿就回来。

　　　　（戴着眼镜、挂着听诊器的熊医生上，后面跟着背着药箱的小熊，再后面跟着松鼠、喜鹊、孔雀、老山羊和腿上裹着纱布的兔妈妈）

佳　佳　疼死我了，疼死我了！

　　　　（熊医生上前，查看伤口）

熊医生　啊，伤口严重感染。

兔妈妈　怎么办？

熊医生　必须马上动手术，割掉长尾巴。

佳　佳　我不割尾巴，我怕疼，我怕疼！（慌忙拉被子把自己盖严）哎哟，疼死我了，疼死我了！

熊医生　兔妈妈，怎么办？

　　　　（兔妈妈沉思不语）

众　　　（等待兔妈妈的决定）兔妈妈——

兔妈妈　这个长尾巴，中看不中用，还险些送了她的命。再疼也要割，熊医生，动手吧！

乐　乐　医生，把佳佳的长尾巴割了，将来还会长出短尾巴吗？

熊医生　（想了想）应该不会再长出短尾巴了，因为你们兔子家族的尾巴没有再生功能。

欢　欢　妈，佳佳成了秃尾巴，到时候，恐怕连对象都找不下了。

众　　　（交头接耳议论）是呀，多漂亮的小姑娘，没有尾巴，多难看呀！

兔妈妈　小伙伴们，你们的心情可以理解，但大家想过没有？是虚荣心重要，还是生命重要？看看咱们的周围，不是大树林，就是灌木丛。再看看我们的天敌，山中有豺狼，空中有老鹰。拖着长长的尾巴，怎么在这大树林和灌木丛中生活？怎么躲避天敌的袭击？

众　　　（交头接耳议论）兔妈妈说得有道理。长尾巴中看不中用，留下是祸患……

欢　欢　刚才妈妈说得非常对，可我不忍心让佳佳受一刀之痛，更不忍心小妹妹落个秃尾巴呀！医生，难道再没有别的办法了吗？

熊医生　（想了想）除了割尾巴，再没有什么好办法了。

乐　乐　别的办法？咦，妈妈，咱们家不是还有一粒仙丹吗？

欢　欢　对呀，让佳佳吃了仙丹，去掉长尾巴，把原来的尾巴再变回来。

众　　　对啊！（大家看着兔妈妈）

兔妈妈　我知道是还有一粒仙丹，可是，不能给她吃呀！

众　　　为什么？

兔妈妈　　仙鹤给的两粒仙丹，我已经和山羊大叔商量了，准备召开森林全体村民会议，讨论如何实现大家的共同心愿，没想到却被佳佳偷吃了一粒。剩下的这粒仙丹，无论如何也不能让她吃了，必须用来实现大家的心愿。

老山羊　　据我所知，这两粒仙丹是因为你们全家人救了白鹤，白鹤为报答你们送给你们的，白鹤并没有让给大家办事呀。

欢欢、乐乐　就是的。

兔妈妈　　可是我已经给山羊大叔你说了，要用它来为大家办事的呀。我不能为了自己的孩子，不守信用呀！

老山羊　　这仙丹本来就是白鹤报答你们的，现在佳佳需要，你就把它给佳佳吃了吧。

众　　　　对，就把它给佳佳吃了吧！

兔妈妈　　不能给！

众　　　　应该给！

兔妈妈　　不能给！

老山羊　　兔妈妈，你不是说要用仙丹来实现大家的心愿吗？

兔妈妈　　对呀。

老山羊　　那就交给我吧，我要用它来实现大家的心愿。（面向大家）大家信任不信任我？

众　　　　信任！

兔妈妈　　好。（进里屋取出仙丹交给老山羊）

老山羊　　（举起仙丹）看来大家都希望佳佳好起来，我就按照大家的心愿，把仙丹送给佳佳。（把仙丹塞到佳佳被窝里）

兔妈妈　　不能给！（上前欲拦，被喜鹊、孔雀等拉住）

佳　佳　（猛然掀开被子，坐了起来）山羊爷爷……（拿着仙丹，捧在胸前，激动地泪流满面，双手发抖，久久不能说话）

兔妈妈　佳佳，不能吃！

众　　　佳佳，吃了它！

佳　佳　刚才，妈妈和哥哥姐姐说的话，我都听到了。大家说的话，我也听到了。想起昨天，这条可恶的长尾巴，害得我和姐姐差点让狼吃了。要不是大家齐心协力来相救，我的命早就没了。回想起来，我贪图虚荣，偷吃仙丹，害了自己，也差点害了全家。这粒仙丹，是妈妈承诺实现大家的心愿的，我怎么能再吃了它呢？山羊爷爷，您是长者，德高望重，您就留着它，用它来实现全森林动物们的美好心愿吧！（把仙丹塞到老山羊手中）

众　　　那你的长尾巴怎么办？

佳　佳　割掉它！

老山羊　佳佳，你想过没有，到时候，你成了秃尾巴的姑娘怎么办呀？

佳　佳　妈，到时候我真的成了秃尾巴，也不后悔。原来，我一心想学舞蹈，想当舞蹈明星，想有一条漂亮的长尾巴。经过昨天这件事，让我一下明白了，我们兔子家族的特长，就在于尾巴短，跑得快。妈妈，我现在改变主意了。

兔妈妈　孩子，你改变啥主意了？

佳　佳　妈妈，我要好好练长跑，将来当一名长跑运动员，为我们兔子家族争光！

兔妈妈　好！妈妈为你点赞！

众　　　佳佳，我们也为你点赞！

佳　佳　医生，请马上给我动手术吧。我要把割下来的尾巴挂在我卧
　　　　室里，天天看着它，牢牢记住这血的教训！

熊医生　（看了看兔妈妈）兔妈妈，怎么办？

兔妈妈　（热泪盈眶地）那就尊重孩子的意愿吧。

熊医生　好嘞！

　　　　（切光）

尾　声

（山坡下的空地上）

（山坡表演区）

（身穿汗衫和短裤的秃尾巴佳佳正在绕圈跑步。她气喘吁吁，
汗流浃背）

（兔妈妈、欢欢和乐乐坐在空地旁的草地上。乐乐跟前还立着
一个计数牌，牌上显示着"26"）

乐　乐　（把牌子上写着数字的布翻了过去，牌子上出现"27"）已经
　　　　跑了二十七圈了，佳佳，加油！

欢　欢　佳佳，加油！

兔妈妈　佳佳，你要是跑不动，就歇歇。

佳　佳　不，我一定要完成今天的目标。（说着，又奋力地朝前跑去）

乐　乐　妈妈，佳佳的进步真快，速度和耐力，都快赶上我了。

　　　　（山崖表演区）

　　　　（白鹤从天而降，落在山坡旁的山崖上）

白　鹤　玉帝命我到北国巡视，路过这儿，顺便来看一看兔子家族。嘿，他们还是那么勤奋。尤其那小白兔佳佳，练得多认真！（十分感慨地）孺子可教也！

（山坡表演区）

（佳佳又跑了一圈）

（小松鼠、小喜鹊、孔雀、小熊等众动物悄悄上，藏在树后）

乐　乐　（又把计数牌向上翻了一页，牌子上出现了"28"）已经二十八圈了，还有两圈，佳佳，加油！

欢　欢　佳佳，加油！

（佳佳的脚步明显放慢了，一副疲惫不堪的样子）

兔妈妈　（心痛地）佳佳，你要是跑不动的话就算了，不要硬撑。

佳　佳　不，我一定要坚持跑完！（说着，又费力地朝前跑去）

乐　乐　佳佳，我来给你当助跑。（跑到佳佳右边，陪跑）

欢　欢　我也去！（跑到佳佳左边）

（欢欢、乐乐一左一右为佳佳助跑，又跑了一圈）

兔妈妈　（把计数牌又向上翻了一页，牌子上出现了"29"）已经二十九圈了，还有一圈，佳佳，加油！

（跑着跑着，佳佳的脚步更加放慢了，一副踉踉跄跄的样子）

兔妈妈　（更加心疼地）佳佳，你停下吧！这目标是你自己定的，完不成没关系。

佳　佳　（擦了一下额头上的汗）妈妈，我一定要坚持跑完！（一咬牙，又朝前踉踉跄跄地跑去）

众动物　（边鼓掌边喊加油从两边齐上）加油！加油！

（佳佳、乐乐和欢欢在舞台中间，面向观众，做跑步动作。在

众人的欢呼中，做最后冲刺动作）

兔妈妈　（吹了一声长哨，展示了一下跑表）佳佳今天跑够了三十圈，

时间和乐乐一样长，都刷新了我们兔子家族女子长跑的新纪录。

欢欢、佳佳、乐乐　噢——（激动得抱在一起）

（妈妈也上前抱住佳佳）

（四个人拥抱在一起）

小喜鹊、小松鼠　祝贺佳佳训练取得好成绩！

孔雀、小熊　预祝佳佳长跑比赛取得好成绩！

佳　佳　（热泪盈眶地）谢谢！谢谢大家！

小喜鹊　让我们一起唱起来！

兔妈妈　让我们一起跳起来！

（白鹤也跑了过来，插入队伍中）

（歌舞起，音乐起）

长尾巴，

短尾巴，

一样自豪；

你能舞，

我能跑，

各领风骚。

（与曹豫龙合作）

生母养母

人　物

金大娘　五十岁左右，金成的妈妈。

　　　　　（青年金大娘，三十四五岁）

金　成　二十多岁，金大娘的儿子。

小　艾　二十多岁，金成的女朋友。

李警官　三十多岁，小艾的嫂子。

小　玉　二十多岁，金大娘的女儿，唐三婶的养女。

　　　　　（幼年小玉，七岁）

唐三婶　六十多岁，小玉的养母。

　　　　　（青年唐三婶，三十二三岁）

医生、群众、护士等

第 一 场

（医生办公室，高医生正翻阅病历和化验单）

唐三婶 　（上唱）打针吃药又化验，

　　　　　　　　费用花了好几千。

　　　　　　　　女儿闹着要出院，

　　　　　　　　去和医生再谈谈。

　　　　（进办公室）高医生。

高医生　噢，大婶，坐，坐。

唐三婶　高医生，小玉硬闹着要出院，说她不就是个感冒发烧吗，带

　　　　些药回去吃几天就好了。你就开些药，让我们回去吧。

高医生　大婶，小玉不是感冒发烧，化验结果出来了，是，是……

唐三婶　是什么病？

高医生　（背弓）这个病，很糟糕，

　　　　　　　　担心大婶受不了。

唐三婶　（背弓）看神色，恐不妙，

　　　　　　　　一时心跳血压高。

高医生　（背弓）先劝婶子回病房，

　　　　　　　　想好策略慢慢聊。

唐三婶　（背弓）或是瞎，或是好，

　　　　　　　　他不说明心更焦。

高医生 （背弓）她女儿闹着要出院，

病不说明咋治疗？

唐三婶 高医生，快告诉我，小玉她到底得的什么病呀？

高医生 婶子，小玉是血液方面的问题……

唐三婶 啊，血液方面，是不是一床病人得的那种病，叫叫什么……白、白血病？

高医生 不过你们来得早，发现得很及时，早期抓紧治疗……

唐三婶 不！那个病人，已经花了几十万，听说等什么骨髓移植，等了多半年，人快不行了。难道我女儿她……（晕倒）

高医生 大婶！（呼唤，抢救）

小　玉 （上唱）妈妈前去办出院，

为什么久久不回还？

唐三婶 （苏醒，大哭）天哪，白血病，白血病，我女儿是白血病……

小　玉 （一惊，止步）啥？白血病，白血病，我是白血病！（几乎晕倒，急扶住墙）

护　士 （上，见状，急扶）小玉，小玉，你怎么啦？

（医生办公室内）

唐三婶 啊，不能让女儿知道，不能让女儿知道。（拉住高医生的手）高医生，千万不要告诉我女儿呀！（抹泪）

（医生办公室外）

小　玉 不能让妈看见我这样，不能让妈看见我这样。（抓住护士的手）大姐，别告诉我妈——说……我……知道病情。（抹泪）

（唐三婶欲出，小玉欲进，二人相遇）

唐三婶 小玉。

小　玉　妈。

（二人都强换笑颜）

唐三婶　小玉，医生说你是重感冒，还得住几天。

小　玉　妈，我听医生的。

（母女同时掉过头抹泪，又同时回过头强笑）

小　玉　妈，你看女儿这身体，啥病扛不过去？

唐三婶　我娃行，不就是感冒吗？不要紧。

（二人又掉过头抹泪）

（高医生示意护士，护士上前）

护　士　小玉，你回病房，还要挂吊瓶。

唐三婶　噢，快走。（欲和小玉下）

高医生　婶子，等等，我再给小玉开些药。（唐三婶返回）你坐。孩
子的治疗，我想和你谈谈。

唐三婶　高医生……（趴在桌上失声痛哭）

（切光）

第　二　场

（金大娘家，正面是客厅，一侧是卧室）

（金大娘手提黑提兜，做痛苦、焦虑状，开门，进客厅，把提
兜放在茶几上）

金大娘　怎么办，怎么办？老天呀，你让我怎么办呀！

（唱）银行取回三十万，

给儿子买房把钱添。

路上忽然听人言，

霎时乱箭穿心肝。

小玉得了白血病，

没钱救治发熬煎。

儿用钱，女用钱，

怎么办？好为难。

有心送钱去医院，

儿子要问咋隐瞒？

（抹泪）唉，我生下女儿，她奶奶说政策只准生一胎，没
男娃，金家就断了后，背着我把娃送给人家。我东打问，
西找寻，整整七年，不知跑了多少路，流了多少泪。婆
母见我快要发疯，在临终前，才向我透露了小玉的下落。
那一天，我去看我的女儿小玉——（暗转）

（第二表演区，七岁小玉背着书包，唱着歌儿，蹦蹦跳跳上）

幼年小玉　（唱）世上只有妈妈好，

　　　　　　有妈的孩子像块宝。

　　　　　　……

（青年金大娘从一旁闪出）

青年金大娘　孩子，你叫什么名字？

幼年小玉　我叫小玉。

青年金大娘　啊，你就是小玉？长得真乖，来，吃糖。

幼年小玉　妈妈说了，不能吃别人的东西。

青年金大娘　你的歌儿唱得好听，奖给你的，快拿上。（塞在小玉手中）

幼年小玉　我在班上唱歌比赛得了第一名，老师还给我奖了一个卡通玩具呢。

青年金大娘　哦，你看我，没买玩具，奖给你些钱，自己去买吧。（把钱塞给小玉，趁势把小玉抱在怀里，亲吻）

（青年唐三婶边喊边追上）

青年唐三婶　小玉，小玉！（见状）啊，是她。（上前夺过小玉，推开金大娘）你要干什么？

青年金大娘　（一愣）哦？你——

幼年小玉　妈妈，我歌儿唱得好听，阿姨奖给我的。

青年唐三婶　她是拐卖儿童的坏蛋，要把你骗到很远的地方卖了。乖乖，不要坏人的东西。

幼年小玉　啊，坏蛋！我不要你的东西。（把糖和钱摔向金大娘，偎入唐三婶怀中）妈妈！

青年唐三婶　跟妈妈走。（拉小玉下）哼，你走远！

青年金大娘　啊，小玉！

　　　　　　　（唱）十月怀胎儿落地，

　　　　　　　　　　婆母强扭母女离。

　　　　　　　　　　母女离，常戚戚，

　　　　　　　　　　不思饮食泪湿衣。

　　　　　　　　　　七年奔波寻根底，

　　　　　　　　　　才知女儿在这里。

　　　　　　　　　　见女儿，心欢喜，

　　　　　　　　　　决心永世不分离。

　　　　　　　　　　没想到刚说几句话，

又被强拉各东西。

小玉呀，

　　　妈妈不能没有你，

　　　定要把你领回去。

小玉，小玉！（哭，追）

青年唐三婶　（气冲冲上）

（唱）金家昧心食诺言，

　　　寻女来到我门前。

　　　今天要给她一点颜色看，

　　　免得以后再纠缠。

（上前打金大娘一个耳光）

　　　走远走远快走远，

　　　小心我给你作难堪。

青年金大娘　啊，你、你打我为何？

青年唐三婶　说话不算数，就得掌嘴。

青年金大娘　我说什么啦？

青年唐三婶　当年你婆母和我对天发誓，说两家互不来往，孩子身世
　　　　　　　不让任何人知道。你今天来到我家门前认娃，不是背信
　　　　　　　弃义，又是什么？

青年金大娘　孩子是我婆母背着我抱走的。

青年唐三婶　可你婆母当时明明说，你嫌是个女娃，要给金家生一个
　　　　　　　传宗接代的儿子，是你同意把娃给我的。

青年金大娘　天哪，哪个做母亲的，甘愿舍弃自己的孩子呀？

（唱）儿女都是娘心肝，

　　　谁家儿女有多嫌？

342

谁不想儿女依偎长相伴，

谁的心不被儿女牵？

婆母不能代表我，

生母才有抚养权。

青年唐三婶 （唱）说什么你有抚养权，

这七年你在哪一边？

青年金大娘 （唱）你养小玉整七年，

我会给你辛苦钱。

青年唐三婶 （唱）你纵有金山和银山，

要换小玉难上加难。

青年金大娘 （唱）若不给咱们上法院，

要不回女儿，

我、我、我誓不休来心不甘。

哼！（气冲冲站一旁）

青年唐三婶 啊！

（背弓）听她说要上法院，

不由我顿时心胆寒。

打官司娃的身世会露馅，

打官司她是生母理占先。

明身世小玉会把心思变，

明身世族亲怨我说谎言。

小玉走唐家就会香火断，

小玉走老无所依身孤单。

我在人前怎立站？

死去的丈夫丧脸面。

怎么办？好为难，

屋檐下就得把腰弯。

甭硬怼，要服软，

跪求大姐把我怜。（下跪）

青年金大娘　啊，你怎么了？快起来，快起来！

青年唐三婶　（唱）你不答应我不起，

望大姐细细听我言。

青年金大娘　你说。

青年唐三婶　（唱）剖腹产下一死胎，

再想生养难育怀。

恐怕丈夫把我怪，

抱养谎称生女孩。

全家人个个把她爱，

好吃好喝好穿戴。

小玉活泼嘴巧乖，

我一家和和美美恩恩爱爱欢欢喜喜乐开怀。

谁料想好景不久长，

丈夫车祸受重伤。

弥留时他对小玉泪眼望，

抓住我手诉衷肠。

小玉是唐家根苗唐家秧，

要为唐家续火香。

从此我和小玉相依相傍，

把一切寄托在女儿身上。

小玉她若知道是我抱养，

一定会离开我去找亲娘。

乡邻们若知道事情真相，

哄唐家断香火我罪恶难当。

丈夫死女儿别我将何往？

祥林嫂就是我孤苦下场。

你若要执意地对簿公堂，

那就是立逼我去见阎王。（哭）

青年金大娘　（唱）一席话听得我心肝破碎，

情真真意切切句句入微。

我也爱她也爱爱织经纬，

生母爱养母爱爱心同归。

细思想我还有儿子依偎，

离小玉后半生她去靠谁？

我十月怀胎尚心疼，

她七年养育怎舍得？

青年唐三婶　大姐，小玉是我的命呀，离开小玉，我就活不成了！

青年金大娘　（唱）要小玉会把她的家庭毁，

事做绝老天给我降罪责。

你看她一把涕来一把泪，

不由我肠热心软泪纷飞。

（扶唐三婶）大妹子，快起来，我答应你。

青年唐三婶　不，大姐，你要向我发誓，孩子的身世，不能告诉任何人。

包括你的亲人、儿子。

345

青年金大娘　大妹子，大姐向天发誓，小玉的身世，天知地知你知我知，我若告诉任何人，天打五雷轰。

青年唐三婶　（紧紧抱住金大娘）大姐，我求你了，从今往后，请你不要再来找孩子，给她钱、给她东西。请你相信我，我会让小玉幸福的。

青年金大娘　我今天亲眼看到了，小玉生活得幸福快乐，也就放心了。请相信我，我说到做到。（隐去）（灯复明）

金大娘　十五年过去了，我一直坚守承诺，想孩子了，就躲暗处看她几眼。看见她一天天长大，看见她阳光快乐，我也十分高兴。没想到她得了这样的病，她若有个三长两短，我那个孤苦伶仃的唐家妹妹，该怎么活呀？这钱，我不能给儿子买房，我要给小玉治好病，让小玉幸福快乐，让唐家妹妹有个美好的家。可是，金成和未婚妻今天就要回家取钱，我该怎么给他们说呀？

（金成和小艾上）

金　成　（敲门）妈，妈！

金大娘　啊，他们回来了。（急把提兜抱入内室，找地方藏钱）

小　艾　怎么，妈不在家？

金　成　妈可能到银行取钱去了，咱回屋等等。

（金成用钥匙开门进客厅）

（卧室内，金大娘越急越找不到藏钱的地方）

金　成　小艾，坐。（二人坐在沙发上）

小　艾　金成，我算过了，我爸给了三十万，再把你妈这三十万一取，加上咱们的钱，不光够交房款，连装修也用不完。

金　成　你有个好爸爸，我有个好妈妈，咱们不背房贷，多幸福！

小　艾　看把你高兴的，要过幸福日子，咱们还得抓紧点。

金　成　干啥？

小　艾　钥匙到手，立马装修，国庆就结婚，那时候呀——

　　　　（高兴地边舞边唱）婚房新，爱巢暖，

　　　　　　　　　　　　　　二人世界乐无边。

金、艾　（手牵手边舞边唱）手牵手，双飞燕，

　　　　　　　　　　　　　　高高兴兴上下班。

小　艾　（唱）进厨房——

金　成　（唱）同做饭，

小　艾　（唱）芙蓉帐——

金　成　（唱）共枕眠。

小　艾　（唱）日后有了小宝宝，

金　成　（唱）爸爸妈妈叫得甜。

小　艾　（唱）回家常把爹妈看，

金、艾　（唱）老人家见了孙子更喜欢。

　　　　（高兴击掌）看把你美的！（同笑）哈哈哈……

　　　　（在金成、小艾的歌舞中，内室，金大娘犹豫不决。把钱藏

　　　　在床下，又取出欲给儿子；欲出门给儿子，又返回藏床底。

　　　　反复几次，最后把钱藏在床底，上床用被子蒙住自己）

小　艾　金成，妈今天一定也很高兴，我去炒几个菜，等妈取钱回来，

　　　　咱们庆贺庆贺。（欲下）

金　成　妈房间还有葡萄酒，我去取。（进房见母亲躺着）妈，你怎

　　　　么啦？

小　艾　（闻声返回进屋）啊，妈在家？妈，你怎么啦？

金　成　妈有病，快，送医院！（扶起，欲背，小艾也帮扶）

金大娘　（挣扎）我没病，我没病。

金、艾　那你怎么了？

金大娘　我，我……

金　成　妈，谁欺负你了？

金大娘　没……没有……

金、艾　那你到底怎么了？

金大娘　我，我，我把钱……

金、艾　钱怎么了？

金大娘　钱……钱……这这这——（抹泪，叹气）

金、艾　（急）妈，钱到底怎么样了？

金大娘　钱……钱……我、我丢……

金、艾　丢什么？

金大娘　我输……

金、艾　输什么？

金大娘　（背唱）说丢了他们一定要报案，

　　　　　　　谎报案情惹麻烦。

　　　　　　　说输了我且暂受他们怨，

　　　　　　　事过后设法给娃再添钱。

金、艾　妈，钱究竟怎么样了？

金大娘　我，我，我赌输了。

金、艾　多少？

金大娘　三十万，全输了。

金、艾　啊？！

金　成　妈，你怎么能去赌博呀！

金大婶　我，我，怪我，怪我……

小　艾　这房我不买咧，这婚我也不结咧！（哭着跑下）

金　成　小艾！（追下）

金大娘　天哪，这，这叫我怎么办呀！

　　　　（切光）

第 三 场

　　　　（山道上，小艾委屈、气愤）

小　艾　（唱）金成她妈钱输完，

　　　　　　　买房结婚化为烟。

　　　　　　　事到如今怎么办，

　　　　　　　回去咋对父母言？（坐在路边哭泣）

金　成　（追上）小艾，小艾——

　　　　（小艾不理，扭过头去）

金　成　小艾，你听我说。

小　艾　好，那你回答我，你说你妈勤勤恳恳、老实本分，可我今天
　　　　亲眼见到的，为什么是一个赌徒？

金　成　这……

小　艾　你说你妈打电话叫咱今天回家去取钱，现在钱在哪里？

金　成　这……

小　艾　订婚时，你妈说，她卖小吃攒下钱，要给咱们买房添三十万。我爸一听很受感动，说你妈能出三十万，他也拿三十万。结果呢，我爸那三十万到手了，你妈那三十万呢？

金　成　这……

小　艾　你让我怎么相信你、相信你妈？你让我回去怎么向我爸我妈交代？

金　成　这……

小　艾　你说呀，你说呀！

金　成　唉！（无言以对，蹲地闷不作声）

小　艾　哼，我最瞧不起不务正业的赌徒，我最恨欺骗我的人！（气冲冲下）

金　成　小艾，小艾！（急挡，被甩脱）唉！

　　　　（唱）小艾她责问声连珠发话，

　　　　　　　金成我语塞责无法回答。

　　　　　　　为什么三十万出了变化？

　　　　　　　一时间难理解我的妈妈。

　　　　　　　十年前父病故母亲守寡，

　　　　　　　她把我当宝贝疼爱有加。

　　　　　　　好吃喝好穿戴把我养大，

　　　　　　　从小学到大学钱没少花。

　　　　　　　地里活一身扛热汗抛洒，

　　　　　　　贪早晚卖小吃寒暑挣扎。

　　　　　　　血汗钱一分分细抠攒下，

　　　　　　　要为我买婚房体面成家。

叫取钱她昨日亲打电话，

为什么三十万一夜蒸发？

她勤劳她节俭乡邻赞夸，

入赌场输巨款谁能信她？

我买房我结婚她日夜牵挂，

为什么关键时出了麻达？

越思想越觉得问题很大，

我一定要解开这个疙瘩。

我找我妈去！（欲下）

金大娘　（气喘吁吁，边喊边追上）金成，小艾——

金　成　妈，你——唉！

金大娘　小艾呢？

金　成　拦不住，走了。

金大娘　（拉金成）走，和妈一起去，我要向小艾道歉，我要向小艾保证。

金　成　妈，三十万说没就没了，道歉、保证有什么用？人家拿出

　　　　三十万，咱家拿干指头蘸油，能行吗？

　　　　（唱）还是小艾说得对，

　　　　　　　咱找人家理有亏。

　　　　　　　美好姻缘因钱毁，

　　　　为什么，为什么呀？

　　　　　　　妈你给儿说明白。

　　　　（蹲地赌气）

金大娘　（背弓）为给小玉医病患，

　　　　　　　要用娃的买房钱。

351

事急无奈编谎言，

谁料惹出大麻烦。

一边是女儿生命有危险，

一边是儿子婚姻起波澜。

怎么办，难决断，

钱给谁，犯作难。

（幕后伴唱）都是心头肉，

娘心怎能偏？

手头只有三十万，

顾此失彼难两全。

心儿疼，肝肠断，

为娘好作难。

金大娘 （唱）我若还把实情讲在当面，

岂不是违背了自己诺言？

宁肯金成将我怨，

也要把小玉身世瞒。

小玉娃病危急刻不容缓，

金成儿买房子还可拖延。

已说出钱输了不能再变，

买房款我给娃想法再添。

金　成　妈，那三十万，真的是你赌输了吗？

金大娘　金成呀，你参加工作以后，不让我再去卖小吃，妈没事干，

就耍钱……忐忑心慌。

金　成　赌、赌、赌，买房钱没了，小艾跑了。哼！（转身气愤要走）

金大娘 （一把拉住金成）金成，你怨妈、恨妈，妈不嫌。我求你领我去见小艾，我要亲口向她道歉，向她保证。

金　成 道歉啥？

金大娘 妈不该赌博，我错咧。

金　成 保证啥？

金大娘 三十万买房款，妈说到做到，一定给你们添。

金　成 啊，你还有三十万？

金大娘 有，就是妈这一身力气。

金　成 （不解地）妈，你——

金大娘 那三十万，是妈十年卖小吃挣的。妈现在刚五十出头，你看妈这身体，还能卖十年小吃。你们先贷三十万，告诉小艾，还房贷的事，不用担心，妈替你们还。妈不能让你在小玉跟前说不起话，妈要让你们结婚时在人面前也体体面面、风风光光。

金　成 啊！

　　（背唱）妈妈她从不说虚言假话，

　　　　　　肯定是赌徒们设局骗她。

　　　　　　她输钱我婚变双重击打，

　　　　　　我不能再责怪给她加压。

　　　　　　孤寡母受苦累把我养大，

　　　　　　妈有错也不能怪怨妈妈。

　　妈，你不用再说咧，那三十万是你用血汗换的，你怎么花舒心，就怎么去花吧。钱已经输了，莫往心里去。

　　（扶妈）妈，咱回家。

金大娘 不，你给小艾拨电话，我要跟她说说。

金　成　妈，我和小艾的事，我自己去解决。即使是为买房她不和我结婚，我也不能让你起早摸黑、受苦受累再去卖小吃。（扶妈）咱回！

金大娘　不，你给我打！

金　成　妈！（推辞）

金大娘　（生气）打！

金　成　（无奈）好，我打！

　　　　（金成拨打手机，传来：对不起，您拨打的号码已关机）

金大娘　啊，她——

　　　　（切光）

第 四 场

　　　　（山道弯弯，唐三婶气喘吁吁，没精打采地上）

唐三婶　（唱）亲戚邻里都借遍，

　　　　　　　杯水车薪救急难。

　　　　　　　小玉生命悬一线，

　　　　　　　哪里去找救命钱？

　　　　　　　实想拿我生命换，

　　　　　　　告借无门求老天。

　　　　老天呀，你让我女儿好好活着，让我替她去死吧，我求你了，我求你了！（瘫坐在路边，痛哭）

金大娘　（上唱）我见她救女急切心如火，

我见她东凑西借苦奔波。

几次想当面把钱交给她，

怎奈是十五年前曾有约。

唐家妹为保隐私性烈倔，

我出现定会让她误解多。

小玉娃正在病中身体弱，

我出现反会影响抗病魔。

这条路察看多次她经过，

我来个神不知来鬼不觉。

我把钱放在路中间，她一定会捡到。（放下钱，躲在一旁）

唐三婶　（唱）愁无用，哭无益，

老天不会发慈悲。

变卖房屋和家产，

给娃治病先救急。

哪怕成了穷光蛋，

只求母女常相依。

回村卖房！（急匆匆绕场，被提兜绊倒）哎呀！（抚摸摔痛的腿，发现提兜）啊，提兜？（举起提兜高喊）谁把提兜掉了？谁把提兜掉了？嗯，无人应，我等等。（着急地踱步，思忖，把提兜放回原处）不行，我还有急事。

（唱）慌慌忙忙往回赶，

为娃治病急筹钱。（绕场）

金大娘　（唱）你看她慌忙把路赶，

却把提兜丢在路边。

我有心上前把她撺，（着急欲喊，又忙捂嘴）

哎呀不行，

我不能当面给她钱。（着急，见唐三婶止步又缩回）

唐三婶 哎呀不行！

（唱）大路上，人杂乱，

百人百性不一般。

提兜若被贪人捡，

失主要找难上难。

看看内装啥物件，

我要等待失主还。

（提起提兜）还这么沉。（打开看）啊，钱！这么多钱！（吓得丢开提兜，瘫坐在地，双手发抖）

（幕后伴唱）只见兜内钱装满，

一辈子没见过这么多的钱。

是不是老天开了眼，

给我娃送来救命钱？

唐三婶 （把提兜紧紧抱在怀里）小玉，我娃有救了！（出现幻觉）

（另一表演区，小玉痛苦万分、绝望呼救）

小　玉 妈，我受不了了，快救救我，快救救我呀！

唐三婶 小玉，马上做手术，妈有钱了，妈有钱了！

（唐三婶举起钱兜，扑向小玉）

（暗转，小玉隐去，出现一老头，一把夺过钱兜）

老　头 这是我老伴治病的钱，你怎么拿去了？

唐三婶 我要救我娃，我要救我娃！

老　头　我要救我老伴，我要救我老伴呀！

唐三婶　好好好，你的钱，你拿去。

　　　　（暗转，老头隐去，提兜掉在地上）

唐三婶　啊，人呢？（拾起提兜四顾）人呢？人呢？

　　　　（另一表演区，一中年男子挣扎前冲，中年妇女紧紧拉住后襟
　　　　不放）

女　　　你不能丢下我母女，你不能丢下我母女呀！

男　　　丢了民工们的血汗钱，我没脸见他们，让我去死，让我去死
　　　　吧！（挣扎）

女　　　（抱住男子的腿）不，咱们找钱，会找到的，会找到的。

唐三婶　（举起提兜）你的钱在这里，在这里！

　　　　（切光，中年男女隐去）

唐三婶　人呢，丢钱的人呢？

　　　　（唱）路边等了大半天，

　　　　　　　不见失主转回还。

　　　　　　　怎么办，怎么办？（看钱兜）

　　　　　　　是走是等两为难。

　　　　（焦急踱步）这这这……（拿定主意，顿足，急下）

金大娘　（闪出，唱）见她匆匆拿走钱，

　　　　　　　　　我这里才把心放宽。

　　　　　　　　　只要能救小玉命，

　　　　　　　　　儿子埋怨我不嫌。

　　　　金成，你的买房款，妈一定给你想办法！

　　　　（切光）

第 五 场

（几天以后，派出所门口）

（公告牌上，贴着"招领启事"，一群男女在围观，议论纷纷）

甲　男　怪咧，这招领启事贴了好几天咧，咋还没人来领？

乙　男　谁这么粗心，把钱丢了还不知道找寻？

甲　女　听说拾钱的是个中年妇女，母女俩相依为命，女儿得了白血病，没钱医治，她是在借钱的路上捡到的。

乙　女　这女人太高尚了，我提议，咱们应该救助救助这母女俩。

众　　好！（纷纷解囊，争抢给甲男钱）

甲　男　别急，别急。（对乙男）我收，你记。（边收边念）三百……五百……一千……八百……

小　艾　（上）你们这是干什么？

甲　女　哎哟，这不是咱县电视台大记者来了吗？快写一篇报道。

小　艾　报道啥？

乙　女　（指广告牌）你看。

（小艾看广告牌）

甲　男　咱们回小区发动大家献爱心。

众　　走！（一哄而下）

小　艾　这事值得报道，我进去了解一下情况。

（派出所内，李警官正在接听电话）

李警官　唐三婶，你好。还没人招领。……我们在每个村都张贴了招领启事……有情况会及时告诉你。

（打电话期间，小艾已经站在李警官身旁）

小　艾　嫂子。

李警官　哟，妹子来了，你可是无事不登三宝殿。

小　艾　我想了解一下那个拾金不昧妇女的情况。

李警官　（把记录簿递给小艾）情况都在这上面记着，你自己看吧。

（小艾边看边记录，李警官正忙自己的工作）

金　成　（上唱）小艾赌气离我家，

　　　　　　　　电话不接也不答。

　　　　　　　　金成着急没办法，

　　　　　　　　求助嫂子劝劝她。

（进门）嫂子，噢，小艾也在这里。

李警官　（开玩笑）哟，我今天才知道啥叫"热恋"，热恋就像你俩这样如影随形，寸步不离。你看小艾前脚刚到，金成后脚就撵来了。听说你们新房都买好了，啥时让嫂子喝喜酒？

小　艾　（合起记录簿，赌气要走）你问他！

金　成　（急拦）小艾，你听我说。

小　艾　我不想听。（挣扎要走）

李警官　（上前拦住小艾）怎么，金成欺负你了？给嫂子说，嫂子给你评理。

小　艾　嫂子！（趴在桌上痛哭）

李警官　金成，怎么回事？

金　成　唉！

（唱）我妈妈卖小吃日积月攒，

　　　　在银行储存了三十万元。

　　　　她答应为我们买房添款，

　　　　没想到急用时出了麻烦。

李警官　怎么了？

小　艾　（唱）为买房几月来东挑西选，

　　　　为选房朋友们你谋他参。

　　　　好容易选定了满意楼盘，

　　　　签协议预交了五万定钱。

　　　　兴冲冲回到家去提现款，

　　　　他妈妈却输得一净二干。

金　成　（唱）我妈妈肯定是受人坑骗，

　　　　　为这事总不能和妈闹翻。

小　艾　（唱）我没有让你们母子翻脸，

　　　　　你是你我是我有何牵连？

　　　　（气冲冲下）

金　成　嫂子，你看她——

李警官　金成，不怪我家小艾怨你，你妈咋能这样呀？好了好了，回
　　　　头我劝劝她。你先忙去吧。

　　　　（李警官摊开案卷，金成出门后又慌张返回）

李警官　金成，你怎么——

金　成　（后指）我妈进大门了，不知她来干什么？

李警官　你回避一下，我和她谈谈。

　　　　（金成进内室）

360

金大娘 （唱）村子里张贴了招领布告，

才知道唐家妹把钱上交。

看起来我的心白白费了，

没有钱娃的病怎样治疗？

无奈何我把钱悄悄领到，

要资助费心思另想新招。

（进门）警官同志。

李警官 噢，老人家，你来了，快请坐。

金大娘 我把钱丢了，听说有人拾了，交到你们这里。

李警官 请问你叫什么名字，哪个村的？

金大娘 （口中支吾）这这……问这干啥，先看钱是不是我的。

李警官 说说你丢钱的情况。

金大娘 一个黑提兜，装了三十万元。钱是刚从银行取的，一万元一沓，

我原封未动。

李警官 老人家，我还想问问，你的钱是怎么丢的？

金大娘 你这人怪不怪，我能知道怎么丢的还会丢吗？

李警官 （笑）我是说，你取那么多现金，走那么长的路，没有家人陪

着，都不担心路上出问题吗？

金大娘 你看你啰唆不啰唆，我是来寻我的钱，说准了，把钱给我，

说得不准，我走人。（扭头坐一旁）

李警官 （笑）好好好。（对内）小王。

小　王 （提着提兜上）李警官。

金大娘 （见提兜急冲上去）就是我的提兜，就是我的提兜！

小　王 老人家，先坐下。别急。（把提兜欲交给李警官）

李警官　打开，当面清点一下。

金大娘　不点咧不点咧，拾钱人能上交，还能吞落吗？（紧紧抱住提兜，
　　　　欲走）

李警官　老人家，你等等。你带这么多现金，路上不安全，我们通知
　　　　你儿子来接接你。

金大娘　（慌张）不不不，我儿子在外地工作，一时半刻回不来。

李警官　要么，让我们小王送送你。

金大娘　（紧张）不用不用，我行，我行。（抱提兜欲下）

小　王　老人家，别急，在这招领簿上登记一下。

金大娘　咋，还登记？

小　王　（摊开招领簿）在这上面签个字，写上住址，按个指印。

金大娘　（更紧张）啊，还要签名写地址？

　　　　（背弓）写了地址签了名，

　　　　　　　　这事总会漏风声。

　　　　　　　　若让金成知道了，

　　　　　　　　戳破谎言咋担承？

李警官　（背弓）她不说住址名和姓，

　　　　　　　　支支吾吾急匆匆。

　　　　　　　　丢钱反说她输掉，

　　　　　　　　这里面必定有隐情。

小　王　老人家，快签字吧，这个手续必须履行。

金大娘　（背弓）不登记，钱难领，

　　　　　　　　一时让我犯头疼。

李警官　（背弓）金成小艾闹矛盾，

　　　　　　　　这钱我要查问清。

金大娘　（背弓）车到山前必有路，

　　　　　　　一霎时柳暗花又明。

　　　　　　　这个钱今日我不领，

　　　　　　　让他们转手更轻松。

　　　　李警官，这钱我不领了。

李警官　啊，是你的钱，你为啥不领？

金大娘　我想请你们帮忙，把钱送给那个拾金不昧的中年妇女。

李、王　啊，送给她？

金大娘　对，她有个女娃，才二十出头，得了白血病，一定要治好她，

　　　　她若有个三长两短，我……（掩面而泣）

李、王　老人家，她是你什么人？

金大娘　（自觉失言）噢，不认识，不认识。

李警官　不认识？那你为啥要救她女儿？

金大娘　（抹泪，似乎在自言自语）唉，手心手背都是肉呀！

李警官　你在说什么？

金大娘　（自觉失言）哦，我说人心都是肉长的，你们没看广播电视上

　　　　整天讲，有多少人热心救助那些贫困家庭的危难病人。难道

　　　　我就不能出点力吗？

李警官　当然可以。如果人家要问谁送的，怎么说？

金大娘　你就说失主是一个大款，被她拾金不昧的精神感动，奖给她的。

小　王　老人家，总得留个名字吧？我们也好向领导汇报。

金大娘　求你们了，这事天知地知你知我知，不要告诉任何人，包括

　　　　你们领导、捐助对象和我的儿子！（欲急走）

李、王 （不解地，欲拦金大娘）老人家，这到底是为什么呀？

金大娘 你们是警官，我相信你们，照我说的去办吧！求你们不要再问为什么，这是我的隐私。（下）

李、王 （面面相觑）啊，隐私！

（金成冲上，抱住提兜）

金 成 啊，明明丢了，为什么说赌输了？为什么要白白送给别人？手心手背……隐私……这又是什么意思呀？

（唱）妈妈她做事太怪异，

不由金成心生疑。

急拿提兜回家去，

我要当面问仔细。（急下）

李警官 （厉声）站住！把钱放下。

金 成 嫂子，怎么啦？她是我妈，钱是我家的。

李警官 这儿不是你家，这儿是派出所。我不是你嫂子，我是李警官。她不是你妈，她是我的当事人。当事人要求我们把她丢钱、奖钱的事不能告诉任何人，包括她的儿子。当事人委托我们把钱奖给那个拾金不昧的中年妇女。当事人要求我们替她隐名埋姓，严守秘密。作为警官，我们只能尊重当事人的意见。

金 成 可我——

李警官 可是你偷听了我们和当事人的谈话，违反了规定。

金 成 （情绪失控）我，我想不通！

（唱）三十万存银行为我买房，

为什么急用时变了主张？

分明是她把钱丢在路上，

为什么却谎称输在赌场？

为什么名和姓隐瞒不讲，

为什么助他人不惜倾囊？

听其言观其行令人多想，

总觉得这件事不大正常。

我妈妈显然是中了魔障，

丢亲情失理智行为癫狂。

回家去要当面问明情况，

以防她病态中乱做主张。

李警官　（唱）你妈妈有隐情不便明讲，

依我看没中魔一切正常。

（夺兜交小王拿下）

这件事你不能草率莽撞，

坐下来咱冷静分析商量。

李警官　金成，任何人，包括自己的亲人，他们的隐私，我们都要尊重。

金　成　隐私？手心手背都是肉？我妈和那个女子到底是什么关系？什么关系？难道她……她……有个……有个……私生女？

李警官　私生女也是女，一个母亲，爱自己的女儿，救自己的女儿，难道有错吗？亏你还是个知书达理的大学生。

金　成　可是——

李警官　可是什么？金成，嫂子劝你冷静点。看来你妈的决定，绝不是草率做出的。从欺哄你说把钱输了，到今天要用这种方式把钱给那个家庭，这中间肯定有一个曲折的故事，这个故事可能就是她一段难忘的、痛苦的经历。她今天是要用这种方式来救赎自己，或弥补什么，且不惜落下宝贝儿子、儿媳的误解和埋怨。可见这件事对她多么重要。

金　成　天大的事，难道还不能对自己的儿子说吗?

李警官　对她来说，这事可能比天还大。金成，如果你爱你的母亲，如果你是一个孝顺的儿子，就尊重她的决定吧。

金　成　可是，可是小艾误解太深咧，嫂子，你能不能帮我向小艾解释解释?

李警官　这事，还是要尊重你母亲的意见，今天这里发生的一切，我不能告诉小艾，你也不能告诉小艾。我家小艾是一个懂事的孩子，她会处理好和你的关系的。

（小艾和群众上）

小　艾　嫂子。

群众甲　李警官。

李警官　噢，你俩来了。

小　艾　嫂子，附近几个小区的群众被那个拾金不昧中年妇女的精神感动，纷纷捐款救助，要求我写一篇报道，宣传她的事迹，发动更多的人献爱心。

群众甲　我是群众代表，大家推举美女记者小艾做爱心大使，把捐助款送去。

小　艾　嫂子，这是我写的报道，请你核实一下事实。

（李警官接过材料，看）

金　成　（轻声唤小艾，欲拉一旁解释）小艾，小艾!

小　艾　（甩手不理）去去去!

李警官　（瞟了一眼，笑，念）"女患重病，大娘拾金不昧上交巨款"，嗯，标题醒目，内容真实。好，好！哎，小艾，我建议你再写一篇报道，和这篇同时发表，影响会更大。

小　艾　什么事？你说。

李警官　刚才那个失主来了，她要把那笔巨款一分不留奖给那个拾金不昧的人。

小　艾　那人是谁？我要去采访她。

李警官　那人不肯暴露她的身份和姓名，只让我们把钱交给她为女儿治病。

小　艾　太感人咧！我写。标题是"隐姓埋名，失主一分不留助困帮难"。

群众甲　啊呀，不愧是才女大记者，一篇是"女患重病，大娘拾金不昧上交巨款"，一篇是"隐姓埋名，失主一分不留助困帮难"。姐妹篇章，珠联璧合；两种风格，都很感人；同时发表，震撼人心。

李警官　我也向你这个爱心大使投一票！好，那我就把这笔巨款交给爱心大使了。

小　艾　（接过提兜，转交给群众甲）你是群众推选的代表，和那些捐款共同登记造册。嫂子，我们走了。（群众甲跟下）

金　成　小艾——（小艾不回头下）

李警官　愣着干啥？还不快追？

金　成　小艾——小艾——（追下）

第 六 场

（医院病房）

（小玉在病床上躺着，唐三婶端饭菜上）

唐三婶　（唱）小玉病情还发展，

　　　　　　　医院催着再交钱。

　　　　　　　背着小玉把房卖，

　　　　　　　今日要把合同签。

　　　　　　　匆匆给娃买了饭，

　　　　　　　取房款回村走一番。

　　　　　（进病房）小玉，小玉，快起来吃饭。（把饭放在桌上，扶
　　　　　小玉）

小　玉　（挣扎坐起）妈，我困得很，不想吃。

唐三婶　瓜娃，你床上躺的时间多了，活动少，哪能有好胃口？来，
　　　　　挣扎吃些，就有劲咧。（欲给小玉喂饭）

小　玉　妈，我自己来。

　　　　　（小玉自己下床，扶床站立，昏晕，手臂擦床边倒下）

唐三婶　啊！（急扶，发现小玉胳臂大片瘀血）瘀血？怎么大片瘀血？
　　　　　怎么大片瘀血？

小　玉　（安慰妈妈）妈，不要紧，一点擦伤。

唐三婶　不对，护士，护士！

368

护　士　（上）大妈。

唐三婶　你看。

护　士　大妈，不要紧张，这个病就是这样，容易出血。要注意，谨防碰撞擦划。

唐三婶　护士同志，请你帮我照顾一下小玉。我就去取钱，给我娃买最好的药。小玉，不要担心，会有钱的，妈一定给你买最好的药。（下）

护　士　小玉，吃饭吧，我去让医生再对症开些药。（下）

小　玉　（唱）妈妈她养我育我心操烂，

　　　　　　　　为治病亲戚邻里借遍钱。

　　　　　　　　我的病日甚一日不好转，

　　　　　　　　看起来要想治愈难上难。

　　　　　　不！我不能死，我不能死呀！

　　　　　　　　人生刚迈新起点，

　　　　　　　　风华正茂是青年。

　　　　　　　　同伴们奋斗事业志犹酣，

　　　　　　　　我离开人世心不甘。

　　　　　　　　我是妈妈苗一棵，

　　　　　　　　没我妈妈太孤单。

　　　　　　　　罢罢罢，我把饭菜强吞咽，

　　　　　　　　长点精神抗病顽。

　　　　　　（端起饭碗，大口吞咽，突然一阵恶心，接着大口呕吐，瘫坐在地）

　　　　　　　　一阵阵恶心饭吐完，

胃肠刀绞心血翻。

气如丝，腿发软，

一时临近鬼门关。

看起来苟延残喘活受罪，

治疗无望白花钱。

妈，你不要再瞎钱了呀！（哭）

护　士　（端药盘上）小玉，医生今天给你加了新药，来，挂针。（见

　　　　状）啊，你怎么了？（急放下药盘，扶小玉）

小　玉　我，我不用挂针了，我，我不用看了！

护　士　小玉，你不用担心钱，你妈不是取钱去了吗？

小　玉　她还能去哪里取钱？啊，她是不是真的要卖房？我要把她追

　　　　回来，我要把她追回来！（欲冲出去，跌倒）

护　士　啊，小玉！（用尽全力把小玉抱到床上）

　　　　（小艾、男甲上）

小　艾　（唱）文章发表有反响，

男　甲　（唱）捐助热情甚高涨。

小　艾　（唱）代表乡邻来探望，

男　甲　（唱）爱心大使咱担当。

　　　　（金成边跑边追上）

金　成　（唱）跟随他们到病房，

　　　　　　　察探实情明心肠。

小　艾　（见金成来，不高兴地扭过头去）哼！

　　　　（其间，护士要给小玉挂针，小玉挣扎不让，护士无奈，走出

　　　　病房，正好与小艾等相遇）

护　士　你们找谁?

小　艾　同志，我们来看看小玉。

护　士　现在不能探视，去那边等等。（急喊）高医生，高医生!

　　　　（小艾等无奈下，高医生急上）

高医生　怎么啦?

护　士　她拒绝治疗。（二人同进病房）

高医生　小玉，你怎么啦?

小　玉　我不治了，我不治了!

高医生　小玉，你看你妈为你看病，鼓了多大的劲，费了多大的心，你要好好配合呀!（对护士）小刘，给她挂针。

　　　　（护士上前，被小玉推开）

小　玉　不! 高医生，我知道我的病治不好，求求你，给我开些退烧药、止疼药，让我带回家，去等那一天吧。我不能让妈妈失去女儿后，又无立锥之地呀!（失声痛哭）

　　　　（唐三婶提包上，见状，急上前）

唐三婶　啊，小玉，（摸额）又发烧了?（摸腿）这儿又疼?

小　玉　妈!（哭得更伤心）

唐三婶　高医生，我有钱了，给我娃开最好的药。

高医生　大婶，先让娃把情绪稳定下来。

唐三婶　（着急）我求你了，你们快去吧，开最好的药!（医生、护士下）我娃忍着点，（打开提兜）你看，妈有钱了，妈有钱了，你会好的，你会好的!

小　玉　啊，妈，你哪来这么多的钱?

唐三婶　妈借的。

小　玉　借谁的？

唐三婶　这你甭管，有妈呢，你安心治病就是了。

小　玉　妈，你是不是真的把房卖了？

唐三婶　没有，妈没有。

小　玉　你不把实情告诉我，我就不打针，不吃药，现在就出院！（赌气要走）

唐三婶　（抱住小玉，扶坐病床）小玉，你听妈说。

　　　　（唱）虽然说卖房子出于无奈，

　　　　　　　妈细想这样做也是应该。

　　　　　　　没有你妈要房子有何用？

　　　　　　　有了你妈住窑洞也自在。

　　　　　　　病好后你去打工能挣钱，

　　　　　　　妈进城租个门店做买卖。

　　　　　　　挣下钱咱们再把房子买，

　　　　　　　好光景难关渡过会重来。

　　　　　小玉，安心治病吧，你的病，会好的，会好的。

小　玉　（唱）听妈妈她讲着安慰的话，

　　　　　　　小玉我一阵阵心似刀扎。

　　　　　　　母女俩都担心对方惊怕，

　　　　　　　强忍痛她瞒我我瞒着她。

　　　　　　　眼看着我的病日日加重，

　　　　　　　瞒到底不幸事总会暴发。

　　　　　　　我死后妈妈她上无片瓦，

　　　　　　　孤零零浪街头成了叫花。

想到此小玉我昼夜牵挂，

我不忍让妈妈枉把钱花。

留下房妈妈能安度冬夏，

省些钱妈衣食不求人家。

妈为我已经把血汗干榨，

岂能不把后路留给妈妈？

我要说出心里话，

小玉跪下求妈妈。

妈，你心里明白，我心里也明白，这病，十有八九是看不好的。

女儿无法孝敬你了，怎忍心日后让你无家可归，流落街头？

难道你就让女儿含悲含痛含愧含恨离开这个世界吗？

唐三婶　小玉！（抱住小玉痛哭）

（唱）二十年咱母女朝朝夕夕，

你是妈心头肉难割难离。

没有你妈活着何乐何趣？

没有你妈活着无靠无依。

守空房，孤寂寂，

三餐饭，冷凄凄。

夜难寐，常叹息，

望孤坟，泪湿衣。

似这样孤孤寂寂、冷冷凄凄、

思思虑虑、哭哭泣泣残阳里，

留在世上有何益？

要活咱就一起活，

要去咱就一同去。

身相随，情相系，

咱母女阳世阴间永不离。

小　玉　妈！（抱住母亲）

唐三婶　小玉！（母女相抱痛哭）

（幕后伴唱）母女情深动天地，

感人肺腑泪湿衣。

献一点爱，

给一把力。

谁人不经风和雨？

同舟共济渡危急。

（伴唱声中，小艾、男甲、金成抹着眼泪，缓步走出，来到母女面前。小艾扶小玉，男甲、金成扶唐三婶）

三　人　大婶（妹子），你们不要这样。

唐三婶　啊，你们是谁？

小　艾　我是县电视台的记者。

男　甲　我是小区的群众代表。

金　成　我是……我是……噢，我是跟他们一起来的。

唐三婶　电视台记者？群众代表？你们……你们来有啥事？

小　艾　大婶，你母女刚才说的，我们在外面都听到了。你家房子，就不用卖了。

唐三婶　不，我不要房子，我要救我娃！

小　艾　（举提兜）这是你拾的钱，失主被你拾金不昧的精神感动，回赠给你，让你用它给小玉治病。

唐三婶　啊，全给我？这失主是谁？我要当面谢谢他。

小　艾　姓甚名谁，是哪里人，连派出所也问不出来。只说他是个大款，让你放心用吧。

唐三婶　好人，好人哪！

男　甲　大嫂，我们小区居民，也被你的精神感动，自愿捐助了十万元，也用它给小玉治病吧。

唐三婶　（激动地）这……这……谢谢大家，谢谢大家！

小　艾　妈，大家的钱都来得不容易，我已治疗无望，不要浪费大家的血汗钱了。

（护士拿着报纸，高兴地上）

护　士　好消息，好消息！你们看——（指报纸念）"女患重病，大娘拾金不昧上交巨款"，大娘，这是夸你呢。你们再看，还有这一篇——"隐姓埋名，失主一分不留助困帮难"，这失主也太高尚了。这在我们医院也引起了轰动，你们看，医护人员和病人家属都踊跃捐款呢！

唐三婶　啊，这都上报啊？

金　成　大婶，报上的文章就是她写的。他们二位，就是这次捐赠活动的发起人，也是我们大家推选的爱心大使。我，是志愿者。

小　艾　大婶，捐助活动刚刚开始，大伙热情很高，医药费不成问题。你还是把房子赎回来吧，好让小玉安心养病。

唐三婶　好，好！

（高医生上）

高医生　大婶，专家们刚才会诊，认为及早对小玉进行骨髓移植，治愈的希望很大。我们已经发出信息，向骨髓库求助，向社会求助。

小　玉　骨髓配对，谈何容易？邻床那个病人，等了大半年，都没有配对成功，人还不是走了？唉！

金　成　我是志愿者，今天，就抽我的骨髓化验吧。

高医生　太谢谢了！小玉，你看大伙对你多关心，捐钱的捐钱，献骨髓的献骨髓。你现在的任务是调整心态，加强营养，注意休息，养好身体，为手术做好准备。

唐三婶　小玉，为了这些好心人，咱们要坚强起来。

小　玉　妈，我……我记住了。

护　士　小玉，来，我给你挂针。

（唐三婶、小艾扶小玉躺下，护士扎针，众造型）

（切光）

第七场

（数月后，派出所）

（唐三婶和小玉上）

唐三婶　（唱）天降灾难陷绝境，

小　玉　（唱）众献爱心得重生。

唐三婶　（唱）母女俩寻找好心人，

小　玉　（唱）我们要当面谢恩情。

唐三婶　（唱）整整跑了三日整，

小　玉　（唱）毫无结果一场空。

唐三婶　（唱）问警官——

小　玉　（唱）她说不知名和姓，

唐三婶　（唱）问记者——

小　玉　（唱）她也说道不知情。

唐三婶　（唱）分明是她们知情把咱哄，

小　玉　（唱）难道说捐钱的人儿不记名？

唐三婶　（唱）恩不报，心难宁，

　　　　　　　忽有一计生心中。

小　玉　（唱）妈妈有啥好计谋，

　　　　　　　快快说给女儿听。

唐三婶　（唱）派出所门口咱跪定，

　　　　　　　表表咱们心意诚。

　　　　　　　人常说心诚自然灵，

　　　　　　　李警官定会道实情。

母、玉　（合唱）好好好，忙跪定，（同跪）

　　　　　　　祝好人一生平安多福多寿万事兴。

　　　　（李警官边接手机边上）

　　　　（小艾声音：嫂子，小玉母女又来找我了）

李警官　你告诉她们了？

　　　　（小艾声音：连你都向我保密，我咋知道是谁呀！）

李警官　那你就劝她们回去吧。

　　　　（小艾声音：劝不听，说我哄她。没办法，我推到你那里去了）

李警官　来找我，我该怎么向她们说呀？这这这……（发现小玉母女
　　　　跪地）啊，大婶，小玉，你们这是干啥？（欲扶，二人不起）

母、玉　（唱）救命恩人不现身，

　　　　　　　记者警官都哄人。

　　　　　　　不谢天，不谢地，

　　　　　　　跪谢恩人表诚心。

李警官　（唱）不是我有意将她母女哄，

　　　　　　　是失主临走再三做叮咛。

　　　　　　　对儿子不能告诉她捐赠，

　　　　　　　受助人不能告知真姓名。

　　　　　　　看来隐私情由重，

　　　　　　　我也不好问分明。

　　　　　　　这母女为报恩德心意诚，

　　　　　　　怎奈我难以开口道实情。

　　　　　　　两头难，咋应承？

　　　　　　　我这个警官技也穷。

　　　　　怎么办？怎么办呀？大婶，小玉，你们起来吧，我——

母、玉　（唱）你不说我就跪着等，

　　　　　　　跪到晚来跪到明。

　　　　　　　知恩不报枉为人，

　　　　　　　人无良心天不容。

李警官　（唱）她母女看来把心横，

　　　　　　　硬要逼我说实情。

　　　　　　　我再不说名和姓，

　　　　　　　更让她们受折腾。

　　　　　　　大妈小玉快请起，

　　　　我向你们说隐情。（扶二人起来）

　　　　大婶，你们坐。

母、玉　（急切地）李警官，快给我们说说吧！

李警官　婶子，那个捐献骨髓的志愿者，我没见过面，确实不知道是谁。那个捐款人，虽然见了一面，但家住哪里、姓甚名谁，一个字都不说，反倒要我为她保密，特别叮嘱我不要告诉她的家人，也不能告诉接受捐赠的人。我已答应替人家保密，你们这样逼我，不是让我失信于人吗？

唐三婶　人常说，滴水之恩当涌泉相报，像这样的救命恩人，我母女当面连一声谢字都不说，难道你让我们抱愧终生吗？

李警官　这——这样吧，婶子，让我和那个捐款人通通气，把你母女的心情向她表清楚，她同意见面，就好。如果人家不同意，我就无能为力了。

唐三婶　她若不同意，你就对她说，我母女要在大街上跪七七四十九天，对她谢恩祝福。

　　　　（切光）

第八场

　　　　（旷野大路上）

金　成　（气喘吁吁上）

　　　　（唱）出差数月没回家，

　　　　　　　回家不见我的妈。

屋里住着一家人，

说是我妈租给他。

问到我妈去哪达，

他们摇头不回答。

总觉我妈有点怪，

最近做事不对茬。

是不是受啥刺激神经乱，

是不是老年痴呆脑子傻？

一天一夜没合眼，

呼天唤地找妈妈。

妈——妈——你在哪里？（呼喊着下）

（景变县城大街一角，金大娘推着餐车边走边吆喝）

金大娘　哎，菜包子、肉包子、小菜、稀饭、胡辣汤！（停了一会儿继续吆喝）菜包子、肉包子、小菜、稀饭、胡辣汤！（四面瞅，顿慌张）城管过来了！（忙推车跑下）

（李警官上）

李警官　（唱）好说歹说嘴磨破，

失主同意我劝说。

答应只见人一个，

要我保密暗张罗。

咦，说好和唐三婶在这里会合，怎么不见人呢？

（小玉扶唐三婶上）

唐三婶　（唱）今天要把恩人见，

小　玉　（唱）倾吐谢恩肺腑言。

380

母、玉　李警官。

李警官　噢，大婶，说好只见你一个人，你怎么把小玉也领来了？

小　玉　李警官，我也要见见那位救命恩人。

李警官　小玉，人家本来不见任何人，是我告诉她说，你们母女见不
　　　　到救命恩人，就要长跪街头，她才答应见你妈妈一人。你若
　　　　要去，叫我这个中间说话人，不就失信了吗？

唐三婶　小玉，听话，等我见了面再说。李警官，她在哪里？

李警官　我带你去。小玉，你在这里等着。

小　玉　我在远处，不闪面就行了。（三人下）

　　　　（天幕换街景另一角）

金大娘　（吆喝卖小吃）哎，菜包子、肉包子、小菜、稀饭、胡辣汤！
　　　　（顾客陆续上，有的买包子，有的买稀饭、小菜、胡辣汤，围
　　　　坐在小桌上吃着。金大娘盛饭取菜送包子，忙来忙去）
　　　　（小艾急匆匆上）

小　艾　（唱）昨夜加班睡得晚，

　　　　　　　迟起误了做早餐。

　　　　　　　买包子，盛稀饭，

　　　　　　　囫囵一饱去上班。

　　　　（坐在小桌旁，边梳理头发边喊）老板，两个包子、一碗稀饭，
　　　　快一点。

金大娘　（忙得顾不上抬头）来了来了。（端包子、稀饭放在小艾面前）
　　　　小姐——（小艾一抬头）啊，小艾——

小　艾　（见是金大娘）啊，是你——
　　　　（两人吃惊对视片刻）

金大娘　小艾，趁热吃吧。

小　艾　（拿起包，转身就走）哼！

金大娘　小艾，小艾！（快步追上，拦住去路）小艾，你听我说，金
　　　　成这几个月出差，我也没办法找到你，给，（掏出银行卡）
　　　　拿上。

小　艾　给我这干啥？

金大娘　我给金成说了，你们先贷三十万买房。你放心，这房贷不用
　　　　你们还。我把老家房子租出去了，来到城里卖小吃，这房租
　　　　费和每月挣的，够还房贷了。这卡上有一万多元，你们先用着。

小　艾　（推开）用不着，哼！（转身就走）

金大娘　别走，别走！你听我说。

　　　　（二人拉拉扯扯，顾客发生误会）

一顾客　（义愤而起）不吃就别买，买了就得吃，不准欺负老人家！

众　　　（站起齐吼）交钱带走！

　　　　（小艾回头一望，瞪了金大娘一眼，转身大步走去）

众　　　（欲上前阻拦）站住！

金大娘　（急忙拦住大家）大家误会了，那是我女儿，嫌我卖小吃累，
　　　　生我的气，别管她。

众　　　噢，原来是这么回事。（纷纷下场）

金大娘　唉！（瘫坐在桌子上）

　　　　（唱）三十万救得女儿身康健，

　　　　　　　三十万毁了儿子好姻缘。

　　　　　　　女儿她不能认妈成缺憾，

　　　　　　　儿子他不能成婚我心酸。

怎么办？怎么办？

做个母亲这样难。

（金大娘为难中，李警官带唐三婶、小玉上。李警官向唐三婶

指金大娘，唐三婶一惊，疾步向金大娘走去。小玉欲前往，

被李警官拉往一边）

唐三婶　（上前一把抱住金大娘）大姐，原来是你！（痛哭）

金大娘　妹子，娃病好了，我就放心了。（痛哭）

唐三婶　大姐，你为什么要这样？你为什么要这样？

金大娘　妹子呀！

（唱）大姐实话对你讲，

十几年日日夜夜都把女儿挂心上。

暗处等，暗处望，

不避酷暑与寒霜。

见小玉寸寸尺尺康康健健天天长，

见小玉蹦蹦跳跳欢欢乐乐好阳光。

看了后，把心放，

睡梦甜，饭菜香。

自从小玉得病后，

心急如火痛肝肠。

我想把钱送医院，

多次徘徊步彷徨。

十年前你苦苦哀求耳边响，

十年前我对天盟誓拍胸膛。

倘若还小玉身世露真相，

岂不是毁你声誉把娃伤？

实在没有办法想，

无奈把钱丢路旁。

谁料你拾金不昧高风亮，

我只好借机捐赠把你帮。

唐三婶　（唱）大姐处处为我想，

难得一副好心肠。

十几年把承诺牢记心上，

十几年把爱心痛压胸膛。

十几年思女泪枕边流淌，

十几年为见女暗处躲藏。

我当初太自私要绝来往，

伤害你爱女心实实荒唐。（跪下）

求大姐把我来原谅，

我要让小玉认亲娘。

金大娘　别，别，别！（扶起唐三婶）妹子，你误会了。我听李警官说，
　　　　你和小玉为找失主，在她面前长跪不起，还要长跪街头，一
　　　　直找下去。我怕你们那样找下去，身体吃不消，才答应见你。
　　　　这事天知地知你知我知，就算过去了。

唐三婶　大姐，你日日牵挂孩子，现在孩子的病好了，难道你都不想
　　　　见见孩子吗？

金大娘　我还会和过去一样，想孩子了，在暗处看孩子一眼就好。

唐三婶　不，孩子也要见见你。

金大娘　孩子的病好了，我就放心了。还是恢复你们过去的平静生活吧。

唐三婶　不，不，我太自私了，我太自私了！大姐呀！

（唱）二十年前你生她，

二十年后你救她。

二十年你朝朝暮暮思她念她爱着她，

二十年她却没唤一声妈。

若让你爱没回报空抛洒，

我娘儿俩知恩不报遭天煞。

我一定要让小玉认你，（转身对远处）小玉、小玉！

金大娘　别别别！（急拦）妹子呀！

（唱）小玉身世露了底，

娃遭歧视受委屈。

哄了唐家二十年，

你在村里咋站立？

要瞒咱就瞒到底，

思念藏在我心里。

大妹子，你坐下，听大姐给你说。（扶唐三婶坐在凳子上，二

人比画说着什么）

（小玉急匆匆上，李警官随后跟上）

小　玉　（唱）耳听妈妈把我唤，

不知出了啥事端？（绕场）

李警官　（唱）小玉忽然走上前，

紧跟一步仔细观。

（小玉走近唐三婶，李警官躲在一旁）

小　玉　妈，你怎么坐在这里？没见到那位失主？

唐三婶 小玉，这位——

金大娘 （抢去话头）姑娘，我是卖饭的。你妈没找见人，肚子饿了，叫你过来打点打点。坐，坐。

唐三婶 大姐——

金大娘 （摇手示意别说）这是包子，这是稀饭小菜。姑娘，给你来一碗胡辣汤。

唐三婶 大姐！（站起欲说）

金大娘 （强按坐下）你吃你吃，要啥我给你拿。

（唐三婶只好拿起筷子。金大娘含泪、深情地望着小玉吃饭）

（幕后伴唱）吃一口娘做的饭，

娘心里比蜜甜。

慢慢吃，慢慢咽，

让妈多多看一眼。

（金成急匆匆上）

金　成 （唱）听说母亲卖小吃，

匆匆忙忙来这里。

（张望）果然在这里卖小吃。（上前）妈——你、你、你怎么把老屋出租，跑到城里卖小吃？（难受、气愤）

金大娘 （急把金成拉一旁）我不是早就给你说了吗？趁妈身体精神，再卖几年小吃，你们的房贷，妈给你们还。

金　成 我也不是早就给你说了吗？那三十万是你挣的，你爱怎么花就怎么花，我不怨你。你不能再为娃受苦了！（抹泪）

金大娘 妈知道你不会怨妈，可你未婚妻现在气还没消。

金　成 别管她。我都大学毕业了，工作了，挣钱了，为了自己买房，竟逼着年迈母亲走街串巷卖小吃，我还是人吗？你让亲戚邻里怎么看我，你让同学、同事怎么看我？（越说越激动）妈，求你了，不卖了，咱回，收摊！（走过去，对惊愕、张望的唐三婶、小玉）你们吃快些，我们要收摊。

小　玉　（目视着金成）啊，你，你就是那个捐献骨髓的志愿者！（激动地）恩人，总算找到你了！（欲跪，被金成拦住）

金　成　你怎么在这里？

小　玉　我们来这里寻找那个捐赠巨款的失主，失主还没见到，却意外地见到了你。

　　　　（唱背弓）今天意外收获大，

金　成　没见到？（看金大娘，金大娘有意转过身去）

　　　　（背弓）我妈为啥不认她？

唐三婶　（背弓）失主原是他的妈？！

金大娘　（背弓）这这这——事难隐瞒咋收茬？

　　　　（另一表演区，李警官现身）

李警官　（急拨手机）小艾，马上过来，有重大新闻，现场采访。

　　　　（小艾疾步走上，李警官抓住耳语，二人隐蔽观看）

唐三婶　小玉，送三十万给你治病的，就是她！

小　玉　啊，是她！你们母子俩，一个捐钱，一个献骨髓，这这这——这叫我怎么报答你们呀？

唐三婶　最好的报答，就是叫她一声亲妈妈，叫他一声亲弟弟！

小　玉　亲妈？亲弟？妈，这这这，这是怎么回事呀？

金大娘　（难抑感情，抱住小玉）我的孩子！（痛哭，唐三婶背身抹泪）

小　玉　（挣脱金大娘，抱住唐三婶，金成扶住母亲）不，你是我的亲妈，你是我的亲妈！

唐三婶 小玉呀!

（唱）小玉你是我抱养,

她才是你的亲生娘。

金　成 妈,这到底是怎么回事呀?

金大娘 （唱）你奶奶重男轻女旧思想,

要让我生个男孩续香火。

落地后你的姐姐就离娘,

娘离儿魂失魄落断肝肠。

金　成 你为什么不找我姐姐?

金大娘 （唱）七年后寻寻觅觅终有望,

想要回日日夜夜伴身旁。

怎奈是唐家妹子命恓惶,

明真相隐私暴露家破亡。

我向她对天盟誓瞒真相,

二十年我把承诺记心上。

金　成 给我姐看病,我能挡你吗?为什么说赌输了?

金大娘 （唱）我怕你急认亲姐难阻拦,

我怕你追问房款啥用场。

故意儿编造谎言把你诓,

说赌输你和小艾无想望。

若不是唐妹今日当面讲,

这秘密永生永世心内藏。

金　成 难道你就忍心一辈子不认我姐姐吗?

金大娘 （唱）爱就是日日思念夜夜想,

爱就是为她祈福烧高香。

爱就是她有幸福我分享，

爱就是她有灾难我相帮。

唐三婶　小玉，快叫妈！

小　玉　（跪）妈！（痛哭）

金大娘　（唱）一声妈叫得我热泪淌，

二十年天天盼、日日想，

真真切切女儿叫声响耳旁。

小玉呀，妈乳汁没进你肚肠，

饥喂渴饮是你娘。

小玉呀，妈没有给你缝衣裳，

冬暖夏凉是你娘。

小玉呀，妈没有照管去病房，

熬药喂汤是你娘。

小玉呀，妈生你来妈没养，

养育成人是你娘。

咱母女血脉相通共流淌，

你的娘养育之恩不能忘。

这隐情只在两家内部讲，

对外人一切照旧归平常。

唐三婶　（唱）说什么一切照旧归平常，

我不怕邻里街坊说短长。

你爱女又常为我来着想，

我岂能不让小玉认亲娘？

小　玉　（唱）妈妈把我身世讲，

小玉顿时泪盈眶。

生母养母两个娘，

我要终生放心上。

金　成　（唱）为生我姐姐无奈被抱养，

我怀疑她是私生不应当。

虽然说救助姐姐误买房，

哪比这母女爱、姐弟亲、两家人和和美美喜洋洋？

玉、成　弟弟（姐姐）！（两人拥抱）

金、唐　（相互对视）你看他姐弟俩。

小　玉　（转身，紧紧抱住金大娘和唐三婶）妈！（三人高兴、激动，泪水长流）

（李警官和小艾上）

李警官　来来来，给你们照一张全家福。

（小艾举起相机欲照，李警官一把夺过相机，推小艾上前站在一起）

小　艾　嫂子！

李警官　怎么，不是一家人？

金　成　（拉小艾）小艾，咱误会妈了。

小　艾　（嗔怪地推了金成一把）去，不用你说。

金大娘　（以为小艾还在生气）小艾，妈说到做到。你们的房贷，妈给你们还。

金　成　妈，你再卖小吃，我就把这摊子砸了！（举起凳子欲摔）

金大娘　金成！

390

小　艾　住手！这小吃摊，妈摆了它十几年。凭它，供你上完了大学；凭它，治好了姐姐的病。它沾着妈的血，它染着妈的汗，它记录着妈走过的路，它承载着妈对子女的爱。它是咱家的传家宝，我们应该供它，奉它，给后代留着它。

金大娘　小艾，你不怪妈了？

小　艾　妈，你爱你的儿子，你爱你的女儿，连抱走你女儿的唐姨，你都时时处处为她着想。像这样有爱心的人，能不爱她的儿媳妇吗？

金大娘　（紧紧抱住小艾）孩子！

唐三婶　大姐，你积德积福了。

李警官　我提议，大家围着这小吃摊，拍一张两家合欢福。

金　成　不，我们两家是一家，就叫全家福！

　　　　（小艾指挥排队。李警官举起相机）

李警官　三、二、一——

众　　　茄子！（造型）

（剧终）

光棍沟的笑声

人　物

山　娃　二十多岁，光棍沟的后代，大学毕业生。

娜　娜　二十多岁，山娃的女朋友。

山娃妈　五十多岁。

山根叔　七十多岁，光棍沟的老支书。

秀　秀　二十多岁，省城驻光棍沟扶贫干部。

吴市长　五十岁左右，秀秀的父亲。

山　杏　二十多岁，山娃小时玩伴。

酸　枣　二十多岁，山娃小时玩伴。

石　头　二十多岁，山娃小时玩伴。

狗　蛋　二十多岁，山娃小时玩伴。

二　赖　二十多岁，邻村富家子弟，无赖。

小　马　二十多岁，秀秀的恋人。

众村民

第一场　触目惊心

（一面沟坡，荒凉凋零，石头和狗蛋在山坡上挖药材）

狗　蛋　（抹了一把汗，叹了一口气，粗野、哀怨地）

　　　　唉——

　　　　（唱）村前河，村后山，

　　　　　　　村子就在沟里边。

　　　　　　　不出文人不出官，

　　　　　　　辈辈尽出光棍汉。

石　头　（接唱）山坡坡，沟窝窝，

　　　　　　　逮蝎子，挖草药。

　　　　　　　一天能卖七八块，

　　　　　　　攒下票子娶老婆。

二　人　（合唱）三九寒，三伏热，

　　　　　　　春夏秋冬没闲着。

　　　　　　　要问能攒多少钱？

　　　　　　　买不下老婆一个脚。

石　头　狗蛋，我看把咱俩攒的钱合在一起，要把老婆的胳膊腿买全，

　　　　恐怕这一辈子都不行吧？

狗　蛋　唉，命，命，这就是命！听说咱这村子，老先人都是来自八

　　　　省十三县的难民。因为光棍多，人们就叫光棍沟。唉，老先

395

人没占下好地方，咱是生就的光棍命。

石　头　现在有富二代、官二代，我看咱算是光二代了。

狗　蛋　不对，（掐指算）按现在活着的人算，山根爷他们是第一代

　　　　光棍，黑牛叔他们是第二代光棍，咱们该是第三代光棍了。

石　头　对，光三代好听，咱不带那个"二"字。

狗　蛋　（半躺在山坡）唉，我咋越干越没心劲咧？

石　头　我也心松腿软了。

　　　　（二人躺在山坡，用筐子、草帽盖住头）

　　　　（小河边，山娃携娜娜上）

山　娃　（唱）大学毕业回家转，

　　　　　　　　接妈进城把家安。

娜　娜　（唱）山路崎岖河道弯，

　　　　　　　　娜娜我气喘腰腿酸。

　　　　哎呀，山娃，我、我实在走不动咧！

山　娃　娜娜，再坚持下，快到了。（指沟底）你看，那就是我们村。

娜　娜　（大惊）啊，沟旮旯，那是人住的地方吗？快快快，快把咱妈

　　　　接进城，永远离开这里。

山　娃　唉，我劝了好多次，咋说我妈都不进城。

娜　娜　我爸我妈说了，你妈有活思想。

山　娃　啥活思想？

娜　娜　她怕城里的儿媳妇嫌弃她这个双目失明的老太婆。所以呀，

　　　　我爸我妈才让我出面去请她老人家。

山　娃　（握住娜娜的手）娜娜，你爸你妈真好！

娜　娜　谁让你那么优秀，让我爸把他的独生女儿交给你，还要把他

的企业传给你呢。

山　娃　我明白，他们是为了解除我的后顾之忧，让我一心一意帮他
　　　　们把企业做大做强。

娜　娜　什么他们的，这企业以后还不是咱们的？

　　　　（狗蛋、石头发出鼾声）

娜　娜　山娃，你听，啥野兽叫唤呢？（环视，猛然尖叫，往山娃身后躲）
　　　　死人！死人！

　　　　（山娃环视远处，笑弯了腰）

山　娃　这两个家伙，大白天睡懒觉。（上前揭开筐子、草帽）石头、
　　　　狗蛋！

石　头　谁谁谁，干啥呀？人家睡梦中正娶媳妇呢，打搅了人家的好事。

狗　蛋　（睡眼惺忪，呆看娜娜）啊，仙女！（趔趄后退）

山　娃　石头，狗蛋，我是山娃。

石头、狗蛋　啊！山娃，你回来了！啊，还带回来个美女。（转身向
　　　　　　远处大喊）哎，快来看呀，山娃回来了，带回来个美女！

　　　　（挖药材的男青年们一拥而上）

一青年　山娃，你小子娶媳妇不请客，这闹新娘可得补上呀！

山　娃　弟兄们，你们听我说——（被众人打断）

众　　　不听不听，咱们现在就闹新娘！

　　　　（众人围住山娃、娜娜，跳起"闹新娘"舞）

青年甲　（舞到娜娜跟前）

　　　　（唱）新娘新娘点支烟，

众　　　（唱）点支烟，点支烟。

青年甲　（唱）丝丝缕缕意缠绵，

众　　　（唱）新郎新娘意缠绵。

青年乙　（舞到娜娜跟前）

　　　　（唱）新娘新娘发颗糖，

众　　　（唱）发颗糖，发颗糖。

青年乙　（唱）甜你甜我甜心上，

众　　　（唱）新郎新娘甜心上。

　　　　（众跳舞，石头在一旁独舞，做不堪之状，唱起了《光棍歌》）

石　头　（唱）看人家娶妻咱难过，

　　　　　　　放大声吼唱光棍歌。

　　　　　　　哎——

　　　　　　　祖宗占了个沟壑壑，

　　　　　　　把咱生在了穷窝窝。

　　　　　　　苦了咱这带把货，

　　　　　　　十有六七没老婆。

　　　　　　　沟里妹子嫁山外，

　　　　　　　留下一群光棍哥。

　　　　　　　光棍饥，光棍渴，

　　　　　　　晚上没人暖被窝。

众　　　（唱）山娃有人暖被窝，

　　　　　　　亲亲热热好快活。

青年丙　让新郎新娘亲亲嘴好不好？

众　　　好！（拉扯二人）

　　　　（娜娜羞，山娃急）

山　娃　别闹了，别闹了，人家是我的同学，还没结婚呢。

石　头　一群冒失鬼！

众　　　（惊）啊，羞死人咧！（全跑下）

娜　娜　（生气地）山里人，没教养，俗气！

山　娃　这就是和我小时候在沟里藏猫猫、玩家家的伙伴。唉，他们

　　　　现在竟然这样地生活着，令人痛心呀！

娜　娜　快回快回，小心他们再来纠缠。（山娃扶娜娜下）

山　杏　（急上）

　　　　（唱）欠债逼婚遭捆绑，

　　　　　　　　设计逃出婚礼堂。

　　　　　　　　前有河水把路挡，

　　　　　　　　后边追赶人声嚷。（后边传来追喊声）

　　　　　　　　宁愿洁身投河死，

　　　　　　　　不与二赖入洞房。

　　　　（喊声愈急时，山杏跳河）

　　　　（山娃、娜娜复上，听见追喊声，环视）

娜　娜　（唱）忽听一阵人声嚷，

山　娃　（唱）急忙上前看端详。

山、娜　（惊）啊，有人跳河了！

　　　　（山娃脱衣跳水救人，娜娜顺河岸呼喊山娃，追下）

　　　　（二赖跛足，穿新郎官服，吆喝一群男青年追上）

二　赖　追！逮住人，每人发十块，不，再加十块，发二十块！

　　　　（山根叔追上）

山根叔　站住，看你们谁敢再追！

一青年　咋，挖一天药材才挣十块八块，人家给二十块，为啥不挣？

山根叔　羞先人呢，这种钱也去挣？！

二　赖　每人发三十块，快给我追！

　　　　（众起哄：追！）

　　　　（山娃上，挡住去路）

山　娃　不用追了，山杏跳了河，我下河去救，没找见人，只捞了这件衣裳。

　　　　（山杏爹追上来，抱住衣裳大哭）

山杏爹　山杏，爹对不住你死去的妈，对不住你呀！（扯住二赖的衣服）你还我女儿，你还我女儿！

二　赖　我还给你要人呢！是你为给老婆治病借我家钱，自愿拿女儿顶债，现在你女儿跑了，把我家的钱还给我！

山杏爹　这都是你逼的，还我女儿，还我女儿！我和你拼了！

二　赖　（推山杏爹）去你的！（山杏爹倒地，众围住呼唤）

　　　　（秀秀、酸枣上）

秀　秀　不准欺负老人！（对酸枣和一男青年）你俩快送山杏爹去医疗站。（对另外两名男青年）你俩把二赖带回村委会听候处理。其他人，跟我去找山杏。走！

山　娃　（问山根叔）她是谁呀？

山根叔　省城来的扶贫干部，叫秀秀。

山　娃　秀秀。（上前对秀秀悄声说什么）

秀　秀　（转身对大伙）山杏已被河水冲远，很难找见，你们回去吧。

　　　　（众下）

山根叔　咋能不找了呢？活要见人，死要见尸呀！

山　娃　山杏没死，我让她先去娜娜家躲躲。

山根叔　唉，没事就好，没事就好。

娜　娜　山娃，都什么年代了，你们家乡还这么穷，还出这等事，不可思议。

山根叔　（捶胸）都怪我这个当支书的没本事，都怪我没带好大家呀！

山娃、秀秀　爷爷，不要这样，这咋能怪你？

山根叔　山娃呀，还是你爸有眼光。那时，我是党支部书记，你爸是村委会主任。你爸常跟我说，咱光棍沟人穷，就穷在没知识上。于是，他带领村上精壮劳力进城打工，一心想挣些钱，供孩子们上学，用知识改变光棍沟下一代的命运。没想到他从楼上掉下，摔断了脊梁。他知道治愈无望，便和工头私了，用命换来二十万，要供光棍沟的孩子们读书。

娜　娜　爷爷，那其他孩子为啥没有上学？

山根叔　乡亲们不忍心花这钱，就用这钱把山娃供成了大学生。

娜　娜　其他人还可以继续打工挣钱，供孩子上学呀。

山根叔　山沟沟人胆小，山娃他爸一出事，没了领头羊，都被吓回来了，又窝在村里受穷。唉，当时我如果能挺起身子，带领大伙继续在城里打工挣钱，供孩子们上学，那光棍沟的孩子们，不是也和山娃一样，摆脱光棍命了吗？都怪我，都怪我呀！

　　　　（抹泪）

山　娃　爷爷，现在党和政府抓扶贫，不让任何一个贫困村、贫困户落下。你看，秀秀不是来咱村扶贫了吗？

山根叔　山娃，秀秀，改变光棍沟就指靠你们年轻人了。

　　　　（紧紧抓住山娃、秀秀的手）

　　　　（切光）

第二场　心系桑梓

（几天以后，山娃家）

山娃妈　（上唱）光棍沟，光棍沟，

我娃总算熬到头。

大学毕业把业就，

在城里找下女朋友。

娃他爸生前梦想今实现，

可喜我辛酸眼泪没白流。

他要接我城里住，

思前想后把心揪。

我难舍乡里乡亲情谊厚，

我难舍老伴魂灵在山沟。

瞎眼婆进城给娃添拖累，

太土气人前给娃把脸丢。

只要娃婚姻美满工作好，

我甘愿一人留在光棍沟。

娜　娜　（拿一件新衣服上）妈，把这件衣服换上。

山娃妈　换啥呢，不去，我不去！

娜　娜　妈，你担心的、牵挂的事，几天来我都解释清咧，安排好咧。

你，你到底还有啥心思呢？

山娃妈　唉，娜娜，实话告诉你，我，我走不到人面前去。你看我双目失明，土里土气，到城里给我娃丢人。

娜　娜　妈，丢什么人？一个失去丈夫，双目失明，身居山沟的老太婆，含辛茹苦把儿子供成优秀大学生。山娃有您这样的母亲，是山娃的福气；您有山娃这样的儿子，是您的骄傲。我爸我妈非常敬重您，说您是世界上最伟大的母亲。

山娃妈　伟大个啥？我当初就一个心思，孤儿寡母住山沟，我娃不当光棍就心满意足咧。没想到还能在城里干事，还能遇上你这样的好姑娘，够咧，够咧，我这辈子够咧！

娜　娜　（灵机一动，故意地）妈，山娃说了，您不去，他就不和我结婚。

山娃妈　为啥？

娜　娜　怕人骂他是个白眼狼，娶了媳妇忘了娘，他就留在光棍沟陪您，当一辈子光棍。

山娃妈　啊！这咋能成，这咋能成？好好好，跟你们走，跟你们走。

娜　娜　（高兴地）妈，你同意了？（拨打手机）山娃，好消息，妈答应了，你快回来！（转身）妈，咱收拾收拾，山娃回来，咱就走。（扶山娃妈下）

山　娃　（风尘仆仆，兴高采烈上）

　　　　（唱）这几日和秀秀制定规划，

　　　　　　　翻山坡进深沟详细考察。

　　　　　　　看起来光棍沟潜力很大，

　　　　　　　谋发展要乘借西部开发。

　　　　　　　苦奋战三五年就有变化，

　　　　　　　到那时户户成小康之家。

好规划，好规划呀！哈哈哈，娜娜，娜娜！

娜　娜　（上）看把你高兴的。我爸给咱规划的，还能有错？第一步，接你妈进城，解除你的后顾之忧。第二步，马上结婚，你成为我家的正式成员。第三步，接管广州分公司，经受实践锻炼。第四步，我爸年老你接班，担任公司董事长。（自豪地）咱们规划的第一步，在我的努力下，成功了！

山　娃　哎哎哎，我不是说这个，我是说我和秀秀制定的规划。

娜　娜　什么？你和秀秀的规划？

山　娃　对，这规划的题目是"建设美丽乡村，发展生态旅游"。

娜　娜　哟，嘿嘿嘿嘿，嘿嘿嘿嘿！

山　娃　你笑啥呢？

娜　娜　还搞啥生态旅游呢，游客来，叫人家看一伙光棍躺到沟岸岸崖畔畔肚子朝天晒暖暖？叫人家听野腔野调、鬼哭狼嚎的"光棍歌"？

山　娃　那只能是过去！听我给你讲讲将来。

娜　娜　没空听你讲，山娃，我劝你把心思给正事上用，多想想去广州后怎样能一炮打响，让老丈人对你刮目相看，夸他女儿的好眼力。

山娃妈　（上）娜娜，山娃，这一走还不知啥时回来，我得向老姐妹们打打招呼，道个别。（欲下）

娜　娜　妈，我扶你去。（扶山娃妈，转身）你快换换衣服，我们回来就走。（扶妈下）

山　娃　（唱）今日要离光棍沟，
　　　　　　　难断思念和乡愁。

想为家乡多出力，

不能久留心愧疚。

（山根叔、秀秀上）

根、秀　山娃，山娃！

山　娃　爷爷，秀秀，你们咋来咧？

山根叔　来送送你们。

秀　秀　山娃，（晃了晃手中的图纸）山根爷爷看了你绘制的规划图，
高兴得很。

山根叔　山娃，你说搞西部大开发，咱们这穷山沟也能沾上光？

山　娃　爷爷，咱光棍沟穷就穷在地方交通不便，信息不灵。可是跨
沟大桥一修，高速公路从咱村边一过，从西安、咸阳到咱光
棍沟，个把小时就到了。

山根叔　咱这里真的能搞生态旅游？

山　娃　咱这里有山有水可游玩，翻沟越涧能锻炼，赏花摘果很浪漫，
土鸡野味能保健。青年人热恋，爱钻山沟林间；中老年休闲，
图个清静安然。这个规划一实现，咱光棍沟就成了西安、咸
阳的后花园。

山根叔　哎呀，这有知识和没知识就是不一样，有眼光和没眼光也大
不一样。哈哈哈，（仰天高呼）光棍沟有奔头咧！

石　头　（敲锣上场，站在高处）大伙都跟上，找那个狗屁村干部说
理去！

（狗蛋手拿告示，领一伙青年上）

众　　　秀秀，你出来！

（秀秀上前，酸枣急忙护住秀秀）

石　头　（推开酸枣）你走开，我们要找新来的村干部。

秀　秀　（上前）啊，狗蛋，你们咋把村委会的告示扯下来了？

狗　蛋　狗屁告示！你新官上任，一不带救济粮，二不带扶贫款，还把我们的财路断了。你就这样扶贫呢？

众　　　这样的扶贫干部，不欢迎，走！走！

山根叔　吵啥呢，吵啥呢！究竟是怎么回事？

狗　蛋　她贴告示，禁止我们去北山坡挖药材。

秀　秀　（笑）原来是为这事，乡亲们！

　　　　（唱）多年来挖药材村北山上，

　　　　　　　北山坡已经是百孔千疮。

　　　　　　　到雨季水冲刷泥沙流淌，

　　　　　　　汇洪流河泛滥威胁村庄。

　　　　　　　不禁止滥采挖长此以往，

　　　　　　　只恐怕人更穷地更荒凉。

　　　　　　　治贫穷抓根本放开眼量，

　　　　　　　定规划上项目奔向小康。

山　娃　嗯，秀秀说得有道理。我回村看到这种情况也心疼呀。

石　头　哼！原来这瞎瞎主意是你出的。

　　　　（唱）你在城里把钱挣，

　　　　　　　站着说话腰不疼。

狗　蛋　（唱）不挖药材咋谋生，

　　　　　　　让我们去喝西北风？

山　娃　（唱）我们已把规划定，

　　　　　　　光棍沟会有好前程。

秀　秀　看，这就是规划图。（把手中的规划图挂在墙上）

山　娃　（指图唱）北山坡咱把果树种，

　　　　　　　　三五年花艳果子红。

　　　　　　　　沟底下建造人工湖，

　　　　　　　　钓鱼游泳跳水划船把浪冲。

　　　　　　　　村子里建起农家乐，

　　　　　　　　土鸡野味山菜杂粮有机保健香味浓。

　　　　　　　　山村旅游好景点，

　　　　　　　　城里人来来往往一窝蜂。

众　　　哈哈哈哈，哈哈哈哈哈！

山根叔　笑啥呢？听山娃给你们讲。

石　头　（唱）这都是纸上来画饼，

　　　　　　　这都是镜中看星星。

　　　　　　　一天三顿揭锅盖，

　　　　　　　柴米油盐等现成。

青年甲　对，我们要吃的穿的。

青年乙　我们要花的用的。

青年丙　我们要——要——要娶媳妇！

山　娃　兄弟们，上级派秀秀来咱们村，就是要帮助咱们脱贫致富，

　　　　这个规划，就是一条脱贫致富的路子。

秀　秀　乡亲们，山娃是咱们村长大的，对咱们村地理条件、自然环

　　　　境很熟悉。他学的又是旅游专业，考察过好多乡村旅游景点。

　　　　这个规划就是他帮助我们制定的。

石　头　想了个美！那么大的工程，得花多少钱，就问你们腰里头有

　　　　多少钱？

山　娃　没钱可以招商引资么。

石　头　招商引资？哈哈哈哈，大家听到没有，媳妇还在他丈母娘腿弯弯呢，就张罗给娃做满月呢。就凭老先人给咱留下这烂尻地方，谁敢把钱给这里投？

青年甲　对对对，谁没瓜么，眼睁得大大的，把钱给瞎磨眼里塞呢。

石　头　就算能建成杭州西湖，离城市那么远，谁来呢吗？

山根叔　可高速公路一通——

石　头　对咧对咧，高速公路和咱有啥关系呢？咱又没汽车。我问你，咱呀毛驴拉板车，在高速公路上走得成？

山根叔　这——我也说不清，叫山娃给你们讲。

山　娃　乡亲们，你们听我说——

青年乙　不听不听！尽是你的瞎点子。弟兄们，别跟他们瞎折腾，弄日塌咧，秀秀屁股土一拍回城咧，山娃当他的总经理去咧，给咱撂个烂摊摊，哭都没眼泪。

青年丙　走走走，甭费唾沫咧。快挖药材走，耽搁一晌工夫，少收入四五块。

众　　　走！挖药材走！（起哄要走）

山根叔　你们给我回来！

石　头　（站住）行，发钱我们就回来。谁发呢？是秀秀，还是山娃？

山根叔　（气愤地）你——

石　头　咋，没钱？没钱还不让我们在山上刨？

众　　　走，挖药材，抓现成，噢——（一哄而下）

秀　秀　（唱）原以为展规划一片叫好，

　　　　　　　没想到倾盆雨顶头灌浇。

青年们来闹事我没料到，

一霎时秀秀我乱了手脚。

你看他们——山根叔，这该怎么办？山娃，这该怎么办？

山根叔 唉！

（唱）井底蛙只会在井里鸣叫，

山里鸡只能在山里乱刨。

是蜗牛别指望它能奔跑，

是野马它不会驾辕拉梢。

哎哎哎，我就担心靠这些二杆子弄不成事。对哩对哩，秀秀，

回城坐你的办公室去吧。山娃，到广州当你的总经理去吧。

他们不争气，我就跟他们熬，我不信我这个七八十岁的老光棍，

还熬不过他们那些二三十岁的小光棍。（推二位）都走都走！

山　娃 （唱）劝声爷爷你莫躁，

劝声秀秀莫心焦。

别怪他们来吵闹，

别怪他们山上刨。

咱们要把原因找，

对症下药好治疗。

爷爷，秀秀，他们久居山沟，孤陋寡闻，一时理解不了，也

不为怪。看来扶贫，关键还是扶志扶智。我决定多留几天，

把我在外面看到的、听到的给他们讲讲。我和他们光屁股玩

的时候，就是娃娃头，我去做他们的工作，会说通他们的。

根、秀 好。

（娜娜扶山娃妈上）

409

山娃妈　　山娃，山娃！

娜　娜　　哦，爷爷、秀秀都在。

山娃妈　　噢，山根叔，秀秀，你们都来了，正好向你们道个别。啥时
　　　　　有空进城，一定要进屋坐坐。

娜　娜　　山娃，快走，我已给我爸打了电话，小车在沟口等咱们呢。

山　娃　　娜娜，妈，我们等几天再走。

娜　娜　　啊，为什么？

山　娃　　规划实施还有些困难，我想帮秀秀打开局面。

娜　娜　　啊，帮秀秀？那这婚还结不结，广州还去不去？

山娃妈　　山娃，可不敢误了大事呀！

山　娃　　妈，山根爷爷年老体弱，秀秀初来乍到，我不帮他们一把，
　　　　　这规划很难实施。

娜　娜　　那我们的规划怎么办？

山　娃　　要么你和妈先走。

娜　娜　　不！（气哭，跑下）

山娃妈　　啊，山娃，你把娜娜惹哭咧，你——（举拐杖欲打）

秀、根　　（急拦）大妈（山娃他妈）！

　　　　　（切光）

第 三 场　　娜 娜 生 疑

（半月以后）

（娜娜家，舞台一侧，是娜娜的卧室）

410

娜　娜　（唱）山娃他，太执意，

　　　　　　　　咋劝都要留村里。

　　　　　　　　我爸我妈催得急，

　　　　　　　　眼看就要到婚期。

　　　　　（拨打手机）山娃，山娃，你还知道不知道回来？

　　　　　（天幕出现某山村旅游景点）

　　　　　（另一表演区，山娃接听手机，身后是秀秀、酸枣、石头、狗
　　　　　蛋等男女青年参观、指点、欢呼雀跃的场面）

山　娃　娜娜，我们正在参观，人太多，听不清，回头我给你回电话。

　　　　　（隐去）

娜　娜　啊，他——

　　　　　（唱）竟然旅游去外地，

　　　　　　　　秀秀和他影不离。

　　　　　　　　越思越想越生气，

　　　　　　　　回来后和他论高低。

　　　　　这这这——（坐在沙发上生闷气）

山　杏　（上唱）娜娜为何双眉皱？

　　　　　　　　　我欲相问难开口。

　　　　　　　　　莫不是嫌我多烦扰？

　　　　　　　　　久留也觉心内疚。

　　　　　娜娜，山娃哥还不见回来，我想出去找个工作。

娜　娜　也好，山娃不见回来，你闷在家里也心烦，出去散散心。

山　杏　我走了。（下）

　　　　　（手机铃响，娜娜接电话）

娜　娜　噢，是是是，好，知道了。唉，这山娃，商场又催拉家具，这——

　　　　（下）

山　娃　（上唱）娜娜她电话里又急又躁，

　　　　　　　　都怪我留太久把事误了。

　　　　　　　　见面后我首先多做检讨，

　　　　　　　　想办法好让她快把气消。（按门铃）

娜　娜　（开门）你还能知道回来！

山　娃　（故作一本正经）娜娜，先别发火，快快快，快取搓板去。

娜　娜　（生气而又不解地）找搓板干啥？

山　娃　等我跪在搓板上，你再正式发威。该打就打，该骂就骂，结
　　　　婚前就把我先打造成名牌"妻管严"。

娜　娜　（被逗笑，指山娃额头）你呀！

山　娃　（顺势抓住娜娜手）哎呀，对不起对不起，规划定好后，带领
　　　　青年们外地考察。考察完了，又送他们去农学院培训，把人
　　　　忙得鬼吹火。

娜　娜　对咧对咧，靠那些鸡头马膪烂三流，还能把事干成？

山　娃　娜娜，可不能那样说他们。

娜　娜　哟，我可没小看他们，井里的蛤蟆老在井里叫，山里的土鸡
　　　　只在山里刨，这可是山根爷爷亲口说的。

山　娃　正因为这样，我才把他们带出去开阔眼界，转变观念。你可
　　　　别说，参观了人家的生态旅游景点，我的那些伙伴们像变了
　　　　一个人，都说我们村的地理位置和生态条件并不差，个个摩
　　　　拳擦掌，人人跃跃欲试。

娜　娜　看把你激动的，秀秀一人带队不行吗，还要你陪着？

山　娃　我在那地方实习过，毕业论文也是在那里写的，情况很熟悉。

娜　娜　哟，秀秀离了你，事就干不成了？

山　娃　你说这话是啥意思？

娜　娜　你心里知道。

山　娃　你呀，醋坛子！

娜　娜　没时间跟你磨牙咧，快去商场把咱订购的家具拉回来，人家
　　　　打电话催了几次了，说今天不拉，咱看好的那种款式就断货了。

山　娃　我就去，我就去。（欲出门，愣，又折回，不好意思地）钱。

娜　娜　咦，买家具，你不是说钱够吗？

山　娃　参观、培训费，秀秀一时凑不到钱，我拿那钱垫上了。

娜　娜　哟，我看你对秀秀的事倒是蛮热心的，时间花上，还把钱贴上，
　　　　再这么下去，恐怕还要把人赔上。

山　娃　那不是秀秀的事，是家乡发展的大事。哼，醋坛子！

娜　娜　醋坛子咋啦？你知道不，女人的爱，就是醋味，醋越酽，爱越深。

山　娃　所以，才舍不得罚我跪搓板。

娜　娜　（嗔怪）只要你收了贼心，我也不和你计较。给，这里有我准
　　　　备买项链、钻戒的钱，先拿去买家具吧。告诉你，下不为例。
　　　　快去！

　　　　（山娃接钱装入包内，欲出，门铃响。去开门）

山　娃　（见秀秀进门）啊，秀秀。

娜　娜　啊，你怎么又来咧？

秀　秀　我刚一回村，就接到通知，说省上专家今天论证咱们的立项
　　　　报告，县旅游局和乡上领导都来啦，他们请你也参加会议。

娜　娜　秀秀，山娃今天有事离不开。

秀　秀　娜娜，对不起，项目计划书是山娃起草的，要他亲自介绍。

　　　　没时间咧，走走走，车在外面等着呢。（拉山娃下）

娜　娜　（急）这这这，这还真的把山娃黏住了，唉！

　　　　（唱）秀秀她拉扯山娃太繁频，

　　　　　　　不由得娜娜一时起疑心。

　　　　　　　怕只怕日久生情常勾引，

　　　　　　　夺走我百里挑一心上人。

　　　　我，我该怎么办呀？（沉思）

二　赖　（上唱）原来山娃把我骗，

　　　　　　　　山杏藏他家里边。

　　　　　　　　听到消息气炸胆，

　　　　　　　　星夜兼程到西安。

　　　　　　　　二赖不是软面蛋，

　　　　　　　　上门闹个底翻天。

　　　　（用脚踢门）山娃，你出来，你给我出来！

娜　娜　（开门）你找谁？

二　赖　我找山娃。（欲闯进门）

娜　娜　山娃没在家，你走！（阻止）

二　赖　不让进门就是屋里有鬼。

娜　娜　你这个无赖，胡说什么？

二　赖　哼，我是无赖，我看山娃也不是个好货色！

　　　　（唱）山娃才是大无赖，

　　　　　　　家花野花一齐采。

　　　　　　　城里有个美娇娘，

還回乡下寻二奶。

娜　娜　（气极，打了二赖一个耳光）滚！不许你给他头上泼脏水。

二　赖　哈哈，我泼脏水？你去村里打听打听，谁不知道山娃和山杏
　　　　从小就订了娃娃亲，只是山娃他爸死后家里穷，而山杏她妈
　　　　看病急着用钱，山杏她爸才把女儿另许给我。现在山娃救山杏、
　　　　藏山杏，是啥目的？你可得小心着，往后谁是大奶，谁是二奶，
　　　　还说不定着呢！

　　　　（背唱）丢骨头让他们狗去咬狗，
　　　　　　　　撒米粒让他们鸡去斗鸡。
　　　　　　　　二赖我今日要巧施妙计，
　　　　　　　　哄娜娜把山杏乖乖交出。

娜　娜　啊！

　　　　（背唱）一席话说得我将信将疑，
　　　　　　　　心腹间如浪击难坐难立。
　　　　　　　　正担心和秀秀投桃报李，
　　　　　　　　二赖他又爆出逸情隐私。
　　　　　　　　娜娜我对山娃真心实意，
　　　　　　　　难道说山娃他情不专一？

二　赖　（偷笑）娜娜，你可是个明白人，趁山娃不在，你把山杏交给
　　　　我，情敌走了，你家后院就永远不会起火了。

娜　娜　这——

山　娃　（上）二赖，你在这里干啥呢？

二　赖　干啥呢？要人呢！

山　娃　要啥人呢？

二　赖　哼，你小子在城里山珍海味吃腻了，跑回乡下逮野味来了。竟敢在鹞子窝里掏雀，你在咱十里八乡没打听打听，老子是什么人？

山　娃　一个大无赖，名声早知道。

二　赖　你可知道马王爷长了几只眼？

山　娃　你可知道没有合法手续，捆绑良家女子成亲要受法律制裁？

二　赖　好，咱就看今天谁制裁谁！（抽出小刀，上前刺山娃，山娃与之搏斗）

　　　　（娜娜欲帮山娃，无从下手）

山　杏　（上，见状，上前抱住二赖的腰）山娃哥，你快走！

二　赖　（抓住山杏）哈哈，我看不打他，你不会出来。走，跟我回！

山　杏　（挣扎）不，不！

二　赖　你今天不跟我走，我就废了你！（用刀逼山杏）

山　娃　二赖，你放开她！

二　赖　哼哼，她现场退钱，我立马放人。

山　娃　好，我把钱还给你。（从包里取出钱）

娜　娜　（上前阻挡）这是买家具的钱——

山　杏　（急）山娃哥，我不能再连累你们，我跟他回去。

山　娃　（推开娜娜，把钱给二赖）滚！

二　赖　（挑拨性地对娜娜）我说得没错吧？英雄救美人。哈哈！（下）

娜　娜　你！（气哭，下）

山　杏　（跪在山娃面前）山娃哥，我对不起你们！我去打工挣钱，还你们的账。（欲走）

山　娃　不，我送你去农学院。

山　杏　去农学院?

山　娃　实现咱村发展规划，光有热情还不行，得有一门技艺。咱村
　　　　年轻人都去了，有的学养殖，有的学园艺，有的学烹饪，有
　　　　的学刺绣，这对建设生态旅游景点都有用。

山　杏　山娃哥，我不能让你和娜娜伤和气。

山　娃　不会的，她的脾性我知道，回头我向她解释。

山　杏　这——

山　娃　走吧走吧，村上还等你们早日学成回去大干呢!

　　　　（切光）

第四场　回乡受阻

（几天以后）

（娜娜家客厅）

娜　娜　（唱）秀秀烦来山杏扰，

　　　　　　　　二赖让人心发毛。

　　　　　　　　山娃东奔西又跑，

　　　　　　　　村上事忙得不开交。

　　　　　　　　没奈何将心事向父禀报，

　　　　　　　　老父亲指出了明路一条。

　　　　对，还是按父亲说的办，远离家乡，排除干扰，立马去广州结婚。

　　　　唉，我去买些他平日爱吃的水果，坐下来和他好好谈谈。（下）

山　娃　（上唱）原只想把项目顺利通过，

　　　　　　　　没想到铺开后事情更多。

摘穷帽乡亲们心急如火，

秀秀她一个人力量单薄。

穷山沟搞开发能结硕果，

也算是青年人一番事业。

这样做娜娜她很难通过，

说服她我还要费些周折。

娜娜，娜娜！哎，人呢？

娜　娜　（提水果上）山娃，回来了？快坐快坐，吃水果。

山　娃　（背白）看来娜娜今天心情很好，我借机跟她好好谈谈。（转身）啊，什么事这么高兴？还买了这么多好吃的。

娜　娜　喜事么，咋能不庆贺庆贺？

山　娃　啥喜事？快说给我听听。

娜　娜　我爸叫咱俩今天就去领结婚证。

山　娃　啊，这么急？新房不是还没有装修好呢吗？

娜　娜　新房就不用装修了，广州那边事急，我爸给咱在广州买的婚房是精装修。

山　娃　这——

娜　娜　咋，不愿意？

山　娃　不不不，我是说，村上的事实在脱不开身。

娜　娜　规划制定了，外出参观了，人员培训了，还有啥事？

山　娃　抓落实才是关键呀。

娜　娜　啊，你还要抓落实？山娃呀！

（唱）我是父母苗一棵，

择婿为的承父业。

英才俊秀满目过，

千里选中你一个。

给你买房又买车，

哪样把你亏待过？

去广州让你先试水，

日后靠你掌大舵。

等到父母百年后，

亿万家产归你我。

只要你我相恩爱，

坐吃利息也红火。

山娃，你，你要知道我爸的苦心呀！

山　娃　娜娜，你也要知道我爸的心愿呀。他拒绝治疗，用生命换来二十万，是想让光棍沟的孩子们都能上学，用知识改变光棍沟下一代的命运。如今，我山娃大学毕业，成了城里人。可我的伙伴们为了填饱肚子，却干着破坏生态的事。如果这样下去，山越荒，人越穷，恶性循环，何时才能摆脱光棍命呀？

娜　娜　好了好了，我给我爸说，给光棍沟捐二百万。

山　娃　光棍沟要外力帮扶，但关键还是要靠自己奋斗。我们有这么多兄弟姐妹，个个身强力壮，能吃苦耐劳，现在他们眼界开阔了，信心增强了，我要和他们一起实现光棍沟的梦想。

娜　娜　要留在光棍沟，何必出来上大学？

山　娃　用自己所学的知识把贫穷落后的山沟建设成富裕美丽的家乡，是一番事业，也是人生的价值。娜娜呀！

（唱）人生舞台多宽广，

　　　各人志趣不一样。

有的人依赖父母躺温床，

庸庸碌碌度时光。

有的人自己搭台自己唱，

跌宕起伏自担当。

咱不能靠吃奶、依拐杖，

大树底下寻阴凉。

咱应该击长空、迎风浪，

练就一双好翅膀。

人生道路自己闯，

哪怕是劈荆棘、跨千障、顶风雨、搏险浪，

回头一看都辉煌。

娜　娜　这么说你是要自己去闯？

山　娃　不，不是我独自去闯，而是咱俩同心协力、并肩奋斗，共同
　　　　去闯一番事业，展示咱们自己的实力，体现咱们自己的价值。

娜　娜　那正好，咱俩一同去广州，你当经理，我当助理，这不是同
　　　　心协力、并肩奋斗了吗？

山　娃　不，你爸有几个分公司，都聘用了职业经理，不是干得很好吗？
　　　　咱应该到最需要、最能发挥咱们专长的地方去。

娜　娜　哪里？

山　娃　我们村。咱俩都是学旅游的，我们去，一则可以发挥专长，
　　　　二来还能回报乡亲。

娜　娜　哼，绕来绕去又绕到你们村。我不去，也不许你去。

山　娃　为啥？

娜　娜　起点太低。山娃，沟底的树，没有山顶的草高。人生的起跑

线很关键呀！

山　娃　娜娜，你听我说——

娜　娜　不听不听！别无选择，马上去广州结婚！

（山根叔、秀秀上，按门铃，山娃去开门）

山　娃　山根爷爷，秀秀，你们来了，请进。

山根叔　山娃，娜娜，告诉你们一个好消息。秀秀，快说给他们听听。

秀　秀　县上对咱们村上生态旅游景点开发项目很支持，特招一个学旅游专业的大学生，关系落在县旅游局，人常驻咱们村，具体负责旅游开发项目。我推荐了你。今天来征求你的意见，你如果愿意的话，人事局就办理有关手续。

娜　娜　（背白）又是她推荐，看来她是存心要把山娃拉过去。

山　娃　这——（见娜娜脸色变）让我和娜娜商量商量。

娜　娜　没啥好商量的，不能去！

山根叔　娜娜，我想那是好事么，又不是让他回去当农民，是正牌的国家干部，一月四千多块钱的工资呢。

娜　娜　国家干部能咋，四千元工资算个啥？山娃一去广州，就是分公司经理。

山根叔　分公司？哎秀秀，分公司经理和咱乡长比，谁大？

娜　娜　哼，现在谁还比官大官小呢？是比谁钱多钱少。反正比你们县长坐的车牌子亮，比你们县长挣的钱多。

山根叔　挣多少钱？

娜　娜　年薪三四十万。

山根叔　呀！怪不得——秀秀，咱走！

山　娃　山根爷爷，你老先坐下喝水，我给娜娜再好好说说。娜娜，

这样吧，我不应聘，也不转关系，给我三年时间，让我帮村

上把旅游景点建起来。

娜　娜　不行。

山　娃　要么，给一年时间，让我协助秀秀把前期准备工作做好。

娜　娜　也不行。

秀　秀　娜娜，你看我们就是另聘专业人才也得一个过程。再说，村

上外出培训的青年人一个月后才能回来。这样吧，给一个月

时间，让山娃帮我在雨季前把南沟的地质情况勘测一下行吗？

娜　娜　我们说好今天去领结婚证，没时间了。山娃，走，小心民政

局下班。

山　娃　（甩开娜娜）娜娜，光棍沟生我养我，难道我能忘了光棍沟吗？

光棍沟现在正需要我，难道你不给我一点回报家乡的机会吗？

娜　娜　你——好好好，就一个月时间，说话算数。秀秀，一个月期满，

让他马上回来，今后不许再来缠他。

第五场　深沟遇险

（一月以后）

（南沟）

山　娃　（唱）勘测结果报上去，

　　　　　　　专家又提新问题。

　　　　　　　眼看马上到雨季，

　　　　　　　重新勘测抢时机。（深入沟底）

（秀秀、山根叔同上）

秀　秀　（唱）山娃回村月有余，

　　　　　　　屈指计算已超期。

山根叔　（唱）扫尾工作我收底，

　　　　　　　让他早早回城里。

　　　　　山娃，山娃！（二人追下）

山　娃　（上唱）历年洪灾断崖处，

　　　　　　　　沙石结构都不一。

　　　　　　　　我要逐个查仔细，

　　　　　　　　不给工程藏危机。（边查边舞下）

秀　秀　（上）山娃，山娃！（跳石越涧舞）

　　　　（唱）娜娜倔强性子急，

　　　　　　　山娃一再误婚期。

　　　　　　　电话催了好几次，

　　　　　　　再不回恐怕出问题。

山根叔　（上）山娃，山娃！（电闪雷鸣）

　　　　　　　霎时云飞狂风疾，

　　　　　　　大雨倾盆吼霹雳。

　　　　　　　莫非山洪要来临？

　　　　　　　找不见山娃心更急。

　　　　　山娃，山娃！（与风雨搏斗、呼唤）

山　娃　（与风雨搏斗上）

　　　　（唱）暴雨疯狂山洪起，

　　　　　　　隐隐听得呼声急。

423

　　　　　　急忙循声迎浪去，

　　　　　　爷爷秀秀陷危急。

　　　　啊，像是秀秀和山根爷爷！秀秀，爷爷！（追下）

　　　　（秀秀与洪水搏斗，独舞上）

　　　　（山娃与洪水搏斗，独舞上）

　　　　（山根叔与洪水搏斗，独舞上）

　　　　（三人互救舞，若即若离，救上又冲散。秀秀被水冲下）

山　娃　（惊呼）啊，秀秀撞上岩石了！（向秀秀冲去）

　　　　（山根叔帮山娃把秀秀往岸上托，被大浪冲走）

山　娃　（边抱秀秀上岸边惊呼）爷爷——

山根叔　（浪中高喊）山娃，秀秀，不——能——放——弃！（被水冲下）

山　娃　（把秀秀放在岸边，又跳入水中）爷爷！（追下）

　　　　（山路上，娜娜撑雨伞，与风雨搏斗上，独舞）

娜　娜　（唱）山娃回村一月满，

　　　　　　电话紧催不回还。

　　　　　　我气归气、怨归怨，

　　　　　　娜娜仍把他爱恋。

　　　　　　我吵也吵、劝也劝，

　　　　　　山娃倔强不转弯。

　　　　　　纵然是山娃糊涂眼花乱，

　　　　　　毕竟是同窗相爱四五年。

　　　　　　老父亲爱惜他才干，

　　　　　　让我回村再劝劝。（顶风雨舞下）

第六场 劳燕分飞

（夜）

（山根叔墓前）

（山娃在墓前长跪）

（幕后伴唱）月朦朦，风凄凄，

　　　　　　山娃长跪泪湿衣。

　　　　　　秀秀伤重住医院，

　　　　　　山根叔舍身命归西。

　　　　　　乡亲们，

　　　　　　有人在责备，有人在叹息。

　　　　　　有人泄了气，有人心着急。

　　　　　　山娃呀，

　　　　　　你是要留下，还是要离去？

　　　　　　你是要躺倒，还是要挺立？

山　娃　（唱）怨声骂声村中起，

　　　　　　妈妈责备娜娜逼。

　　　　　　我理解乡亲埋怨和责备，

　　　　　　我知道妈盼早日娶儿媳。

　　　　　　我感激娜娜对我多情意，

　　　　　　我明白重整旗鼓不容易。

亲情乡情两相比，

要分轻重和高低。

爷爷他为谁长眠荒丘地？

难道我山娃忍心回城里？

擦干泪，哭无益，

悼念爷爷用实绩。（磕头）

（娜娜带行李扶山娃妈上）

娜　娜　（唱）山娃倔强认死理，

咋劝都不离村子。

我带妈妈城里住，

看他是留还是离。（发现山娃）

妈，他果然在这里。

山娃妈　山娃，再别犟了，娜娜也是为你好。听妈的话，趁天黑人静，咱和娜娜一起进城。

山　娃　妈，山根爷爷牺牲，秀秀受伤，这个时候，我能离开光棍沟吗？

山娃妈　山娃呀！

（唱）我知道你们也是好心意，

我知道为摘穷帽你心急。

怎奈是平地起雷天霹雳，

光棍沟雪上加霜怨声起。

怨声骂声冲着你，

怪你出了瞎主意。

事到如今难由己，

不走人前咋站立？

426

山　娃　妈！

　　　　（唱）常言道哪里跌倒哪爬起，

　　　　　　　我离开谁来走完下步棋？

娜　娜　山娃呀！

　　　　（唱）秀秀伤爷爷殒命人泄气，

　　　　　　　你一人独木顶梁实难支。

　　　　　　　已经是焦头烂额名扫地，

　　　　　　　我劝你头碰南墙别执迷。

　　　　（远处亮出点点火把，低哀的呜咽声。山娃全家一惊）

山娃妈　什么声音？

娜　娜　灯笼火把，过来一群人。

山娃妈　啊，山娃，是不是乡亲们来找你讨说法？咱快走！

山　娃　他们有怨有气，就在我身上出吧。

山娃妈　山娃，别吃眼前亏，快躲躲，快躲躲！（同娜娜硬拉山娃躲一旁）

　　　　（石头、狗蛋带去培训回乡的青年缓步登场，围在山根叔坟前）

众青年　山根爷爷，我们回来迟了呀！

　　　　（唱）派我们农学院里学技艺，

　　　　　　　一个个心胸开阔长见识。

　　　　　　　实想说回到家乡改天地，

　　　　　　　到如今帅亡将伤谁举旗？

　　　　（众跪下大哭）爷爷——

石　头　住了！哭顶什么用？都站起来！说，该怎么办？

众　　　（唱）参观后，放眼量，

　　　　　　　学技艺，本领强。

咱也有热血热汗热心肠，

咱也有铁肩铁臂铁脊梁。

只要前有领头羊，

我们大家紧跟上。

石　头　（沉痛地）可是，爷爷走了，秀秀重伤，不会再来了。这，这谁是我们的领头羊呀？

众　　　找山娃！

山　杏　（上）我去他家，大门锁着，听人说他们一家趁天黑都走了。

石　头　真的？

山　杏　有人看见天黑前沟口停了一辆小车。

石　头　啊，他用火把咱们的心刚烧热，自己倒心凉了，害怕了，逃跑了。呸！

狗　蛋　唉，死的死，伤的伤，跑的跑，谁能做我们的领头羊呀？

石　头　我！

青年甲　你？石头呀，当这个头头可不是沟岔岔撵野兔，看谁跑得快；也不是光场里推碌碡，看谁瓜劲大。这立项呀论证呀，招商呀引资呀，订协议呀签合同呀，不光要脑子灵、嘴能说，笔底下还要能来几下子。你肚子有几滴墨水，敢朝火这个？

石　头　（摸头）我，我，我还真不敢。

青年乙　唉，认命吧！我看这光棍沟的风水还硬得很，谁揭这穷盖盖谁遭祸。山娃他爸到城里闯荡，把命搭上咧。这一回在沟里折腾，爷爷丧了命，秀秀受了伤，连山娃一看火色不对都溜咧，咱还敢胡成精？趁早散伙算咧！

众青年　（不忍、沉痛）爷爷，我们到底怎么办呀？

（山娃要见大家，山娃妈、娜娜阻拦，被大伙看见）

众　　　山娃！

石　头　啊，你要溜走？

山　娃　石头，谁说我要走？

石　头　（指着娜娜和山娃妈带的行李）别背着牛头不认赃，携妻带母，

　　　　拿着行李，半夜出村，不是要溜，这是干啥？

山娃妈　山娃要结婚，要去广州上班，我们来向山根叔告别，谁说是溜？

娜　娜　山娃本来就答应回村一个月，他没食言，怎么能叫溜？既然

　　　　大伙都来了，我和山娃也向乡亲们告别。（鞠躬）

山　娃　娜娜，你——大伙听我解释。

石　头　别为自己开脱，走吧，走吧，带上你妈，把你爸的尸骨也带上，

　　　　永远别回生你养你的光棍沟！

　　　　（唱）说起来你像八哥嘴，

　　　　　　　干起来你是缩头龟。

　　　　　　　遇挫折你成胆小鬼，

　　　　　　　要逃跑你变狗屎堆。

　　　　　　　比秀秀你觉羞不羞？

　　　　　　　对爷爷你觉愧不愧？

山　杏　石头，别这样说山娃，我看咱们还是劝山娃哥留下来吧。

众青年　山娃，你就留下来，领着我们干吧！

山娃妈　（举起拐杖）你们谁再硬留山娃，我就和他拼了！

山　娃　（抓住妈妈举起的拐杖）妈，你——

　　　　（唱）乡亲们，莫误会，

　　　　　　　山娃不是缩头龟。

大家心里一团火，

山娃岂能泼凉水？

和你们同心协力一定要把光棍沟的美景绘，

让爷爷含笑九泉看看咱是光棍沟的好后辈。

我不走，咱们一起干！

山娃妈 啥，你不走了？

娜　娜 山娃，你真的铁了心？

山　娃 娜娜，希望你能理解我、支持我。

娜　娜 山娃，你——

（唱）我牵马鞴鞍让你骑，

我的父为你搭天梯。

我父女爱你有才气，

期盼你接班承业绩。

原以为你有大鹏的翅膀鸿鹄志，

却原是上不了架的鸭子飞不高的鸡。

自毁前程负情义，

从此咱俩各东西。（哭着跑下）

众 （急拦）娜娜！

众青年 山娃，怪我们误会了你。快和娜娜回城里去吧，不能为了我们，毁了你的婚姻。谢谢你为家乡制定了规划，谢谢你帮我们开阔了眼界、学到了技艺。我们的道路我们闯，我们的命运我们自己改变。

众 去吧，快去追娜娜。

山　娃 让她走吧。我也是光棍沟的后代，我要留下来和你们一起建设光棍沟。

石　头　咱们去把娜娜追回来。

众青年　娜娜！（追下）

山娃妈　山娃，你气死我了！

　　　（唱）你父亲临终遗言我牢记，

　　　　　　十几年含辛茹苦为怎的？

　　　　　　实指望你大学毕业留城里，

　　　　　　　有了工作娶了妻，

　　　　　　老娘我可以展愁眉。

　　　　　　没想到你执意要回山沟里，

　　　　　　　毁了前程气走媳，

　　　　　　我头痛未减添心疾。

　　　　　　越思越想越生气，

　　　　　　举拐杖打你这不争气的混账东西。

山　娃　（唱）妈妈你请坐下不要生气，

　　　　　　听儿把心里话叙说仔细。

　　　　　　我知道父为我血汗洒地，

　　　　　　我知道娘为我冒寒忍饥。

　　　　　　我知道上大学乡邻周济，

　　　　　　我知道山根爷费心出力。

　　　　　　回村后目睹了家乡实际，

　　　　　　山娃我心好似刀剜锤击。

　　　　　　村南沟遭洪水年年毁堤，

　　　　　　北山坡滥采挖一片狼藉。

青年们耳闭塞滞留沟底，

许多人成光棍没有娶妻。

好容易秀秀来把旗撑起，

搞开发上项目一派生机。

虽然说又遭遇风击雨袭，

不能因遭横祸息鼓偃旗。

家乡山家乡水把我养育，

关键时我要为家乡出力。

若逃避，乡亲笑骂没骨气；

若逃避，父亲活着也不依；

若逃避，儿的良心受责备；

若逃避，我在人前怎站立？

妈妈你常教儿顶天立地，

儿岂能违父志、忘恩义、当逃兵、顾自己，

灾难面前把头低？

（石头带众青年上）

山娃妈 娜娜呢？

石　头 劝不下，走了。

山娃妈 啊，多好的媳妇呀！山娃，你——（昏了过去）

（众急呼山娃妈）

432

第七场　市长许亲

（数天后）

（村卫生室）

（秀秀腿打石膏，头缠纱布，坐在轮椅上，酸枣喂药）

酸　枣　秀秀姐，山娃让你在县医院多住几天，你硬是要回来。你看咱村卫生室这条件。

秀　秀　有你照顾，不比他县医院护士差。

酸　枣　秀秀姐，我妈中午摊煎饼，我给你端去。（下）

山　杏　（上）秀秀姐，听说你回村了，我一时脱不开身，看你来迟了。这是我给你和山娃家婶子炖的鸡，趁热吃。

秀　秀　山娃妈怎么啦？

山　杏　自从娜娜离开以后，大妈就一病不起。

秀　秀　啊，大妈病了？山娃忙得不着家，谁照顾大妈？

山　杏　你放心，大伙商量由酸枣照顾你，我照顾大妈。

秀　秀　这就难为你们了。

酸　枣　（端煎饼上）秀秀姐，这煎饼热着，你快吃吧。

山　杏　不，先趁热吃这个。

酸　枣　趁热吃这个。（二人争让）

吴市长　（上）啥好吃的？让我也尝尝。

秀　秀　（惊喜）爸爸！

山杏、酸枣 （端水让座）叔叔请喝水。

吴市长 我来看看秀秀，你们有事忙去吧。

（山杏、酸枣出门。吴市长察看秀秀伤情）

山　娃 （上，向门内瞅）啊，电视上常见到，像是吴市长么，山杏咋说是秀秀他爸？（在门外听）

吴市长 今天是星期天，我想抽空把你接到市医院去，没想到你却偷偷跑回村里。跌打损伤一百天，不好好保养，你都不怕落下后遗症吗？

秀　秀 你女儿就这么娇嫩吗？爸，我受伤，山根爷爷牺牲，山娃不得不留在村里，为这事，和女朋友都闹翻了，大妈也气病了。

吴市长 哦，这可是件大事，你得好好体谅山娃、安慰大妈。

秀　秀 所以，我回村里，虽不能走动，但能够和石头、狗蛋他们商量着干，让山娃回城里结婚。

吴市长 好，会替别人着想，我女儿长大了。

山　娃 （进门）吴市长，秀秀是你女儿？

吴市长 你是——

秀　秀 爸，这就是我给你说的山娃。

吴市长 （两眼紧盯山娃）山娃？

（唱）眼前翩翩一少年，

　　　　搭眼一看像大山。

　　　　二十年前共患难，

　　　　往事历历浮眼前。

　　　山娃，大山是你的什么人？

山　娃 是我爸呀。

吴市长　（激动得抱住山娃）你就是大山的儿子？

山　娃　（哭）我爸他——

吴市长　（给山娃擦泪）你爸的事我听说了。

山　娃　吴市长，你咋知道我爸？

吴市长　那个年代搞知识青年上山下乡，因为我爸是走资派，知青们
　　　　嘲笑我、排挤我、孤立我。我不得独自一人由靠近平原的好
　　　　村队，转到偏僻贫穷的光棍沟，和你爸这个孤儿住在一个窑
　　　　洞里。你爸帮我挑水做饭烧热炕，我教你爸认字读书学文化。
　　　　乡亲们不但生活上关心我，还推荐我上了大学。我欠光棍沟
　　　　的情，我欠你爸的情呀！

秀　秀　爸，你欠光棍沟的情，女儿一定要好好报答。

吴市长　山娃呀，咱今天第一次见面，我可要和你订个君子协议。

山　娃　（不解地）啥？

吴市长　我和秀秀的父女关系，不能告诉任何人。

山　娃　为什么？

吴市长　你问她。

秀　秀　我才不靠爸爸那个市长的影响来发展自己。

山　娃　噢，原来是这么回事。

吴市长　不说这些了。来，让我看看你们的发展规划。

　　　　（山娃展开规划图，三人比画、研究）

　　　　（山娃妈拄拐杖用手摸索急匆匆上）

山娃妈　（唱）接到娜娜一封信，

　　　　　　　　病痛去掉八九分。

山　杏　（追上）大妈，你慢一点，小心摔着了。（扶）

435

山娃妈　邮递员说这是特——快——专——递，能不急吗？我想让山娃给我念念娜娜到底说些啥。

山　杏　大妈，到了。

山娃妈　山娃，山娃，娜娜的信，快看看，娜娜说些啥？

　　　　（山娃看信）

山娃妈　大声念，让妈也听听。

　　　　（聚光，现娜娜身影）

娜　娜　山娃——

　　　　（唱）我怨你，我恨你，

　　　　　　　魂牵梦绕还是你。

　　　　　　　我爸伤心又生气，

　　　　　　　他要让我另择婿。

　　　　　　　你若对我有情义，

　　　　　　　速来广州结连理。

　　　　　　　娜娜诚心再劝你，

　　　　　　　最后机会要珍惜

秀　秀　山娃，娜娜对你一片诚心，你就去吧。

山娃妈　听娜娜说，这是最后一次机会，你可不敢错过呀！

秀　秀　山娃，听大妈的话，先给娜娜回个电话，准备一下快去广州。

山　娃　好，我打电话。娜娜——

　　　　（唱）日思念，夜挂牵，

　　　　　　　山娃对你情未减。

　　　　　　　回报家乡责任重，

　　　　　　　爱情事业难两全。

今生不能做夫妻，

　　　　咱做朋友共奋勉。

　　（聚光，现娜娜身影）

娜　娜　（唱）看来咱俩情缘断，

　　　　今生再不回西安。

　　山娃，你好狠心呀！（光束送娜娜下）

山娃妈　山娃，你，你个混账东西，气死我了！那么好的媳妇你不要，

　　硬要回到光棍沟，（坐在地上）唉——他爸呀，用你卖命钱

　　供成的大学生，也成光棍了，我对不起你呀……

　　（众扶山娃妈）

秀　秀　大婶，你老放心，山娃的媳妇，包在我身上。

山娃妈　你——

吴市长　老嫂子，这么优秀的青年，还怕没媳妇？放心吧，到时候山

　　娃没媳妇，我把女儿赔给你！

山娃妈　（疑惑地望着大家）这——

第八场　母亲逼婚

（一年以后）

（山娃家）

山娃妈　（唱）急死我，愁死我，

　　　　闭上眼睛噩梦多。

　　　　山娃至今没定亲，

他爸梦中责怪我。

　　　　担心山娃成光棍，

　　　　家门脉断子孙绝。（长叹）

山　娃　（上）妈，你哪里不舒服？

山娃妈　哪里不舒服？是心里不舒服！

山　娃　妈，谁惹你生气了？清晨起来，就发这么大的火。

山娃妈　你惹我生气咧！昨晚，你爸把我歪了一整宵。他嫌我不操心
　　　　你的婚事，若把你耽搁成光棍，让我死后别见他。

山　娃　妈，我爸咋会责怪你？这都是你一天没事，瞎想。

山娃妈　我不想这再想啥？娜娜离开一年多了。秀秀和你，一点动静
　　　　也没有，我看咂事恍惚。干脆和山杏把婚订了。

　　　　（唱）你回咱村一年多，

　　　　　　　白天黑夜忙工作。

　　　　　　　山杏长年照顾我，

　　　　　　　又端茶饭又喂药。

　　　　　　　这样的闺女实难找，

　　　　　　　我看你俩最适合。

山　娃　妈，我今天还有急事，这事后边再说。（欲走）

山娃妈　站住！一说这事你就找借口想溜，今天不给我个断句话，哪
　　　　儿也别想去！

山　杏　（上）山娃哥，狗蛋他们等你安排工程上的事，叫你快去。

山　娃　我就去。（趁机溜出）妈，我走了，一会儿回家陪你吃饭。

山　杏　大妈，来，我给你梳梳头。（梳头）

山娃妈　山杏，一年多来，你没黑没明地照顾我，比山娃都孝顺，叫

我咋过意得去？

山　杏　大妈，再别说了。山娃哥为旅游开发的事，忙得分不开身，哪有时间照顾你？

山娃妈　哼，他还能顾上管我？连他自己的事也顾不上管。唉，他若能早日娶上媳妇，我死也就能闭上眼睛了。

山　杏　大妈，我看秀秀和山娃哥挺般配的，秀秀和她爸都把话说到那个份儿上了，你还不放心？

山娃妈　秀秀家在城里，咱住穷山沟。秀秀爸是市长，我又是一个瞎眼老太婆。唉，门不当户不对，靠不住。山杏，听说这两年，咱村许多跑出去的女娃都回来了，酸枣和狗蛋、腊梅和春生、秋菊和大毛他们都对上象咧，你瞅下没有？

山　杏　大妈，我、我……（羞涩地）还没有。

山娃妈　没有就好。大妈问你，你愿意给你山娃哥做媳妇吗？

山　杏　大妈，山娃哥是大学生，我配不上他。

山娃妈　（激动地）大妈看中的是你的人品。只要你同意，他山娃得听我的。

　　　　（石头在门外向山杏招手，山杏出）

石　头　（取出一枚戒指）戴上，漂亮不？

　　　　（山娃上，见状，急躲一旁）

山　杏　（抽回手指头）石头，咱俩的事，嗯，嗯……

石　头　咋，你不同意？

山　杏　大妈要我嫁给山娃哥。

石　头　山娃对秀秀是一见钟情，秀秀也不忘山娃救命之恩，你看两个人形影不离，谁不说他俩是天生一对？

山　杏　大妈对山娃和秀秀的婚事心里老不踏实，你看把人熬煎成啥了。

石　头　大妈心急我知道，可你知道山娃心里咋想的？

山　杏　山娃哥救过我的命，还替我家还了二赖家的债，宁让山娃哥
　　　　负我，我决不负山娃哥。为了让大妈心里高兴些，身体早日
　　　　恢复，我答应了大妈。

石　头　你别剃头担子一头热，我看山娃和秀秀的事没麻达。

山　杏　那就等他俩的事定了，咱俩再——

石　头　哎呀，这个山娃，你和秀秀的事不早点定下来，害得大妈吃
　　　　不香睡不宁，害得我和山杏谈不成，我找他俩去！（下）

山　杏　（急阻）石头！

山娃妈　山杏，咱娘儿俩该做饭了！

山　杏　来了！（进屋扶山娃妈下）

山　娃　（复出）娜娜走气得妈身染重疾，

　　　　　　　　　为山杏整日里哭闹相逼。

　　　　　　　　　今日里要设法把妈安慰，

　　　　　　　　　也好让山杏她明我心机。

　　　　　　　　　一时间难想出良策妙计，

　　　（石头拉秀秀上）

秀　秀　啥事么，啥事么？

石　头　走走走，有话咱当面说。

山　娃　（接唱）请秀秀她帮我解围救急。

秀　秀　当面说啥呀？说吧，快说呀！

石　头　你不是说山娃的媳妇你包了吗，你爸不是也答应把你赔给山
　　　　娃吗？

秀　秀　这话我说过，可人家山娃有媳妇了呀。

石　头　谁？

秀　秀　（故意地）大妈不是喜欢忠厚勤快、善解人意、体贴入微的山杏吗？

石　头　山娃，你放着现成的大学生不娶，何必来跟我争山杏？我求你了，快和秀秀把事定了，不然的话，气死了大妈，也急疯了我石头！

秀　秀　（笑）山娃的事，你可急啥？

石　头　他，脚踩两只船，当然不急。

山　娃　秀秀，别逗石头了，去见我妈，帮我解解急。

秀　秀　解急？

　　　　（背唱）山娃他分明是话里有话，

　　　　　　　　观石头看山杏明白七八。

　　　　　　　　一年来为工作接触山娃，

　　　　　　　　婚姻事我了解他的想法。

　　　　　　　　我今天倘若不当面说话，

　　　　　　　　难解除年迈人心中疙瘩。

　　　　好，我答应你，成全石头和山杏。

石　头　（高兴得跳起来）真的？大妈，山杏，你们快来！

　　　　（山杏扶山娃妈上）

山娃妈　啥事？

石　头　大妈，你的儿媳妇看你来了！

山娃妈　儿媳妇？

山　娃　妈，我和秀秀的事，今日定了。

秀　秀　大妈。

山娃妈　（抱住秀秀）秀秀！

山　娃　妈，这下你该放心了吧？可是你得答应我们，人工湖建成再结婚。

山娃妈　只要有指望、有盼头，妈答应！

石　头　山杏，来，把这戴上。（给山杏戴戒指）

山　杏　（嗔怪地）看把你急的！（众笑）

第九场　笑语盈沟

（一年以后）

（人工湖畔）

（山杏和酸枣搀扶着山娃妈上）

山　杏　（唱）阳春三月天气暖，

　　　　　　　　人工湖畔笑语喧。

酸　枣　（唱）搀扶大娘赏春景，

　　　　　　　　先游湖水再游园。

山娃妈　山杏，酸枣，你们送我回去，我啥都看不见，逛啥呢嘛！

山　杏　大娘，人常说，看景不如听景，我和酸枣给你讲解。

酸　枣　大娘，咱前面就是人工湖。

　　　　　　（唱）大坝围起湖一面，

　　　　　　　　千亩水波映蓝天。

山　杏　（唱）成群鹅鸭忙戏水，

442

游艇穿梭水浪翻。

酸　枣　（唱）那一旁年轻人跳水多彪悍，

山　杏　（唱）这一边老年人垂钓甚清闲。

酸　枣　（唱）游罢南沟游北塬，

山　杏　（唱）北塬更是一重天。

酸　枣　（唱）桃杏花开齐斗艳，

山　杏　（唱）蜂蝶纷飞花丛间。

酸　枣　（唱）那一对恋人花荫相偎窃窃语，

山　杏　（唱）这一双情侣折花相赠意缠绵。

酸　枣　（唱）村南村北都游遍，

山　杏　（唱）再到村西走一番。

酸　枣　（唱）一股香气风飘散，

山　杏　（唱）游客歇息正用餐。

酸　枣　（唱）家家办起农家乐，

山　杏　（唱）野味山珍真新鲜。

二　人　（合唱）村民钱袋鼓囊满，

　　　　　　　　男女老幼尽开颜。

（二赖远处喊山杏，追上）

山　杏　（惊）啊，二赖！他又来闹事。酸枣，快给我拦住他！（扶大

　　娘欲躲）

酸　枣　（拦住二赖）你要干啥？快走！

二　赖　（挣脱酸枣）我找山杏有事。（拦住山杏）山杏。

山　杏　我和你没话可说。

（酸枣又来拉二赖，三人纠缠中，石头急上，揪住二赖）

443

石　头　二赖，我和山杏自由恋爱，马上就要结婚，你再来骚扰，别
　　　　　怪我不客气！

二　赖　我，我不是来骚扰，我找山杏是想，想——

石　头　想干啥？

二　赖　听说山杏管村西的商业网点，我想在这儿租赁一个门店，经
　　　　　营旅游纪念品。

众　　　你也要做生意？

二　赖　自从那年抢亲，把名誉弄失塌了，花再多的钱也订不下媳妇。
　　　　　唉，看来人不正道，老子再有钱也没用。我得做些正事，把
　　　　　名誉赎回来。

山　杏　噢，看来我们是误会你了。石头，带他去办公室，只要符合条件，
　　　　　就给他办。

石　头　好，走吧。

山娃妈　山杏，石头刚才说，你俩马上结婚？

山　杏　是，咱村今天举行集体婚礼呢。

山娃妈　咦，山娃和秀秀不是说人工湖建成结婚吗？

枣、杏　对，他俩肯定也参加今天的集体婚礼。

山娃妈　（怀疑地）咦，山娃咋没给我打招呼？走，咱看看去。

石　头　（穿新郎官服急匆匆跑上）山杏，酸枣，快点，集体婚礼马上
　　　　　开始，你俩还不去换婚纱？

众　　　走！

　　　　（吴市长领小马边看边指画上，与山娃妈相遇）

吴市长　老嫂子。

山娃妈　你是——

444

山杏、酸枣　大妈，那是吴市长。

山娃妈　噢，吴市长，你也来参加他们的集体婚礼？

吴市长　他们请我主持婚礼，我也想借这个喜庆场面，给秀秀把喜事办了。你们看，我把女婿小马也带来了，参加他们的集体婚礼。

枣、杏　（面面相觑）啊！女婿——

山娃妈　（指着大伙）啊，你们——都在骗我！（昏倒在地）

众　（急呼救山娃妈）大妈（老嫂子）！

山娃妈　（醒，推开众人）山杏，你、你骗我，为了和石头成亲，竟哄我说山娃和秀秀结婚。秀秀，她、她也骗我，说什么人工湖建成后就结婚。连你这个市长也骗我，你说把秀秀赔给我，咋可又领来个女婿？（哭）看来这光棍沟真的只剩下我山娃成光棍了。我咋这命苦呀！

石头　（激愤）这、这，吴市长，你和秀秀不是要笑人吗？对咧，山杏，你去和山娃结婚，咱村要剩最后一个光棍，就是我石头！啊——（蹲在地上大哭，猛然站起）不，吴市长，你父女俩应人事小，误人事大。你们误了山娃的婚事，连我石头也带了灾，我今天非让你把秀秀赔给山娃不可！走，当面兑现你父女俩说的话！（硬拉吴市长）

山娃妈　走，我今天倒要看看你这当官的说话算不算数！（众连拉带推吴市长）

吴市长　别急别急，要秀秀跟山娃结婚，得看小马同意不同意。

小马　（笑）既然老人家把话说了，我不能让市长失信丢人。但是要让我同意，你们得答应我一个条件。

众　啥条件？你说。

445

小　马　你们这山沟，变得太美好了，我也想在这里住下来，你们得给我介绍一个媳妇。

枣、杏　我村漂亮姑娘多的是，只要让秀秀和山娃结婚，你的媳妇我俩包了。

吴市长　这不就一河水开了吗？快走，别误了集体婚礼。（众下）

　　　　（速换景，山娃办公室）

山　娃　（唱）三年来众村民齐心奋战，

　　　　　　　才使得穷山沟换了新天。

　　　　　　　今日里光棍沟喜气一片，

　　　　　　　有六对青年人要结良缘。

秀　秀　（唱）喜事儿绝不仅仅这一件，

　　　　　　　还有件我和父亲巧周旋。

　　　　山娃，我去看婚礼现场准备得怎么样，你在这儿等着，客商来了，一定要谈成功，绝对不能失败。

山　娃　那也要看对方有没有诚意。

秀　秀　人家千里迢迢跑到这里，咋能没有诚意？我可告诉你，对今天这位客商，啥条件都要答应。（下）

山　娃　（看表）快到了，让我把材料再推敲推敲。（打开电脑）

娜　娜　（上唱）水流急，光阴转，

　　　　　　　别离此地已三年。

　　　　　　　天变地变人也变，

　　　　　　　名声远扬不虚传。

　　　　　　　山娃果然人能干，

　　　　　　　面对山娃我惭然。

（进门，见山娃埋头工作）大经理，工作起来可真是专心致志呀！

山　娃　啊！娜娜，你来啦！

娜　娜　咋，不欢迎？

山　娃　欢迎欢迎！这样吧，你路途劳累，先住宾馆歇息，有一个客
　　　　商马上要到，商谈完了，咱俩好好聊聊。

娜　娜　有客商，是不是别墅群招商的事？

山　娃　是。

　　　　（秀秀上，门外窃听）

娜　娜　同是客商，应该先来后到吧？

山　娃　不，人家投资五千万，昨天就和秀秀约定今天上午面谈。

娜　娜　我也投资五千万，是你们公司发电子邮件邀请来的。

山　娃　发电子邮件？我们公司谁发的？

秀　秀　（进门）我发的。今天要来的客商就是她。

山　娃　秀秀，你为什么瞒着我，到底搞什么鬼？

秀　秀　不是我搞鬼，是你们两个心里都有鬼，我要当面把鬼戳破。

山、娜　我们心里有啥鬼？

秀　秀　山娃，你让我作假安慰你妈，解脱山杏。以后，又多少次给
　　　　你介绍对象，你都不见不谈。后来，我发现你写的一首诗，
　　　　最后两句耐人寻味，"遥寄南飞燕，北国春满园"是什么意思？
　　　　还不是你心中有一个牵魂的鬼？

山　娃　（不好意思）秀秀，你——

秀　秀　再说娜娜呀，我通过最可靠的信息渠道，打听到给你介绍的
　　　　一个个对象，都比不上你心目中的山娃，所以一直没有婚嫁，
　　　　于是就用发招商引资的电子邮件做试探，没想到你就立即转

让了广州的公司来这里投资。这不是说明你心中还挂念着那个让你又恐又气的活鬼吗？

娜　娜　啊，我还以为是他发的电子邮件，原来是你搞的鬼。

秀　秀　谁发的电子邮件不重要，关键是这里已春暖花开，南飞的燕子也该飞回来了，正好赶上我们今天举办集体婚礼。

娜　娜　不行不行。太仓促了，得让我们准备准备。

秀　秀　不行，现在全村就剩下他一个光棍了，他要是拖了后腿，影响我们早日摘掉光棍村的帽子。这样吧，上午举办婚礼，下午补手续，晚上就入洞房。新房嘛，就设在咱宾馆豪华间。

（山杏、醋枣穿婚纱扶山娃妈，小马扶吴市长同上）

秀　秀　爸爸。

娜　娜　吴叔，秀秀是你女儿？！

（石头等见娜娜惊愕）

吴市长　哈哈，你负气离开山娃去广州，秀秀也有一定的因素。不过秀秀和小马在大学时就成了恋人，不会和你争山娃的。所以她通过我和你爸是老同学的关系，才把你——

娜　娜　吴叔，啥都别说了，怪不得我爸说，人家一个市长，都让独生女儿去山区自主创业，山娃的选择是对的。

山　娃　（激动地）谢谢他老人家！

娜　娜　去去去！你不听话，我爸很生气，要不是吴叔和秀秀一年多来给我爸做工作，他老人家能答应吗？！还不快谢谢吴叔和秀秀。

山　娃　谢谢吴市长，谢谢秀秀！

吴市长　老嫂子，石头，看我这个当官的说话算不算数？

（众笑）

秀　秀　乡亲们，娜娜今天回来参加咱们的集体婚礼，你们猜，带的

　　　　啥嫁妆？

众　　　啥？

秀　秀　投资五千万，开发村东别墅群！

众　　　（拍手欢呼）好……

山娃妈　娜娜，你过来，让妈摸摸你。（摸着上前）

娜　娜　（上前抱住山娃妈）妈！

吴市长　我宣布光棍沟集体婚礼现在开始！

　　　　（六对新人围着山娃、娜娜，秀秀、小马狂舞）

　　　　（众人伴舞）

　　　　（幕后伴唱）笑满沟，歌满坡，

　　　　　　　　　　光棍汉个个娶老婆。

　　　　　　　　　　巧手绘出七彩图，

　　　　　　　　　　日子越过越红火。

　　　　（高处，山根叔挥指美景，畅怀大笑）

（全剧终）

羊沟乡纪事

人　物

谢　群　三十岁左右，女，新任羊沟乡党委书记。

刘乡长　四十多岁，羊沟乡乡长。

马主任　四十岁左右，羊沟乡政府办公室主任，刘乡长的同学。

周　强　三十多岁，谢群的丈夫。

狗　娃　三十多岁，贫困户，村民。

小　兰　二十多岁，狗娃女友。

狗娃妈　六十岁左右，贫困户。

赵兴海　六十岁左右，贫困户。

山　桃　三十岁左右，赵兴海的女儿。

张干事　四十多岁，乡干部，绰号"凉皮"。

王干事　二十八岁，乡干部，农大毕业生。

李干事　三十多岁，乡干部，女。

赵干事　二十多岁，乡干部，人称"网虫"。

农村青年　若干。

第 一 场

（沟壑纵横，山道弯弯）

（周强急匆匆上）

周　强　谢群——谢群——（沟里回声，无人应）啊，三岔路口！

（朝左，向远处）哎——乡党，那边过没过去个女的？（朝右）

哎——老乡，见我婆娘没有？唉！

（唱）犟、犟、犟，谢群生来脾气犟，

　　　　迷、迷、迷，一心上爬把官当。

　　　　你就是当上个女皇上，

　　　　也得给我生娃做婆娘。

　　　　昨夜晚我苦口婆心把她拦，

　　　　天未明她悄悄去了羊沟乡。

　　　　为追她我翻沟越岭把河蹚，

　　　　三岔口不知应该走哪厢。

这怎么办？（徘徊）

（对观众）大家可能不知道，我媳妇由副科级升成正科级，我
原地没动还是个教书的。结婚都五六年了，还没生娃的意思。
我妈说了，（学母亲）瓜娃些，不用娃把你媳妇拴住，小心
人家官做大了，把你一脚踢了。可拿这话阻挡人家升官，咱
说不出口么。我想来想去，想了条能摆在桌面上的理由。我说，

（学状）媳妇，那个羊沟乡，偏远贫穷，全县有名的烂摊摊。你都不怕干不好，和那里前任吴书记一样，把官丢了？就这，还把她没吓唬住，今早一起来，被窝成空的咧。不行，我追她去。

谢群——（下）

谢　群　（精神抖擞地上）

　　　　（唱）谢群我立了军令状，

　　　　　　　脱贫攻坚上战场。

　　　　　　　怕周强把我再拦挡，

　　　　　　　背着他赶往羊沟乡。

　　　　　　　我提前独自悄悄把任上，

　　　　　　　也免得迎迎送送闹排场。

　　　　　　　为摸清老百姓所急所想，

　　　　　　　隐身份先见见父老乡党。

　　　　（幕后传来众人呼喊声：小兰，站住，站住！）

小　兰　（慌张跑上）大姐快救救我！

谢　群　大妹子，怎么啦？

小　兰　他，他们……

　　　　（一伙男青年拥上，抓住小兰）

众　　　跑，跑，跑，这地方你能跑得了？

小　兰　放开我，放开我！

谢　群　（阻拦）放开！你们要干什么？

一青年　（推谢群趔趄坐地）你少管闲事！（对众）带走！

小　兰　（被众青年架起，挣扎、呼救）大姐，大姐，救救我！（声音渐远）

谢　群　（慢慢站起）

　　　　（唱）姑娘呼救声不断，

　　　　　　　到底发生啥事端？

　　　　　　　追上前去看一看，

　　　　　　　要给姑娘解危难。（下）

　　　　（狗娃家窑洞前）

狗娃妈　（双目失明，手拄拐杖，颤巍巍地）

　　　　（唱）破窑洞，瞎眼婆，

　　　　　　　狗娃生在穷窝窝。

　　　　　　　小兰一看这光景，

　　　　　　　转过身儿就逃脱。

　　　　　　　细思量，都怪我，

　　　　　　　前世作了什么孽。

　　　　　　　家中不做饭，地里不干活，

　　　　　　　娃挣几个钱，不够我买药。

　　　　　　　我是个包袱累赘老害货，

　　　　　　　把我娃累到啥年月？

　　　　唉，我咋不死些！

　　　　（小兰被架上）

一青年　大妈，我们把小兰追回来了。

狗娃妈　小兰——

小　兰　放开我，放开我……（哭）

一青年　锁进房子，等狗娃哥回来立马和她成亲。（众欲将小兰推进
　　　　窑洞）

谢　群　（上，大喝一声）放开她！

　　　　　（众人震惊，一愣）

小　兰　（挣脱，抱住谢群）大姐！（哭）

谢　群　说，到底是怎么回事？

众　　　这……

小　兰　大姐呀！

　　　　（唱）我到省城去打工，

　　　　　　　认识了狗娃好后生。

　　　　　　　他心灵手巧人忠诚，

　　　　　　　实想与他伴终生。

　　　　　　　我父母让我先来看家境，

　　　　　　　看一眼如临三九心结冰。

　　　　　　　没想到地方偏僻沟纵横，

　　　　　　　没想到他妈双目失了明。

　　　　　　　更可怕这间破窑洞，

　　　　　　　险些儿把我葬坟茔。（哭）

谢　群　这是怎么回事？

狗娃妈　唉，狗娃都三十好几了，还是个光棍。好不容易领回来个媳妇，
　　　　我想炖只鸡好好招待一下。谁知炖着炖着，只听"啪"的一声，
　　　　从窑顶掉下一块土，端端砸在锅上，砸翻了锅盖，把肉汤溅
　　　　了小兰一身，她、她转身就跑了。

小　兰　大姐，我怕，让我走吧！

狗娃妈　（拉住小兰）为了好好招待你，狗娃专门上街去割肉买菜，你
　　　　走了，我向狗娃咋交代？（哭）小兰，我求你了！

456

众	不能走，锁进窑洞！

（众硬拉小兰，谢群欲拦，被狗娃妈紧紧拉住后襟）

谢　群　放开她！

一青年　你少管闲事！

小　兰　（在窑内哭喊）放开我，放开我！

狗娃妈　（对谢群）姑娘，当年，狗娃他爸是个拐子，娶不下婆娘，我
　　　　来这里讨饭，也是被锁在窑洞成亲的，后来生了狗娃，我们
　　　　还不是过了一辈子？这事，你就别管了。

小　兰　大姐，救救我！

谢　群　这事我还非管不可！（又去开门，众人阻拦）

狗　娃　（进门）啊！你们这是干什么？

（一青年向狗娃耳语）

狗　娃　怎么能这样？不行！把门开开！（欲开门）

狗娃妈　快，把狗娃也关进去！（众拥上，把狗娃推进门）

兰、狗　（内同）开门，开门！

谢　群　（唱）实想说隐身份暗察民情，

　　　　　　　没想到遇到了难事一宗。

　　　　　　　人面生地不熟难以服众，

　　　　　　　无奈何只好把身份说明。

　　　　乡亲们，我就是羊沟乡新到任的党委书记谢群。他俩没登记
　　　　办证，你们这样做违背个人意愿，限制人身自由，是违法的。

　　　　（众愣）把门开开！（见众不动，打开窑门）

小　兰　（激动地）大姐！

狗　娃　（生气地对众人）你们这是干什么呀？

谢　群　姑娘，要走要留，你自己决定。

小　兰　狗娃，咱们离开这里吧！

狗　娃　外出两年，没想到我妈一点都看不见了，我再也不能离开她，
　　　　你……（用手示意让小兰离开，小兰犹豫了一下，快步离开）

众　　　（上前欲拦）小兰！

谢　群　不能拦她！（众愣住）

狗娃妈　（悲痛暴发，抓住谢群）你，你还我的儿媳妇！

狗　娃　（劝解）妈，妈！

　　　　（轰隆一声巨响，窑洞倒塌，尘雾蔽目，众人大惊）

狗娃妈　（歇斯底里地扑上去）啊，我的粮食！

众　　　刨！（欲上）

谢　群　小心崖垮，闪开！（上前搀扶起狗娃妈，刚转身，崖垮塌）

众　甲　好险啊，迟一步，狗娃和小兰就没命了。

众　乙　要不是谢书记，大妈也没命咧。

狗　娃　谢书记，你救了我们一家呀！

狗娃妈　（上前摸谢群的手、脸）你……你不是人，你……你是从天而
　　　　降的救命菩萨呀！（对众）快给菩萨跪下！（众欲跪，被谢
　　　　群喝住）

谢　群　不能跪！（扶起欲跪的狗娃妈）
　　　　（唱）大妈你快请起我应谢罪，
　　　　　　　做人民公务员我不合格。
　　　　　　　国家的扶贫政策没到位，
　　　　　　　这说明中间环节有堵塞。
　　　　　　　农村的危窑改造拨专款，

　　　　为什么这里危窑还没推？

　　　　乡亲们称我菩萨我羞愧，

　　　　住危窑干部官僚我担责。

　　（鞠躬）我向大家认错，我向大家道歉！乡亲们，羊沟乡是咱们县脱贫攻坚的最后一个堡垒，县委派我来和大家一起攻克它，我已向县委立了军令状。今天，我也向你们表个态：一、雨季之前，全乡的危窑全部改建成新房。二，从咱们羊沟乡实际出发，和大家共同闯出一条脱贫致富的路子。

狗　娃　我们就盼这一天呢，欢迎谢书记！

众　　　（激动地高呼）欢迎谢书记！

周　强　（上来多时，被这场景感动）

　　　　（唱）怪不得她急着要把乡下，

　　　　　　这场景我怎么劝她回家？

谢　群　周强，你怎么来了？

周　强　（语塞）我，我……

谢　群　你的心思我明白。我刚才向乡亲们表了态，现在也向你表个态。我保证工作家庭两不误，既要当人民的好公仆，也要做父母的好儿媳、你的贤内助。希望你支持我的工作。

周　强　我……我……我支持你！

众　　　（拍手）好！好！……

　　　　（切光）

第二场

（乡长办公室，刘乡长心神不定地在房间踱步，然后急拨电话）

刘乡长　　老同学，有消息吗？什么，派她来当书记？！（丢开话筒，喘着粗气）不公，组织对我不公！（一挥手，把桌上的书报和水杯拨落在地，发出响声。干事们闻声拥上，悄悄往房内瞅）

众　　　　（议论）看咻火气，书记没争上。

马主任　　（上）看啥呢，看啥呢？该干啥干啥去！

张干事　　脚不沾地，眼光瞅天，不咥实活，还想升官？

马主任　　凉皮，你少撇凉腔。

张干事　　凉皮凉皮，当然嘴皮子里出来的都是凉腔。

（众笑下）

马主任　　去去去！（进乡长办公室）刘乡长，刘乡长。

刘乡长　　（生气不应）哼！

马主任　　老同学，你这是怎么啦？

刘乡长　　唉，老同学！

　　　　　（唱）吴书记压了我整整三年，

　　　　　　　　我好比关云长困在土山。

　　　　　　　　前几日组织上把他罢免，

　　　　　　　　暗高兴等到了出头一天。

　　　　　　　　找熟人拉关系上下打点，

升一格当书记头把拉弦。

没想到快到手被人抢占，

马主任　谁？

刘乡长　（接唱）半路里杀出了女将一员。

马主任　还真是那个谢群？

刘乡长　（接唱）小女子当书记我觉伤脸，

难道我再给她去做副官？

（激动地）我找县委，要求调动！

马主任　（急阻）别别别，老同学，别激动。你现在要求调动，人家随
便把你塞在"第三世界"哪个局当副职，一辈子就淹到盐瓮咧。

刘乡长　那你说咋办？

马主任　我问你，咱老书记为啥被免职？

刘乡长　不作为，没政绩。

马主任　我再问你，谢群为啥由一个妇联干部，先提成县扶贫办副主任，
又提拔成乡党委书记？

刘乡长　还不是下乡扶贫时，把一个村由穷变富，一下子出名了吗？

马主任　对呀，这就说明现在提拔干部，有政绩就上，没政绩就下。

刘乡长　唉，这羊沟乡只长荒草，尽出光棍，能干出个啥政绩？唉，
到这儿来，还不是混个乡镇一把手的资历，好上县上当个部
长、局长？看来，没指望了。

马主任　对呀，指望这荒草、光棍，当然干不出啥政绩。那你为什么
不把眼睛往外瞅、往上看？

刘乡长　你的意思是——

马主任　最省力、最快捷的办法，就是引进一个企业，GDP 哗一下就

461

上去了。

刘乡长　引进企业？

马主任　你忘了？去年咱同学介绍一家企业，你怕把政绩记在一把手头上，一直压着。现在赶快引进来。

刘乡长　现在引进来，那政绩还不成了谢群的了？

马主任　趁谢群还没上任，打这个时间差，谁不说这个政绩是你的？

刘乡长　好，我马上出发！（下）

马主任　好。哈哈哈，让我先把舆论造出去。同志们——

　　　　（众从不同方向上）

众　　　咋？马主任。

马主任　刘乡长出去招商引资，要给咱乡引进一个大型企业。这几天新书记没到任，乡长又不在家，我——

张干事　那你就当猴子吧！

王干事　什么，让马大主任当猴子？

张干事　山中无老虎，猴子称大王么。

众　　　哈哈哈！

马主任　严肃点！我现在宣布，大家放松几天。爱打牌的打牌，爱下棋的下棋，爱上网的上网。

众　　　（欢呼）马猴万岁！（笑下）

马主任　哈哈哈！

　　　　（唱）帮他出谋把计定，

　　　　　　　但愿招商能成功。

　　　　　　　十年同窗友情重，

　　　　　　　他升我也跟着升。

（内声：马主任，三缺一！）

马主任　来咧来咧！（下）

　　　　（谢群风尘仆仆地上）

谢　群　（唱）报到前先下乡暗中访察，

　　　　　　　体味到百姓的酸甜苦辣。

　　　　　　　我看到危窑户担惊受怕，

　　　　　　　我看到留守童呼爹唤妈。

　　　　　　　我看到光棍汉灶冷身寡，

　　　　　　　我看到大病人痛苦挣扎。

　　　　　　　城镇里满目是高楼大厦，

　　　　　　　山沟里竟有此穷困人家。

　　　　　　　越思想越觉得责任重大，

　　　　　　　急到任快研究脱贫办法。

　　　　（进乡长办公室）刘乡长，刘乡长！咦，怎么人不见？（对外）

　　　　刘乡长，刘乡长——

马主任　（急上吆喝）喊啥呢，喊啥呢？这是乡政府，没规矩！（桌上
　　　　电话铃响，谢群拿起电话，马主任一把夺过）去去去，离远点，
　　　　这是乡政府，没规矩。（接电话）噢，你要刘乡长，刘乡长
　　　　招商引资去咧。什么？谢群？噢，你问那个新书记？还没到任。
　　　　什么……你是哪位？啊，县委张书记！

谢　群　（拿过电话）张书记，我是谢群。

马主任　啊！（狼狈不堪）

谢　群　（接电话）嗯……嗯……嗯……张书记你放心，我们马上全体
　　　　出动。（转身）你就是马主任吧？

463

马主任　谢书记，听过没见过，你看我刚才——嘿嘿，嘿嘿，请坐，请坐，我给你倒水。

谢　群　不必咧，马上召集全体同志开会。

马主任　是。（对外大喊）全体开会，全体开会！

张干事　（王干事脸上贴纸条上，张干事拉扯不放）领导忙着跑官，咱们没事搬砖，急啥呢嘛，把这一把牌打完。

王干事　马主任，怪不得人叫你马猴呢，你的咄政策咋猴得狠些，刚才宣布叫大家放松几天，没过屁大工夫，又开啥会呢？

赵干事　（慢慢腾腾玩手机游戏上，惊呼）啊，谁把我的菜偷咧？你们看你们看！（示意手机）

众　　哈哈哈！网虫，整天偷菜。

马主任　严肃点！现在请谢书记讲话。

众　　哈哈哈！

马主任　笑啥呢？

王干事　你不是说等乡长招商回来才接新书记吗？（细瞅谢群）这明明是给咱灶上新寻下的大师傅么。

张干事　我看呀，那是马猴输了怕掏钱，想把牌局搅乱，故意拿冒牌书记吓咱呢。不行，罚他掏钱买好吃的！

众　　（起哄，一拥而上）掏钱，掏钱！

李干事　（上）谢书记！（握手）

众　　啊，你认识她？

李干事　对，她在妇联干过，是谢群。

众　　啊！

谢　群　事情紧急，别的我就不多说了。刚才接到县委张书记的电话，咱们乡北草坡的赵兴海，在县医院住院，私自出走，医护人员和民警把县城找遍，也没有下落。这事张书记特别重视，要求我们在他的亲戚朋友家寻找。大家全体出动，有情况马上打电话报告。

众　　　好！（下）

谢　群　（望着干部背影，思绪万千）

　　　　（唱）百姓家危难事接连出现，

　　　　　　　急如火为百姓排忧解难。

　　　　　　　刘乡长为什么人影不见？

　　　　　　　到机关第一眼令人胆寒。

　　　　　　　干部们没朝气纪律涣散，

　　　　　　　竟然在工作日打牌扯闲。

　　　　　　　搞改革用干部最为关键，

　　　　　　　这士气怎能够脱贫攻坚？

　　　　　　　看起来我却把形势误判，

　　　　　　　眼前景比想象困难加番。

　　　　（幕后伴唱）是退却，是向前？

　　　　　　　　　　怎么办？好为难。

谢　群　（唱）开弓没有回头箭，

　　　　　　　遇山只能勇登攀。

　　　　　　　攻艰险我岂能孤军奋战？

　　　　　　　先要把乡干部扭成一团。

　　　　　　　让他们去农家亲身体验，

　　　　　　　绝不能整日里浮在机关。

众　　　（扶赵兴海上）谢书记，找到了。

谢　群　（迎上去）老人家，坐，坐。

张干事　他在老伴坟前烧完纸表，正准备喝农药。

谢　群　老人家，你咋能往那里想呢？

赵兴海　你们都别劝我了，我的病我知道，癌症呀，是花钱的病、要命的病呀！

谢　群　经济有困难，党和政府会帮你解决的。

赵兴海　不是钱的事。县委张书记都和我这个贫困户结对认亲了，我住院就是他安排的。

谢　群　那你能忍心丢下女儿吗？

赵兴海　女儿——为了女儿，我才选择了死啊！（大哭）

众　　　（不解地）啊，这是为什么？

赵兴海　（唱）不是我赵兴海要寻短见，

　　　　　　我也想逞风光活在人间。

　　　　　　想当年我养羊名扬全县，

　　　　　　万元户戴红花致富领先。

　　　　　　我曾想供女儿去把书念，

　　　　　　我曾想箍窑洞把家另迁。

　　　　　　谁料想世间事难如人愿，

　　　　　　一场病我老伴成了瘫痪。

　　　　　　为治病耗光了多年积攒，

　　　　　　为伺母女儿她离开校园。

　　　　　　把屎尿煎药汤端茶喂饭，

　　　　　　高中生绕病床整整十年。

466

十年来断送她壮志宏愿，

到三十没结婚一身孤单。

我若还再卧病要她照管，

把女儿拖累到何月何年？

倒不如喝农药一生了断，

为女儿我甘愿早上西天。

山　桃　（上，抱住赵兴海哭）爸，你为什么这样啊？医生不是说了吗？你患的是肠癌早期，可以治好。

赵兴海　就是能治好，也只是病恹恹地活着。前两天有人给你介绍了一个上门女婿，人家娃进门一看这烂窑洞、病老汉，转身就走了。

山　桃　爸，你说这些干啥！

赵兴海　孩子，你妈有病误了你的学业，爸的病再误了你的婚姻，我们就太对不住你了呀！

山　桃　爸，别说了，谁让我是你的女儿呢！（哭）

赵兴海　不，山桃，你不是我的亲生女儿！

山　桃　（惊）啊！爸，你说啥？

赵兴海　你是我们抱养的，我死后，找你的亲爸亲妈去吧！

山　桃　不，你就是我的亲爸爸，我一辈子都不会离开你！（二人抱头痛哭）

众　　　（唱）听此言，观此景，

铁石人儿也动情。

一个是舍青春照顾病痛，

一个是为养女甘殒性命。

危难面前情义重，

堪赞这样的好百姓。

（救护车鸣笛响）

谢　群　快，扶大伯上车，一定要治好他的病。

赵兴海　（挣扎）我不去，我不去！（众抬起赵兴海）

　　　　（切光）

第三场

（乡政府办公室，马主任品了一口茶，伸了一下懒腰，斜躺在
椅子上看报纸。电话铃响）

马主任　（懒洋洋地）喂，哪一位？

　　　　（悄声）（刘乡长声音：有人吗？）

马主任　（大躁）我不是人？

　　　　（另一光区出现刘乡长打电话）

刘乡长　老同学，是我。

马主任　（闻声站起，换成笑颜）哎呀刘乡长，原来是你！嘿嘿，我没
听清声音。咦，你那个项目谈得怎么样？

刘乡长　唉，咱们失了时机，别人先走一步。

马主任　啊，那怎么办？

刘乡长　唉，空手而归吧！

马主任　不行不行，招商引资的事，我给你满世界造舆论，连县委张
书记都知道咧，绝不敢放空炮。

刘乡长　啥，张书记都知道咧？这这这——

马主任　老同学，你瞎好得找个项目。

刘乡长　（顿足）唉，这这这……（隐去）

马主任　（着急踱步）不能放空炮，绝不能放空炮！

谢　群　（上）马主任，什么放了空炮？

马主任　噢！（一时语塞，随机应变）唉，你不是让大家下乡调查，每人写一份调查报告吗？可他们竟然没一个人写，让你上任后的第一把火，就放了空炮。

谢　群　（唱）同志们都不写调查报告，

　　　　　　　这中间肯定有一定根苗。

　　　　　　　初来到不摸底不能焦躁，

　　　　　　　坐下来和大家把心来交。

　　　　好，召集大家开会座谈。

马主任　（走到室外）开会了！

　　　　（众懒洋洋地分别从两侧上）

张干事　来来来。（悄悄向大家招手）马猴说，这女书记是靠关系爬上来的，来这里还不是混个向上爬的资历？咱今日可要当场试验一下。

众　　　怎么试验？

张干事　如果是个干实事的好领导，咱就挽起袖子跟她干。如果跟前任领导一个样，咱照旧下棋、上网、去搬砖。看我的。（众跟进，歪七扭八坐下）

谢　群　同志们，大家没写调查报告，就先口头汇报吧。

张干事　好！我先汇报！（故意清嗓门，大声地）羊沟乡，有"三宝"，光棍、拐子、地沟窑。汇报完毕。

众　　　哈哈哈！

谢　群　就这些？

张干事　啊，这么多宝贝你还嫌少？

谢　群　我是说调查报告就是这么一段顺口溜？

张干事　你不是叫大家调查摸底吗？这就是咱羊沟乡的老底。

马主任　凉皮，你这是啥态度？

张干事　我的态度咋咧，我把羊沟乡的三大宝都献给新书记，好让领
　　　　导们一届一届传承下去。

众　　　哈哈哈！

谢　群　啊！

　　　　（唱）羊沟乡这三宝实是三恼，

　　　　　　　　看起来他心里分外急焦。

　　　　　　　　试探我遇困难是进是绕，

　　　　　　　　有意儿说反话侧击旁敲。

　　　　　　　　实际上他出了题目一道，

　　　　　　　　要看我这一任答卷咋交。

　　　　　　　　同志们寄希望新任领导，

　　　　　　　　敞心扉和大家蓝图共描。

　　　　同志们，张干事的调查报告简单明了，切中要害，很好。

张干事　谢书记，你说的得是反话？

谢　群　实话。这段顺口溜，我早就听到了。人们说东北有三宝，是人参、
　　　　貂皮、乌拉草。而羊沟乡的三宝，竟然是光棍、拐子、地沟窑。
　　　　不知大家听了，有何感想？

马主任　谢书记，这个顺口溜，外地人说，当地人也说，饭后茶余的

笑料而已。凉皮，你放严肃些。

谢　群　不，我倒认为这是一个很严肃的话题。外地人这么说，是对羊沟人的侮辱，当地人这么说，是无奈之下的自嘲呀！这明明是羊沟人的"三恼"，却说成三宝。今天我作为这里的书记，听到这个顺口溜，感到揪心、痛苦，无地自容呀！

（众人悄然）

谢　群　改革开放这么多年了，"三恼"还是"三恼"，大家看看狗娃家、山桃家，因为住危窑，吓跑了引回的媳妇，吓跑了上门的女婿，成了男光棍、女光棍。或许有人会说，政府通过改水工程，中青年中再没有拐子了。可通过这次调查发现，六七十岁以上的老人中，拐子居多。他们生活不能自理，拖住年轻人不能外出打工，窝在家里受穷。这就是羊沟乡的实际，丢掉"三恼"是羊沟乡乡亲们的期盼。

张干事　百姓早期盼，就是没改变，要问为什么，听听民间言。

谢　群　噢，你说说。

张干事　"书记是个大甩手，乡长眼睛往上瞅。干部活动要调走，群众脱贫没盼头。"

马主任　凉皮，你不要把羊沟乡的大好形势抹得一团黑。

张干事　噢，照马主任的意思，这光棍、拐子、地沟窑倒给羊沟乡添光彩咧？

谢　群　你们别争了，这段顺口溜一针见血地指出"三恼"长期丢不掉的原因，说明贫困面貌要改变，干部作风是关键。我正式宣布，从今天开始，光棍、拐子、地沟窑，不称"三宝"，改为"三恼"，不丢"三恼"，就丢官帽！（众肃然）现在，咱们就研究丢掉"三恼"的对策。

众　　哼，对策？到废纸篓里去找吧！

谢　群　这是怎么回事？

张干事　（指王干事）王干事，你说。

王干事　唉，不说了，还是混吧，反正少不了工资。

张干事　他不说我说。王干事农大毕业后，决心为山区人民脱贫致富贡献力量。他用大半年时间，走遍羊沟乡的山山水水，访遍羊沟乡的家家户户，写了一篇调查报告，题目是"发挥当地优势，打造特色产业"交给领导。吴书记在上面的批示是：请刘乡长一阅。刘乡长连看都没看，就在上面画了一个圈退回办公室。马主任归档时，把它扔在废纸篓里，点火烧了。

众　　哼！

谢　群　烧了不要紧，只要心还热着。王干事，说说看。

王干事　早忘了，只会搬砖了。

谢　群　那我就提示你一下，你那个调查报告引用了群众中流传的一段顺口溜："羊沟乡，有一香，北草坡的羊肉汤。"你还列举了历代地方官员都拿这里的羊肉给上司进贡送礼，并建议开发肉羊产业。

王干事　啊，谢书记，你怎么知道的？

谢　群　当年陪你调查的几个支部书记告诉我的，他们现在都还支持你。

王干事　（激动地握住谢群的手）谢书记，你最近也在养羊户做调查？

谢　群　咱们是在探讨同一个问题呀。我查过县志，三百年以前，这地方树林茂密，牧草旺盛，成群的野羊在此聚集生息，所以人们把它叫作野羊沟。后来建政设乡时，为了顺口，就叫作羊沟乡。

众　　　　噢。是这样。

谢　群　　（背白）羊沟乡有野羊繁衍生息的历史，有赵兴海老人靠养羊
致富的典型，现在还有些农户靠养三两只羊解决柴米油盐问题。
看来羊沟乡有没有优势和潜力，全在于领导在想什么、干什么。

张干事　　谢书记，咱们能不能念羊经，带领群众走发羊财的致富路
子呢？

王干事　　谢书记，这地方，你能安心干下去吗？

众　　　　是呀！

谢　群　　同志们！

（唱）咱祖先世世代代泥里爬，

咱也是土里生根地生芽。

地沟窑曾经也是咱家舍，

老农民曾经也是咱爹妈。

咱姐妹大龄单身急出嫁，

咱兄弟熬成光棍要成家。

是亲人咱应时时心牵挂，

有困难咱应千方帮助他。

众　　　　（复唱）地沟窑曾经也是咱家舍，

老农民曾经也是咱爹妈。

咱姐妹大龄单身急出嫁，

咱兄弟熬成光棍要成家。

是亲人咱应时时心牵挂，

有困难咱应千方帮助他。

谢　群　　同志们！

（唱）咱们一起细分析，

群众困难在哪里？

张干事　（唱）打工挣钱家有拖累——

众　　　（接唱）出不去；

张干事　（唱）就地创业启动资金——

众　　　（接唱）拿不出；

张干事　（唱）疾病在身无钱医治——

众　　　（接唱）拖不起；

张干事　（唱）大龄青年熬成光棍——

众　　　（接唱）等不及。

谢　群　（唱）出不去，拿不出，

拖不起，等不及。

要脱贫他们自身没能力，

咱想想他们心里急不急？

众　　　（唱）他们急，咱也急，

快替他们出主意。

谢　群　（唱）这主意，现成的，

顺口溜里藏玄机。

丢掉"三恼"——

众　　　　　任务急；

谢　群　（唱）养羊致富——

众　　　　　闯路子；

谢　群　（唱）干部作风——

众　　　　　要转变；

474

谢　群　（唱）扎扎实实——

众　　　沉下去。

齐　　　干和群，心相系，

　　　　鱼和水，本相依。

　　　　我们群策又群力，

　　　　羊沟乡改天又换地。

众　　　谢书记，你说，我们怎么办？

谢　群　我们立即抓三件大事。第一件，张干事，由你负责，赶雨季前，

　　　　让全乡所有的地沟窑，换成新瓦房。

张干事　这，谢书记，过去就是因为国家的危房改造补助款不够才停

　　　　下的呀。

谢　群　钱不够找他。（指赵干事）

赵干事　啊？我哪来钱？卖老婆我还没结婚呢。

众　　　哈哈哈！

谢　群　给你一样东西。

赵干事　（接过）通信录？这既不是银行卡，也不是存折，能取出钱？

谢　群　我在县扶贫办工作时，县内外许多企业家、爱心人士和富裕户，

　　　　要扶贫帮困，让我为他们结对认亲牵线搭桥。这件事我就委

　　　　托你去办。

赵干事　我，我又和他们不认识，这——

谢　群　发挥你的特长，办一个"结亲"网站。

张干事　噢，我明白了，一靠政策，二靠社会力量，这资金问题不就

　　　　解决了吗？

赵干事　行。

谢　群　第二件大事，李干事，咱这地方老百姓在窑洞内用柴火做饭烧炕，长期烟熏火燎，像狗娃他妈那样患白内障的不少。现在国家有复明工程，免费做白内障手术。你负责联系，尽快给这些老人做手术。

李干事　保证完成任务！

谢　群　第三件大事，就是抓好发展养羊致富的可行性论证工作。王干事，把你过去的调查报告再做充实，抓紧采集饲草、土壤和饮水的标本，去农学院化验一下，看咱们当地的水、土、草和羊汤的特殊香味有什么关系，写一篇文章在报上发表。

王干事　好。

张干事　谢书记，你向县委立了军令状，我也向乡党委立军令状。

王、李、赵　我们也立军令状。

谢　群　好，咱们都给父老乡亲交一份满意的答卷。

　　　　（众起舞，唱）有点子，有思想，

　　　　　　　　　　办实事，有希望。

　　　　　　　　　　只要心系老百姓，

　　　　　　　　　　千斤重担勇担当。

　　　　（切光）

第四场

（乡长办公室，乡长招商引资回来，兴高采烈）

刘乡长　（唱）人常说好事要多磨，

这次我外出有收获。

寻情钻眼嘴磨破，

引进一个大企业。

羊沟乡能把天惊破，

开天辟地头一个。

马主任，马主任！

马主任 （上）老同学，你回来了？情况咋样？

刘乡长 引进了一家年产值五千万的大企业。

马主任 行呀老同学，我看对外宣称一个亿。

刘乡长 不行不行，水分太大咧。

马主任 哎，现在啥数字没水分？"GDP 翻番，准能升官"，让他们算算，羊沟乡的 GDP 翻了几番？

谢　群 （上）刘乡长，回来了？

刘乡长 噢，谢书记，事情紧急，人家催我签合同，没等你上任，我就——

谢　群 事情谈妥了？

马主任 哈哈，马到成功，引进一个亿元产值的大企业。

谢　群 好呀。那就快报县招商局、环保局审查论证一下。

刘乡长 哎呀，人家是正规生产的老厂，还要审查论证啥呢？

马主任 对，我建议咱们一切工作为这个项目让路，立即把驻村干部抽回来，集中力量做好征地、搬迁等前期准备工作。

谢　群 论证还是要搞。我看利用论证这段时间，咱们先把危窑改造工程加紧完成。马主任，你帮刘乡长把上报材料整理好。刘乡长，咱们去看看危窑改造工程进度。

刘乡长 你去吧，我刚回来，得休整一下。

谢　群　也好。（下）

刘乡长　哼，审查、论证，又得拖多长时间？

马主任　老同学，这危窑改造工程，可是谢群给自己树碑立传的政绩
　　　　工程。为了突出她的政绩，竟以审查、论证为借口，想拖住
　　　　你的政绩工程，她的用心，咱不能不防呀！

刘乡长　那你说咋办？

马乡长　别理她，咱干咱的。

刘乡长　她回头再问咋办？

马主任　哼哼，我让她自身难保，恐怕顾不上再问了。

刘乡长　你这话是什么意思？

马主任　老同学呀。

　　　　（唱）那天她下村去走访，

　　　　　　　点名要喝羊肉汤。

　　　　　　　吃了以后不过瘾，

　　　　　　　临走还宰了一只羊。

刘乡长　她宰羊干啥？

马主任　（唱）细包装，带车上，

　　　　　　　匆匆忙忙离了乡。

刘乡长　向领导进贡？

马主任　（唱）县委大门她没进，

　　　　　　　省城里自有大用场。

刘乡长　去省城干啥？

马主任　（唱）醉仙楼摆了两大桌，

　　　　　　　客人们请来一大帮。

478

　　　　热腾腾羊肉摆桌上，

　　　　一个个吃饱喝足喜洋洋。

刘乡长　她这是搞啥名堂呢？

马主任　（唱）人家是当了书记不过瘾，

　　　　还要活动当县长。

刘乡长　这些事你咋知道？

马主任　她下乡，我有暗线；她去县城，我让老婆盯着；她去省城，
　　　　我娃他舅刚好在那里做生意。

刘乡长　你跟踪人家？

马主任　想当初你升了乡长，立马就把老同学我提拔成办公室主任；
　　　　你若升成书记，还不给我个副乡长当当？我就是要让她谢群
　　　　给你腾位子。

刘乡长　你说啥？

马主任　我让我娃他舅给县纪委写了匿名信，还在网上把这些事都抖
　　　　出去了。哼，顶风违反八项规定不说，挥霍扶贫款，这可是
　　　　撞了高压线，她的乌纱帽，保不住了！（隐去）

　　　　（光聚谢群办公室，谢群正在写着什么）

张干事　（急匆匆上）谢书记，谢书记，那些结对帮扶的企业和大户突
　　　　然资金断流咧！

谢　群　什么原因？

张干事　我也弄不清楚。

王、李、赵　（急匆匆同上）谢书记，谢书记，你看网上都说啥！

谢　群　（接过手机，念）书记走访贫困户，吃了羊肉汤，顺手还牵羊。

赵干事　再看下面这一条。

谢　群　（念）"醉仙楼里摆酒宴，书记挥霍扶贫款。"啊！

王干事　这是造谣！

赵干事　这是污蔑！

张干事　怪不得资金断流了，是人家怕领导挥霍了。

王、赵　别有用心，谁干的？

张干事　水瓮里还能让鳖跑咧？查！

众　　　（义愤填膺）查！

谢　群　啊！喝羊汤，带羊肉，醉仙楼请客，好像有人一直盯着我。

张干事　你说啥，这么说网上传的是真的？谢群呀谢群，你——唉，
　　　　怪我把萤火虫当成夜明珠。哼！（下）

王干事　挥霍扶贫款？哼，人家咋能放心把钱给咱嘛！（下）

赵干事　唉，当官的咋都是这样子些？泄气！（下）

李干事　你们，你们别走！（追下）

谢　群　（唱）同志们有误会我能理解，

　　　　　　　一时间把原委难以诉说。

　　　　　　醉仙楼搞品尝摸石过河，

　　　　　　闯市场探路子为了工作。

　　　　　　这件事还没有回复结果，

　　　　　　竟有人网络上以讹传讹。

　　　　　　同志们满腔热情受了挫，

　　　　　　改危窑碌碡刚刚曳半坡。

　　　　　　乍起航张帆就被雨打破，

　　　　　　一霎时措手不及乱阵脚。

　　　　　　是前进，是退却？

480

怎么办？费思索。

周　强　（上唱）都怪你贪馋嘴惹祸，

　　　　　　　　扶贫款岂能去挥霍？

谢　群　谁说我挥霍扶贫款？喝羊汤、买羊肉的钱都是我掏的。还不
　　　　是为羊沟乡羊肉做广告？

周　强　啥？你拿自己的钱喝羊汤买羊肉搞品尝做广告，有他谁谝的
　　　　啥闲传呢，这是别有用心？

谢　群　你小声点，这是乡政府。

周　强　乡政府咋？都是堂堂的国家干部，竟有人无中生有，造谣诬陷，
　　　　引来一片谴责声。我非把这个人找出来不可，问他为啥要把
　　　　你搞臭！（欲下）

谢　群　（急拉住周强）单位的事你别插手。

周　强　（甩开谢群）欺负我老婆，我能不管？

谢　群　（又拉住周强）周强！

周　强　你松手！（二人拉扯，周使劲甩，谢蹲坐在地）

谢　群　哎哟！（惨叫一声，抱住肚子）

李干事　（闻声而上）啊，谢书记！

周　强　怎么啦？

李干事　她怀有身孕，你咋能这样对待她？快送医院！

周　强　啊，怀孕了？走！（欲抱谢群）

谢　群　没那么娇气，缓缓就好。（周、李扶谢坐在沙发上，谢向李）
　　　　你忙去吧。（李下）

周　强　怀孕了，怎么不告诉家里？

谢　群　前几天才有反应，李干事陪我去医院查了一下。

周　强　谢群呀，我早就说这地方你干不成，你现在有了身孕，为了保胎，干脆托病辞职，这个书记官，让别人当去。

谢　群　周强呀！

（唱）不是我上爬爱当官，

你听我诉说肺腑言。

谢群我本是农家女，

家住深山在陕南。

永难忘，那一年，

一场暴雨毁家园。

山体垮塌砸屋顶，

我妈骨折成瘫痪。

不是政府来出面，

不是乡亲来支援，

我哪有家，哪有舍？

哪能大学把梦圆？

人间大爱成就我，

谢群才会有今天。

毕业时，立誓言，

回报社会把责担。

本想是返回原籍做贡献，

怎奈是家乡脱贫换新颜。

才选这渭北贫困县，

脚踏实地干一番。

狗娃家，你亲眼见，

山桃家，更可怜。

儿时我也受过难，

他们和我心相连。

我家贫全靠社会来救助，

贫困户谢群岂能作旁观？

谢群甘挑这副担，

不为名利不为权。

周　强　谢群呀！

（唱）纵然是甘愿挑重担，

　　　你看看处境多艰难。

谢　群　（唱）困难把我来考验，

　　　　看我是个啥党员。

　　　　我要用血汗写答卷，

　　　　答不好良心不得安。

周　强　谢群，我理解你的心，可你现在的处境呀——

（唱）乡长和你对着干，

　　　你是北辙他南辕。

　　　网上谴责声一片，

　　　同志视你如贪官。

　　　帮扶资金断了线，

　　　写好答卷难上难。

谢　群　（唱）疑云迷雾总会散，

　　　　传言误解放一边。

　　　　筹措资金是关键，

我要用事实解疑团。

周强，当务之急是筹措资金，尽快完成危窑搬迁工程，到时候把所有结对帮扶的单位和个人请来参观，事实面前，他们能不兑现承诺吗？

周　强　想法倒对着呢，可真相未明之前，谁还敢把钱借给你这个"挥霍"扶贫款的党委书记呢？

谢　群　该磕头的磕头，该作揖的作揖。快，用你摩托，带我进城。（收拾东西）

（狗娃带几个青年上，见状，门外静听）

周　强　谢群呀，你再这样任着性子风风火火、颠颠簸簸跑下去，我担心你的身体，更担心你肚子里的孩子呀！借钱的事缓缓再说。

谢　群　周强呀，雨季快要到来，不按时完成危窑户搬迁，再出现狗娃家那样窑塌崖垮的惨景，我向立了军令状的组织咋交代，向做了承诺的老百姓咋交代？

周　强　劳累过度，胎儿若有不测，你向你亲口保证的丈夫咋交代，向黑明盼着抱孙子的父母咋交代？

谢　群　周强，万一不行的话，咱把孩子打掉，可以缓后再生么。可群众的生命财产一旦造成损失，是无法弥补的呀！

周　强　啊，你要打掉孩子？谢群，你要这样做的话，咱们干脆离婚！哼！（气愤欲走）

谢　群　（挡住周强）别生气，我说的是万一，难道我就那么娇气吗？（狗娃等拥进）

众　　谢书记。

谢　群　噢，你们来啦。

狗　娃　（拿一红布小包递给谢群）村头吴老太让我捎给你的。

谢　群　什么？

狗　娃　（不好意思地）吴老太让我告诉你，我们山沟沟的娘儿们因为穷，有了身子照样上山爬沟割草砍柴，她们坚持喝这个，个个都母子平安。

谢　群　噢，吴老太咋知道——

狗　娃　吴老太说，她是过来人，你那天在她家吃饭，她一眼就看出来了。

谢　群　（激动地）多好的老妈妈，代我谢谢她老人家。

狗　娃　你也不用为借钱而劳累了，这些钱，我们不要。（众把钱放在桌子上）

谢　群　这，这是什么钱？

狗　娃　我们这些不能外出打工的精壮劳力，组织了义工队，参加危窑改造工程，张干事硬给我们发工资。听说资金断流，你为借钱发愁，这工资，我们不要。

谢　群　工资你们一定要领。告诉乡亲们，工程不会停，钱，我能想办法。

狗　娃　（对周强）大哥，请你不要带走谢书记，搬进新房后，我们还指望她帮助我们脱贫致富呢。

众　　你放心，乡亲们会照顾好谢书记的身体。

周　强　我信。不过大家把钱都拿上。

众　　我们不要。

周　强　不拿，那我就马上把你们的谢书记带走。

众　　啊！（只好拿钱）

周　强　谢群，你不用跑咧，这钱我去借。

谢　群　你到哪里借钱？

周　强　咱爸咱妈有私房钱，给他孙子攒下的。

谢　群　放心，倒手解个急，准还。

周　强　算娃他爸支持娃他妈呢。

　　　　（众高兴地把手紧紧握在一起）

　　　　（切光）

第 五 场

（马主任办公室）

马主任　（边看手机边笑）哈哈哈，好、好、好！形势大好，不是小好。

刘乡长　（上）老同学，什么小好大好的，这么高兴？

马主任　你看，"乡长招商，亿元企业进驻贫困乡"。这条消息跟帖
　　　　全是点赞声。老同学，你成网红咧！

刘乡长　是你传到网上去咧？

马主任　（得意地）事前给你当参谋，事后给你吹喇叭，老同学，还有
　　　　谁能为你这么卖力呀？

刘乡长　（手机铃响，接电话）噢，县招商局，什么？！（愣住无语）

马主任　怎么啦？

刘乡长　（瘫坐）招商项目被环保局一票否决。

马主任　啊？怎么能这样……（打转）

刘乡长　唉，被你吹成一个亿，连县委张书记都知道了，这，这一下
　　　　孙悟空放屁——臭到天宫咧！

马主任　不对劲，肯定有人搞鬼。

刘乡长　啥？

马主任　我就没报材料么，搞什么环保评估？

刘乡长　对呀，这——

马主任　哼！

（唱）肯定是谢群告黑状，

　　　　她怕你成功把名扬。

　　　　当书记她和你争抢，

　　　　如今又破坏你招商。

　　　　咱不能软弱再退让，

　　　　要来个针尖对麦芒。

刘乡长　看来她真的和我过不去。

谢　群　（上）刘乡长，噢，马主任也在。危窑改造工程基本完工，咱
　　　　们商量一下什么时候验收。

刘乡长　你看着办吧，我马上写报告，辞职！

谢　群　咦，刘乡长，你这是怎么啦？这么大的火气。

马主任　能没火气吗？刘乡长费了九牛二虎之力，引进了一个亿元产
　　　　值的大企业，有人容不得别人干出政绩，在环保局告黑状，
　　　　把事情搅黄咧，这给羊沟乡人民造成多么大的损失！

刘乡长　和这样心曲量短、满腹嫉妒的人，今后咋工作？我走，我走！

（欲下）

马主任　（拉住刘）刘乡长，走也要走个明白，我看还是叫谢书记把这
　　　　个人查出来，让大家看他安的什么心。

谢　群　人家环保局做环保评估是应该的呀。

刘乡长　这个项目马主任没上报，没人告黑状，环保局咋知道？

谢　群　刘乡长，你先别激动，到底有没有污染，到底谁告黑状，让我查查再说。（手机响，接电话）噢，我是谢群，你是县纪委？好，好，我马上就去。（对刘、马）县纪委叫我去一趟，咱们回头再谈。（下）

马主任　老同学，不是我说你，刚才你不该说辞职要走，我敢保险，在羊沟乡笑到最后的，肯定是你。

刘乡长　唉，我引进项目，一败涂地，人家谢群瞎好也算抓了个危窑改造工程呀。

马主任　哼，她谢群挥霍扶贫款，碰了高压线，公款摆酒宴，又撞在八项规定、六条禁令的枪口上，县纪委叫她，不是双规，就是停职，恐怕跌倒再爬不起来了。而你呢，不就是引进项目没成功吗？你借这个机会，赶紧再引进一个项目，把这个茬儿接上，谁不说这是你的政绩？把谢群取而代之，这不是顺理成章的事吗？

刘乡长　咦，你这样说也有道理。

马主任　（自豪地）老同学啥时给你出过瞎主意？

刘乡长　好，我准备一下，今天就出发。（下）

马主任　（唱）鹅毛扇子轻轻摇，

　　　　　　　成事全在手腕高。

　　　　哈哈哈！（躺在沙发用报纸苫住脸，发出鼾声）

　　　　（宋、陈经理上）

宋经理　同志，同志，请问刘乡长在吗？

马主任　你们是——

宋经理 我是醉仙楼餐饮集团公司的宋经理。（指陈）这位是新天地养殖公司的陈经理。

马主任 噢，二位找刘乡长有什么事？

宋经理 我们醉仙楼是家有几十个连锁店的大型餐饮企业，各连锁店的经理品尝了羊沟乡的羊肉，感到汤鲜肉香，风味独特，决定大量进购你们的羊肉。

马主任 我们哪有羊肉供给你们啦？

宋经理 不是现在要，是谋求长期合作。

马主任 这是怎么回事？

陈经理 我们新天地养殖公司是专门搞肉羊育肥的，醉仙楼餐饮集团公司是搞加工销售的。我们不但品尝了羊肉，还在报纸上看到乡王干事的介绍文章和农学院鉴定材料，决定在羊沟乡通过"公司＋基地＋农户"的生产模式，搞肉羊育肥。

宋经理 对，咱们三家产、供、销一条龙，今天就签订合同。

马主任 这——（稍愣）噢，你们先喝水，让我看刘乡长在不在。（走出房间）啊，醉仙楼……品尝羊肉……原来谢群她……这……这该怎么办？（思忖）嗯，谢群的事，先不能向刘乡长说破，等他签了合同，我自有办法对付。天赐良机！（转身进屋）走走走，我领你们去见刘乡长。（暗转）

（乡政府大院）

赵干事 （上唱）荒唐荒唐真荒唐，

怪事出在羊沟乡。

（晃着手机）都来看，都来看，羊沟乡出怪事了。

（张、王、李上）

众　　　　啥怪事？

赵干事　　（指手机）你们看这网上，前面是"乡长招商，亿元企业进驻贫困乡"。紧接着下面又新贴了一张照片"招商已成功，乡长签合同"。

张干事　　这两条消息一拼接，和醉仙楼的合作，倒成刘乡长的政绩咧。哼！

　　　　　（唱）移花接木好伎俩，

王干事　　（唱）马头安在驴身上。

李干事　　（唱）书记政绩被人抢，

赵干事　　（唱）怎能沉默不开腔？

张干事　　（唱）咱找他们把理讲，

众　　　　（唱）公平正义要伸张。

　　　　　走！（下）

马主任　　（得意扬扬）"招商已成功，乡长签合同"，哈哈哈，这张照片一拼贴，网上又是一片点赞声。

　　　　　（唱）巧巧巧，妙妙妙，

　　　　　　　　还是我的手段高。

　　　　　　　　急向乡长把喜报，

众　　　　（上）马猴！

　　　　　（接唱）看看网上这一条。

　　　　　　　　　是非曲直你颠倒，

　　　　　　　　　别人栽树他摘桃。

　　　　　　　　　乱吹喇叭胡吹号，

　　　　　　　　　鹅毛扇子反反摇。

马主任　　噢，哈哈哈，你们是说这张照片呀？

（接唱）这张照片现场照，

     真事的确假不了。

赵干事 我是问你有意把这张照片和那个亿元企业拼接上，让人咋理解？

马主任 我可没说这两条有啥关系呀，至于咋理解，那是网友自己的事，管得那么宽干啥？哼！（转身走）

赵干事 你你你……

    （马主任心虚，复上窥视）

张干事 咱们也利用网络，讲明事情真相。

赵干事 咋写？

张干事 写，好书记，为民办事遭诬陷。

王干事 写，为政绩，好大喜功吹破天。

李干事 写，为升官，别人成绩他抢占。

赵干事 我看，给马猴得写一条。

众 写，狗头军师，肚里尽是瞎点点。

赵干事 好，我发呀！（欲点手机）

谢 群 （上，走上前）发什么呀？

众 谢书记，你回来了。

赵干事 谢书记，你看大家说的，解馋不解馋？

谢 群 （看手机，念）

    好书记，为民办事遭诬陷。

众 对。

谢 群 （念）树政绩，好大喜功吹破天。

众 对。

谢 群 （念）为升官，别人成绩他抢占。

众 　　对。

谢　群 （念）狗头军师，肚里尽是瞎点点。

众 　　对。

谢　群 别发，到我办公室谈谈。（众随下）

马主任 啊，他们要反击……快找老同学商量对策。（转暗）

　　（光聚谢群办公室）

谢　群 （唱）同志们一霎时满腔怒火，

　　　　　　眼看着机关内要起风波。

　　　　　　这件事处理得稍有不妥，

　　　　　　窝里斗搞内耗影响工作。

　　　　　　怎样让同志间矛盾化解，

　　　　　　怎样和刘乡长搞好团结，

　　　　　　怎样帮马主任知错改过，

　　　　　　怎样和醉仙楼双赢合作？

　　　　　　一桩桩一件件困扰着我，

　　　　　　不由得谢群我苦费思索。（转暗）

　　（光聚刘乡长办公室）

刘乡长 啊，原来是这么回事，那你为什么还在网上说人家挥霍扶贫款？

马主任 我也是猜测分析。

刘乡长 那你今天知道了是她引来的客商，为什么还要让我签合同，还把照片发到网上？这不是故意出我的洋相嘛！

马主任 这就叫巧抓机遇，妙做文章。老同学，不这么做，咱们就真的一败涂地了。

刘乡长　哼，你把五千万吹成一个亿，让我丢大了人。再让他们在网上把抢占政绩的事一揭露，你让我脸往哪里放？

马主任　哈哈哈，老同学，别担心，我会让领导和群众都知道不是你抢了谢群的政绩，而是谢群抢了你的政绩。

刘乡长　你又有啥鬼点子？

马主任　不是鬼点子，是英明对策。

刘乡长　好好好，英明，英明，说出来让我听听。

马主任　咱一口咬定，就说几年前你就要抓肉羊生产。

刘乡长　没有呀。

马主任　咋能没有？你给王干事的调查报告上画了个圈，这就是你重视和支持的证据。

刘乡长　是画了个圈，可材料我看都没看。

马主任　谁知道你看没看？你就说你看了，当时就要抓落实。

刘乡长　没落实呀。

马主任　我出面给你证明，咱把责任往前任书记身上推。就说，刘乡长当时就要抓肉羊生产，可一把手坚决不同意。吴书记免职后，刘乡长出外招商，重点就是这项工作，费了九牛二虎之力，才把事办成了。

刘乡长　过程不是这样呀。

马主任　过程不重要，关键看结果。你没听人说吗？工作汇报，全凭捏造，只要有个好结果，过程可以艺术加工么。

刘乡长　咱现在有啥好结果？

马主任　结果就是你今天亲手和客商签了合同。这就是你一直抓，抓到底，抓出成效的有力证据。她谢群有啥证据？喝羊汤，带羊肉，摆酒宴，这证据能摆到桌面上吗？我还倒要说她为了抢占你的政绩，故意摆姿态、做样子呢。

刘乡长　你真能说得出口……

马主任　咋？有理有据，滴水不漏，无论走到啥地方，他们都说不过咱。走，把他们气焰压下去。（转暗）

（光聚谢群办公室，谢群仍踱步思索）

众　　（群情激昂）不行，不揭露，不辩解，就任他们把你的政绩抢占了？

（马硬拉刘上，听到室内争吵，隐退窃听）

谢　群　同志们，我们是为自己搞政绩工程呢，还是为羊沟乡人民找一条脱贫致富的路子呢？

众　　这——

谢　群　如果我们为了争个人政绩，在网上无休止地打口水战，外界人一定认为我们羊沟乡是一个窝里斗的烂摊子，那么醉仙楼和新天地养殖公司还肯和我们合作吗？

众　　这——

谢　群　失去这个项目，给羊沟乡人民造成多大的损失，你们算过没有？

众　　这——

谢　群　同志们呀！

（唱）老百姓对咱们寄托厚望，

　　　官一任咱就要造福一方。

　　　为政绩窝里斗你争我抢，

　　　到头来俱伤败百姓遭殃。

　　　受误会受委屈当忍当让，

494

你有过他有错相助相帮。

百姓的得和失才是大账，

个人的荣与辱应放一旁。

即就是有些事做法不当，

咱不能拿针尖去对麦芒。

和风吹细雨润百花绽放，

热胸膛暖肚肠化冰融霜。

一条心一股劲一个方向，

为的是脱贫穷致富山乡。

张干事　谢书记，没有你的羊肉宴，哪能引来醉仙楼？可人家得政绩，你却受处分，让人实在想不通。

谢　群　哈哈哈，谁说我受处分？县纪委去醉仙楼调查，已把问题澄清了。

王干事　还有人说，刘乡长引进的亿元项目被否决，是因为你告了黑状。

谢　群　县纪委今天叫我，还就是调查这件事。其实并没有人告黑状，而是县招商局在网上看到我们乡引进一个亿元产值的大企业，一搜索，发现这个企业竟上了污染企业黑名单。

众　　　啊！

谢　群　环保局再一细查，原来一个产值一千万的小企业，竟对外说成五千万。

众　　　我们有人还吹成一个亿。

谢　群　对，县纪委找我调查的内容是要查清这一个亿的说法是怎么来的。

李干事　那肯定出自刘乡长之口呀。

众　　　对！

谢　群	不，这我已向县纪委打了包票，肯定不是刘乡长。据我所知，刘乡长根本不会用手机上网。
赵干事	那就肯定是马猴，咻肚子尽是老鼠儿子。
谢　群	没有充分根据，不能乱下结论。这事我还得好好调查。
众	那他们背着你签合同的事就算咧?
谢　群	其实，那是我让宋经理、陈经理找刘乡长签合同的。
众	啊，是你?
谢　群	人家是乡长，签合同名正言顺。我这个乡党委书记，一个人能干多少事? 如果不能把班子成员和每个同志的积极性调动起来，扭成一股劲，能带领羊沟乡人民脱贫致富吗?
张干事	谢书记，你不说了，我全明白了。
众	你明白啥?
张干事	大家想想，谢书记刚来时，咱这一伙是啥"屎势"样子?
众	打牌、上网、撇凉腔。
张干事	可现在呢? 我抓危窑改造工程,搬进新房的群众感谢党。你(指李)抓复明工程，白内障老人重见光明后多高兴。你（ 指赵 ）建结亲网站引来多少资金。你（ 指王 ）在报纸上发表文章产生多大影响。这还不是谢书记搭好台子，有意把咱们推上台唱戏呢。这回呀，也是给刘乡长搭个台子，让他跟咱们一起唱戏呢。
谢　群	张干事，你说错了。其实，咱们都是搭台子的。我们只有同心协力把"公司＋基地＋农户"这个大舞台搭好，才能演一场工农结亲、脱贫致富的好戏。
众	我们也明白了。（ 转暗 ）

（光聚刘乡长办公室）

刘乡长　（把马主任拉回办公室，生气地）听！听！听！你听清楚了没有？人家是咋想的、咋干的，咱们是咋想的、咋干的？嗯，啥事从你嘴里出来，都变了味。

　　　　（唱）醉仙楼品尝羊肉做广告，

　　　　　　　你说她摆宴挥霍把官跑。

　　　　　　　搞论证谢群没把黑状告，

　　　　　　　被否决怪你吹破猪尿脬。

　　　　　　　许多事经你一说都变调，

　　　　　　　听信你一步失策步步糟。

　　　　　　　都怪你把我推上老虎背，

　　　　　　　都怪你把我架在火上烤。

马主任　我还不是为你好吗？老同学，事到如今，再没退路了。戏既然唱开了，就要硬撑着唱到底。

刘乡长　恐怕越唱越成花脸子了。

马主任　不，就按我刚才给你出的主意办，哪怕是混战一场，还是对咱有利。

刘乡长　混战？你这是什么意思？

马主任　网上论战，公说公有理，婆说婆有理，群众不知信谁的，领导也只能各打五十大板。这样，至少也是个平局。不然，咱就一败涂地、名声扫地了呀！

刘乡长　你走，你走！尽出些馊主意。

马主任　老同学——

刘乡长　（厉声）你走！

马主任　好，我走！（下）

刘乡长　（唱）听谢群一席话满目羞惭，

　　　　　　　手抚胸细沉思感慨万千。

　　　　　　　委派她当书记我有意见，

　　　　　　　总觉得论资格我应在前。

　　　　　　　因此上我和她对着相干，

　　　　　　　一心想搞政绩让人看看。

　　　　　　　老同学出歪招推波助澜，

　　　　　　　搅浑了羊沟乡清水一潭。

　　　　　　　面对此谢群她不急不乱，

　　　　　　　件件事都能够应对坦然。

　　　　　　　称"三宝"成笑谈我司空见惯，

　　　　　　　下决心丢"三恼"她勇把责担。

　　　　　　　王干事好建议我闭目不看，

　　　　　　　她从中开辟出富路新天。

　　　　　　　乡干部本来是士气懒散，

　　　　　　　到如今齐上阵恐后争先。

　　　　　　　改危窑多年来没有实现，

　　　　　　　到如今已全部新居乔迁。

　　　　　　　有误会有中伤又有谣传，

　　　　　　　不追查不辩解不计前嫌。

　　　　　　　我招商贪功利受骗丢脸，

　　　　　　　她却在领导前替我美言。

　　　　　　　不争功不诿过不贪不占，

有意儿让客商找我商谈。

她心中只装着百姓冷暖，

我心中只谋求个人升迁。

假若还再挑起一场混战，

我到底是不是共产党员？

想到此我无颜和她相见，

写报告离羊沟腾位让贤。

真相已经大白，上级领导怎样看我，干部群众怎样看我，谢群怎样看我？我——唉！（瘫坐在沙发上）

谢　群　（上唱）同志们有怨气被我规劝，

我再找刘乡长细把心谈。

刘乡长。

刘乡长　噢，你，你……（站起，尴尬）

谢　群　怎么，不让我喝杯茶？

刘乡长　谢书记，坐，坐。（倒水）

谢　群　刘乡长，心里有什么不痛快，能推心置腹给我谈谈吗？

刘乡长　有什么可谈的？身败名裂，无地自容，我走！

谢　群　你去哪里？

刘乡长　找县委张书记，离开羊沟乡。

马　群　本来张书记是要找你谈的，可是急于去中央党校学习报到，让我带话给你。

刘乡长　张书记说什么？

谢　群　张书记说：谢群呀，你回去告诉刘乡长，老百姓常说靠山吃山，靠水吃水，这说明山有山的优势，水有水的优势。难道羊沟乡就没有优势和潜力吗？一个乡干事，几年前就提出了"利用当地优势，发展特色产业"的建议，你们为什么视而不见、充耳不闻？以至于挫伤了广大干部群众的积极性，这恐怕要在思想作风上找原因。

刘乡长　唉，说这些已经迟了，我现在想听听张书记怎样发落我！

谢　群　张书记说，赵兴海家是他的结亲帮扶点，他走后，请你代替他抓好这个点。

刘乡长　我是问，县委究竟给我什么处分？

谢　群　我向张书记说，刘乡长正在与醉仙楼和新天地养殖公司签合同，他一定会和我把同志们扭成一股劲，建成"公司＋基地＋农户"的肉羊育肥模式，让羊沟乡人民尽快脱贫致富。

刘乡长　我知道你是有意为我开脱，张书记是不会原谅我的。

谢　群　张书记说：那好，处分先留着，到时看效果。该记功，我给你俩共同记功；该处分，你们谁也跑不了。

刘乡长　谢书记……（握住谢群的手，尽在不言中）

谢　群　你那个老同学，咱们还要好好批评教育他。

（狗娃、山桃分别从两侧上）

狗、山　谢书记，刘乡长。

谢、刘　噢，你们俩怎么来了？

山　桃　我爸出院，搬进新房，让我来感谢党、感谢政府。

狗　娃　我妈天还没明就揭开我的被窝骂道：你这个懒虫，总不能躺在新房里等政府给你再发个媳妇。还不快去看谢书记有啥门路，自个儿挣去！

山　桃　谢书记，听说咱们乡上要建立肉羊育肥基地，是真的吗？

谢　群　刘乡长已经和人家签了合同，还能有假吗？

山　桃　是吗？太好了！我爸说，真能这样，咱们乡家家户户都能脱贫致富。

谢　群　刘乡长，他俩来得正好。刚才新天地养殖公司陈经理打来电话，说他们送给咱们二十只新品种肉羊，先让两户示范养殖，是不是就安排到他们两家？

狗　娃　不行不行，我没技术，怕养不好。

谢　群　没技术可以学么。

狗　娃　唉，到哪儿学呢么？

谢　群　山桃她爸曾因养羊成为万元户，名扬全县，我看你就把羊带过去，实习一段，让老人把他的经验传下来。

山　桃　欢迎欢迎。

谢　群　山桃，县委张书记要去中央党校学习，以后有啥困难需要解决，就找刘乡长。

山　桃　（激动地）刘乡长，我一定养好羊。

狗　娃　有人说我们贫困户是瘦狗扶不上墙，这回我就要争这口气，干出个样子来。

谢、刘　好！

　　　　（切光）

第 六 场

（一个月后，山坡上）

赵兴海　（唱）辞别危窑住新房，
　　　　　　　产业帮扶养肉羊。

501

过去是个病秧秧，

现在还能把人帮。

收了个徒弟叫狗娃，

勤快又把心眼长。

咋样喂，咋样养，

他一桩一件问得详。

种咋配，病咋防，

他一字一句记心上。

抽空儿，上山冈，

割草晒干备冬荒。

像这样勤快细心把羊养，

一定能脱贫致富奔小康。

（指远处数）一垛、两垛、三垛……

山　桃　（提竹篮上）爸，你数啥呢？

赵兴海　你看这狗娃，多有心计，夏天就备越冬的干草。你数，一垛、
　　　　两垛、三垛。我看这娃也学得差不多了，待他回去时，这干
　　　　草起码得拉三四车。

山　桃　爸，狗娃说，这是给咱家备的。

赵兴海　啥，给咱家备的？

山　桃　狗娃说你术后恢复，不能劳累，怕我忙不过来，到冬季羊断
　　　　干草。

赵兴海　这娃勤学好问，能吃苦耐劳，又心肠善良，好，好！

山　桃　爸，你快回去吃饭吧，我给狗娃把饭送来，顺便搭手摞摞干草。

赵兴海　好。（欲走，又返回）山桃，爸想问你……

山　桃	问啥？
赵兴海	你，你和狗娃在一块儿都说些啥？
山　桃	羊么。
赵兴海	唉，羊有啥谈的？
山　桃	哎，一提起羊，狗娃的话就说不完，像羊喂草、羊饮水、羊防疫、羊治病、羊配种、羊产羔、建羊舍、办羊场、羊育肥、羊屠宰、羊销售、发羊财……
赵兴海	哎哎哎，我是问，就没谈你俩的事？
山　桃	我俩的啥事？噢，爸，你想到哪里去了！
赵兴海	我看这娃蛮不错的。
山　桃	爸，这叫人咋开口？
赵兴海	你探探他的心思么。
山　桃	爸！
赵兴海	（推山桃）去吧，去探探。（下）
山　桃	（唱）爸爸催我去试探，

　　　　　　　这叫山桃好为难。

　　　　　　　他整日勤学又实干，

　　　　　　　山桃心里暗喜欢。

　　　　　　　我多次开口想说终身事，

　　　　　　　他却把养羊的事儿挂嘴边。

　　　　　（手持镰刀，边擦汗边上）

狗　娃	（唱）浑身发热头冒汗，

　　　　　　　越干越把劲儿添。

　　　　　　　远看山桃送来饭，

吃完早饭把羊拦。

山　桃　狗娃哥，我看你一天真有使不完的劲。

狗　娃　人活的就是个心劲，你看破窑洞变成新房咧，我妈白内障手术后复明咧，这羊，又一天变一个样。

山　桃　又是羊羊羊，狗娃哥，咱能不能说些别的？

狗　娃　（狼吞虎咽）噢，噢……

山　桃　狗娃哥，你说话呀。

狗　娃　说啥？

山　桃　你想啥，咱就说啥。

狗　娃　你爸说来，这羊是新品种，繁殖能力特别强，一般一年两胎，最低两年三胎。每胎一般两三只，最多还有四五只。照这样算来，我这十只羊，母羊产羔，羔再产羊，三年以后，就能发展到上百只羊。

山　桃　狗娃哥，咱先不说羊，说说你的打算。

狗　娃　到那时，我计划卖掉五六十只羊——

山　桃　唉，还是羊。

狗　娃　你不是叫我说打算吗？我要用卖羊的钱办一件大事。

山　桃　狗娃哥，办啥大事？

狗　娃　我、我，暂时保密。

山　桃　你不说，我也能猜着。

狗　娃　你猜。

山　桃　娶——媳——妇。

狗　娃　唉，娶媳妇的事，这三五年我先不想。

山　桃　啊，你——（急）

狗　娃　我想先把房钱、羊钱还给政府。

山　桃　这些钱，不都是政府支持，好心人帮扶的吗？

狗　娃　人要知恩图报，大伙把我扶起来了，我应该回报社会，帮扶
　　　　别人。

山　桃　（唱）听他言我心里有忧有喜，

　　　　　　　细思量他说得也有道理。

　　　　　　　喜的是这样人难得知遇，

　　　　　　　忧的是三五年我等不及。

　　　　　　　我有心先对他表明心意，

　　　　　　　恐怕他倔脾气不应不依。

狗　娃　（吃完饭）好了，我拦羊去。（欲走）

山　桃　狗娃哥，你——

狗　娃　咋？

山　桃　我还想和你说说话。

狗　娃　你说。

山　桃　（拉狗娃的手）咱们那边坐坐。

狗　娃　这——（不好意思地抽回手，山桃又拉住）（二人下）

　　　　（赵兴海复上）

赵兴海　（唱）躲在一旁细观望，

　　　　　　　也难看出啥名堂。

　　　　　　　山桃好像很主动，

　　　　　　　狗娃忸怩不大方。

　　　　　　　如何促成这桩事，

　　　　　　　倒叫我心里费思量。

（谢群、刘乡长上）

谢　群 （唱）合同签订实施忙，

刘乡长 （唱）考察基地到现场。

谢　群 （唱）这一片沟坡地水丰草旺，

刘乡长 （唱）最适合大规模发展养羊。

谢　群 （唱）刘乡长这一段大大变样，

刘乡长 （唱）这样人我怎能不服不帮？

（二人巡视草场，比画）

赵兴海 谢书记，刘乡长，你们怎么在这里？

谢　群 赵大叔，正想去找你。

赵兴海 找我？

谢　群 这次现代化养羊基地建设，羊舍和羊由他们醉仙楼和新天地公司投资，收购、加工、销售也是他们负责。饲养管理我们负责，为此，咱们要建立一个养羊专业合作社。

赵兴海 这好呀。

刘乡长 你老有多年的养羊经验，我们想推荐你当合作社主任。

赵兴海 你看我年老多病，胜任不了。（沉思）这样吧，我给你们推荐一个年轻人。

谢、刘 谁？

赵兴海 狗娃。

谢、刘 狗娃？狗娃不是才跟你学呢吗？

赵兴海 这娃好学，心眼灵，不几天就把我肚子里的货掏空咧。他当主任，我当顾问。

谢、刘 这样更好，就按大叔说的办。

赵兴海　好是好，怕狗娃学成要走，我想——

谢、刘　大叔，有啥事就说。

赵兴海　这、这，唉，真不好意思。

谢、刘　有什么困难尽管说，我们一定会帮你解决。

赵兴海　我是说，山桃的亲事，你们能不能帮忙——

谢　群　刘乡长，这可是你的帮扶对象。

刘乡长　啊，说媒？这事你们女同志干最合适。

谢　群　狗娃的婚事，我正愁着呢。

赵兴海　其实，这事成了，你们两人的难题都解决了。

谢、刘　你说什么？

赵兴海　我是说山桃和狗娃——（用手比画结合的样子）

谢　群　噢，是这么回事。（对刘）好，咱俩就当学手呢。（转身）大叔，

　　　　告诉我们，据你的观察，他们俩发展到啥程度？

赵兴海　（指远处）你们看，他俩过来了。（急下）

　　　　（山桃和狗娃相依，比画着、说着、笑着，由远而近，又绕下）

谢　群　刘乡长，依你看，他俩有几成？

刘乡长　五六成吧。你看呢？

谢　群　有八九成。

刘乡长　不行不行，最多七八成。

谢　群　你凭啥这么说？

刘乡长　你没听坊间流传一段顺口溜吗，说什么：一成两成，别别扭扭。

　　　　三成四成，前前后后。五成六成，并肩行走。七成八成，挎

　　　　臂牵手。九成十成，搂腰亲口。

谢　群　哈哈哈，这要看在什么地方，农村和城市不一样。

刘乡长 咋不一样？

谢　群 城市年轻人一成两成，就挎臂牵手。三成四成，就搂腰亲口。而农村的年轻人，特别像山桃、狗娃这样的山区男女，能做到并肩行走，窃窃私语，就八九不离十咧。

（山桃、狗娃走到前场，谢、刘回避）

山　桃 狗娃哥，咱俩的事，你到底同意不同意？

狗　娃 我——同意。

山　桃 （高兴地拥抱狗娃）狗娃哥！

谢　群 看看看，十成了吧？

刘乡长 书记高明。

狗　娃 山桃，那你嫁到我家，你爸怎么办？

山　桃 那你就来我家吧。

狗　娃 我去你家，我妈谁管？

山　桃 这——

狗　娃 （推开山桃）山桃，咱这事恐怕不行。我还忙着割草！（下）

山　桃 （急哭追下）狗娃哥！

刘乡长 看看看，连一成都没咧。算了，这事不是咱管的。

谢　群 这媒还必须说成。它不光关乎两个年轻人的幸福，更重要的是咱们这个养羊专业合作社能不能留住一个好的领头人。

刘乡长 你说得也是。可这实际困难咋解决？

谢　群 我看两家合一家，少做夫妻老做伴。

刘乡长 啊，你还毒得很，一对都没说成，还想说两对？老年人的工作更难做。

谢　群 不，他们身上都有软肋。

刘乡长　什么软肋？

谢　群　一个怕女儿成剩女，一个怕儿子成光棍。咱就击他们的软肋。

刘乡长　你试试。

谢　群　还要你配合。（向刘耳语）

赵兴海　（上）谢书记，刘乡长，怎么样？

谢　群　狗娃说不行。算咧，我看给山桃慢慢另瞅识。

刘乡长　我也劝山桃另找一个，可山桃说她非狗娃不嫁。

赵兴海　那就二位领导给狗娃再做做工作。

刘乡长　唉，做不通，狗娃的条件太高咧。

赵兴海　咋，看不上我家山桃？

刘乡长　狗娃对山桃倒是蛮喜欢的，可就是对你——

赵兴海　嫌我是个负担？

刘乡长　不，他、他要你做一件事——

赵兴海　啥事？你说。

刘乡长　对咧对咧，说出来你也不会答应，省得大家都为难。

谢　群　刘乡长，你太不了解大叔的为人了。一个为女儿婚姻幸福都
　　　　要喝农药的父亲，还有啥事不能答应呢？赵大叔，你说是
　　　　不是？

赵兴海　哎，还是谢书记了解我。刘乡长，去，我的事，你两个拿了。
　　　　反正政府救了我的命，我现在是活长头呢。只要我山桃能有
　　　　个幸福美满的婚姻，我啥条件都答应。

刘乡长　说出来你不反悔？

赵兴海　不反悔，你就是立马把我拉出去枪毙，我也不说二话。

谢　群　（耳语）刘乡长，火候到咧。

刘乡长　（会意点头）大叔，不会那么严重。狗娃是要你去他家给他妈做伴。

赵兴海　啥？做饭？这事难不住我，山桃她妈瘫了十几年，锅上灶上也练了几手。

刘乡长　哎，不是做饭，是做伴。

赵兴海　啥伴？

刘乡长　老伴。

赵兴海　啊？这这这——唉，不不不——

谢　群　大叔，喝农药都不怕，还怕这事？

刘乡长　大叔，枪毙都不怕，还怕这事？

赵兴海　我我我——

刘乡长　大叔，其实也不是什么坏事。两个娃心里都犯难。山桃心想，让狗娃上你家吧，丢下他妈孤苦伶仃。狗娃心想，让山桃去他家吧，留下你形影孤单。

刘乡长　你们两家合一家，他妈不孤苦，你也不伶仃，还为两个娃解除了后顾之忧。

谢　群　咱养羊专业合作社还有了好领头人。

赵兴海　唉，这，老了老了还——羞死人咧！（捂脸，蹲下）

刘乡长　谢书记，我看咱俩一配合，啥难题都能解决。

谢　群　还要继续配合，做好狗娃他妈的工作，走。（二人下）

赵兴海　（追）谢书记，刘乡长，你们——（对观众）说心里话，领导是好心，事也是好事，只是我脸上咋觉得烧烧的？对咧，人要问，就说是领导包办的。其实嘛，（悄声）我心里也是情愿的。

　　　　（切光）

510

第 七 场

（欢快的音乐声中，男女青年们和乡干部一起布置会场、贴对联，刘乡长在指挥）

（一青年念）

上联：工农结亲富贫结亲共同富裕牵红线；

下联：父母结亲儿女结亲两代婚姻做大媒。

横额：好公仆。

（远处传来汽车喇叭声，众远望，青年甲大喊：羊！）

众　　　羊来了！（跳跃）

（宋、陈经理上）

刘乡长　（迎上去）宋经理好，陈经理好。

陈经理　刘乡长，今天新天地肉羊养殖基地挂牌，羊沟乡肉羊生产合作社成立，双喜临门，我们的贺礼是第一批三百只羊。

众　　　（欢呼）噢……

青年甲　不，陈经理，你说错了，是三喜临门。

宋、陈　噢，还有哪一喜？

刘乡长　今天，狗娃家老少两代喜事，也一同庆贺。

宋、陈　那就快请出新郎、新娘吧！（众分别挽出老少两代新人，两老人不好意思，挣扎。宋、陈照相，示意安静）

周　强　（气喘吁吁跑上）刘乡长，乡亲们，谢群她——（喘气、激动得说不出话）她——

众　　（急）谢书记怎么啦？

周　强　她不能参加今天的会议，让我来代她请假。

众　　不，今天的会场不能缺她。

周　强　她——她昨晚——

众　　她昨晚怎么啦？

周　强　生啦，大胖小子！

众　　四喜临门呀！哈哈哈哈……

　　　　（锣鼓声大作，众疯狂欢乐跳舞）

　　　　（幕后伴唱）羊沟乡山水羊沟乡人，

　　　　　　　　　　羊沟乡土地生黄金。

　　　　　　　　　人人都怀小康梦，

　　　　　　　　　四面八方献爱心。

　　　　　　　　　结成对，帮穷亲，

　　　　　　　　　共同富裕梦成真。

　　　　（伴唱中，谢群抱着孩子走到群众中。狗娃妈首先接过孩子，
　　　相互传递着亲吻，传递着爱）

（剧终）

真情相约

人　物

韩　松　　二十岁左右。高中毕业考入重点大学，但因家贫无法就读，
　　　　　进城打工，为理想奔波。

春　草　　二十岁左右，韩松的高中同班同学。

春草父　　五十岁左右。

春草母　　四十八九岁。

巧　妹　　十八九岁，农村青年。

奶　奶　　八十多岁，民间剪纸艺人。

王　华　　二十岁左右，男，新潮工艺美术公司新任经理。

韩主任　　三十多岁，女，韩家湾村村主任。

第 一 场

（陡峭的山崖下，树木掩映中，露出一座新坟）

（韩松手提旧塑料提兜，心情沉重地上）

韩　松　（唱）千思万虑主意定，

　　　　　　　　离乡打工去省城。

　　　　　　　　闯荡人生风雨路，

　　　　　　　　母亲坟前来辞行。

（跪在坟前，点燃蜡烛和香，取出大学录取通知书，向新坟展示）妈，您儿子考上重点大学了，这是我的大学录取通知书。我把它交给您，让您高兴高兴。（举起录取通知书，慢慢地挨近蜡烛，欲点燃，不忍又收回，端详、沉思、抹泪）妈，您儿子不会给您丢人。（双手颤巍巍把录取通知书靠近火苗）

春　草　（从树林里冲出，大喊一声）韩松，你——（夺过通知书）为什么要烧掉它？

韩　松　大学，我决定不上咧。

春　草　啊，不上大学，不是让你妈心愿落空了吗？

韩　松　大学一定要上，决不让妈妈失望。

春　草　烧了录取通知书，还能上大学吗？

韩　松　三年后再考。

春　草　（不解地）三年后再考？那为啥现在不上？

韩　松　春草呀！

　　　　（唱）父早死母有病家境贫困，

　　　　　　　我上学母治病债务缠身。

　　　　　　　旧债务久拖欠我心不忍，

　　　　　　　上大学再求借我手难伸。

　　　　　　　近日来苦思虑心潮滚滚，

　　　　　　　无奈间我韩松痛下决心。

春　草　什么决心？

韩　松　（唱）进省城去打工三年搏拼，

　　　　　　　还清债再考入大学之门。

春　草　（唱）别人家谢师宴举杯欢庆，

　　　　　　　韩松他孤凄凄泪洒坟茔。

　　　　　　　可惜他无父母一身苦命，

　　　　　　　老天爷你对他实在不公。

韩　松　（唱）人好比草木籽由风飘送，

　　　　　　　有落在深沟底有落山峰。

　　　　　　　是草籽落山顶它也生草，

　　　　　　　是松子落沟底它亦长松。

　　　　　　　怨天怨地有何用？

　　　　　　　就看你是草还是松。

春　草　韩松，我知道你是一个富有理想、意志坚强的人。可你手无

　　　　技艺，身无半文，一人进城，举目无亲，我怕你——

韩　松　不怕，我有这身力气，更有贵人相伴。

春　草　（背白）啊，有贵人相伴？难道他……他另有新爱？我这个落

榜生，配不上他！韩松，你……你说的贵人是谁？

韩　松　你看。（从挎包里取出两本书）

春　草　（接过书）《钢铁是怎样炼成的》《把一切献给党》。

韩　松　对，我说的贵人，就是这两本书的作者奥斯特洛夫斯基和吴运铎。要说命运，他二人都降生在战乱岁月、贫苦家庭。他们都很早失学，一个十一岁当童工，一个十四岁当矿工。后来都在火热的革命斗争中身负重伤。可是，他们都用钢铁般的意志，与命运抗争，写出了激励几代人的经典佳作。

春　草　这两本书，我都看过，也曾激动过一阵子，没想到书对你影响这么深。

韩　松　（从春草手里接过两本书，装进挎包）春草，我今天烧掉通知书，是为了自断退路，背水一战，学习他们的精神，通过自己的努力，圆自己的梦想。（举起录取通知书欲烧）

春　草　啊，等等！（上前抓住韩松的手，夺过通知书）

韩　松　你让我烧了它！

春　草　韩松，你听我说两句话行吗？

韩　松　你说。

春　草　韩松呀！

　　　　（唱）我和你青梅竹马常嬉戏，

　　　　　　　我和你十载寒窗同学习。

　　　　　　　我爱你品学兼优有大志，

　　　　　　　我敬你逆境挺立不亢卑。

　　　　　　　我知你无力救母常哭泣，

　　　　　　　我知你孤苦伶仃无所依。

我知你债务压身难喘气，

我知你放弃上学心痛惜。

同学们飞舟竞发日千里，

你应该为圆梦想争朝夕。

耽误三年拉距离，

我为你惋惜为你急。

圆梦想虽有英雄来激励，

也应有爱你的人儿来助力。

敞开心扉表心意，

上大学有我支持你。

（白）这录取通知书，我先替你保存，等开学那一天，我送你去车站。

韩　松　春草，你——

春　草　韩松，你喜欢我吗？

韩　松　春草，说心里话，我心里一直很喜欢你。可是——

春　草　（急捂韩松的嘴）我只想听到"喜欢"二字，"可是"后面的话我就不听。

韩　松　你让我把话说完。

春　草　你先听我的计划。韩松，咱俩利用假期，共同进城打工，先挣够第一学年的学费。以后，你上学，我打工，每月给你寄生活费，剩下的工资，替你还债。

韩　松　春草，我知道，你父母坚决反对你和我接近。再说，我前面的路还有很多困难和坎坷，实在不忍心让你跟我吃苦受累。你还是回去吧，让我赶路。

春　草　不，按我的计划，一块儿进城。（拉住韩松的手向前走）走！

韩　松　（拽住春草的手往回拉）你回吧！

　　　　（二人拉扯中，春草父母从树后冲出）

春草父　（扇了韩松一个耳光）你干什么？

松、草　（一愣）啊！

春草母　（上前一把拉住春草）春草呀，你咋这么不听话呀？（哭）

春　草　妈，爸，你们听我说——

春草父　（拽住春草手臂）回家！

春　草　（挣扎、回望）韩松，等——着——我——

　　　　（切光）

第 二 场

　　　　（夜晚，万籁俱寂，只闻几声猫头鹰叫声；在崎岖的山间道
　　　　路上，春草正艰难行走）

春　草　（唱）夜色茫茫四野静，

　　　　　　　只闻凄厉猫头鹰。

　　　　　　　父母将我屋内锁，

　　　　　　　越窗潜逃追韩松。

　　　　　　　不敢沿着大路走，（艰难行走舞）

　　　　　　　崎岖小道摸黑行。

　　　　　　　猛然间撞崖把壁碰，

　　　　　　　晕头转向头发蒙。（碰壁发蒙状）

（夹白）路在哪里，路在哪里呀！

（唱）摸索前进不能停，

　　　　坑洼不平脚踩空。（前滚翻）

　　　　崴了脚腕钻心痛，

（夹白）哎呀！（呻吟，摸脚腕）

（幕后传来春草父母的呼唤声）

　　　　猛听得父母呼唤声。

（远处手电光晃动，呼唤声越来越近）

　　　　莫出声，强忍痛，

　　　　战战兢兢藏树丛。

（足跛，躲藏于树丛）

（春草父母打着手电，呼唤着绕场而过）

春　草　（唱）大路不见我踪影，

　　　　　　必沿小路返回程。

　　　　　　若被父母发现了，

　　　　　　我的计划全落空。

（父母呼唤着返程找寻，手电光、呼唤声越来越近）

春　草　（唱）左临深渊是绝境，

　　　　　　右临峭壁是险峰。

　　　　　　罢罢罢，

　　　　　　要躲避只能藏峰顶，

　　　　　　父母过后再前行。

（艰难地攀向峰顶）

（春草父母气喘吁吁上）

520

春草父　（唱）大路上没有春草影，

春草母　（唱）小路上呼唤无应声。

春草父　（唱）出村只有这路径，

春草母　（唱）必定藏身乱树丛。

　　　　（二人照着手电在树丛中搜寻）

春草父　（唱）树丛搜遍没有人，

春草母　她爸，你听。

　　　　（唱）好像石头滚落声。

春草父　（唱）是什么碰撞山石动，

春草母　（唱）是不是春草藏山峰？

春草父　（唱）举起手电照峰顶，

春草母　（唱）迷迷糊糊看不清。

春草父　（唱）我要上去看究竟，

春草母　（唱）你手脚扒稳慢攀登。

　　　　（春草父欲攀崖，忽然幕后传来一声惨叫：啊——）

春草父　啊，是春草的声音！

春草母　（大惊）春草掉下崖咧！

父、母　春草——（发疯似的冲下）

　　　　（切光）

第三场

（几天以后，春草家）

（春草坐在轮椅上，手拿着韩松的大学录取通知书凝视）

春　草　（唱）落悬崖虽然捡条命，

　　　　　　　伤腰椎两腿难支撑。

　　　　　　　医生说终生成残疾，

　　　　　　　这景况怎样对韩松？

　　　　　　　看起来美好憧憬成泡影，

　　　　　　　想来日我该何去从？

　　　　　　　前路茫茫心灰冷，

　　　　　　　珠泪滚滚湿襟胸。

　　　　我该怎么办呀，我该怎么办呀！

春草母　（端饭上）春草，趁热吃饭吧。

春草父　（从另一端上）春草，这是医生新开的药。

春　草　我不吃饭，我也不用药，都成这样了，活着还有什么意思？

父、母　孩子，别胡思乱想，我们会好好照顾你的。

春　草　你们老了，谁来照顾你们？你们百年以后又有谁来照顾我呀？

　　　　（痛哭）

春草母　春草——（抱住春草，痛哭）

春草父　（唱）听罢言来心肝痛，

咬牙切齿骂韩松。

春草不遭他勾引,

焉能坠崖横祸生?

如今春草伤势重,

他却逍遥漫无踪。

满腔怒火去省城,

这笔账和他要算清。

哼,我找他去!

春　草　爸,你不能去,不怪韩松。

春草父　不怪他怪谁? 我不能轻饶了他! (将出门)

春　草　妈,拦住我爸。(挣扎,从轮椅上摔下,惨叫一声)啊——

父、母　(闻声返回)春草——(扶春草上轮椅)

　　　　(韩松急匆匆上)

韩　松　(唱)闻听春草受重伤,

　　　　　　　赶到她家看端详。(进屋)

　　　　春草,春草!

春草父　啊,是你! (打了韩松一个耳光)你……

　　　　(再欲打,被春草母拉住)

春　草　(急喝)爸,你——

春草父　(唱)女儿跌伤我满腹恨,

　　　　　　　都是你勾引惹祸根。

春　草　(唱)爸爸别将他怨恨,

　　　　　　　听女儿给你说原因。

　　　　　　　眼见他辍学心不忍,

523

怎让他因穷毁自身？

女儿我一直把他爱，

困境中帮扶情才真。

我夜逃不是他勾引，

阻拦关锁怪你们。

春草父　啊，这倒怪起我们来了？你你你，你都成了这个样子，还替他说话。唉！（生气蹲一旁）

韩　松　大伯呀！

（唱）和春草同窗十年情谊深，

困境中主动帮我情更真。

事到此怪张怪王先别论，

我这里要向春草表真心。

母坟前你表心意我没允，

韩松我今日向你来求婚。

春草，从今往后，我来照顾你。

春　草　韩松……（背过身去，泣不成声）

春草父　（猛然站起）你——

春草母　（一把拉住春草父，悄声）事到如今，还是让他们的事成了吧，咱们百年以后，春草也能有人照应。

春草父　（猛然醒悟）你看我气糊涂咧，怎么把这一招没想到？

春草母　（走上前）春草，既然你爱韩松，韩松也对你一片真心，你就答应他吧。

韩　松　春草，你就答应我吧！

春　草　（转过身来，抹干眼泪，坚定地）韩松，你走吧。

父、母、松　为什么？为什么呀？

春　草　（唱）韩松他品学优心志高强，

怎奈是处困境难得启航。

实想说助把力圆他梦想，

贫家子也能为国家栋梁。

到如今我成了这般模样，

成累赘影响他展翅飞翔。

要毁就毁我一个，

不能让韩松他雪上加霜。

韩松，这大学录取通知书，我还给你。听我的话，现在有助学贷款，加上你勤工俭学，就一定能读完大学。

韩　松　你为我摔成这个样子，我丢下不管，还是人吗？

春草父　好，有良心！韩松，听我的话，读大学，还不是图出来多挣几个钱吗？咱这个家，不缺钱。只要你和春草好好过日子，这个家就由你掌管，你欠的账，我们替你还。

春草妈　韩松，我们就把春草交给你了。

韩　松　大伯，大妈，我会照顾好春草的。

春　草　爸，妈，你们太自私了！一个考上名牌大学、前途无量的高才生，你们就让他给你们残疾女儿当一辈子保姆吗？

春草母　春草，韩松是一片好心，别傻了，听话。

春草父　韩松，婚事就这么定了。

春　草　韩松，你若答应我父母，我就去死！

韩　松　春草，你为什么要这样呀？

春　草　我知道，你是一个有情有义的人，我这样病恹恹地活着，会让你牵挂一辈子。我不能帮你，倒去害你，我还算人吗？我死了，别忘了我刚才说的话，（把录取通知书硬给韩松）去上大学，去实现自己的理想。

韩　松　（把录取通知书撕得粉碎）我不能丢下你。

春　草　啊，为了我，你放弃上大学；因为我，毁掉你的理想和前途。我我我，罪过，罪过呀！让我去死，让我去死！（欲撞墙）

韩　松　（按住轮椅，歇斯底里）春草，要死，咱们一起死！

春　草　（被镇住，惊愕）韩松，你——

韩　松　（对春草父母）大伯，大妈，让我和春草单独谈谈。

父、母　你们谈谈，你们谈谈。（下）

春　草　（抱住韩松的腰痛哭）韩松……

韩　松　春草，遇到灾难，遇到挫折，难道只有寻死一条路吗？

春　草　我，当不了你的内助，决不做你的累赘。

韩　松　我认为，两人同心合力，克服困难的力量会更大。

春　草　那我们怎么办，怎么办呀？

韩　松　（从兜里掏出两本书）这两本书我给你带来了，你看看。奥斯特洛夫斯基全身瘫痪，双目失明；吴运铎左眼被炸瞎，一条腿被炸断。他们自暴自弃了吗？他们用残疾之身，为革命做出多大的贡献呀！他们是社会的累赘吗？

春　草　他们是革命战争中的英雄男儿，我怎能和他们比？

韩　松　张海迪是一个平凡的女性呀，她却……

春　草　像张海迪那样能干出不凡事迹的残疾人，全国有几个？

韩　松　好，远的不说，就说咱村董阿婆，自幼双目失明，苦练了一身高超的按摩本领，不但给多少人解除了病痛，还有了自己

　　　　　幸福的家庭。而你呢，就是真的双腿站不起来，还有聪明的大脑，明亮的眼睛，会说的嘴巴，灵巧的双手。即使干不出奥斯特洛夫斯基、吴运铎、张海迪那样的惊世伟业，起码也能像董阿婆一样，能服务大众，能养活自己，能有一个幸福的家庭，怎么能说是别人的累赘呢？

春　草　对我来说，或许能养活自己。对你来说，我已经没有什么作用了。以前的一切，权当没有发生，你走吧，你走吧！

韩　松　春草，当我身处困境时，你一心想的是怎样帮我。而当你身体伤残时，我却远远离开你。这样的人，书读得再多，官做得再大，人们都会骂他是陈世美，你要我做这样的人吗？

春　草　你要做人，可我的良心一辈子难安呀！（掩面哭泣）

韩　松　（背唱）春草她伤残后自暴自弃，

　　　　　　　　帮助她重振作是当务之急。

　　　　　　　　我怎么想办法把她激励，

　　　　　　　　能让她树信心自强自立？（思忖）

　　　　　　　　苦思索忽然间心生一计，

　　　　　　　　会让她有希望也有压力。

　　　　　春草，你听我说。

春　草　你说吧。

韩　松　我想和你相约三年。

春　草　相约三年？

韩　松　对。用三年时间，我一边打工还债，一边复习功课。你一边保养身体，一边学习技艺。三年后，我再次考上大学，你也有技艺挣钱供我上学。对此，我充满信心，你能做到吗？

春　草　（背唱）这相约显然是韩松激将，

　　　　　　　　为让我树目标自立自强。

　　　　　　　　我也要鞭策他复习功课，

　　　　　　　　三年后定要把大学考上。

　　　　　（夹白）哎呀，不行！

　　　　　（接唱）他打工又把我牵挂思想，

　　　　　　　　受劳累分心思学业全荒。

　　　　　（夹白）怎么办？（思忖）好！

　　　　　　　　为让他心专一复习备考，

　　　　　　　　今日里要跟他约法三章。

　　　　　韩松，你跟我相约三年，我也跟你约法三章。

韩　松　好，你说。

春　草　第一，三年内你备考，我学艺，都不谈婚论嫁。

韩　松　我答应。

春　草　第二，三年内我不见你，你也别见我，专心致志，互不干扰。

韩　松　难道我不能探望你吗？

春　草　斩断情丝，心无旁骛，各自背水一战。

韩　松　好，我答应。

春　草　第三，三年后，我凭一身技艺，你凭大学录取通知书，见面

　　　　兑现承诺。谁若违背诺言，立马分道扬镳。

韩　松　好。

春　草　一言为定！（二人击掌）

　　　　　（切光）

528

第 四 场

（几个月以后）

（巧妹家，门、窗、墙等四处都贴着各种样式的剪纸。奶奶戴着老花镜，剪好一幅图案，展开欣赏）

奶　奶　（唱）一张纸霎时变万千气象，

　　　　　　　　一把剪剪出了如意吉祥。

　　　　　　　　老百姓都怀着美好向往，

　　　　　　　　我用它为万家添喜增光。

　　　　　　（自我陶醉）哈哈哈哈，哈哈哈哈……

巧　妹　（背着挎包上）奶奶，我走咧。

奶　奶　你干啥去？

巧　妹　进城打工。

奶　奶　你不能去呀，跟奶奶学剪纸手艺，不能半途而废呀！

巧　妹　奶奶，靠那手艺，能发家致富吗？

奶　奶　我师父说，这是民间艺术，源远流长，博大精深，是国宝呀！

巧　妹　国宝，国宝，咱们先要吃饱。哼，那些天去城里推销，几天连一幅都没有卖出去，要不是遇上韩大哥，你就见不上我了。

　　　　　（暗转，夜，城市一角，巧妹背着画夹，疲惫不堪地叫卖着）

巧　妹　卖画来——民间艺术、手工剪纸、花草虫鱼鸟、福禄寿喜财……

　　　　　卖画来……（声音越来越小，猛然晕倒在地）

（韩松身穿工作服，手提饭盒上）

韩　松　（唱）在工地当小工体力干活，

省脑力正适合晚上苦学。

急回到出租屋掌开灯火，

带夜宵边看书我边吃喝。

（猛然听到呻吟声）啊！

（四顾，发现巧妹，急上前）大妹子，大妹子……

巧　妹　大哥，借、借、借给我一、一块钱，买两个馍、馍头。

韩　松　啊，你是饿昏了。（忙打开饭盒）我这里正好有馍头。

（巧妹接过馍头，狼吞虎咽）

韩　松　（递过矿泉水）大妹子，喝口水，慢慢吃。

（巧妹接过水，一饮而尽）

韩　松　大妹子，你咋饿成这个样子？

巧　妹　我来城里卖画，无人问津，带的钱花完了。

韩　松　卖画？卖什么画？

巧　妹　（指指身旁的画夹）就在那里边。

韩　松　（揭开画夹）啊，剪纸，多好的艺术品呀！

巧　妹　大哥，你说好，那就便宜卖给你吧。

韩　松　嘿嘿，我可买不起。

巧　妹　大哥，既然爱，就随便拿几幅吧，算抵了你的馍钱。

韩　松　恐怕我拿一笼馍，也换不下你一幅画。

巧　妹　啊，就这么值钱？那我为什么吃喝了几天，贵贱都没人买呢？

韩　松　大妹子，你没寻对地方。

巧　妹　大哥，你能寻对地方，你就拿去卖，给我回去的路费就行，多卖下的钱都是你的。

韩　松　不用咧。（打开手机拍照）我把它发到网上，需要的人，会

　　　　找上门的。

巧　妹　那，那得等到啥时候呢？

韩　松　我先给你些路费，回去在家里等吧。（隐去）

　　　　（灯复明）

巧　妹　等等等，等了一个多月，还没有消息。看来在城里销售也没

　　　　有指望了。

奶　奶　唉，师父临终时，嘱咐我一定要把这民间工艺传下去，我、

　　　　我对不住师父呀！（伤心抹泪）

巧　妹　奶奶！（替奶奶擦泪）

韩　松　（上）巧妹在家吗？

奶　奶　谁？

巧　妹　（惊喜）韩大哥！奶奶，这就是我说的韩大哥。

奶　奶　啊，小伙子，坐，坐。巧妹，快倒水。

韩　松　奶奶，巧妹，我来告诉你们一个好消息。

奶、巧　（同）什么好消息？

韩　松　（唱）我在网上发样品，

　　　　　　　　吸引了许多公司和个人。

　　　　　　　　有的电话来咨询，

　　　　　　　　有的订货找上门。

　　　　　　　　我不知你们存货有多少，

　　　　　　　　也不知怎样定价合分寸。

　　　　　　　　急急忙忙来商议，

你们看怎样回复人？

奶　奶　（高兴地）呀，这剪纸还能在网上卖？

韩　松　大家把你们的剪纸样品一看，都称赞具有"剪花娘子"库淑兰的真传和风骨，这些剪纸可受欢迎啦。

奶　奶　真的？

巧　妹　（高兴地）我奶奶就是"剪花娘子"库淑兰的关门弟子。

韩　松　真的吗？那我在网上把这个消息发布出去，订货的人会更多。

巧　妹　韩大哥，快说，他们都要些啥？

韩　松　（打开手机）你们看呀。

（唱）敬老院要订福禄寿，

剧团要订脸谱图。

国庆佳节快要到，

"普天同庆""国泰民安"每样都要上千幅。

还有这"连年有余""风调雨顺"

"五业兴旺""金玉满堂"都抢手，

农家贴它庆丰收。

奶　奶　太好了，太好了！

巧　妹　（转身抓住奶奶的手）奶奶，我看到希望了，我不走了。

奶　奶　（紧紧抓住韩松的手）好孩子，让我们怎样感谢你呀！

韩　松　奶奶，不说感谢了，只求你答应我一件事。

奶　奶　什么事，你说？

韩　松　我有一个妹妹，虽然下肢瘫痪，可她有文化，心灵手巧，我想让她拜你为师。

奶　奶　好呀，我正发愁后继无人，这个徒弟，我收了！

韩　松　奶奶，巧妹，还要你们答应我一件事。

奶、巧　（同）什么事？

韩　松　是我不小心把妹妹撞到崖下摔伤的，父母、妹妹都很气愤，把我赶出家门。我妹妹来了以后，千万不要在她面前提到我。

巧　妹　那你帮我们推销怎么办？

韩　松　咱俩电话联系。

奶　奶　那你妹妹怎么来？

韩　松　我会想办法让她主动来拜师。（鞠躬）谢谢！（下）

　　　　（祖孙二人都深情地望着韩松的背影）

奶　奶　巧妹，奶奶如果有这样的孙女婿，咱搞刻剪，他搞推销，这该多好呀。

巧　妹　奶奶，你——（害羞地捂住了脸）

　　　　（切光）

第五场

（几日后，夜）

（春草房间，春草坐在轮椅上专心读书）

（幕后伴唱）韩松留下书两本，

　　　　　　日日夜夜不离身。

　　　　　　读着忘伤痛，

　　　　　　读着长精神。

春　草　"人的一生可以燃烧也可以腐朽，我不愿意腐朽，我愿意燃烧起来。"啊！奥斯特洛夫斯基这话，好像是对我说的。你看你看，他又写道："幸福，就在于创造新的生活。"

（唱）似明灯，似烈火，

  读罢顿觉心肠热。

  腿脚伤残靠双手，

  我要创造新生活。

（激动地摇着轮椅在室内打转，口里喊着）我不能腐朽，我要燃烧起来，我要创造新生活，我要创造新生活！

（轮椅撞倒脸盆架子，发出响声）

（春草父母闻声急上）

父、母 （同）春草，你怎么啦？

春　草 我要出去，我要创造新生活！

春草父 （背白）唉，这娃不知看的啥书，就像打了鸡血一样，疯咧狂咧，这样下去，迟早会出事端。嗯，得把我的想法，给娃说说。

（春草母扶起春草，把轮椅推到桌前）

春草父 春草，你的新生活，我和你妈给你安排好了。

春　草 哦，怎样安排？

春草母 唉，我和你爸反复考虑，三年时间，咱们耽搁不起，韩松就是考上大学，咱们也高攀不上。

春草父 你看，爸和妈给你积攒的家产，够养活你一辈子了，就缺个能照顾你一辈子的人。东村有个孤儿碎牛，和你年龄相当，长得也不赖，他愿意上咱家门，照顾你一辈子。

春　草 难道我就叫别人照顾一辈子？

春草父 孩子，认命吧！

春草母　你和碎牛结婚，往后有一男半女，孩子就是你的希望。

春　草　不！

（唱）和韩松相约三年后，

　　　　他已迈步奔前头。

　　　　春草把话说出口，

　　　　一定要帮助他把壮志酬。

春草父　（唱）你一心帮助他把壮志酬，

　　　　不怕他功成名就把你丢？

春　草　（唱）韩松他重情重义人忠厚，

　　　　决不会忘恩负义把我丢。

春草母　（唱）那时他成为专家做教授，

　　　　你和他差距太大多别扭！

春　草　（唱）他若能成为专家当教授，

　　　　我为他当好内助排后忧。

春草父　（唱）瓜娃你往世上瞅，

　　　　哪一家门户不当过到头？

　　　　陈世美一代一代没断后，

　　　　多少人喜新厌旧糟糠丢？

春　草　（唱）我坚信韩松不是陈世美，

春草母　（唱）人的心隔着肚皮看不透。

春　草　（唱）我和他相约击掌拍了手，

　　　　既盟誓千难万险不回头。

春草父　春草，不能光往好处想。三年后，韩松或许能考上大学。可像

　　　　你这个样子，学啥都难呀。到时候你没能力挣钱供人家上大

　　　　学，人家要你干啥呀？你就甘愿当人家累赘，吃人家眼角食？

春草妈 是呀，到时候人家一脚把你踢了，你无话可说，干哭没眼泪！再别傻了，听你爸的话，还是和碎牛结婚吧。

春　草 别说了，你们走吧，走吧！让我好好想想，让我好好想想。

（硬把二老推出门外，长叹一声，把轮椅转到桌前，手撑两腮，陷入沉思）

（耳边响起父亲的声音：像你这个样子，学啥都难呀。到时候没能力挣钱供人家上大学，人家要你干啥呀？你就甘愿当人家累赘，吃人家眼角食？）

（耳边又响起母亲的声音：到时候人家一脚把你踢了，你无话可说，干哭没眼泪！）

（唱）两本书看得我心情激荡，

父母话像冷水泼在身上。

创业路纵然有千项万项，

靠什么立自身我心彷徨。

我能干什么呀，我能干什么呀？

（暗转）

（灯复明，清晨，春草家门前）

韩　松 （上唱）星夜兼程回村庄，

要和春草作商量。

她若愿意学剪纸，

民间艺术得传扬。（欲敲门）

欲敲门，又彷徨，

猛想起春草她约法三章。

她约定三年内互不来往，

536

违相约我岂不自己撞墙？

这这这……（着急踱步）

韩主任 （上唱）清早起查卫生漫步街上，

见韩松独徘徊似有难场。

韩松，你怎么啦？

韩　松 （唱）猛见到韩主任眼前一亮，

这件事她帮办比我更强。

韩主任，请你帮个忙。

韩主任 帮啥忙？你说。

（韩松从兜里取出一沓资料，交给韩主任，并耳语）

韩主任 哈哈哈，你小子……

韩　松 韩主任，麻烦你把资料给春草，我还有一个想法。

韩主任 什么想法？

韩　松 你去就说是村上派春草去学剪纸的，等她学成以后，向村上

妇女传授，成立一个剪纸工艺社。

韩主任 哦，为什么这样说？

韩　松 好让她感到自身有价值，增强自信心。

韩主任 办剪纸工艺社能行吗？

韩　松 根据我对文化市场的考察，完全行。

韩主任 哎呀，你这可帮了我这个村主任的大忙，我正为咱村妇女的

致富项目发愁呢。

韩　松 韩主任，你对春草说，她的学费、生活费由村上出，叫她安

心学习就行了。

韩主任 这我得开会研究后再说。

韩　松　　这我只让村上应个名，钱我出。

韩主任　　唉，可怜娃的一片苦心。好孩子，好孩子呀！

韩　松　　我今天倒成晚班，天黑前要赶回城，拜托韩主任了。（下）

韩主任　　放心吧。（敲门）春草，春草！

　　　　　（春草父开门）

春草父　　噢，韩主任，大清早你来——

韩主任　　春草在家吗？

春草父　　娃在里间吃饭。（回头喊）她妈，春草，韩主任来了。

　　　　　（春草母推春草轮椅上）

母、草　　（同）韩主任，你来了，屋里坐。

　　　　　（几人同进屋，倒水，让座）

韩主任　　春草，前两天我去省城参观妇女创业先进人物事迹展览，带
　　　　　回一份材料，你看看。

春　草　　（展开材料）剪花娘子——库淑兰。（看介）啊，联合国教科
　　　　　文组织授予她"杰出中国民间工艺美术大师"称号！

父、母　　啊，联合国都称她为大师，了不起，大人物，大人物！

韩主任　　她倒不是什么大人物，是咱邻县一个农村小脚老太婆。

父、母　　啊，是农民，还是个小脚老太婆？

春　草　　（看材料）啊，她的剪纸在西安美术家画廊和北京中国美术馆
　　　　　都展览了，被法国、美国、德国以及东南亚多国收藏，还吸
　　　　　引许多国际友人和全国二十三个省市专家、学者、民间工艺
　　　　　美术工作者上门考察学习。（激动地）我也要去拜访她！

韩主任　　唉，可惜她已去世十多年了。

春　草　　这……（泄气地）唉！

韩主任 不过，她的关门弟子还在，这个人的剪纸工艺品也供不应求。

所以，村上想派你去跟她学艺，回来向咱村妇女传授，办起咱村的剪纸工艺社。

春　草 （唱）韩主任点燃了我的希望，

顿觉得血沸腾神志昂扬。

韩主任，我去！

父、母 （背唱）见女儿扫阴霾笑脸荡漾，

一席话胜似那妙药良方。

韩主任 （唱）她全家一口腔把我夸奖，

殊不知是韩松暗中相帮。

这些话我不能当面言讲，

但愿得有情人地久天长。

春草，你既然愿意去学，那就准备准备，明天村上就送你过去。

父、母、草 （齐）谢谢主任！

（切光）

第六场

（两年以后）

（巧妹家，屋正中挂着一面牌，上面贴着"羊年剪纸图案"。

奶奶戴着老花镜，乐呵呵地观看着）

奶　奶 （唱）马年剪马销路畅，

羊年剪纸当剪羊。

春草设计新图样，

看后叫人喜心上。

好，好！哈哈哈哈！

巧　妹　（上）奶奶，你看这羊年剪纸，设计得怎么样？

奶　奶　好，好，没想到春草长进得这么快。

巧　妹　有文化基础的人，就是不简单，仅仅两年时间，比我学五六
　　　　年还精。

奶　奶　对，她把单色剪纸、彩色剪纸的技巧全部掌握。不论剪刀剪
　　　　还是刀刻的功夫都很纯熟。构图方法新颖、造型手段奇特，
　　　　整幅作品不但保持了陕西剪纸造型古拙、风格粗犷、寓意明
　　　　朗、形式多样、富含黄土气息的地域特色，还吸收了南方派、
　　　　江浙派及北方派其他区系的特色元素，时有创新。

巧　妹　（指牌）明年就是羊年，这是春草提早设计的羊年剪纸构图造
　　　　型，和咱们以往大不一样。

奶　奶　噢！（戴上老花镜，再细看）

巧　妹　（指画）您看这一幅。

　　　　（唱）公羊精神多气壮，

　　　　　　角如弯钩头轩昂。

　　　　　　投放市场准哄抢，

　　　　　　三羊开泰送吉祥。

奶　奶　噢，这幅叫"三羊开泰"？好，好，谁家过年，不图个吉祥
　　　　如意嘛！

巧　妹　（指画）您看这一幅。

　　　　（唱）母羊站在山坡上，

反刍咀嚼多安详。

羊羔跪乳娘回望，

中华孝道要弘扬。

奶　奶　噢，这幅叫"羔羊跪乳"，寓意深刻，弘扬孝道，好，好！

巧　妹　（指画）奶奶请看这一幅。

（唱）河水清清草丰茂，

红日蓝天白云飘。

这一幅构图赞环保，

羊儿吃得满身膘。

奶　奶　噢，这幅叫"草丰羊肥"。水没污染，草没污染，空气也没污染，那生产的羊肉肯定是无污染的有机食品。春草跟我说过，这是应肉羊养殖基地要求，专门为羊肉礼品盒上设计的图案。好，好！

巧　妹　（指牌）奶奶，您再看这一幅。

（唱）这幅名叫"喜羊羊"，

一群小羊戏山冈。

有的仰头咩咩唱，

有的蹦跳发了狂。

奶　奶　噢，新春新喜，家家添喜，出门见喜，好，喜羊羊，喜羊羊……（奶奶高兴地唱着扭跳起来）喜羊羊喜羊羊，喜羊羊喜羊羊……（几乎跌倒，巧妹急扶坐）

巧　妹　奶奶，看把你高兴的。

奶　奶　我能不高兴吗？剪纸艺术不但后继有人，而且是青出于蓝而胜于蓝，我的师父——剪花娘子库淑兰在天有灵，一定会像

　　　　我一样高兴。哈哈哈哈，哈哈哈哈！

巧　妹　奶奶，饭好了没有？韩大哥约好，今天就带我去见新潮工艺
　　　　美术公司王经理审定图案，签订了合同，咱们就能批量生产。

奶　奶　饭好了，你先去吃吧，奶奶给你把样品收拾好。

巧　妹　奶奶，不带实物，我把它拍下来就行，让他们看电子版。（用
　　　　手机拍照）

奶　奶　巧妹，今天见了韩松，把你的心事，向他敞开。

巧　妹　（不好意思地）奶奶！

奶　奶　你不主动，小心韩松被别人抢去。巧妹，韩松是个好孩子，
　　　　我真舍不得韩松。

巧　妹　（急，暗示奶奶）嘘——

奶　奶　（不解地）怎么啦？

巧　妹　小心春草听见。

奶　奶　（恍然大悟）唉，他兄妹俩的冤怨，总得要和解呀。

巧　妹　韩大哥说，现在还不是时候，他做的事情，一定要向春草保密。

奶　奶　咦，春草咋还没起床？叫她一块儿吃饭。

巧　妹　奶奶，最后一幅图案，春草完成就后半夜了，让她多睡一会儿。
　　　　　　（边说边给手机插充电器）

奶　奶　你还要赶车，那就先吃吧。

巧　妹　好。（扶奶奶欲下）

奶　奶　咦？（提醒）巧妹，手机。

巧　妹　奶奶，充些电。（扶奶奶下）

春　草　（上唱）剪纸样品要审定，

　　　　　　　　　　巧妹今日去省城。

昨晚熬夜迟睡醒，

　　猛想起有话要叮咛。

巧妹，巧妹！咦，没走，手机还在。嗯，可能去吃饭了。（欲

下，巧妹手机铃响，止步）

（唱）响起一阵手机铃，（取手机看）

啊！

（唱）来电显示是韩松。（迟疑，铃声继续）

　　铃声阵阵响不停，

　　接不接来听不听？（思忖）

（巧妹急上，春草把手机交给巧妹。巧妹按了一下接听键，传

来韩松的声音：巧妹，今天能不能来？）

巧　妹　韩——（看了春草一眼，急用手捂住嘴，慌慌张张下）

春　草　（唱）为什么当面不接听，

　　慌慌张张回屋中？

　　他二人相约因何情？

　　不由我心中疑团生。

韩松为什么给巧妹打电话？他俩是怎么认识的？他怎么知道

巧妹今天要去省城？巧妹接电话为什么要慌慌张张避开我？

难道她知道我和韩松的关系？他二人相约有什么事情？

（唱）想不清，理不明，

　　春草跌入云雾中。

　　是不是推销剪纸是韩松，

　　他二人日久生了情？

　　是不是韩松处困境，

他靠推销来谋生？

是不是韩松当年把我哄，

为了脱身假应承？

是不是重名又重姓，

这韩松不是那韩松？

心烦乱，坐不宁，

真相一定要弄清。

这这这……怎么才能弄清？怎么才能弄清呀！（难过地抹泪）

（巧妹和奶奶上，见状）

奶、妹 （同）春草（春草姐），你怎么啦？

春　草 刚才接到电话，说我妈病了，我想回家看看。

奶　奶 这这这，巧妹要去省城，怎么送你？

巧　妹 春草姐，等我回来送你吧。

春　草 不，客运车上能放轮椅，路途不远，我自己能行。

巧　妹 那好，我顺便把你送上车。

（巧妹推轮椅欲下）

奶　奶 一路小心。

（切光）

第七场

（前场三天后，巧妹家）

韩　松 （上唱）日月如梭时光转，

进城打工整两年。

两年来外债还得过大半，

两年来复习功课没偷闲。

两年来春草学艺功效显，

两年来帮巧妹解决销路难。

我听说春草回家把母看，

借机会巧妹家中走一番。

一则是长期没见奶奶面，

感谢她教诲春草授真传。

二则是春草的生活费用当结算，

今天上门来送钱。

急匆匆，把路赶，

偷偷探望抢时间。

来到巧妹家门口，

不敢贸然叩门环。

（欲叩门环收手）这一切都是背着春草做的，她万一返回巧妹家，我岂不是违背相约，让她见怪？不行，让我先打问一下。

（拨打手机，悄声）巧妹，春草在不？

巧　妹　（边接手机边上）还没回来。韩大哥，你在哪里？

韩　松　我在你家门口。

巧　妹　啊！（惊喜，开门）韩大哥，快进屋，快进屋。（向内）奶奶，韩大哥来了！（给韩松让座、倒水）

奶　奶　（唱）多少次想把韩松见，

　　　　　婚姻事当面和他谈一谈。

　　　哟，韩松，你来了，奶奶想你呀！

韩　松　　奶奶，我也想早来看您呀。只是我妹妹在这里，我不便——

奶　奶　　你兄妹俩之间的疙瘩，该解开了。要不，让奶奶把你这两年为她操的心、费的神解释清楚，她就会原谅你的。

巧　妹　　是呀，我也帮你做做工作，这么好的哥哥，她还能记恨一辈子？

韩　松　　奶奶，巧妹，这话以后再说。

奶、妹　　为什么？

韩　松　　我妹妹争胜心很强，决心自强自立，一旦知道这一切是我为她安排的，会伤她的自尊心。我这次来，主要是感谢您老人家。

奶　奶　　感谢我？

韩　松　　巧妹前天送来的羊年剪纸造型，说是春草的创意，王总看了赞不绝口，说不但创意新颖，那刻剪功夫和库淑兰相比，是青出于蓝而胜于蓝。都说多亏您把您师父的真传无私地授予春草。

奶　奶　　（唱）剪纸工艺要承传，

　　　　　　　一副重担压在肩。

　　　　　　　现在学艺人手少，

　　　　　　　我正为后继无人发熬煎。

　　　　　　　你把妹妹来推荐，

　　　　　　　也是为我解了难。

　　　　　　　春草她起得早来睡得晚，

　　　　　　　剪不离手意志专。

　　　　　　　两年来勤学又苦练，

　　　　　　　她成了新一代的库淑兰。

韩　松　　奶奶过奖了。

奶　奶　（唱）奶奶还要把你赞，

你也为传承剪纸把力添。

主题创意出新点，

利用网络作宣传。

我和巧妹见识浅，

销路全由你拓宽。

韩　松　奶奶过奖了。

巧　妹　（唱）奶奶句句是实言，

韩大哥不要太过谦。

我和春草在家剪，

你搞推广忙外边。

多亏咱里里外外相配合，

剪纸传承有今天。

我希望，我希望——（羞于启齿）

韩　松　希望什么？

巧　妹　（接唱）我希望咱们配合到永远，

韩　松　配合到永远？

巧　妹　（接唱）心里话难以到唇边。

这——

韩　松　你有话尽管说。

巧　妹　这——（羞，捂脸）

奶　奶　（唱）姑娘娃娃多羞脸，

我对韩松明开言。

韩松呀！

你是一个好青年，

巧妹心里把你恋。

从事业，到情感，

我也看你们是对好姻缘。

韩　松　（惊）啊！

奶　奶　（唱）咱两家合成一家院，

办一个工艺公司创门面。

巧　妹　（唱）有营销，有生产，

产供销成套一线连。

春草和咱一起干，

兄妹相依不孤单。

老人咱们同照管，

孝敬他们度晚年。

家庭幸福又美满，

更能让剪纸工艺得承传。

韩　松　（背唱）没想到她要结姻缘，

这一切来得太突然。

隐情我难讲当面，

和春草相约有誓言。

我若当面来回绝，

必给她们造难堪。

怎么办，怎么办？

这让我韩松好为难。

这这这……

巧　妹　（唱）只见他徘徊踌躇难决断，

奶　奶　（唱）他好似犹豫不决犯作难。

韩　松　（唱）事出突然当立断，

　　　　　　　奶奶巧妹听我言。

　　　　　　　感谢你们心一片，

　　　　　　　婚姻事韩松有打算。

奶、巧　什么打算？

韩　松　（唱）我还要考学把书念，

　　　　　　　大学毕业再去谈。

奶　奶　拿个大学文凭，还不是为了好找工作吗？传承剪纸这门民间

　　　　工艺美术，我只能带几个徒弟，而要把它推向全国、推向世界，

　　　　还得靠你这样的人才。这也是一项有意义、有前途的事业呀！

　　　　孩子，（抓住韩松的手）奶奶舍不得你走呀！

韩　松　奶奶，这事等我大学毕业以后再说吧。

巧　妹　（拉开奶奶的手）奶奶，人家嫌我文化低，嫌我丑……（趴在

　　　　桌子上哭）

松、奶　（上前劝解）巧妹……（巧妹不听，只是哭，二人无奈）

　　　　（春草父母推春草上）

春草父　（唱）昨天进城去打探，

　　　　　　　听说韩松来这边。

春　草　（唱）春草心中起狂澜，

　　　　　　　我要当面解疑团。（三人欲进门）

韩　松　巧妹，奶奶，你们听我说。

　　　　（三人闻声止步）

韩　松　你们放心，成立剪纸工艺社的事，包在我身上，巧妹的婚事，也包在我身上。

巧　妹　（转忧为喜）真的？（起身抱住韩松，韩松后退）韩大哥……

三　人　啊！

春草母　春草，咱回！（欲将轮椅掉头）

春草父　不，我要讨个说法！（气冲冲闯进，打了韩松一个耳光）说，怎么回事？

松、奶、巧　（同时一惊）啊！

奶　奶　（忙上前劝解）他爸，别生气，听我给你解释……

春草父　（气愤地）不用你解释。哼！狼心狗肺的东西，我早就看穿了他。

韩　松　（上前）春草，你听我说。

春草父　（推开韩松）走！还想花言巧语骗人？

春　草　妈！（趴在母亲怀里痛哭）

春草父　哭有什么用？当初听我的话，哪会有今天？哼！

　　　　（唱）我曾说陈世美至今没断后，

　　　　　　　　你坚信韩松不会把你丢。

　　　　　　　　我曾说心隔肚皮难看透，

　　　　　　　　你被他花言巧语迷昏头。

　　　　　　　　约法三章你坚守，

　　　　　　　　他却背你接绣球。

　　　　　　　　女儿被骗心恼怒，

　　　　　　　　不由人擦掌动拳头。

　　　　（举拳欲打韩松，被奶奶、巧妹、春草母拦住）

550

春草母　他爸，人家娃咱管不了，要怪就怪咱女儿太痴情咧。今日事让春草看见也好。春草，这下子该死心了吧？咱们回，跟碎牛把婚事办了吧。

春草父　走！

韩　松　春草！（上前紧紧抓住轮椅）你听我解释……

春　草　你、你、你……不该听的我都听到了，不该看的我都看到了，你……你还向我解释什么？

　　　　（唱）原知你品学兼优志高远，

　　　　　　　实想把你的志向来成全。

　　　　　　　曾诚心供你大学把书念，

　　　　　　　为帮你去挣学费成伤残。

　　　　　　　我怕你三年打工毁信念，

　　　　　　　有意地约法三章为加鞭。

　　　　　　　没想到进城两年你就变，

　　　　　　　把自己旦旦誓言化为烟。

　　　　　　　搞推销，谋大钱，

　　　　　　　背信弃义谈婚恋。

　　　　　　　复习功课丢一边，

　　　　　　　再考大学成空谈。

　　　　　　　三年相约你咋讲，

　　　　　　　约法三章你咋言？

韩　松　春草，你听我说——

春草父　去去去，你啥也别说，办你的公司，谈你的婚事去吧！她妈，回！（春草父母推春草欲下）

韩　松　春草……（急拉轮椅）

父　母　（两人怒推，韩松坐地，二老推春草下）

巧　妹　（急扶韩松）韩大哥！

韩　松　（唱）他们不让我开口，

　　　　　　　韩松无法说情由。

巧　妹　（唱）要走就让他们走，

　　　　　　　妹妹为你解烦忧。（扶韩松去坐）

韩　松　（唱）我要去把话说透，（挣扎要追）

巧　妹　（唱）你去肯定吃拳头。（硬拉韩松坐下，给其倒水）

奶　奶　（唱）他们争吵好一会，

　　　　　　　细斟酌顿时心明白。

　　　　　　　他二人不是亲兄妹，

　　　　　　　恋人之间闹是非。

　　　　　　　这小子是个陈世美，

　　　　　　　春草痴心被他亏。

　　　　　　　负心人我娃和他怎婚配？

　　　　　　　趁早和他一风吹。

　　　　（气愤地上前夺过水杯，摔在地上）巧妹，让他走！

巧　妹　奶奶！

奶　奶　让他走！

韩　松　奶奶，你听我说——

奶　奶　哼，你一开始就说春草是你妹妹，把我们整整骗了两年，你
　　　　口里还能有实话吗？

韩　松　这次我一定说实话。

奶　奶　去去去，谁信你的！（把韩松推出屋，关门）

巧　妹　奶奶……（抱住奶奶痛哭）

　　　　（切光）

第八场

（前场数日后）

（新潮工艺美术公司，经理办公室）

（新任经理王华在室内思考、徘徊）

王　华　（唱）老父亲他提出退居二线，

　　　　　　　　把公司总经理压在我肩。

　　　　　　　　父亲他为的是将我锻炼，

　　　　　　　　我怎样让父亲放心交班？

　　　　　　　　新上任三把火我该咋点，

　　　　　　　　怎样让员工们刮目相看？

　　　　　　　　无睡意坐床头苦思一晚，

　　　　　　　　到天明无头绪一片茫然。

　　　　　　　　心急切没奈何室内打转，

　　　　　　　　有何人能给我来做高参？

　　　　（思忖）有了有了，猛然想起经常给我介绍剪纸工艺品的韩松，他对人热情，老实诚恳，思路清晰，创意新颖，何不聘任他来做我的助手？好好好，让我把今天的工作一安排，马上登门去请他。（下）

韩　松　（上唱）那一天巧妹家两头误解，

　　　　　　　　气恼中都不听我的解说。

　　　　　　　　我担心春草她心灰气泄，

　　　　　　　　也担心巧妹家销路断接。

　　　　　　　　对春草对巧妹都有承诺，

　　　　　　　　咋兑现几日来苦苦思索。

　　　　　　　　猛听说王华他接任经理，

　　　　　　　　找上门把大事向他委托。

　　　　　　　王经理，王经理！咦，人不在。（转身欲下）

王　华　（上）噢，韩大哥，我正要去请你，快坐快坐。

韩　松　哦，你要找我？

王　华　这两年，我任业务部经理，你给我介绍的剪纸作品，很受客
户欢迎，对增加公司收入，对提升我个人的业绩，都帮助很大。
现在，我父亲把新潮工艺美术公司总经理的担子压在我身上，
如何打好开局第一仗，想请大哥为兄弟我参谋参谋。

韩　松　谈不上什么参谋，我倒有两条建议。

王　华　啊，两条建议？快说说，是哪两条？

韩　松　第一，建基地。第二，搞创新。

王　华　你能不能一条一条详细说？

韩　松　（唱）有销量效益才能大增长，

　　　　　　　要销量生产就要紧跟上。

　　　　　　　我发现你们销售常断档，

　　　　　　　是因为公司正处人才荒。

　　　　　　　应该把剪纸人才多培养，

建基地产销配套是良方。

王　华　你说得对极了！现在剪纸人才奇缺，进货渠道很少，如果公司有充足货源的话，效益肯定翻番。韩大哥，快说说第二条。

韩　松　（唱）现代人审美追求新时尚，

剪纸要与时俱进紧跟上。

要创作现实题材新图样，

就一定还能开拓新市场。

王　华　新图样？新市场？韩大哥，看来你胸有成竹，你快给兄弟我全倒出来。

韩　松　我是这么想的。比如，现在党中央提出社会主义核心价值观，还有廉政文化建设，等等，能不能把这些新内容打造成剪纸艺术作品呢？

王　华　（高兴得跳了起来，抓住韩松的手）顿开茅塞，顿开茅塞！传统剪纸，年节、婚庆、寿庆，农村销售量大。你说的这些创新剪纸图样，城市、农村需求量都大。好建议，好建议！韩大哥，我当总经理后的第一个决定，就是聘任你为新潮工艺美术公司业务经理，给我把这两件事落实好。

韩　松　王经理，这——

王　华　别急，等我把话说完。年薪十二万，再加奖金和绩效提成。怎么样？

韩　松　我不行，我不行。

王　华　怎么，嫌待遇低？好，二十万，怎么样？

韩　松　不不不！

王　华　那是为什么？

韩　松　我要考大学。

王　华　大学毕业也没这么高的待遇呀！

韩　松　这是我在母亲坟前立下的誓言，这是我对心爱人的承诺。王
　　　　经理，谢谢你。

王　华　（唱）好建议他使我心生烈火，

　　　　　　　拒受聘又使我心捂冰雪。

　　　　韩大哥，

　　　　　　　没有你来公司倾力帮我，

　　　　　　　可惜我掌公司势单力薄。

韩　松　（唱）这建议你只要觉得稳妥，

　　　　　　　要人才我给你推荐几个。

王　华　（唱）这人才你快说他是哪个？

　　　　　　　为公司我王华求贤若渴。

韩　松　好。今年春节你们推销的羊年剪纸，你觉得怎么样？

王　华　立意新，造型美，剪工细，群众喜爱，供不应求呀！

韩　松　你知道这是谁的创意和手艺？

王　华　谁？

韩　松　春草。

王　华　人才，人才，难得的人才！马上聘请她来我们公司。

韩　松　不，她曾打算在村里办个培训班，把她学到的剪纸技艺传授
　　　　给广大妇女，再办起剪纸工艺社，让大家都富起来。

王　华　那我怎么能请来她呀？

韩　松　你可以把"社会主义核心价值观"的剪刻任务下达给她们呀。

王　华　噢，这样也好。那你就帮我联系她，立马签订合作协议。

韩　松　这我可不便出面，还是你自己联系吧。这是她的电话号码。

王　华　为什么？

韩　松　我和她有些个人误会，这……以后给你说吧。

王　华　好，我这就给她打电话。（拨打手机）喂，你是春草吗？

　　　　（另一表演区，春草坐轮椅接电话）

春　草　我是春草，你是哪位？

王　华　我是新潮工艺美术公司总经理王华。是这么回事，我们想把
　　　　"社会主义核心价值观"的内容，设计成剪纸图案。你能承
　　　　担剪刻任务吗？

春　草　王总，能不能说说具体要求？

王　华　具体……具体……（让手机示意韩松说，韩松摆手示意王华说，
　　　　王华用眼急求韩松）

　　　　（韩松示意：左手竖两根指头，右手竖四根指头）

王　华　噢，社会主义核心价值观共二十四个字……

　　　　（韩松示意：左手竖两根指头，右手竖一根指头）

王　华　噢，两个字剪一幅图案……

　　　　（韩松示意：左手竖一根指头，两手食指交叉成十，然后右手
　　　　再竖两根指头）

王　华　噢噢噢，一组共十二幅。

春　草　明白了，王总。太好了，太好了！

王　华　你同意的话，我明天就去签订协议，预付定金，今后长期合作。

春　草　好，好！（挂断手机，欣喜若狂）签订协议，预付定金，长
　　　　期合作，呀！

　　　　（唱）回家整日心烦闷，

接电话顿时长精神。

立马办班搞培训，

我要做剪纸传承人。

事急先找韩主任，

帮我发动妇女们。（急下）

王　华　看起来春草答应爽快，办事风风火火的。

韩　松　王经理，你知道春草的师父是谁？

王　华　名师出高徒，她的师父一定是个剪纸高手。

韩　松　你说对了，她师父是"剪花娘子"库淑兰的关门弟子。

王　华　啊，"剪花娘子"库淑兰的关门弟子？那把她聘任到我们公司来吧。

韩　松　不行，她年过八旬，眼花手颤，来不了了。

王　华　唉，（失望地）可惜，可惜。

韩　松　不过，她的孙女巧妹把她的技艺全继承下来了。

王　华　巧妹？

韩　松　你见过，我多次领她给你送过画。那些花草虫鱼鸟、福禄寿禧财等窗花、喜花、门盏，都是她的作品。

王　华　啊，就是她？嗯，不错不错。（自语）手艺不错，人也不错。

韩　松　（见状窃喜）她想办一个剪纸工艺社，和你们公司联合，形成产、供、销一条龙。

王　华　和我们公司联合？这太好了！韩大哥，你马上帮我联系，签订合作协议。

韩　松　这我可不便出面，还是你自己联系吧。

王　华　为什么？

韩　松　我和她们，也有些个人误会。

王　华　哎哎哎，你们的误会咋这么多呀？到底是咋回事？

韩　松　以后我慢慢给你说。先打电话。

王　华　（拨手机）喂，你是巧妹吗？

　　　　（另一表演区，出现巧妹接电话）

巧　妹　我是巧妹，你是哪一位？

王　华　我是新潮工艺美术公司总经理王华。听说你们要成立剪纸工
　　　　艺社，我想咱们联合起来，搞产、供、销一条龙，实现合作
　　　　双赢。

巧　妹　产销联结，合作双赢？太好了，太好了！

王　华　你同意的话，我明天就来签订协议，预付定金。

巧　妹　好，好！（收回手机）产销联结，合作双赢，好呀！

　　　　（唱）韩松走后断来往，

　　　　　　　正为销售犯愁肠。

　　　　　　　这电话给我添希望，

　　　　　　　奶奶一定喜心上。

　　　　我告诉奶奶去！（下）

王　华　看起来巧妹答应也很爽快，办事也风风火火的。

韩　松　你也不是一样吗？说干就干，这就是当代年轻人的脾气。

王　华　（紧紧握住韩松的手）韩大哥，太感谢你了，你今天帮我办了
　　　　两件大事呀！

韩　松　王经理——

王　华　哎哎哎，别什么经理了，叫小弟。

韩　松　王小弟，老哥问你，你感觉巧妹怎么样？

王　华　不错，不错。

韩　松　不错就追。

王　华　什么，追？

韩　松　对，追！把她追到手，奶奶就是你的金字招牌。巧妹管生产，
　　　　你管销售，你这个公司，能不做大做强吗？

王　华　你说追？

韩　松　追！

王　华　呀！（高兴地）

　　　　（背唱）公司事终身事都有希望，

韩　松　（背唱）春草事巧妹事安排周详。

王　华　（背唱）我定会把企业做大做强，

韩　松　（背唱）我定要把大学再次考上。

二　人　（相对握手，同时）老兄（弟），你可帮了我的大忙，谢谢你！

　　　　（切光）

第九场

（前场半年以后）

（韩家湾村头）

（"韩家湾剪纸工艺社"召开成立大会，韩主任正指挥妇女们
布置会场，有的挂横幅，有的摆桌凳，有的试音响……一派
欢庆繁忙景象）

（幕后伴唱）春草剪纸技艺强，

　　　　　　　带出一帮巧姑娘。

（两姑娘抬出一张贴满剪纸图案的板面）

　　　　　　　看看看，剪出了和谐社会新气象，

（又两姑娘抬出一张贴满剪纸图案的板面）

　　　　　　　看看看，剪出了脱贫致富奔小康。

（众围板面欢舞）

　　　　　　　剪出我们的梦想，

　　　　　　　剪出我们的向往。

　　　　　　　农家女儿当自强，

　　　　　　　山沟飞出金凤凰。

（春草父母推轮椅上，妇女们一拥而上）

众　　　春草，看我们把会场布置得怎么样？

春　草　好，好！韩主任，那就宣布大会开始吧。

韩主任　贵宾还没到，咱们再等等。大伯，大婶，你们坐。（众给春
　　　　草父母让座）

（王华手拿一卷画，急匆匆上）

王　华　春草，韩主任，我来迟了。

（众热情与王华打招呼）

王　华　告诉大家一个好消息。

众　　　什么好消息？

王　华　（边展画卷边说）你们创作的"社会主义核心价值观"剪纸画
　　　　联，手工剪刻太慢，供不上需求。公司和出版社商量，把它
　　　　印刷出版，大家看看。

众　　　啊，放大了，真漂亮！

王　华　（取出银行卡）这是版税，五十万。

春　草　（紧紧抓住银行卡，激动地）五十万……

众　　　（狂热欢呼）噢……

春　草　王经理，这钱我们不能全收。

王　华　为什么？

春　草　我们只是构图剪刻，如果没有你的创意，凭我的脑子，是绝对创作不出这样的作品的。所以，是你的创意，你应拿大头。

王　华　你说得也有道理。不过提出这个创意的不是我。至于你和提出创意的人怎么分，你们商量吧。

春　草　他在哪里？

王　华　一会儿就来。

　　　　（巧妹扶奶奶上）

奶　奶　春草，奶奶来向你们祝贺！

春　草　啊，创意人原来是她！（激动地抓住奶奶的手）奶奶，（对大伙）姐妹们，这就是我的师父。我那天赌气离开她家，心想奶奶一定生气了。没想到她老人家一直关心我、支持我。这"社会主义核心价值观"剪纸画联，原来就是奶奶的创意。奶奶，这五十万版税，全部给你。

奶　奶　（一头雾水）什么创意，什么版税？

巧　妹　（笑）奶奶，别问了，我知道是怎么回事。春草姐，咱们不说这个了。我和奶奶来，是代表我们李家台剪纸工艺社全体姐妹祝贺你们韩家湾剪纸工艺社正式成立。这是我们的贺信。

春　草　（展开贺信）"李家台剪纸工艺社"——啊，你们也成立了剪纸工艺社？

巧　妹　两月前的事。

春　草　噢，我想起来了。那天韩松向你们承诺，成立剪纸工艺社的事，包在他身上，巧妹的婚事，也包在他身上，看来他是说到做到了。

巧　妹　春草姐，你说错了。那天你走后，奶奶一气之下，把韩松赶走了，从此他再没登我家门。是他（指王华）主动上门，为我们推销产品，帮我们成立剪纸工艺社。

春　草　啊！

　　　　（唱）听罢言来怒气生，

　　　　　　　背信弃义是韩松。

　　　　　　　和我相约成泡影，

　　　　　　　对巧妹承诺也放空。

　　　　　　　事事处处没信用，

　　　　　　　都怪我——

　　　　　　　都怪我当初瞎眼睛。

奶　奶　孩子，今天是个喜庆的日子，不谈那些不愉快的事了。

众　　　韩主任，咱们的成立大会开始吧。

韩主任　好，各就各位。

　　　　（礼仪小姐把来宾和春草及父母迎到各自位置。王华向韩主任耳语，韩主任点头）

　　　　（韩主任把春草推到讲桌前面，舞台正中，自己站在主持席，故意拉长声音）

韩主任　我——宣——布，韩家湾剪纸工艺社成立大会，现——在——正——式——

（韩松突然上场，单膝跪地，双手捧着戒指）

韩　松　春草，嫁给我吧！

春　草　（一惊）啊，你——

（众也随之一惊）

韩　松　春草，嫁给我吧！

春　草　你走吧，我不愿见到你。

韩　松　春草，嫁给我吧！

春　草　我已经嫁出去了。

韩　松　啊，谁，嫁给谁？

春　草　剪纸事业。

韩　松　春草……

春草父　（愤然站起）哼！你、你、你……当初你勾引春草，使她摔成
　　　　残疾。后来你和她相约三年，却又背信弃义。今天召开成立
　　　　大会，你又来骚扰会场。姑娘们，给我把他轰出去！

（妇女们一拥而上，把韩松往外推拉）

（韩主任和王华上前劝阻大家）

韩、王　停停停！大家不要轰他，他是我俩请来的贵宾。

众　　　（一愣）贵宾？

王　华　韩大哥不是背信弃义之人，而是我们新潮工艺美术公司和李
　　　　家台、韩家湾两个剪纸工艺社的大功臣。

众　　　大功臣？

韩主任　对，是大功臣。这一切的起根发苗，都得从韩松说起。

众　　　啊？

韩主任　春草，三年前，我并没有去省城参观妇女创业先进人物事迹

展览，也不知道什么剪花娘子库淑兰的事迹。一切都是韩松编剧我演戏。那些材料，是韩松让我交给你的。师父，是韩松为你联系好的；学费、生活费，是韩松替你出的。

众 　　啊！

王　华　说实在的，我做的一切，也是韩松编剧我演戏。他建议我们公司实施建基地、抓创新的发展战略，向我推荐了李家台的巧妹，也向我推荐了韩家湾的春草。

众 　　啊！

王　华　春草，你不是说要把五十万版税的大头给创意人吗？（指韩松）"社会主义核心价值观"剪纸画联的创意，就是他提出来的。是他让我把构图剪刻的任务交给你。

众 　　啊！（拍手）

王　华　你说他背弃了你们的三年相约，大家看这是什么？（展示大学录取通知书）

众 　　啊，大学录取通知书！

王　华　他放弃我们公司二十万年薪的聘任，闭门苦读，第二次考上了国家重点大学。

众 　　又考上了，不简单！

王　华　你说他放空了对巧妹的承诺。是的，他说过，巧妹成立剪纸工艺社的事，包在他身上，现在不是兑现了吗？他还说过，巧妹的婚事，也包在他身上。不过，他无意做新郎，有意扮红娘，他鼓励我追巧妹，我就狠劲地追。现在，奶奶和巧妹都很喜欢我。韩大哥，你鼓励我勇敢点，我也鼓励你勇敢点，不怕他们轰，咱俩并肩战斗，追！（对巧妹单膝跪下）巧妹，

嫁给我吧！（拉了韩松一把）

韩　松　（跪求）春草，嫁给我吧！

（春草沉默）

韩　松　春草，约法三章是你亲口所讲，说三年后，你凭一身技艺，我拿大学录取通知书，见面兑现承诺。这些话，难道你忘了吗？

春　草　（内心激动，抹泪）约法三章，只是为了让你再次考上大学，别无奢望。考上了好，你会前途无量，我也能够自立，你放心走吧。

韩　松　春草，我考上了大学，我还要考研、读博，今后还要创业，难道你不支持我吗？

春　草　没有三年相约激励，我就没有今天。你帮我学艺自立，已做了真情回报，我十分感谢你。（拿出银行卡）这五十万，也有你的创意报酬，拿去上大学、考研、读博吧。

韩　松　我当时几近崩溃，心灰气丧，没有约法三章鞭策，绝对考不上大学。春草，我不能没有你，我已为你联系了最好的医院，这钱，就用在为你治病上。相信医学，你会站起来的。

春　草　我……（痛哭）

韩、王　（高高捧起戒指，齐声）春草（巧妹）！

众　　春草，戴上它！巧妹，戴上它！……

（春草含泪望了望父母，父母深情地点头）

（巧妹含羞地望了望奶奶，奶奶含笑点头）

（众人欢呼声中，春草、巧妹慢慢地伸出手）

（韩松、王华同时将戒指给二人戴在手指上）

（众人把两对恋人推到一起，两对恋人相拥，欢呼，歌舞起）

（春草丢掉轮椅，也融入狂舞中）

（合唱）坎坷，坎坷，人生哪能没有坎坷？

理想，理想，点燃我们胸中烈火。

青春，青春，青春就要发光发热，

奋斗，奋斗，创造我们美好生活。

心中有梦，真情相约，

乘风破浪再拼搏，

乘风破浪再拼搏！

（剧终）

重返光棍沟

人　物

金　花　二十八九岁，大牛的妻子。

银　花　二十多岁，金花的妹妹。

大　牛　三十岁，金花的丈夫。

翠　嫂　四十多岁，大牛的邻居。

时　间　现代。

地　点　渭北某山村。

布　景　渭北山野。近处，山坡，崖坎。远处，隐隐可见移民搬迁新
　　　　建的房舍。

金　花　（急匆匆上，警觉四顾）到了，没有熟人。（对内招手）银
　　　　花，快！

银　花　（气喘吁吁地上）唉！
　　　　（唱）乘火车，坐汽车，
　　　　　　　下了汽车再爬坡。
　　　　　　　又热又渴肚子饿，
　　　　　　　腰痛腿酸磨破脚。
　　　　　　　哎呀呀，金花姐，
　　　　　　　咱俩坐下歇一歇。

金　花　（唱）银花妹，不敢歇，
　　　　　　　手脚麻利放快活。
　　　　　　　赶紧把娃抢到手，
　　　　　　　咱俩立马就张脱。

银　花　（唱）缓缓气，歇歇脚，
　　　　　　　抱娃逃跑才利索。

金　花　（唱）好好好，歇一歇，
　　　　　　　这里有水你快喝。（递矿泉水给银花）

银　花　（喘气，喝水）姐，我就不明白，当初你要和大牛结婚，咱爸
　　　　咱妈咋挡都挡不住。你和人家把娃都生下咧，为啥可要闹离
　　　　婚呢？

金　花　银花妹，我和大牛在一个厂里打工，他心灵手巧人老实，年年是先进工作者。是姐追的他。姐也不怕你笑话，我们俩未婚同居，我怀了身孕，不急着结婚能行吗？闹离婚，不是我对大牛有意见，是回到他家生孩子，那个穷山沟，把我吓跑了。

银　花　为啥？

金　花　唉，你光听听这地方的名字，就知道为啥。

银　花　啥名字，就这么吓人？

金　花　叫光棍沟！

银　花　为啥叫光棍沟？

金　花　这地方沟深路险，贫穷落后，没啥特产，尽出光棍。

银　花　（不解地）光棍？啥叫光棍？得是一种光溜溜的木棍，做拖把用的？

金　花　哎哎哎，城里念了几天书，你把麦苗认韭菜。光棍，就是一辈子没结婚，光杆司令一个。

银　花　这你怕啥呢？大牛跟你结了婚，就不是光棍了；你和大牛结了婚，也不是光棍了呀。

金　花　我是怕住在光棍沟，让我娃长大也成了光棍。

银　花　那你和大牛把娃带到城里打拼，不就离开光棍沟了吗？

金　花　我也是这么想的，可大牛说啥也不离开光棍沟。

银　花　为啥？

金　花　这两年大牛在外打工，他妈一人在家，不知为啥，眼睛慢慢看不见了。大牛要留在光棍沟，照顾他妈。

银　花　看来大牛还是个孝顺娃。

金　花　可我和他窝在这穷山沟里，一辈子能出头吗？

银　花　唉，也是。姐，离就离了吧，既然把孩子判给了人家，为什么还要偷偷把孩子抱走？姐，我真不愿意帮你这个忙。

金　花　银花呀，姐姐也不愿做这对不住大牛的事呀！当初我要带走
　　　　孩子，是大牛他妈跪着求我的。她哭着说："金花呀，你这
　　　　一走，大牛就只能一辈子打光棍了，给大牛留一条根吧！"
　　　　我当时心一软，就答应把娃留下了。（哭）

银　花　姐，你这么一说，我也心软了。咱回，（拉金花）把孩子给
　　　　他们留下吧。

金　花　不，银花妹，哪个母亲不希望孩子好？咱们普通老百姓的娃，
　　　　当不了富二代、官二代，但我决不能让我娃成了光棍沟的"光
　　　　二代"。

　　　　（唱）小豆豆是我心头一块肉，

　　　　　　　娘离儿夜夜抱枕泪双流。

　　　　　　　他奶奶双目失明咋照管？

　　　　　　　他爸爸为了生计忙不休。

　　　　　　　娃出门沟沟壑壑多野兽，

　　　　　　　娃在家孤孤单单多闷愁。

　　　　　　　似这样不见世面成孤陋，

　　　　　　　守穷窝难免又成光棍头。

　　　　　　　金花我为儿担忧为儿愁，

　　　　　　　常为此撕肝裂肺心内疚。

　　　　　　　为我儿日后能有好前景，

　　　　　　　下决心抱走我娃离山沟。

银　花　姐，我理解你的心情。可是你想想，他爸他奶发现孩子丢失了，
　　　　会急成什么样子？

金　花　你不用担心，（从包里取出一个小纸包）这三万块钱，是我

几年攒的。还有这张字条，一并压在他的枕头下。他会明白的。

银　花　（念）"孩子我接走了，等他大学毕业，我一定让他回光棍沟

　　　　接你。这钱，给老人家治眼病吧。"姐，你——

金　花　去吧，姐对不住大牛，算作一点补偿吧。

银　花　姐——（迟疑）

金　花　（推了银花一把）去吧，姐良心有愧。（抹泪）

银　花　也好。姐，你在这里等着，我去咧。

金　花　记住，顺着一条羊肠小道下到沟底，在沟的东北角有一个独

　　　　家小院，木门是破的。院内有三孔土窑洞。右手一间已经塌了。

　　　　我估摸大牛肯定外出干活，娃他奶双目失明在家，你用这个

　　　　（从兜里掏出儿童玩具和糖果）把孩子哄出来。

银　花　好。（下）

金　花　（远望银花背影，坐立不安）

　　　　（唱）等等等坐立不宁心慌张，

　　　　　　　急急急心急如火恨时长。

　　　　　　　望望望沟崖树影把目障，

　　　　　　　盼盼盼银花此去能顺当。

　　　　　　　一会儿就见我儿面，

　　　　　　　亲不够我的小儿郎。

　　　　（把提包当作儿子，亲个不够）

银　花　（上）姐！

金　花　（惊）啊，你回来了，娃呢？

银　花　我，我找到了那个院子，可是——可是——

金　花　（抓住银花，急）快说，怎么啦？

银　花　唉，惨不忍睹……

金　花　你说什么？

银　花　那地方像是经历了一场暴雨，窑洞全部垮塌。

金　花　人呢？

银　花　（摇头）不知道。

金　花　会不会把人压在下面？

银　花　（摇头）不知道。

金　花　（猛然凄惨大哭）小豆豆，我的儿呀……

　　　　（昏倒）

银　花　（急唤）姐——姐——

金　花　（唱）忽听窑塌人不见，

　　　　　　　一家人横祸丧黄泉。

　　　　　　　都怪我一时心肠软，

　　　　　　　把我娃丢在沟里边。

　　　　　　　哭了声我儿难得见，

　　　　儿呀，

　　　　　　　我要抱你尸骨还。

　　　　（发疯似的）我要刨出我的儿子，我要刨出我的儿子！

银　花　（急挡）姐，窑塌是事实，可是人到底伤没伤还不清楚。你不

　　　　要着急，让我到附近找人打听打听。

金　花　那你快去快回。

银　花　噢。（下）

金　花　唉！（瘫坐在土崖上）豆豆——（哭）

　　　　（大牛挥鞭，做赶羊群状上）

大　牛　（唱）长鞭一甩啪啪响，

　　　　　　　大牛我赶羊上山冈。（数羊介）

一双两双四五双，

扶贫送来十只羊。

三十四十五十双，

三年育成百只羊。

羊在沟坡吃青草，

我在山顶把歌唱。

唱一唱精准扶贫好，

唱一唱幸福好时光。

（发现羊群走散）啊，跑散咧！（用鞭赶群羊）咩咩咩，这边
这边……

（追下）

金　花　（远望）那边那个放羊的，像是大牛么。（再看）就是大牛！
看来窑塌了，是没伤着他。可是我豆豆娃怎么样？他妈怎么
样？我去问问他。（欲去又回）咦，看他又跳又唱的样子，
他妈和娃肯定没出啥事。我去见他，万一银花把娃偷偷抱出
来，我们咋脱身？啊，他把羊又赶过来了，让我藏起来。（藏
树丛后面）

大　牛　（扬鞭呼叫）咩咩咩……过来过来！你看这山坡上的草，长得
多旺盛，你看这新品种山羊，肥育得多快。这一群羊呀，值
十几万。十几万呀！（高兴地跳起来）我大牛脱贫致富了，
哈哈哈……（猛然捂住嘴，对观众）这是我在没人处偷着乐呢，
人面前可不敢这么张狂。大家会说，不是精准扶贫，你大牛
能脱贫致富？想想前几年，你娃穷得叮当响，把媳妇都吓跑
了……唉，想起来都伤心。（抹泪）

（翠嫂应声上）

翠　嫂　甭难过，媳妇跑了，嫂子再给你介绍一个。

大　牛　噢，翠嫂，是你。

翠　嫂　我说大牛呀，为你的媳妇，你妈都急疯咧，整天托我给你介绍对象。我介绍了三四个，你都不答应，嫌咋吗？

大　牛　翠嫂，我……我……

翠　嫂　对咧对咧，你不说我也明白，你娃现在是住上新瓦房，养了一群羊，腰硬咧，眼高咧。按你现在这条件，嫂子也觉得前面给你介绍的那几个对象不合适。你看那个春芳，模样倒不错，可就是带了个女娃。你看那个枣花，虽然没带娃，可就是个头低些。那个桂英既不带娃，人也漂亮，可就是比你大五六岁。你既然都看不上，咱就不说她们了，这一回呀，嫂子给你介绍了一个黄花闺女。

大　牛　啊，人家还没结过婚？你看我，结过婚，还有娃，不行不行，这更不行。

翠　嫂　咋不行？人家娃亲口说咧，她看上你的本事。

大　牛　哈哈，我的本事？我大牛有啥本事？住上新房，是托了移民搬迁的福；养羊致富，是吃了产业帮扶的利。我大牛有本事，咋能让婆娘跑了呢？不行，我不能拖累人家娃。

翠　嫂　人家娃说咧，她就看上你大牛有志气、有筋骨。同样帮扶了十只羊，就你很快发展成百十只，那天听了你的经验介绍，还看到大家一致推选你当养羊专业合作社的主任，就认准要跟你。

大　牛　翠嫂，谢谢你，也谢谢那位姑娘。可我总觉得，我结过婚，还有一个儿子，这不合适。

翠　嫂　有啥不合适的呢？人家娃都来咧，在那边等着呢，走走走，

　　　　见了面，你准满意。（硬拉大牛下）

金　花　（从树后走出）

　　　　（唱）听他们在那边一席讲话，

　　　　　　　金花我一阵阵心似针扎。

　　　　　　　没想到他家中如此变化，

　　　　　　　竟然有黄花女追他嫁他。

　　　　　　　我有心把儿子偷偷带走，

　　　　　　　打工妹带儿子哪里是家？

　　　　　　　我有心把儿子给他留下，

　　　　　　　我的儿年幼小咋处后妈？

　　　　　　　左为难右牵挂泪如雨洒，

　　　　　　　走也难留也难难坏金花。

银　花　（上）姐，你怎么啦？

金　花　银花，我……我……（趴在银花肩上，放声大哭）

银　花　姐，你不要哭，事情没有你想得那么糟。这里搞精准扶贫，

　　　　政府兜底，把这穷山沟的住窑户，都统一搬到了居民新区。

　　　　（指远处的移民新村）就是那里。

金　花　（顺手望去，惊）啊，他有了新家！

银　花　我看了大牛家的房子，呀，漂亮极咧！

　　　　（唱）新房子，三间宽，

　　　　　　　一砖到顶好体面。

　　　　　　　墙上贴的白瓷片，

　　　　　　地面铺的花地砖。

　　　　　　红漆大门开两扇，

　　　　　　玻璃窗子亮闪闪。

　　　　　　三室一厅宽又敞，

　　　　　　还带厨房卫生间。

金　花　你没见咱小豆豆？

银　花　（唱）社区办起幼儿园，

　　　　　　豆豆正在读小班。

金　花　你没见大牛他妈？

银　花　（唱）大妈治了白内障，

　　　　　　能管豆豆能做饭。

　　　　　　大牛养羊脱了贫，

　　　　　　羊群能卖十几万。

金　花　没想到，真没想到！唉——

银　花　姐，听妹妹一句劝，娃，咱不抱咧。你就留在这里吧。

金　花　唉，泼水难收，破镜难圆。当初我嫌穷离开他，亏了他的心，

　　　　他不会原谅我的。

银　花　姐，这事你不好说，让妹妹跟他说。（欲下）

金　花　（拦住）银花！

银　花　姐，你不愿意？

金　花　迟咧。

银　花　怎么？

金　花　（指远处）你看。

银　花　（远望）一男两女，在谈什么？

金　花　那男的，就是大牛，人家正谈对象呢。

银　花　啊，是大牛？（细瞅）呀，那么帅气。怪不得当初父母反对，
　　　　你硬跟他偷偷结婚。姐，这么好的男人，你咋舍得丢弃呢？
　　　　不行，我去给你夺回来！（急冲要下，被金花一把拉住）

金　花　银花妹，算了，人家现在是腰硬咧，眼高咧，介绍了三四个都
　　　　看不上。这回可是个黄花闺女，你看，谈了大半晌，多上心。

银　花　不行，我去把他们冲散搅黄！（欲冲下）

金　花　（急拦）银花！（二人拉扯）

银　花　（忽然止步）咦，姐，不对，你看——那个年轻女子低着头，
　　　　不高兴的样子往回走了。那个中年妇女拦住大牛不让走……
　　　　你看你看，大牛走过来了，那中年妇女直跺脚。

金　花　他过来了，咱快躲一躲。

银　花　姐，你先回避一下，我来试试他。

金　花　银花，你——

银　花　姐！（硬推金花下，整了整衣服，站一旁）

大　牛　哎哎哎，这羊咋又都跑散咧，咩咩咩——（用鞭赶群羊）

银　花　哟，听说发了羊财，上门说亲，媒人都要排队呢。

大　牛　（一愣）你是谁？

银　花　说媒的。

大　牛　我咋不认识你？

银　花　我可认识你。你叫大牛，脱贫致富的先进典型，养羊专业合
　　　　作社的主任，豆豆的爸爸，金花的前夫。

大　牛　你说这些干啥？

银　花　我是想给你提个醒，你要认清自己。发了羊财当了官，这是

你的优势；可结过婚，有个娃，这是你的瑕点。叶子潮咧，
还谋识人家黄花闺女呢！

大　牛　（没好气地）走走走，吹咧！

银　花　吹了好，我给你介绍一个能跟你实心实意过日子的人。

大　牛　（背白）唉唉唉，这说媒的还把人箍住咧，一个刚走，一个又
来，让我干脆把她蹬离。（转身）大妹子，谢谢你的好意，
实话告诉你，我再不找了。

银　花　为啥？

大　牛　这两年党和政府精准扶贫，政策优惠，好利多多。我要抓住
这个机遇，撸起袖子大干一场，早日脱贫致富，供我豆豆娃
上最好的小学、中学、大学，让人们看看，深山沟也能飞出
金凤凰。

银　花　再找一个女人，增添一个帮手，不是就富得更快了吗？

大　牛　唉，这事我反复想了。找个带娃的吧，动不动分个你娃我娃。
找个没有娃的吧，现在二胎放开了，肯定还要生一个，动不
动又分个先房娃后房娃。似这样先房娃后房娃，你娃我娃，
亲妈后妈，亲爸后爸，亲亲疏疏，生生分分，别别扭扭，争
争吵吵，不但让我分心，也让我豆豆娃受委屈。不找咧，坚
决不找咧！

银　花　那你是不是还在等你的金花？

大　牛　她，三年多了，也不来看看孩子，真狠心啊！唉，恐怕不会
回来了。

银　花　你恨她吗？

大　牛　我不恨她。一个男子汉，不能给自己心爱的人营造一个温暖

幸福的家，有愧呀！我现在还清楚地记得，她临走时，哭成泪人，一步三回头，叫着豆豆的名字，叮咛我要照顾好豆豆。（抹泪）我知道，她是把孩子留在光棍沟不放心，担心娃以后也成了光棍。

银　花　你要理解她，天下做母亲的，哪能不牵挂孩子？

大　牛　所以，我不能让金花失望。我挣死挣活也要把豆豆供成大学生。到时候，豆豆去见他妈，让金花看到的，不是光棍沟的"光二代"，而是有知识、有本领、有作为的新一代。

金　花　（越听越激动，猛然扑上去，抱住大牛）大——牛——（长时痛哭）

大　牛　（猝不及防，惊呆，莫名其妙）啊，你是谁，你是谁？

金　花　大牛，都怪我，你能原谅我吗？

大　牛　啊，金花！咋能怪你？咱老百姓做梦也没想到，会遇上这么好的时代，会有这么好的政策。

金　花　早知这样，我一定不会离开你和孩子。（哭）

大　牛　（扶起金花，给其擦泪）你不是回来了吗？

金　花　大牛！（紧紧抱住大牛）

银　花　（捂嘴一笑）大牛哥，我把金花姐交给你了。

大　牛　啊，你是谁？

金　花　她是我妹妹银花。

大　牛　（忙松开手，惊）啊，你妹妹？噢，（不好意思地）银花妹，谢谢你了！（鞠躬）

银　花　大牛哥，这你就谢错人了。我问你，是谁搞移民搬迁，使你有了新家？是谁产业帮扶，使你养羊发家？没有这些变化，你们就不会破镜重圆。所以，你们今天复婚，就不拜天地咧。

我提议，为感谢党和政府精准扶贫的好政策，为感谢奉献爱心、

扶贫帮困的好心人，一鞠躬——再鞠躬——三鞠躬！

（随着口令，三人同时鞠躬）

（银花把二人的手牵在一起，三人同唱）

（众合唱）美好生活常向往，

今日圆梦奔小康。

奔小康，感谢党，

祝愿祖国更富强。

（剧终）

皮影缘

人　物

马文安　五十多岁，民间弦板腔皮影艺人，人称铁二弦。

王秀霞　五十多岁，原县弦板腔剧团演员，人称金嗓子。

马　强　三十多岁，马文安的儿子。

翠　萍　三十多岁，马强的媳妇。

刘思科　四十多岁，曲江演艺集团工作人员。

地　点　马文安家。

布　景　卧室。内有沙发、床、立柜、戏箱等。墙上挂着二弦、皮影。

（幕启，马强急匆匆地上）

马　强　哈哈哈，哈哈哈！这人交了鸿运咧，不发财可就不由人么。
要问发了啥财呢？（轻声）告诉你们，可千万不敢给我爸说
噢。自从皮影戏班解散，生活实在困难，我爸还要娶老伴，
把我搅得心督乱。可事到着急处，就有个出奇处。前几天我
顺手在我爸墙上拿了几个皮影娃娃，拿到城里，人家开口一
个就给一千块。就这还说有多少要多少。我知道我爸咘戏箱
里压了几十个皮影呢，这一得手呀，就是几万块。（绕场）
咦，这门咋还锁着呢？噢，我记起来咧。前一向，我爸不言
传引回来个野女人要结婚呢，我和我媳妇跟他们闹翻了天，
气得两人私奔咧。走了也好，这房就成咱的咧，这皮影嘛……
哈哈哈——

（唱）我马强这几日交了鸿运，

　　　没想到烂皮影倒手成金。

　　　今日里偷皮影拿去再卖，

　　　穷光蛋一夜间变成富人。

（做开门状，进屋，揭开戏箱，惊）啊，这么多牛皮娃娃！发
咧发咧，这一下真的发咧！咦，我咋忘了拿家具些，这把牛
皮娃娃往哪里装呢？这、这、这……（寻找）

（马文安携王秀霞上）

马文安　（唱）这几日和秀霞主意拿定，

　　　　不管他儿女们说西论东。

王秀霞　（唱）人称他铁二弦功夫真硬，

马文安　（唱）人赞她金嗓子大有名声。

王秀霞　（唱）搭戏班演皮影他拉我唱，

二人同　（唱）夕阳下展才艺其乐盈盈。

马文安　秀霞，到家咧，我给咱开门。（做开门状）

马　强　啊，得是我爸回来咧？这可咋办呀！（慌忙往床底下钻，钻不进，躲在戏箱里）

　　　　（马文安、王秀霞进屋）

马文安　秀霞，这几天把你跑累咧，你先坐下，我给你揉揉腿。（揉腿）

王秀霞　哦，轻点，轻点，再轻点。

马文安　甭硬鼓劲，你放松。

王秀霞　好了好了，真舒服！

马文安　你先躺一躺，我给咱烧水做饭去。

王秀霞　不敢停咧，快把二弦、皮影一收拾，到外地唱皮影走，省得在一块儿怄气。

马文安　怕啥呢？在这儿住两天，看谁敢把咱咋！

王秀霞　你把那一天咧场面忘咧？你儿子、儿媳蹦得有三尺高，惹得满街人看笑话呢，把我羞得像老鼠钻洞。

马文安　唉，现在这些年轻人，咋这样不理解老年人的心呢？

王秀霞　（抹泪）他们没尝过老年孤独的滋味呀，还倒说给他们丢脸呢。

马文安　呸！咧都是借口。核心是怕增加他们的负担，分他们的财产。他爸再找个富婆，他妈再找个富翁，能给他们买下车、买下房，他盼不得多找几个呢。

王秀霞　唉，你说得也是。

马文安　现在有些人，二奶、三奶、小蜜、情人一大串，还嫌不够，咱找个说话的伴，咋就这么难呀！这、这、这——

王秀霞　对咧对咧，甭生别人的闲气咧。快收拾，小心你儿子、儿媳来了又闹事。

（马文安收拾墙上的二弦、皮影。王秀霞打开立柜整理衣服）

（翠萍急匆匆上）

翠　萍　（唱）马强又去偷皮影，

　　　　　　　走了半天没回声。

　　　　　　　急忙赶来看究竟，

　　　　　　　搭个手儿早成功。

（在门缝侧耳听）像有人在里边呢。

（轻声）马强，开门，我来给你搭个手！

王秀霞　啊，像有人来咧！

马文安　怕啥呢。咱是光明正大的。

王秀霞　唉，多一事不如少一事，快让我避一避。（忙寻避的地方）

翠　萍　（对门缝轻声）咋还不开门呢？马强，是我！

王秀霞　啊，是你儿媳妇的声音，我——（急躲入立柜里）

（翠萍推开门，见是马文安）

翠　萍　哎，就说你跟咓野女人私奔咧么，可跑回来干啥？

马文安　这是我的家，我爱啥时回来就啥时回来。

翠　萍　要回来，把你身上咓腺气冲干净。呸呸呸——

马文安　（气愤地欲打）你——

翠　萍　我咋？你敢把我拿大气哈个子！（转身欲走）

马文安　你站住！

翠　萍　还想咋？

马文安　就问你，我这一向没在家，谁把我墙上几个牛皮影拿去咧？

翠　萍　就问你出多少钱雇我给你看牛皮娃娃呢，怪事，哼！（转身出门）

马文安　你——唉！（坐在沙发上生闷气）

　　　　（刘思科边张望边上，与急匆匆出门的翠萍相撞，手中正擦的近视镜落地）

刘思科　咦咦咦——

翠　萍　你这人是咋啦，好狗都不挡路呢！

刘思科　（边摸眼镜）你、你、你，你骂谁是狗?！

翠　萍　噢，咋是你?

刘思科　（戴上眼镜细瞅）噢，记起来咧，不是买过你们的皮影吗?

翠　萍　可得是来买皮影?

刘思科　不不不，我是专门来找一个叫马文安的弦板腔皮影艺人。

翠　萍　（惊）啊，你找他?

刘思科　你认识他?

翠　萍　哎，不不不！（背白）他一见我爸，我们偷卖皮影的事不就露了马脚? 不行，得把他支走。（转身）哎，大兄弟，你找的那个人在前边咿村子。

刘思科　（疑惑）这——

翠　萍　（边指边推）在那边在那边。（刘思科下）不行，我得找马强想办法应付。（拨打手机，边拨边下）

马文安　（戏箱里传出手机铃声，惊立，掏出自己手机）没响呀，这——（手机声越来越响，他四处寻声，慢慢走向戏箱）这里边响呢，啊，谁把手机放到戏箱咧? （刚揭开戏箱，大叫一声，吓得倒地）我的妈呀，里边有个人！（见马强从里边钻出来）你、你个狗东西，吓死我了！你藏这里边干啥呢？！

马　强　我捉奸呢！

马文安　（扑上去打，马强用拿皮影的手去挡）你捉啥奸呢？你偷我的
　　　　皮影可是人赃俱获，让我抓了个正着！（扭住马强衣领）老
　　　　实交代，把我墙上挂的那几幅皮影弄到哪里去咧？

　　　　（唱）你小子游手好闲不争气，

　　　　　　　竟然间再三偷盗你老子。

马　强　（唱）人常说上梁不正下梁歪，

　　　　　　　你的儿跟他老子学下的。

马文安　（唱）我一生刚帮硬正凭技艺，

　　　　　　　唱皮影全县上下有口碑。

马　强　（唱）只怕是晚节不保前功弃，

　　　　　　　犯的错比我做贼还低级。

马文安　啥？你说我晚节不保，你说我低级？你今日不给我说清楚，
　　　　我就撕烂你的嘴，打断你的腿！

马　强　爸，我看还是不说为好，咱今日你甭说我，我不说你，算扯平咧。

　　　　（欲走）

马文安　（挡住马强）你甭走！给我说清楚。

马　强　这可是你硬逼我说的。

马文安　说！

马　强　我只不过偷了个牛皮娃娃，你却偷了个大活人，还是个女的。

马文安　你胡说，我俩是光明正大的！

马　强　啥？光明正大，你可把人藏起来干啥？

马文安　藏在哪里？

马　强　　咦，这才怪咧。

　　　　　　（唱）刚才虽在箱里蒙，

　　　　　　　　　外边声音听得清。

　　　　　　　　　一个说轻点轻点再轻点，

　　　　　　　　　一个说不要鼓劲你放松。

　　　　　　　　　分明是一对男和女，

　　　　　　　　　黏到一块儿在偷情。

马文安　　你胡说些啥？滚滚滚！

马　强　　啥？那会儿不准走，这一时可叫滚呢，迟咧！既然你捉贼捉赃，
　　　　　　我也要捉奸拿双。（环视屋内）哎，人在哪里藏着呢？出来！
　　　　　　（手机铃响，接电话）哎，媳妇，快来搭个手！

马文安　　（把马强往门外推，欲关门）你滚你滚你滚！

翠　萍　　（上，把马强往门内推）咋回事吗？

马　强　　快，屋里藏了个女人，搜！

翠　萍　　啊，有这事？（急进屋内搜）

马文安　　（见翠萍走近立柜，过去掩护）你们滚，你们滚！

翠　萍　　（用眼示意，马强领会，拉开马文安，翠萍拉开立柜，露出王
　　　　　　秀霞）啊，真的是个女人！爸，你这是金屋藏娇呢，还是
　　　　　　唱《柜中缘》呢？

马文安　　（见王秀霞靠柜侧不动，急拉）秀霞，秀霞！（王秀霞顺势软
　　　　　　瘫在马文安怀里）啊，闷死咧！（失声哭叫）秀霞，秀霞呀，
　　　　　　是我害了你呀！

马强、翠萍　　（相对）这把麻达弄下咧，快走！（二人欲溜）

马文安　　你俩还不搭手——

翠　萍　我俩今日啥都没看见。（拉马强胳膊，二人溜下）

马文安　（把王秀霞抱到床上，做人工呼吸，呼唤。王秀霞长吸了一口
　　　　气）哎，缓过来咧。秀霞，秀霞！

王秀霞　让我静躺一会儿。

马文安　好！（扶王秀霞睡好，盖被子，喂水）

刘思科　（上唱）刚才大嫂把我哄，

　　　　　　　　忽悠我冤枉跑村东。

　　　　　　　　马文安就在这里住，

　　　　　　　　诚请他出山唱皮影。（敲门）

马文安　（开门）你找谁？

刘思科　你是马文安老艺人吗？

马文安　我就是，你——

刘思科　我是西安曲江演艺集团的，想跟你商谈组建弦板腔皮影艺术
　　　　团的事。

马文安　快请进，快请进！

　　　　（二人坐沙发，比画，恳谈）

　　　　（马强、翠萍上）

马　强　（唱）刚才惹出大麻烦，

翠　萍　（唱）回到家里心不安。

马　强　（唱）偷偷摸摸来打探，

翠　萍　（唱）出人命咱就躲外边。

　　　　（二人在门外偷听）

刘思科　弦板腔皮影戏是首批国家级非物质文化遗产。建设文化强省，
　　　　不能没有皮影。广大观众喜爱看皮影、听弦板，我们公司决

定成立弦板腔皮影艺术团，想聘用你给咱把这个杆杆撑起来，每月底薪五千，外加利润提成，高不封顶。

马文安　我一个人恐怕承担不起吧？

刘思科　别担心，给你已经物色了一个搭档。不过这人一时还找不着。

马文安　谁？

刘思科　你们县弦板腔剧团人称金嗓子的退休演员王秀霞。

马文安　啊，是她！（激动地）秀霞，你听到了没有？

王秀霞　（坐起）你俩谈的，我全听到了。这位同志，你咋对我俩情况这么熟呢？

刘思科　前一阵，我在市场上买了几幅皮影，经行家鉴定，这皮革、造型、刀工是你们马家独有的。我到县文化馆了解马家时，他们推荐了铁二弦马文安和金嗓子王秀霞。

文安、秀霞　噢，是这样。

刘思科　你俩咋刚巧在一起呢？

马强、翠萍　（拥进）这是我爸，这是我妈，当然是在一起呢么。

马文安　呸！谁是你爸？谁是你妈？滚滚滚！

马　强　你娃我不是将功折罪了吗？

马文安　呸！你还有啥功呢？

翠　萍　不是我俩偷卖皮影，人家能从西安寻到门上来，还能出这么高的身价请你们？

马文安　这么说你俩当贼还有功咧？

刘思科　（笑）马老艺人，说真的，咱们能够合作，还多亏他俩卖皮影和我结识。

马　强　爸，就凭这功劳，你得把我俩也带到省城唱弦板腔皮影戏去。

马文安　去去去！哪里娃到哪里耍去。

翠　萍　（撒娇地）妈，走你个后门行不行？

王秀霞　行么，把我两个娃都带上。

马文安　（笑）看在你妈面子上，饶了你俩。再要偷皮影，小心我——
　　　　嗯！（佯装欲打）

马　强　爸，自从戏班解散，你娃打了饭碗，闲着没事可干，只得给
　　　　皮影想蔓（打主意），死物变成活钱，解决生活困难。从今起，
　　　　妈唱戏，爸拉弦，娃甩呆呆她（指翠萍）挑杆，一家人齐心
　　　　撑戏班，非遗剧种得承传，咱从乾州到西安，日子定会节节甜。
　　　　你娃没瓜实么，还敢再弄咻事？！

众　　　（哈哈大笑）
　　　　（同唱）秦声激荡几千年，
　　　　　　　　艺苑奇葩有弦板。
　　　　　　　　结缘皮影情义重，
　　　　　　　　哎——
　　　　　　　　咱一家世世代代演皮影来唱弦板。

　　　　（造型）

（剧终）

595

新官头把火

人　物

石　新　三十多岁，脱贫致富带头人，新任村支书。

石新妈　六十多岁，农村妇女。

何书记　五十多岁，先为驻村乡干事，后任乡党委书记。

爱　菊　三十岁左右，曾是石新的初恋。

时　　间　　新农村建设热潮中。

地　　点　　渭北某山村。

（石新家）

石新妈　（怒气冲冲地上）

　　　　（唱）听他二婶对我讲，

　　　　　　　顿时怒火满胸膛。

　　　　　　　刚上任他就把祸闯，

　　　　　　　叫我无脸见乡党。

　　　　（摸出手机）石新，石新，你给我快回来！（手机往桌上狠劲一扔）

　　　　哼，气死人了，气死人了！（推下桌上的水杯，踢飞墙角的笤帚）

　　　　（石新急匆匆上）

石　新　妈，你叫我？

石新妈　你跪下！

石　新　啊？（莫名其妙）妈，你咋啦？

石新妈　（拾起笤帚抽屁股）跪下！

石　新　（跪）妈，为啥吗？

石新妈　（唱）你发疯，你犯傻，

　　　　　　　你忘了心口大伤疤。

　　　　　　　想当年你父病把手一撒，

　　　　　　　留巨债逼得你辍学回家。

　　　　　　　为还债你外出去把工打，

　　　　　　　为还债我种田养鸡喂鸭。

　　　　　　　五年来补丁衣身上披挂，

　　　　　　　五年来不知道腥荤是啥。

599

还清债妈的心别无牵挂，

一心为新娃你娶妻成家。

我知你和爱菊青梅竹马，

叫你回把聘礼送到她家。

你回村刚走到大槐树下，

爱菊的迎亲队吹着唢呐。

猛然见心上人嫌贫另嫁，

顷刻间你觉得地陷天塌。

从此后气闷胸你不说话，

如疯癫乱游荡夜不归家。

黑夜间我唤你声音嘶哑，

风雨中我寻你泥中滚爬。

（切光）

（追光，雷鸣电闪，风雨交加，石新妈跌倒爬起，呼唤着下：
石新……）

（第二表演区，石新手拿酒瓶，跌跌撞撞，呼唤着来到父亲
坟前）

石　新　爸！爸！

（唱）你走后丢下了儿孤母寡，

巨额债压得我弯腰龇牙。

失学业前程毁心肝疼烂，

爱菊她伤口上又撒盐巴。

活世上只觉得见人低下，

要去死不忍心丢下我妈。

望前路我彷徨不知该咋，

600

心茫然意浑噩用酒醉麻。

无亲人诉衷肠找爹说话，

夜沉沉风凄凄无人应答。

（痛哭）爸！啊哈……

石新妈 （哭喊着上，见状）石新……（急扶石新）

石　新 （抱住妈痛哭）妈，我该怎么办呀，我该怎么办呀？

何干事 （上）天无绝人之路，就看你走不走！

石　新 啊，你是谁？

何干事 我姓何，是乡上的农技专干，来驻你村扶贫，想和你交个朋友，四处寻你，你竟然跑到这里。

石　新 找我？

何干事 有个脱贫致富的好项目，想让你给乡亲们带个头。

石　新 我带头？

何干事 你家情况我了解，拼搏五年还清巨额债务的精神，就让我看中你，你准行。

石　新 什么项目？

何干事 回家，咱俩好好谈。

（切光）

（灯复明，石新还在母亲面前跪着）

石　新 妈，这都是过去的事咧，还扯这些干啥？

石新妈 我看你娃忘了今天这一切是咋来的。

石　新 永远忘不了。（站起，倒杯水）妈，喝口水，消消气，听娃给你道来。

（唱）那时候遇坎坷灰心丧气，

　　　何干事帮扶我费尽心机。

土炕头他和我同盖一被，

又严厉又亲切细讲道理。

点燃我心中火慢慢烧起，

激励我长志气挺起腰脊。

又送我农学院短训学习，

帮助我掌握了养羊知识。

建羊舍他给我设计图纸，

又给我申请了种羊十只。

多亏妈没黑明帮我管理，

三年后咱羊群二百多只。

他号召全村人向我学习，

带动起专业村有了名气。

他引资建成了育肥基地，

咱们村肥羊肉名扬陕西。

靠养羊我石新穷帽摘弃，

拆茅舍盖楼房成家娶妻。

咋致富咋当上支部书记，

全都是何干事培养功绩。

石新妈　既然知道，为什么还要做对不住何干事的事？

石　新　妈，我没有做什么对不住何干事的事呀！

石新妈　全村人都瞅你新官上任三把火咋烧呀，没想到头把火就把自己烧得没人形咧！

石　新　怎么啦？

石新妈　没做？你把村里的议论听听！

石　新　议论啥？

石新妈　说你假公济私，作风不正！

石　新　这、这、这，这从何说起呀？

石新妈　我问你，得是给爱菊送钱来？

石　新　集体研究，会计送的。

石新妈　得是还要给爱菊安排工作？

石　新　有这事。

石新妈　啊，怪不得人说爱菊把你拉下水咧，还真有此事。（拿起笤帚边打边骂）我打你个没皮没脸不长记性的混账东西！

石　新　（夺过笤帚）妈，你误会咧，我没有假公济私，是在兑现我的承诺。

石新妈　啥承诺呢？

石　新　我在就职表态中，向全体村民承诺，一是要巩固扶贫成果，不让一户村民返贫。二是以发展农村经济为中心，把肉羊育肥的支柱产业做大做强，尽快把咱们村建成富裕和谐的美丽乡村。

石新妈　这和爱菊扯得上吗？

石　新　爱菊家盖房，长富从架上摔下，断了腰椎，成了瘫痪，面临返贫，我能不管吗？

石新妈　啊，你看爱菊可怜，爱菊当时咋不可怜你呢？

石　新　妈，爱菊背弃了我，嫁给东头长富，我和你一样，感到扎心、羞耻。怨恨爱菊父母嫌贫爱富，怨恨爱菊不去抗争，怨恨长富挖了我的墙脚。

石新妈　啥？怨恨还送钱呢，怨恨还安排工作呢？

石　新　妈，论私，你娃和爱菊是情仇恩怨关系；论公，我石新和爱菊是党支部书记和村民关系。你说，当一户村民因祸返贫时，支部书记有没有责任扶持他家? 我若因私怨放任不管, 那么, 不让一户村民返贫的承诺怎样兑现? 新农村建设怎么起步?

石新妈　就算应该救济, 给点钱算咧, 还给爱菊安排个工作。有人说你是有意给两人私会创造便利呢!

石　新　妈, 救济款只能解决当前治病的燃眉之急。安排爱菊育肥场看大门, 把长富带上, 既能方便照顾长富, 又能增加收入, 从根本上解决她家日后生计问题。

石新妈　哼, 你对别人把心操得那么周到, 都没看别人把你抹揣成啥咧?

石　新　成啥咧?

石新妈　你二婶刚才告诉我, 说有人把你告下咧。县上来人正调查, 马上要撤你的职。

石　新　妈!

　　　　（唱）我身正不怕影子斜,

　　　　　　　　该咋做就要怎么做。

　　　　　　　　相信群众相信党,

　　　　　　　　真相大白谣自灭。

石新妈　（唱）谣传百遍假也真,

　　　　　　　　谁人替你细辨分?

　　　　　　　　传到媳妇耳朵里,

　　　　　　　　必定和你闹离婚。

　　　　　　　　你身败名裂还罢了,

　　　　　　　　两头抹揣成光棍。

　　　　　　　　越思越想越气愤,

　　　　　　　　都怪爱菊是祸根。

哼，是真是假我不管，现在长富成了瘫痪，爱菊就相当于一个寡妇。人常说，寡妇门前是非多。你要想安安然然当好支部书记，你要想顺顺当当和媳妇过好日子，今后不准和爱菊有任何来往！

石　新　妈，你听我说——

石新妈　我不听，哼！（赌气扭头坐一旁）

石　新　（无奈、徘徊）这、这、这……

爱　菊　（上唱）村中一股风浪言，

　　　　　　　　爱菊我心里实不安。

　　　　　　　　急急忙忙找石新，

　　　　　　　　不能给他添麻烦。

　　　　（在门外招手）石新，石新！

石　新　啊，爱菊。（出门，轻声）你怎么来咧？

爱　菊　我找会计退钱，会计让我找你。

石　新　退钱？（指石母示意，拉一旁两人低声嘀咕）

石新妈　啊！

　　　　（唱）爱菊她真的不顾脸，

　　　　　　　竟上门来把石新缠。

　　　　（爱菊掏钱给石新，石新推让，爱菊硬把钱塞在石新衣兜里，石新拿出又硬塞给爱菊。这一幕被石新妈看见，更疑惑）

　　　　（接唱）二人挤眉又弄眼，

　　　　　　　　石新又给爱菊钱。

　　　　　　　　若不是我今日亲眼见，

　　　　　　　　还怪人家传风言。

　　　　　　　　罢罢罢，

为把他俩孽缘断，

我要当面给难堪。

哼，不伤亏重些，他俩死不了心，断不了情。（上前扇了石新一个耳光）就说她不要脸咧，你都不嫌羞？

石　新　（捂脸）妈，你咋些？

石新妈　问我咋？我还要问你咋、她咋，你俩还想咋？

爱　菊　大妈，你听我说——（上前欲解释）

石新妈　（甩开）去去去！我打我娃呢、骂我娃呢，要你多啥嘴？

石　新　妈，爱菊找我有正事。

石新妈　能有啥正事？勾了钱，还想勾魂、勾人？

爱　菊　大妈，你把我看成啥人咧？

石新妈　啥人？哼，不做人事，没安人心！

石　新　妈，你咋越说越离谱咧！

石新妈　咋，我说得离谱？到村里打听去。

爱　菊　村里的传言我知道，说过去，石新遭难，我一脚踢了石新嫁长富。说现在，长富瘫咧，我又要踢开长富缠石新。说石新掌权后，被我拉下水。

石新妈　你既然知道，还跑到我家里来缠石新？你要把他害到撤职法办？你要把他害到媳妇离婚？哼！你给我走，走！（推爱菊）

爱　菊　（跪倒，边哭边说）大妈，你今天就是再打我、再骂我，我也要当着你和石新的面，把我心里要说的话说出来。

（唱）我知道你和石新把我怨，

怎知道爱菊做人有多难。

我父母嫌贫爱富暗包办，

到我知只离婚期没几天。

趁不防黑夜出逃找石新，

被追回一把铁锁困房间。

没想到临近出嫁前一晚，

饭加蒙药我昏然。

我迷迷糊糊坐花轿，

我昏昏沉沉拜地天。

到后来生米成熟饭，

再见石新没脸面。（哭）

到今天石新他不但没有把我怨，

还为我设法渡难关。

他好心招来了风言一片，

旧愧疚添新愧我心不安。

我上门一则来道歉，

我上门二则把钱还。

欲带上长富离家院，

再不为石新造麻烦。

石新妈　啊！（背身一惊）原来是这样。

石　新　（扶起爱菊）爱菊，不要自责。你过去真心爱我，我感激你。
　　　　你父母嫌贫爱富，你身不由己，我理解你。长富病残，你不
　　　　离不弃，精心照顾，我敬佩你。

爱　菊　唉，人言可畏呀！（把钱硬塞给石新）

石　新　爱菊，你携病夫幼子，离乡背井，咋讨生活呀？

爱　菊　长富的舅舅，是省城一家肉食公司的大老板，我已找过他了，

他答应把长富接到城里治疗，安排我在他们公司上班。

石　新　爱菊，你是不是因为听了风言风语要走？

爱　菊　为了你的工作和家庭，我还是离开的好。（转身）

石　新　爱菊——（欲拦）

（爱菊哭着出门，正好与何书记相遇）

何书记　噢，爱菊，怎么啦？（爱菊不语，只是捂脸痛哭）噢，我明白了，走，跟我进。（拉爱菊进屋）

母、子　噢，何干事（何书记）。

石　新　妈，咋还叫人何干事？人家现在是乡党委书记！

石新妈　噢，何书记，快坐！

何书记　你们责怪爱菊啦？我今天来，就是要告诉你们，对举报石新的匿名信，县纪委已经查清，纯属歪曲事实、添油加醋、造谣污蔑。

石新妈　是谁告我娃黑状呢？

石　新　妈，别问了，这人我早就知道。

母、菊　谁？

石　新　就是前几年我举报他贪占扶贫款，受到党纪处分，被撤销支委职务的石虎。

石新妈　你既然知道，为啥不找他论理？

石　新　唉，想整你的人，啥罪名都能给你捏上。如果我不扶持爱菊家，他反会告我村民遭祸返贫我不管，是记恨前嫌报私仇，说我在就职表态中不让一户村民返贫的承诺是唱高调、放空炮。如果我把心思放在对付这种人上，还拿啥精力建设新农村呢？

爱　菊　唉，都怪我让你左右都为难。

608

石　新　为难啥呢？身正不怕影子斜，害怕老鹰还不孵鸡娃咧，害怕麻雀还不种糜谷咧？

何书记　好小伙！你父早逝没有击垮你，巨额债务没有击垮你，恋爱受挫没有击垮你，造谣污蔑没有击垮你。我看，就凭这种胸怀和勇气，第一项承诺——不让一户村民返贫，已经做到了。第二项承诺——做大做强肉羊育肥支柱产业，也能兑现。

石　新　不不不，何书记，建设美丽乡村，还任重道远。抓支柱产业，我们的肉羊育肥产业，还不配套。

何书记　配套项目已经找上门来了。

石　新　啊，何书记，谁来投资？

何书记　你问爱菊。

爱　菊　（对何）长富他舅找的是你，问我干啥？

母、子　（急）何书记，快说，到底是咋回事？

何书记　长富摔残以后，村上又送救济款又安排工作，村民也多方热情相帮。他舅从爱菊口中得知后，被你的胸怀气魄感动咧，被你们村的淳厚民风感动咧。他看中了你，也看中了你们村，要和你们合作上一个大项目。

石　新　什么项目？

何书记　投资扩大肉羊育肥场，并建一个现代化的肉羊屠宰加工企业。同时，把育肥场的羊粪和屠宰厂的血污下脚料加工成有机农家肥，在北坡建一个无公害蔬菜基地。

石　新　好啊！

　　　　（唱）羊产业形成一条龙，

　　　　　　　全村收入能倍增。

　　　　　　　撸起袖子干一场，

美丽乡村早建成。

何书记　哈哈哈！石新呀，没想到你们帮扶爱菊的举动，竟然引进了一个大项目，看来这胸怀、人气、民风也是资源，也是宝贵财富呀！

石　新　哎呀爱菊，这么大的事，你为啥不早说呢？

爱　菊　这有什么可说的？能为生我养我的故土做一点事，能为我心中有愧的人还一点情，我就能心无愧疚地离开了。大妈，石新，再见了！（鞠躬，捂嘴哭，转身欲冲下，被石新妈一把拉住）

石新妈　爱菊呀！

　　　　（唱）为石新你甘愿忍辱负重，

　　　　　　　为真爱你曾经奋力抗争。

　　　　　　　为避嫌你选择离乡背井，

　　　　　　　为村上做好事不愿留名。

　　　　　　　心扎刀人面前波澜不惊，

　　　　　　　受委屈自化解不吭一声。

　　　　　　　这样的贤良女令人疼爱，

　　　　　　　大妈我多伤亏向你赔情。

　　　　爱菊，我错怪了你，你不能走！

爱　菊　大妈，我——（哭）

何书记　爱菊，你大妈说得对，你不能走，也走不了。长富他舅说咧，他先把长富带到省城大医院康复一段时间，与村上的合作项目，还要你做他的代理人呢。

爱　菊　我——

石　新　爱菊，这钱你拿上。（递钱）

爱　菊　我不要，我不要！

石　新　爱菊，这钱不是我的，也不是村上的，是村民互助基金，它是全体村民的一份心意。长富康复治疗要花钱呀。（把钱塞给爱菊）

何、菊　啥，村民互助基金？这是怎么回事？

石　新　虽然脱贫攻坚取得阶段性胜利，但天灾人祸难以避免。万一再有人因灾返贫，我们总不能再向国家伸手吧？所以我们倡导设立村民互助基金，没想到干部、群众积极响应，有拿十万八万的、三万五万的、千儿八百的，还有一百二百的，一下子就筹集了二百多万。它不仅是不让一户返贫的资金保证，也是营造和谐村风的有力措施。

何书记　石新呀，在建设新农村中，巩固扶贫成果，不让一户返贫，你们有行动了。发展农村经济，做大做强主导产业，你们有项目了。开展村民互助，营造和谐村风，你们有举措了。你这个新官头把火，烧得好呀！

石　新　哼，就这，我妈又打尻蛋子，又扇耳光子。妈，你得给我平反。

石新妈　去！没有何书记，你娃能有这长进？

何书记　老嫂子，不要用老眼光看年轻人了。把过去的恩怨纠葛丢开吧。让年轻人抡开膀子，在建设美丽乡村中大显身手吧！

石新妈　（对石新）书记的话听下没有？

石　新　（故意地）这是给你说话呢。

石新妈　你还顶嘴，嗯？（故意拾起笤帚欲打，石新躲）

何、菊　哈哈哈！

（剧终）

女皇梦棋

人　物

武则天

上官婉儿

狄仁杰

大罗天女

舞女若干

（天幕：御花园内，牡丹盛开，争奇斗艳）

（上官婉儿扶年迈的武则天上）

武则天　　（唱）扶李唐，建大周，

　　　　　　　　敢与须眉竞风流。

　　　　　　　　指点江山如锦绣，

　　　　　　　　帝业永昌传千秋。

上官婉儿　陛下，你看这御花园内，牡丹盛开，争奇斗艳，令人赏心
　　　　　悦目、心旷神怡呀！

武则天　　婉儿，朕累了。

上官婉儿　陛下累了，快到亭内歇息歇息。（扶武则天入座）

武则天　　噢，旭日送暖，春风拂面，好舒坦呀！（长吁一口气，仰
　　　　　面靠在椅背上）

　　　　　（上官婉儿击掌示意，舞女翩翩而上）

　　　　　（舞伴唱）天降祥瑞现洛河，

　　　　　　　　　　圣母临人昌帝业。

　　　　　　　　　　一代女皇展才略，

　　　　　　　　　　开启盛世万民乐。

　　　　　（武则天欣赏歌舞，渐入梦境）

　　　　　（上官婉儿看到武则天困倦入睡，挥手示意，舞队下场）

上官婉儿　昨日上朝，为立嗣之事，争论不休，陛下一夜未曾安眠。唉，
　　　　　就让她好好休息吧。（下）

　　　　　（舞台左侧一股烟雾升起，随之一凄厉呼唤声：姑皇——）

武则天　　（惊起，随烟雾循声向左）啊，武承嗣！

　　　　　（武承嗣左内声：承嗣我虽死，侄儿还有武三思，武周江山

　　　　　　千万不可传给李姓呀！）

　　　　　（舞台右侧一股烟雾升起，随之一凄厉哭唤声：母皇——）

武则天　（循声向右）啊，弘儿！

　　　　　（李弘右内声：我和李贤虽死，他还有两个弟弟，千万不能
　　　　传位于武姓呀！）

武则天　为立皇嗣，李武相争，群臣议论，我左右为难呀！

　　　　　（天幕上出现巍巍乾陵）

　　　　　（唱）望乾陵思天皇心卷狂澜，

　　　　　　　　从才人到女皇步履艰难。

　　　　　　　　女无才便是德我独才显，

　　　　　　　　后宫妃不干政我敢垂帘。

　　　　　　　　将李唐改武周我在斗胆，

　　　　　　　　亘古来无女皇我敢为先。

　　　　　　　　除权臣斩逆叛我不手软，

　　　　　　　　除时弊谋革新我处浪尖。

　　　　　　　　荣和辱颂和骂任它随便，

　　　　　　　　只求得天心顺国泰民安。

　　　　　　　　怎奈是日月催人生苦短，

　　　　　　　　身后事我还要早做打算。

　　　　　　　　传武家怕后世儿孙遭难，

　　　　　　　　传李家恐难续大周江山。

　　　　　　　　求老天为武曌再把灵显，

　　　　　　　　这步棋怎么走我左右为难。

　　　　　（一股烟雾中，大罗天女捧棋盘上）

大罗天女　参见女皇陛下。

武则天　你是——

大罗天女　我乃大罗天女，在云头观你神情烦乱，无心赏花，无意观舞，特来伴你对弈解闷。

武则天　朕国事繁忙，岂有闲情对弈？

大罗天女　哎呀陛下，常言道，治国如对弈。该是李家江山，还是武家社稷，对弈输赢就解谜底。

武则天　此话怎讲？

大罗天女　（念）你若赢了棋，

　　　　　　　　　功德圆满，流芳百世；

　　　　　　　　你若输了棋，

　　　　　　　　　前功尽毁，遭人唾弃。

武则天　什么，朕输棋？哈哈哈哈，长孙无忌反对立我为后，他得逞了吗？上官仪惑君废我，被我杀了。裴炎图谋不轨，被我斩了。许敬业举兵讨我，被我剿灭。朕输过谁？难道能输棋于你吗？

大罗天女　小女讨教。

武则天　好，对局。

　　　　　（二人摆阵）

大罗天女　陛下得先。

武则天　天女起招。

　　　　　（二人做对弈状。武则天屡屡举棋不定）

　　　　　（幕后伴唱）开局女皇棋着妙，

　　　　　　　　　　　中局天女出妙招。

入局女皇显焦躁，

天女胜券手中操。

大罗天女 将！

武则天 这——唉，输了。

大罗天女 陛下举棋不定，错失良机，焉能不输？

武则天 再对一局。

大罗天女 好，陛下起招。

（二人做对弈状。最后，武则天选子徘徊，将一子举起又放下，另选一子）

（幕后伴唱）开局中局呈胜势，

入局更是妙招奇。

关键一步选错子，

女皇又输一盘棋。

大罗天女 将！

武则天 啊，又输一局。

大罗天女 当用而弃，举错棋子，焉能不输？

武则天 再来再来。

大罗天女 不用再来了，我今日给你留一残局，陛下若能破局，也算你赢，亦可功德圆满。（布局）

武则天 （观局疑虑）这、这、这是天意，还请天女指点。

大罗天女 顺民心者合天意，无须我指点，你朝中自有高人。哈哈哈……

（一股烟雾中，大罗天女离去）

武则天 （急唤）天女留步，天女留步！（醒悟，环顾无人）啊，朕不是在做梦吧？婉儿，婉儿！

上官婉儿	（急上）陛下醒了？
武则天	婉儿，快传狄仁杰！
上官婉儿	（对外）陛下有令，狄仁杰晋见！
狄仁杰	（急上）耳听陛下传，急进御花园。（跪拜）狄仁杰晋见万岁。
武则天	爱卿请起。朕做一梦，不知是吉是凶，快给朕解来一听。
狄仁杰	陛下所梦为何？
武则天	朕梦与大罗天女对弈连输而惊醒。
狄仁杰	（做惊异状）哎呀陛下，此梦不祥，此梦不祥呀！
武则天	啊，快给朕说说。
狄仁杰	陛下梦见输棋，是谓陛下有子，但子不得其位也，故而频频输棋。
武则天	何以见得？
狄仁杰	陛下，若传位于武三思，群臣不服，李家必争，酿成战乱，百姓遭殃，唐将不唐，周将不周，何来帝业永昌？陛下前功尽毁啊！
武则天	她还留一残局，说朕若能赢，也会功德圆满。爱卿快为朕指点指点。
狄仁杰	（看残局）啊，这么重要一枚棋子，陛下弃之不用？
武则天	啊，你说它——
狄仁杰	你看，（示范）启用这枚弃子，这么走——这么走——再这么走，将！对方不是被将死了吗？
武则天	妙，妙，妙！爱卿帮朕把残局破了，哈哈哈……
狄仁杰	只怕梦中残局破了，心中难题还未解吧？

武则天　爱卿此话怎讲？

狄仁杰　立嗣之事，陛下还徘徊不定，岂不伤神？

武则天　知朕者，爱卿也。

（唱）李旦他有德无才不堪任，

武三思有才无德难服人。

难道说后继无人气运尽？

朕身后谁有德才做圣君？

狄仁杰　哈哈哈哈，陛下过虑了。

（唱）天女对弈点迷津，

话藏玄机语意深。

望陛下静心细思忖，

就明白皇嗣立何人。

武则天　哎呀爱卿，你快给朕说说，天女话中，玄机何在？

狄仁杰　天女以对弈比理政，寓意对弈要用好每一个棋子，理政要用
对每一位大臣，立嗣要选准一个人。

武则天　噢，说得好。

狄仁杰　陛下举棋不定、弃用一子，造成两局皆输，故设一残局提
醒你。

武则天　提醒朕什么？

狄仁杰　陛下立嗣不该弃用一人。

武则天　谁？

狄仁杰　庐陵王李显。

武则天　你说传位于他？

狄仁杰　对，符合臣心民心。

620

武则天 这不是将武周又归政于唐了吗？

狄仁杰 如果陛下能顺利归政于唐，在历代帝王史上，将创举三绝。

武则天 哪三绝？

狄仁杰 亘古以来，陛下是唯一女皇，这是一绝。陛下执政唐周两朝，夫妻皆为皇帝，史无前例，这是二绝。历次改朝换代，无不兵戈杀伐，百姓遭殃。而陛下改唐为周，未动刀戈；归政于唐，未见血刃。国策得以延续，大臣继续重用，百姓安居乐业，史上绝无仅有，这是三绝。单凭这三绝，陛下可流芳百世，何须计较江山姓武姓李呢？

武则天 噢——（省悟）爱卿一席话，让朕顿开茅塞。朕意已决，立即召回庐陵王。

狄仁杰 陛下英明，陛下英明呀！哈哈哈！

武则天 朕有肱股，国有贤相，社稷幸甚，万民幸甚呀！哈哈哈哈……

（天幕上出现乾陵无字碑）

（伴唱声中谢幕）丰碑巍巍耸梁山，

无字胜过书万言。

承贞观，启开元，

万代传颂武则天。

（剧终）

后　记

　　我的戏剧作品集即将付梓，要说的话很多，但我这里着重说"感谢"二字。对于写戏，我既不是科班出身，也不是专职剧作家，但我的戏剧作品能搬上舞台，能获国家和省、市级奖励或资助，还能出版，不是单凭我个人努力就能达到的。没有社会发展给我创造的机遇，没有贵人相帮，这一切都是不可能的。所以，我发自内心地感恩社会，感谢贵人。

　　说到社会给我戏剧创作创造的机遇，大的有三次。

　　第一次机遇是在 20 世纪 60 年代前期，我读高中时因家庭变故辍学，大学梦破灭，我失眠、苦闷、悲观、彷徨，眼前灰蒙蒙一片。而当时在我的家乡，群众文化活动非常活跃，公社及各大队都盖了戏楼，组建了文艺宣传队，邀请我这个在当时农村算是比较稀缺的高中生为宣传队写演唱材料。记得当时初学编写的大戏《血恨记》、小戏《卖粮》《相亲礼》排演后很受欢迎。特别是《相亲礼》被县剧团发现和排演后，反响很大。为了便于抽调我搞创作，公社把我的身份由农民变成民办教师，我进而被县民兵师文艺宣传队借调两年编写演唱材料。遇此机会，我从颓废中振作起来，把戏剧创作确立为人生奋斗目标。

　　第二次机遇是在 20 世纪 70 年代初，省、地连年搞现代戏创作会演，县文化馆借调我进县中心创作组为备战咸阳地区和陕西省现代戏会演写剧本。我创作的《山村小店》两次代表咸阳地区参加陕西省现代戏创作会演，被评为优秀剧目，剧本由陕西人民出版社出版，为县、地争了光。我因此由民办教师被破格转为国家干部，成为文化馆在编戏剧创作人员。

第三次机遇是在进入新世纪第一个十年末，那时我已经辍笔三十多年了。为什么会辍笔三十多年呢？有主、客观两方面的原因。从我自身来讲，因为受《山村小店》的影响，我被认为是县上的笔杆子，被调到县委办公室写作组，后又在县委政策研究室、农工部、县农委、农业局任领导职务，政务繁忙。从客观上讲，改革开放以来，受电影、电视、网络、流行音乐等多元文化的冲击，整个戏剧行业陷入了低迷状态。县级剧团也因票房收入减少、财政断供、人员流失，自然解体。原本想利用在党政部门工作的生活积累业余写戏，也因剧团解体、戏没处排演，打消了念头。没想到辍笔三十多年后，新的机遇却又出现了。2006 年，濒危地方剧种弦板腔被国务院列入第一批国家级非物质文化遗产名录，为了担负抢救、传承、发展弦板腔的重大任务，乾县于 2008 年 11 月 5 日重新挂牌成立了弦板腔剧团。陕西省也每隔三年举办一次规格最高的艺术节展示戏剧创作新成果。这时我也退休多年了，无事可干，写戏，既可实现夙愿，又可文化养老，何乐而不为呢？于是重新提笔，十多年间写出大小剧目三十多部，其中九部获国家、省、市级奖励或资助，三部参加陕西省艺术节，获优秀剧目、优秀编剧等奖项。

可以说，没有上述的三次机遇，就没有我的戏剧创作成果。

我所要感谢的贵人，是指那些对我戏剧作品修改、打磨、提升帮助很大的领导、专家、同志、朋友。刚开始创作《山村小店》的时候，我对戏剧创作专业知识一窍不通，是凭着爱好和热情摸索的，能否排演，